Helene Uri

Nur die **Stärksten** überleben

Helene Uri

Nur die **Stärksten** überleben

Ein Campus-Roman

Aus dem Norwegischen von
Gabriele Haefs

Piper Nordiska

Mehr über unsere Autoren und Bücher:
www.piper.de

Die Originalausgabe erschien 2006 unter dem Titel
»De beste blant oss« im Gyldendal Norsk Forlag, Oslo.

Die Übersetzung wurde von NORLA Norwegian Literature
Abroad, Oslo, gefördert.

ISBN 978-3-492-05114-9

Satz: Satz für Satz. Barbara Reischmann, Leutkirch
Druck und Bindung: CPI – Clausen & Bosse, Leck
Printed in Germany

Ja, gebt mir die Besten unter euch,
und ich werde euch alles geben.
(…)
Kann sein, dass wir unsere Erde retten müssen.
Die Besten unter euch sind dazu aufgerufen.

RUDOLF NILSEN, »Die Stimme der Revolution«

Erster Teil

Das ist so schrecklich an gelehrten Leuten,
sie beneiden einander dermaßen,
und der eine kann es nicht ertragen,
dass der andere ebenfalls gelehrt ist.

LUDVIG HOLBERG, »Erasmus Montanus«

Ein hochgewachsener rothaariger Mann geht mit langen Schritten über den gepflasterten Platz zwischen der Gesellschaftswissenschaftlichen und der Humanistischen Fakultät. Dort herrscht ein ziemliches Gedränge, denn es ist einer der ersten warmen Tage. Der fünfte Monat des Jahres ist angebrochen, das Universitätsjahr dagegen neigt sich dem Ende entgegen.

Viele sind in Bewegung, aber niemand scheint es eilig zu haben. Sie schlendern in aller Ruhe auf ihr Ziel zu, bei dem es sich vielleicht um eine Vorlesung, ein Seminar, eine Kaffeepause oder ein heimliches Stelldichein handelt. Aber die meisten Menschen auf dem Platz haben kein konkretes Ziel. Sie gehen das Leben gelassen an und heben ihre winterbleichen Gesichter in die Sonne. Zwei alternde Professoren wandern mit im Rücken verschränkten Händen umher und fachsimpeln, eine Gruppe jüngerer Universitätsangestellter steckt tuschelnd die Köpfe zusammen. Auf Bänken und auf der Treppe zum Niels-Treschows-Hus sitzen die Studenten dicht gedrängt. An den wenigen Tischen, die es im Kafé Niels gibt, ist schon seit Stunden kein freier Platz mehr aufzutreiben.

Der Rothaarige geht zügig. Er nickt einigen Kollegen zu, lächelt zum Gruß eine Gruppe von Studenten an, salutiert zum Spaß vor einer Putzfrau, die sich in einer windgeschützten Ecke eine Zigarette gönnt. Aber er fällt viel mehr Menschen auf als nur diesen. Er hebt sich von der Menge ab, wahrscheinlich in erster Linie durch sein Tempo und die Energie, die seinem Körper entströmt. Außerdem lässt etwas an der Art seiner Bewegungen die anderen annehmen, dass er ein glücklicher Mann ist. Da haben sie recht; der Rothaarige ist wirklich ein glücklicher Mann, und im Laufe der kommenden Monate wird er noch glücklicher werden.

Jetzt überquert er die Rasenfläche zwischen dem Sophus-Bugges-Hus, dem Henrik-Wergelands-Hus und dem Problemvei, und bald hat er die Metallbrücke erreicht, die vom Universitätsgelände in den Forschungspark hinüberführt. Er bleibt mitten auf der Brücke stehen, von hier aus kann er das prachtvolle Gebäude sehen, in dem sein Büro liegt. In diesem Gebäude ist das Institut für Futuristische Linguistik untergebracht. Es handelt sich um einen fünfstöckigen Prunkbau aus poliertem Granit und Marmor und mit großen Fenstern. Die Glasflächen reflektieren das Sonnenlicht, und die milde Maisonne spiegelt sich in seinem Gesicht. So grell und unangenehm wird das Licht, dass er schützend die Augen zukneifen muss. Die Sonne blendet ihn, aber er lächelt. Ein breites, jungenhaftes Lächeln, ein Lächeln, das Frauen wie überreife Früchte in seine Arme fallen lässt.

Während der rothaarige, hochgewachsene Mann lächelnd und mit zusammengekniffenen Augen mitten auf der Brücke steht und den Anblick seines Arbeitsplatzes genießt, stampft Professorin Edith Rinkel in einem der Büros in diesem Gebäude vor Zorn mit dem Fuß auf. Von ihrem Büro aus hat man zwar einen guten Blick auf die Brücke, aber die Professorin schaut gerade einen Studenten an. Nein, Professorin Rinkel sieht ihren rothaarigen Kollegen nicht. Sie starrt den Studenten an, der mit ausgestreckten, gespreizten Beinen auf der Kante ihres Besuchersessels sitzt.

Die Hilflosigkeit und Einfalt dieses Studenten werden durch seine Selbstsicherheit nur betont, findet Professorin Rinkel, und das löst in ihr ein starkes Verlangen danach aus, ihm sein Manuskript an den Kopf zu werfen. Diesem Verlangen gibt sie selbstverständlich nicht nach, sie begnügt sich damit, unter ihrem Schreibtisch einmal pro Silbe mit dem Fuß aufzustampfen, während sie sagt: »Ich habe Ihnen bereits erklärt, warum dieser Absatz so nicht stehen bleiben kann.«

Das macht genau zweiundzwanzigmal Stampfen, zweiundzwanzigmal rhythmisches, gedämpftes Dröhnen voll unterdrückter Wut und Irritation. Der Student schweigt, schluckt, starrt zu Boden, seine Selbstsicherheit ist schon um einiges geschrumpft. Seine Stirn glänzt vor Schweiß, und an der linken Schläfe pulsiert eine geschwollene Ader.

»Wissen Sie was? Ich glaube ganz einfach, dass wir beide unsere Zeit vergeuden«, sagt Edith Rinkel jetzt mit ausgesuchter Freundlichkeit. »Ich bin keine Sonderschulpädagogin, müssen Sie wissen. Ich besitze weder die Kompetenz noch die Zeit oder die Geduld zur Betreuung von Studenten, die offenbar besondere Bedürfnisse haben. Meines Erachtens sind Sie für den Masterstudiengang nicht geeignet. Auf jeden Fall müssen Sie sich einen anderen Betreuer suchen«, endet sie – versöhnlich, wie sie findet. Sie reicht ihm seinen Blätterstapel. Sie ist davon überzeugt, dass aus diesen Blättern niemals eine fertige Abschlussarbeit werden wird. Sie glaubt, dass sie jetzt jenes sorglose Selbstvertrauen nachhaltig erschüttert hat, mit dem der Student vor drei Monaten seine Abhandlung mit dem Arbeitstitel *Wie werden Kinder im Jahre 2018 Substantive deklinieren? Eine futuristisch-morphologische Studie* begonnen hatte.

Der Student verlässt Edith Rinkels Büro, ohne ein einziges Mal aufzublicken. Der hochgewachsene rothaarige Mann betritt gerade rechtzeitig den Gang, um ihn im Fahrstuhl verschwinden zu sehen, und damit verschwindet der Student auch aus dieser Geschichte, bis er kurz vor Schluss noch einen winzigen Auftritt hat. Denn es wird sich herausstellen, dass Edith Rinkel sich bei diesem einen Mal geirrt hat: Der Student wird tatsächlich seine Masterarbeit schreiben.

Der rothaarige Mann macht sich bereit, sein Büro aufzuschließen, das gegenüberliegt. Er macht aus der Sache eine richtige kleine Zeremonie, betrachtet liebevoll den Schlüssel, lässt ihn einige Sekunden im Schloss stecken, ehe er ihn umdreht. Das alles geschieht mit offenkundigem Stolz, wie man ihn bei Erstklässlern sehen kann, die ihre leuchtend gelben Schultaschen schultern, oder bei einem frisch gebackenen Bachelor, der endlich seine Examenspapiere in Händen hält.

Ehe er die Klinke nach unten drückt, mustert er eine Weile das neben der Tür befestigte Schild an der Wand. Er strahlt, er kann sich das Strahlen einfach nicht verkneifen, als er die drei Wörter auf dem dunkelgrauen Schild liest:

Pål Bentzen
Forscher

Ja, Pål Bentzen, der rothaarige Linguist, strahlt an diesem Maitag wirklich vor Lebensfreude, vor energischem Glück, vor Selbstzufriedenheit – obwohl er genau weiß, dass viele finden, er hätte seinen Posten nicht bekommen dürfen, er habe ihn ganz einfach nicht verdient.

Edith Rinkel blieb an ihrem Schreibtisch sitzen, und ihr kleiner Fuß mit dem hohen Spann steppte noch eine Zeit lang streitlustig auf dem Boden. Sie verachtete Menschen, die schwer von Begriff waren, nicht alle per se, sondern nur solche, die ihre Grenzen nicht kannten. Es war ihre aufrichtige Meinung, dass dieser Student nach abgelegter Bachelorprüfung sein Studium nicht hätte fortsetzen dürfen. Sie spürte keinen Zweifel, sondern hielt es für ihre Pflicht, ihm zu erzählen, wie sie die Sache sah.

Auf der Fensterbank brummte ein Insekt, eine große zottelige Hummel, wütend flog sie immer wieder gegen die Glasscheibe. Es war eine Königin. Nur die Königinnen überleben den Winter, deshalb tragen sie eine große Verantwortung. Die Hummelköniginnen müssen ein Volk gründen, aus dem wieder neue Völker entstehen sollen. Jetzt musste diese Hummel eine Stelle finden, wo sie ein Nest bauen und die Eier legen konnte, die sie den ganzen Winter lang in sich getragen hatte. Die Hummel warf sich verzweifelt gegen das Fenster in Edith Rinkels Büro. Sie wollte einfach das tun, wozu sie erschaffen war, was ihre Instinkte ihr befahlen, aber etwas, dessen Beschaffenheit sie nicht begriff, hinderte sie daran.

Von starkem Mitgefühl ergriffen, öffnete Edith Rinkel das Fenster einen Spaltbreit, danach legte sie beide Hände um die Hummel, um ihre Gefangene dann im Fingerkäfig durch den Fensterspalt zu heben und freizulassen. Die Hummel flog davon, in den Maihimmel, der an diesem Tag auffällig blau war, wie Edith Rinkel bemerkte, von derselben Farbe, die für ihre Fakultät ausgesucht worden war. Ein fakultätsblauer Himmel, dachte Edith Rinkel, und sie bildete sich ein, im selben Moment die gebrummten Danksagungen der Hummel in der Ferne zu hören. Sie lächelte über diese kindlichen Gedanken (Hummeldank! Fakultätsblau!), aber wenigstens war sie jetzt wieder guter Laune, und voller Arbeitseifer und Tatendrang setzte sie sich an ihren Computer und machte da weiter, wo sie beim Erscheinen des grenzdebilen Studenten aufgehört hatte.

An diesem Tag würde es keine Mittagspause in der Mensa geben, sie beschloss, ihr Kapitel fertig zu schreiben, sie würde sich zwei Stücke Knäckebrot aus der Packung nehmen, die sie immer in der Schublade liegen hatte. Für Edith Rinkel bedeutete das kein großes Opfer, sie zog in vieler Hinsicht Knäckebrot ohne Belag und ihre eigene Gesellschaft frischen Brötchen und dem albernen Gefasel der Kollegen vor. Denn das hier ist die Geschichte einer Professorin, die in ihrem eigenen Fach, ihrer eigenen Tüchtigkeit aufgeht. Es ist Edith Rinkels Geschichte. Aber es ist nicht nur ihre Geschichte. Es ist auch Pål Bentzens Geschichte, die Geschichte des Forschers, die Geschichte des rothaarigen Linguisten.

Mit dem Erzählen einer Geschichte anzufangen ist eigentlich unmöglich, oder genauer gesagt: Zu wissen, wann und wo sie beginnt, ist unmöglich, denn das Leben ist ja eine Linie von der Geburt bis zum Tod, eine einzige durchgängige Linie, Sekunde um Sekunde wächst sie weiter, erschafft sich selbst. Ab und zu scheint sie davonzurennen, ab und zu schlendert sie so gelassen, dass das Leben fast stillzustehen scheint. Manchmal steigt sie steil nach oben, wenn sich gute Dinge ereignen, und dann kann man durchaus sagen, dass die Lebensfreude neue Höhen erreicht. Aber manchmal fällt die Linie steil ab, die Lebenslust ist am Boden.

Nicht die Boulevardzeitungen haben diesen Strich erfunden, der das Leben symbolisiert und der nach oben zeigt, wenn angenehme Dinge passieren, und nach unten, wenn man leidet. Edith Rinkel und Pål Bentzen befassen sich mit der Sprachwissenschaft. Sie befassen sich mit Linguistik. Und durch ihren Beruf haben sie beide natürlich das in sprachwissenschaftlichen Kreisen sehr bekannte Werk *Metaphors we live by* aus den frühen Achtzigerjahren gelesen – dieser Klassiker von Lakoff und Johnson, der aufzeigt, dass wir ununterbrochen Sprachbilder benutzen, dass die Alltagssprache von ihnen wimmelt und dass die Bilder oft universal sind, dass sie in hohem Maße auf physischen Gesetzen und auf Eigenschaften des menschlichen Körpers basieren. Oben ist gut, unten ist schlecht. Diese Metapher ist eine anthropologische Konstante und in allen Sprachen der Welt wiederzufinden.

Norweger schütteln den Kopf, um Nein zu sagen, Bulgaren nicken, um dasselbe zum Ausdruck zu bringen. Die Sprache Rotokas auf Papua-Neuguinea hat nur elf Phoneme, die afrikanische Sprache !kung dagegen besitzt nicht weniger als 141 unterschiedliche Laute. Man schreibt von rechts nach links oder von links nach rechts, in waagerechten oder senkrechten Zeilen. Die alten Römer und auch die nordischen Runenmeister schrieben bisweilen auch in Schlangenmustern, erst von links nach rechts und dann von rechts nach links, wie die Pflugfurchen auf dem Acker. Es gibt so viele Unterschiede, aber die Wahrscheinlichkeit dafür, dass eine der etwa 6000 Sprachen auf der Erde positive Gemütszustände mit dem Adverb *hinunter* und negative mit dem Adverb *hinauf* ausdrückt, ist äußerst gering.

Das hätten Edith Rinkel und Pål Bentzen uns beide erzählen können. Edith Rinkel hätte das zweifellos gern getan. Sie hätte eine kurze und überaus scharfsinnige Einführung über Lakoff, Johnson und die kognitive Linguistik gehalten, vermutlich hätte sie auch die Kritik an der Theorie eingebaut, sie hätte es jedenfalls nicht mit ihrem Gewissen vereinbaren können, die Gegenargumente auszulassen. Wenn ihr der Verdacht gekommen wäre, dass ihre Zuhörer ihr nicht folgen könnten, hätte sie nach einer Weile kurz genickt, sich umgedreht und uns verlassen. Die Absätze ihrer äußerst eleganten Schuhe wären durch den Gang geklappert. Und wir, ihre Zuhörer, wären stehen geblieben und hätten hinter ihr hergeschaut.

Pål Bentzen wiederum hätte es *geliebt*, über das Buch von Lakoff und Johnson erzählen zu dürfen, und bestimmt hätte er seine Zuhörer bezaubert. Ja, er hätte uns bezaubert. Denn Pål Bentzen bezaubert seine Mitmenschen oft, vor allem die weiblichen. Er hätte die spektakulärsten Beispiele ausgesucht, die unvergesslichsten Textstellen. Er hätte mit den Händen gefuchtelt, und vermutlich wären ihm die Haare in die Stirn gefallen. Pål Bentzens tiefe und sonore Stimme hat eine große Reichweite, und er hätte schnell und sicher gesprochen. Seine große Nase hätte ein arrogantes Dreieck in die Luft gezeichnet. Aber er hätte rote Wangen gehabt, deren Ursache eine Mischung aus großem Eifer und fast vergessener Schüchternheit war, einer Schüchternheit, die sich nach einem Ereignis in seinen Jugendjahren eingestellt hat, nach dem EREIGNIS. Pål tituliert das, was damals passiert ist, immer in bestimmter Form und in Großbuchstaben, so groß, dass sie auch in der mündlichen Rede deutlich werden – trotz der objektiv gesehen ziemlich unbedeutenden Beschaffenheit des EREIGNISses. Und vielleicht ist das EREIGNIS der passende Anfang für Påls Geschichte?

Wir haben beschlossen, die Geschichte von Edith Rinkel an einem Tag im Mai beginnen zu lassen, an einem warmen Tag mit hohem und eben fakultätsblauem Himmel, einem Tag, an dem Edith Rinkel sich dermaßen über einen ihrer minderbegabten Studenten ärgert, dass sie sich weigert, ihn weiterhin zu betreuen. Das ist zwar ein zufälliger, aber glaubwürdiger Anfang. Wir könnten auch an einer anderen Stelle anfangen. Wir könnten zum Beispiel mit dem Tag beginnen, an dem Edith Rinkel ihre Professur angetreten hat. Oder damals, als sie den rötlichen Schatten einer gefüllten Karaffe voll Saft sah und erkannte, was sie für ein Mensch war. Aber wir haben uns nun einmal für diesen warmen Tag im Mai entschieden.

Aus irgendeinem Grund scheint es schwieriger, für die Geschichte von Pål Bentzen einen Ausgangspunkt zu finden. Beginnt Påls Geschichte vielleicht erst mit seiner Immatrikulation an der Universität Oslo? Er hatte seine Teenagerjahre soeben hinter sich gebracht, hatte drei Monate zuvor an einem nahe gelegenen Gymnasium die Reifeprüfung abgelegt, er freute sich so, dass er glaubte, in der Nacht vor der Immatrikulation keinen Schlaf finden zu können, aber wie immer schlief er gut, so gut, dass er es nur mit Müh und Not verhindern konnte, bei der feierlichen Zeremonie zu spät zu erscheinen. Als er mit seinem Immatrikulationsbescheid in der linken und dem schlaff-feuchten Händedruck des Rektors als taktiler Erinnerung in der rechten Hand dastand, war er dermaßen von Begeisterung erfüllt, dass er sich fast schämte und sich befahl, sich zusammenzureißen, seinem Mund ein weniger breites Lächeln zu verordnen, das Summen zu unterdrücken, das aus ihm hinauszuperlen drohte.

Oder vielleicht sollten wir uns einen anderen Punkt aus Påls Lebenslinie aussuchen und sagen, dass die Geschichte erst mit Påls viertem Semester beginnt, er hat das erste Zwischenexamen abgelegt, er hat sein Mathematikstudium aufgenommen und beendet, er hat – fast heimlich und mit sorgfältig einstudierter Lässigkeit – das Vorexamen in Phonetik und Sprachwissenschaft und das Examen für Latein als Nebenfach bestanden. Vielleicht beginnt Påls Geschichte in jenem Moment, als er den Seminarraum 1102 im Niels-Treschows-Hus betritt, im zehnten Stock, dem zweitobersten Stock im höchsten Haus des Universitätsgeländes, jedenfalls des höchsten Hauses der Historisch-Philosophischen Fakultät. Denn hier steigt seine Lebenslinie steil nach oben, weit über den zehnten Stock hinaus. Ja, vielleicht fängt das Ganze hier an, in dem Augenblick, als er den Seminarraum betritt und zum Studierenden am Linguistischen Institut wird. Zehn Jahre später betritt er jedenfalls an der Spitze des dreiköpfigen, mit Talaren bekleideten Komitees den Festsaal des alten Universitätsgebäudes mitten in Oslo, um über seine Doktorarbeit zum Thema *Between Scylla and Charybdis: Morpho-syntactic Immersion in Latin and Old Norse* zu disputieren. Und weitere zwei Jahre später tritt Pål seine neue Stelle an: Er wird Forscher am frisch eingerichteten Institut für Futuristische Linguistik – unter Eingeweihten Futling genannt. Es ist zwar keine feste Stelle (feste Stellen gibt es an der Universität Oslo kaum noch, und nur äußerst selten bekommt man sie, wenn man noch keine vierzig ist). Er hat also nur einen Zeitvertrag, ist aber seinem Ziel, seinem Lebensziel, näher gekommen als je zuvor. Er weiß, dass er sich diese Möglichkeit nicht entgehen lassen darf. Er will an der Universität bleiben. Das ist genau das, was er will.

Aber eigentlich beginnt Påls Geschichte natürlich schon viel früher. In dem Moment nämlich, als die stärkste und kämpferischste Samenzelle seines Vaters die Ziellinie erreichte und mit energischem Schwanzschlag durch die Haut drängte, die die Eizelle von Påls Mutter umgab. Die Mutter setzte sich im Schnee auf, unter einer Tanne auf dem Weg nach Ullevålseter, an einem ganz normalen Dienstag, sie fror am Hintern, und jetzt zog sie sich Strumpfhose und Skihose wieder über die Hüften. Sie hatte mit ihm ihren Kakao geteilt und im Gegenzug eine halbe Tafel Milchschokolade erhalten. Sie hatten herumgejuxt und gealbert und den »gemeinsamen Ton gefunden« (wie die Mutter sich auszudrücken pflegte, wenn sie Pål von seiner Entstehung erzählte), und plötzlich hatte sie die Skihose um die Knöchel, eiskalte Tannennadeln im Rücken und einen fremden rothaarigen Mann zwischen den Schenkeln. Schnee rieselte auf die beiden hinab, und Påls Mutter stöhnte an seinem Hals und in die Maschen des Norwegerpullovers.

Genau neun Monate darauf, auf den Tag genau neun Monate nach der Empfängnis, wird Pål geboren. (»Das ist ungefähr das einzige Mal, dass Pål pünktlich war«, sagte Påls bester Freund Morten, als er diese Geschichte durch Zufall einmal zu hören bekam.) Vielleicht fängt die Geschichte an dem Morgen an, an dem Påls Mutter in einem knisternd sauberen Bett im Ullevål-Krankenhaus saß, mit ramponiertem Unterleib, schmerzendem Becken und von Milch prallvollen und deshalb so fremdartig riesigen Brüsten, dass sie zunächst nicht glauben mochte, dass es wirklich ihre waren. An dem Morgen, als sie ihren kleinen Sohn ansah, der schon als Neugeborener die Anzeichen für eine auffällig große Nase zeigte, und sie sich über seinen haarlosen Schädel beugte und ihm, und sich selbst, versicherte, dass sie das hier schaffen würde. Und sie schaffte es. Sie schaffte es ganz hervorragend allein, sie und Pål in der Wohnung, die sie von ihren Eltern geerbt hatte, der Wohnung in Fagerborg, gleich unterhalb der Kirche von Vestre Aker.

Jener Kirche, dieser roten Klinkerkirche mit dem patinagrünen Glockenturm, die auf einer kleinen Anhöhe thront, in der sowohl seine Mutter als auch Pål getauft worden sind, in der sie konfirmiert wurde und in der die Trauerfeier für die Großeltern stattgefunden hat. Es ist dieselbe Kirche, die sie und Pål jahrelang jeden Sonntag aufsuchen, um Blumen auf das Grab zu legen, in dem Påls Großeltern ruhen. Pål und die Mutter. Die Mutter und Pål. Immer die beiden. Sie und Pål allein, bis zu dem Tag, an dem die Mutter heiratet, auch das in der Kirche von Vestre Aker.

Oder ist vielleicht, wie schon einmal angedeutet, das EREIGNIS der eigentliche Beginn der Geschichte? Das, was drei Jahre nach der Hochzeit seiner Mutter im Herbst passiert ist. Das EREIGNIS, das Påls Lebenslinie jählings nach unten absacken lässt, immer steiler und in hohem Tempo, in so hohem Tempo, dass er es nur mit knapper Not und nur mit der Hilfe seiner liebenden Mutter schafft, rechtzeitig abzuspringen.

Wir müssen hier betonen, dass das EREIGNIS an sich nicht von einem solchen Charakter ist, dass es auch bei jedem anderen Menschen unweigerlich zu einer solchen starken Reaktion geführt hätte. Wenn ein anderer als Pål dasselbe erlebt hätte, hätte er das möglicherweise nicht weiter beachtet. Aber Pål wurde durch das EREIGNIS in seinen Grundfesten erschüttert.

Es widerfährt Pål in dem Jahr, in dem er eigentlich konfirmiert werden sollte, natürlich in der Kirche von Vestre Aker, aber er weigert sich. »Es gibt keinen Gott, Mutter«, erklärt der Vierzehnjährige, sein Gesicht ist dünn und klein zwischen den sorgsam aufgestapelten Daunenkissen der Mutter, und die Mutter sieht ihn mit einem Gesicht so weiß wie Mehl an und widerspricht ihm nicht. Wie gesagt hätte die Geschichte vielleicht hier beginnen sollen, bei dem EREIGNIS, das Påls Leben so stark geprägt hat und das ihn für immer an seine Mutter bindet. Dem EREIGNIS, das dazu führt, dass die Mutter sich von ihrem Mann trennt und später scheiden lässt, sodass sie und Pål wieder allein sind, nur sie beide, in der Wohnung in Fagerborg. Vielleicht ist das der Anfang von Påls Geschichte, die schicksalhafte Episode, der er jahrelang einiges zu verdanken hat – eine imaginäre Chamäleonhaut, phonetische Hyperkonvergenz und von Zeit zu Zeit ein quälendes Schuldgefühl.

Aber nein, trotz der unleugbaren Bedeutung des EREIGNISses, für Pål, für die Mutter, für alle, die Pål kennen oder kennenlernen werden: Das Richtigste ist es, die Geschichte an dem Tag beginnen zu lassen, an dem Pål Nanna Klev begegnet. Denn diese Geschichte über Pål handelt nicht von dem EREIGNIS, sie handelt von der Universität, von Nanna, von Edith Rinkel, vom Institut für Futuristische Linguistik. Sie handelt von den Institutsangestellten, vom geschäftsführenden Direktor Paulsen, von Forschung, Studienbetreuung und Unterricht. Von dampfenden Teetassen und dem Laub, das auf den vielen Rasenflächen des Universitätsgeländes verfault. Sie handelt von den Studierenden, vom jungen Aleksander mit der Rosenhaut. Sie handelt von Hochmut, Ehrgeiz und von den lauteren Idealen der Wissenschaft. Sie handelt von Begierde, von Liebe, von Eifersucht und Neid. Vom Verlangen nach Betrug und von der Arroganz der Dummheit.

Wenn Edith Rinkel ein Wunderkind gewesen war, dann war das jedenfalls niemandem aufgefallen. Allerdings hat auch niemand die Phasen der Unvollkommenheit bemerkt, die sie, wie alle anderen, notwendigerweise durchgemacht haben muss. Oder hat sie diese Phasen gar nicht durchgemacht? Niemand kann sich daran erinnern, dass Edith zu irgendeinem Zeitpunkt kein R aussprechen konnte, dass sie sich unbeholfen ausgedrückt oder Fehler gemacht hätte; offenbar waren ihre ersten Wörter bereits lange Perlenketten aus perfekt geformten Sätzen, mit deutlicher Aussprache und von großer Eleganz. Niemand kann sich erinnern, dass ihre Schreibhefte von schiefen Buchstaben und Verstößen gegen die Rechtschreibregeln gezeichnet gewesen wären (»Mama ist liep« stand nirgendwo in Ediths Schreibheften aus den Grundschuljahren). Ruhig und zurückhaltend, ohne die Aufmerksamkeit ihrer Umgebung erregen zu wollen, eignete Edith sich Wissen an und beherrschte bald ein Gebiet nach dem anderen mit beneidenswerter Mustergültigkeit.

Edith Rinkel erkannte mit elf Jahren, dass sie ganz anders war als ihre beiden Schwestern. Oder, genauer gesagt: Sie hatte schon längst verstanden, dass sie anders war, aber eines Tages ging ihr auf, dass das eine Tatsache war, die sich nicht bekämpfen ließ, ja, sie beschloss ganz einfach, ihre Andersartigkeit zu kultivieren.

Die eine Schwester war zwei Jahre älter als Edith, die andere zwei Jahre jünger. Edith war also die Schwester in der Mitte, aber trotzdem war es schon früh so, dass die beiden Schwestern, die jüngere und die ältere, sich verbündeten und Edith aus ihrer Gemeinschaft ausschlossen. Sie taten das nicht aus bösem Willen, zumindest nicht bewusst, sondern eher aus einem intuitiven Verständnis heraus, dass Edith nicht war wie sie und auch nicht wie sie sein wollte. Nicht nur sahen sie anders aus (Ediths Schwestern waren schmächtige Wesen, blond und zart, während Edith sich groß und plump fühlte – sie kam früh in die Pubertät und wuchs ihrer älteren Schwester bald über den Kopf), sondern sie dachten und handelten auch völlig unterschiedlich.

Der Vater der drei Schwestern, langjähriger Referatsleiter im Justizministerium, war dunkel und kräftig wie Edith, während die Mutter, eine Hausfrau, blond und zierlich war wie die beiden anderen Töchter. Der Vater war fast nie zu Hause. Wenn er nicht im Büro war, dann nahm er an Treffen der Freimaurerloge teil oder saß im Theatercafé, rauchte Zigarren und trank mit Apfelsaft gemischten Calvados.

Der Vater war ein strenger Mann, er übte seine Macht mit großer Freude und Gewissenhaftigkeit aus und mit einem Hauch freundlicher Bosheit, die sich in bizarren Scherzen niederschlug, sowohl bei seiner Arbeit in dem verstaubten Ministerium als auch zu Hause in der geräumigen Villa in Vinderen. Er war ein Mann, der einen guten Lacher zu schätzen wusste; als Knabe hatte er einmal an einem heißen Sommertag den Trinknapf gerade so weit weggeschoben, dass der angekettete Hofhund ihn nicht erreichen konnte. Und auch heute noch, als erwachsener Mann, amüsierte es ihn, Fliegen die Flügel und Beine auszureißen und ihre zappelnde Hilflosigkeit zu betrachten, dann schallte sein tiefes Lachen durch das Haus.

Seine Untergebenen im Ministerium verrichteten ihre Arbeit in Angst und voller Respekt, seine Gattin und die drei Töchter schauten in furchtsamer Liebe zu ihm auf, fühlten sich aber am wohlsten, wenn er nicht in der Nähe war. Wenn er ein seltenes Mal einen ganzen Abend zu Hause verbrachte, kam es vor, dass er die drei kleinen Töchter ins hintere Wohnzimmer zitierte, wo er in einem abgenutzten Ohrensessel residierte, während der Rauch seiner Pfeife (die er zu Hause der Zigarre vorzog) den Raum mit blauen Wirbeln füllte. »Na, da seid ihr ja«, pflegte er zu sagen und zeigte mit der Pfeife auf sie. »Tanzt jetzt nach meiner Pfeife«, befahl er und lachte schallend über seinen eigenen Wortwitz. Danach mussten sie herumhüpfen. »Los, hüpft«, kommandierte er. Die drei Schwestern sprangen, und ihre Zöpfe, zwei Paar blonde und ein Paar fast schwarze, schlugen ihnen ins Gesicht, und sie gerieten außer Atem, und ihre Wangen röteten sich vor Anstrengung. Der Vater schlug sich auf die Schenkel und lachte, die Mutter, die die Töchter ins Zimmer geführt hatte, lachte ebenfalls. Alle waren froh, wenn Vater froh war. »Raus jetzt«, sagte er nach einigen Minuten, und die Schwestern taumelten lachend und mit roten Gesichtern hinaus. Aber mit sieben Jahren weigerte Edith sich, für den Vater zu hüpfen. Wie immer war sie zusammen mit den Schwestern vorgeladen worden, der Vater schimpfte, die Mutter flehte, aber Edith stand regungslos in der Mitte, zwischen den hüpfenden Schwestern. Das wiederholte sich mehrere Male. Am Ende kommentierte der Vater Ediths Befehlsverweigerung nicht mehr, sie schien ihm fast zu gefallen (ganz anders als der Mutter). Bald darauf fing der Vater an, sie Ed zu nennen, und zu Weihnachten erhielt Edith ein Insektenkabinett, das der Vater für sie gekauft hatte. Das Kabinett bestand aus sechzehn kleinen quadratischen Boxen, bewohnt von sechzehn Insekten, jede in ihrer kleinen Zelle präpariert und auf eine Nadel montiert.

Aber der Wendepunkt in Ediths Leben ereignete sich erst an einem warmen Frühsommertag vier Jahre später. Ihre Schwestern, die jetzt neun und dreizehn waren, spielten draußen in dem großen Garten, sie hörte, wie die beiden sich kabbelten, aber als sie aus dem Fenster schaute, saßen sie auf dem Rasen und steckten die beiden fast weißhaarigen Köpfe aneinander, so dicht, dass die Haare der einen die andere im Gesicht gekitzelt haben müssen. Auf einem Tablett neben ihnen stehen drei Gläser (zwei benutzte und ein unbenutztes), dazu eine Karaffe von Mamas gutem Himbeersaft, die Karaffe glitzert, die Sonne lässt den Saft leuchten wie einen roten Edelstein, wie einen kühlen Rubin. Mama hatte sie auch an die frische Luft schicken wollen: »Es ist doch so schön in der Sonne, Edith. Geh raus zu deinen Schwestern, Edith.« Aber sie hatte sich geweigert, sie wollte lieber lesen. Mama war aus dem Zimmer gestampft (wenn es auch ein beherrschtes Stampfen war, denn die Mutter kam aus einer feinen alten Familie, und sie wohnten ja auch in einer vornehmen Gegend), und sie sagte etwas darüber, dass Edith störrisch und trotzig sei, warum müsse sie denn in ihrem halbdunklen Zimmer hocken und *lesen*, wenn sie mit ihren Schwestern draußen auf dem Rasen sitzen und Saft trinken könnte? Ob sie vielleicht eifersüchtig auf die beiden sei? Aber Edith war kein bisschen eifersüchtig, trotzig war sie vielleicht, aber sie *wollte* im Haus bleiben. Ihr war ihr Zimmer lieber, die Stille, das Buch, das sie gerade las, lieber als die Sonne, der Saft und die Stimmen und das Lachen der Schwestern.

Die Mutter, die so deutlich, wie ihre Erziehung das überhaupt zuließ, zum Ausdruck brachte, dass sie Edith für einen hoffnungslosen Fall hielt, betrat an diesem Tag Ediths Zimmer nicht erneut. Edith schmökerte viele Stunden lang, in wunderbarer Stille, bis sie das Buch durchhatte. (»Wenn es wenigstens ein richtiges Buch wäre«, hörte Edith die Mutter zum Vater sagen, und sie weiß, dass die Mutter umgänglicher gewesen wäre, wenn Edith sich nicht ausgerechnet in ein dickes Buch über Insekten vertieft hätte, herausgegeben von der Norwegischen Gesellschaft für Entomologie, mit viel Text und wenig Bildern.)

Edith weiß, dass ihre Mutter glaubt, Edith zu bestrafen. Im Laufe dieses Nachmittags begreift sie, dass die Mutter sich grausam findet, weil sie Edith nicht wiederholt nötigt, in den Garten zu gehen. Edith begreift, dass ihre Mutter ein schlechtes Gewissen hat, denn Edith begreift, dass ihre Mutter nicht fassen kann, dass Edith im Haus bleiben und ihr Buch beenden *will*.

Als sie wieder aus dem Fenster schaut, steht die Sonne tiefer am Himmel, sie sieht ihre Schwestern nicht mehr, aber der Himbeersaft leuchtet noch immer draußen im Garten – der Krug ist wieder voll, sie nimmt an, dass die Mutter dafür gesorgt hat. Und dann, während sie sich den roten, glitzernden Saft ansieht, hat sie die Erkenntnis, dass sie niemals so werden wird wie die anderen und dass sie den Versuch darum auch gleich aufgeben kann. Das ist eine große Erleichterung.

Hier hätte Edith Rinkels Geschichte anfangen können, wenn wir nicht beschlossen hätten, sie lieber an einem ganz normalen Tag im Mai beginnen zu lassen. Denn dieser Sommertag in Ediths Kindheit war ein wichtiger Tag in ihrem Leben. An diesem Tag gab sie den Kampf auf, eine andere zu werden, und die Gewissheit, anders zu sein, hat von jenem Tag an alle ihre Entscheidungen gelenkt. Nur ein einziges Mal hat Edith Rinkel sich nicht von dieser Gewissheit leiten lassen. Und zwar, als sie mit fünfundzwanzig Jahren, als frisch gebackene Magistra der Linguistik, die Kirche betrat, die Hand auf dem mit einem Jackett bekleideten Arm des Vaters, und lächelnd zum Altar schritt, wo der zwei Jahre ältere Historiker Bjørnar auf sie wartete.

Aber bezeichnender für ihre Geschichte, typischer für ihren Charakter, ist der Tag knapp vier Jahre später, der Tag, an dem sie die Scheidungspapiere unterzeichnete. Am selben Tag zog Edith in eine kleine Mietswohnung, in der sie dann bis zu dem Jahr wohnen blieb, in dem sie fünfunddreißig wurde. Damals kaufte sie die Wohnung im Geitmyrsvei, in der sie auch heute noch wohnt, mittlerweile als gestandene Frau, die auf die fünfzig zugeht.

Nicht, dass es ihr nicht gefallen hätte, verheiratet zu sein, dass sie ihren Mann nicht geliebt hätte, es war nur einfach so, dass sie nicht verheiratet sein *konnte*. Ein Eheleben ließ sich nicht mit ihrem Leben vereinen, so, wie sie es leben wollte und musste. Edith Rinkel war sich selbst genug. Sie hatte mit anderen Worten keinen Bedarf an anderen Menschen, und für einen Ehemann hatte sie weder Verwendung noch Platz.

Edith Rinkel hatte schon als Kind gutes Essen geliebt. Sie besaß einen gesunden Appetit (ihre Mutter hatte ihr oft hemmungslose Fressgier vorgeworfen), und der hatte ihr zu einer weichen, aber festen Polsterung verholfen, die sich um ihren Körper legte, gleichmäßig verteilt, sodass die Polsterung ihre Figur durchaus nicht ruinierte, sondern nur betonte, und zwar auf eine Weise, die die meisten Männer unwiderstehlich fanden. Aber schon ziemlich früh in ihrer vierjährigen Ehe hatte sie das Essen nicht mehr genießen können und in kürzester Zeit zwei Kleidergrößen verloren. Sie schlief auch schlechter, und die Freude am Sex verschwand. Die Trennung war die einzige Möglichkeit, und mit dem Tag ihres Umzugs in die Mietwohnung, eine enge und dunkle Wohnung, stellte sich zuerst ihr Appetit wieder ein und dann die Weichheit ihres Körpers, sie schlief wie ein Stein und engagierte ziemlich bald darauf einen Mann für die Rolle des Liebhabers, einen Mann, der ebenso wenig wie sie an emotionalem Engagement interessiert war, von dauerhafter Liebe gar nicht zu reden.

Edith selbst ist durchaus keine Frau, die sich schutzlos treiben lässt oder anderen Zugang zu dem gewährt, was sie als ihren Bereich betrachtet. Im Gegenteil ist sie eine Frau, der es starkes Unbehagen bereitet, nicht die volle Kontrolle zu haben. Doch ein erfolgreiches Sexualleben erfordert Hingabe, einen kontrollierten Kontrollverlust. Und diesen Balanceakt zwischen Kontrolle und Nichtkontrolle meistert Edith virtuos. Nur ganz zu Anfang ihrer sexuellen Karriere und ihrer Ehe konnte Edith Rinkel sich nicht hingeben. Sie bekam also keinen Orgasmus, sie konnte nicht schlafen. In beiden Fällen geht es um das Wagnis, die Kontrolle zu verlieren, die Führung aus den Händen zu geben und sich fallen zu lassen, ob man sich in den Schlaf fallen lässt, bei dem man nie weiß, ob man wieder daraus erwachen wird, und wo das Unterbewusstsein freies Spiel hat, oder ob man sich dem Genuss hingibt, sich einem anderen Menschen in einem Zustand der Auflösung zeigt, alle Sorgen vergisst, wie man wohl aussieht, wenn man sich in der Gewalt der Lüste befindet, wenn man alle Scham, die man seit der Kindheit in sich trägt, beiseiteschiebt. Aber schon kurze Zeit nach der Scheidung war sie dazu wieder in der Lage. Und nun konnte sie auch weiter an ihrer Karriere basteln.

Zwei Jahre nachdem sie ihren Mann verlassen hatte, promovierte sie (mit dem Thema *Eine diachrone Studie von Präpositionen in westgermanischen Sprachen*), und mit einunddreißig hatte sie eine Festanstellung als Dozentin im Institut für Klassische und Alte Sprachen. Innerhalb weniger Jahre wurde sie zur jüngsten Professorin der Fakultät, sie kaufte die Wohnung im Geitmyrsvei, als vernünftige Investition natürlich – die Idee, sich ein gemütliches Zuhause einzurichten, wäre Edith Rinkel niemals in den Sinn gekommen.

Pål ist vor Kurzem zweiunddreißig geworden. Vor etwas weniger als neun Monaten hat er seine Stelle als Forscher mit Zeitvertrag am Institut für Futuristische Linguistik angetreten. Er ist, wie gesagt, ein glücklicher Mann. Ja, er ist zurzeit überaus zufrieden mit seinem Leben. Er hat soeben mit Siri Schluss gemacht, einer Zahnärztin, mit der er zwei Monate lang zusammen war. Er besitzt ein halbes Haus im Niels-Henrik-Abels-Vei, der Straße, die den nördlichsten Grenzverlauf der Humanistischen Fakultät bildet. Es ist eine grün angestrichene Doppelhaushälfte, Wohnzimmer, drei Schlafzimmer, mehr Platz, als er benötigt. Das Haus ist frisch renoviert, das meiste ist an den Wochenenden geschehen, mithilfe von Påls Jugendfreunden und Kommilitonen. Niemand könnte bestreiten, dass im Haus ein maskuliner Stil überwiegt, zugleich haben aber seine Freundinnen etwas unverkennbar Weibliches hinzugefügt. Eine nach der anderen hat seinem Haushalt ihren Stempel aufgedrückt, es gibt weiche Kissen und Decken, es hängen Bilder an den Wänden, und auf dem Badewannenrand stehen sogar zwei kleine Teelichtständer (wenn auch ziemlich verstaubt).

Doch, Pål geht es gut. Die Zinsen für das Hausdarlehen sind weiterhin niedrig, das Studiendarlehen ist abbezahlt (dank Påls großzügiger Mutter, eine Tatsache, an die Morten ihn immer wieder erinnern muss: »Du Schwein, du hast mit deiner Mutter mehr Glück, als du verdienst«). Er hat genau den Job, von dem er geträumt hat – eine wissenschaftliche Stelle an der Universität Oslo. Jetzt muss er die nur noch in eine Festanstellung umwandeln.

Zurzeit verläuft also Påls Lebenslinie gleichmäßig und relativ weit oben. Und in dem Moment, als er Nanna in der Tür des Instituts für Futuristische Linguistik zum ersten Mal erblickt, zeigt seine Linie steil nach oben, sie zittert gespannt und potent. Pål ist verliebt. Er verliebt sich augenblicklich. Er schwärmt nicht, ist nicht verknallt, nicht fasziniert. Er ist machtlos. Er ist heiß und innig und grenzenlos verliebt. Vielleicht zum ersten Mal. In Påls Leben hat es viele Frauen gegeben. Sie fliegen ihm zu. Er sieht gut aus, heißt es. Er verfügt über Wissen, Witz und Charme. Er hat eine ungewöhnlich schöne Stimme, tief und klangvoll. (Påls melodische Stimme, sagt seine Mutter immer, aber sie hat ja auch eine Vorliebe für romantische Ausdrucksweisen.) Wenn er erotisch wirken will, dann entspannt er seine Stimmbänder, sodass die Vokale in der Luft hängen bleiben und vibrieren, ehe sie sich in die Gehörgänge der Frau schleichen. Normalerweise spricht er ruhig, fast lässig, aber mit deutlichem Wechsel der Geschwindigkeit, wenn er sich ereifert oder auf einer Meinung beharrt. Er weiß, wie er auf das andere Geschlecht wirkt, aber seine Schüchternheit hat er noch nicht ganz abstreifen können, und noch immer übermannt ihn manchmal diese Unsicherheit seiner Jugendjahre. Arroganz und Schüchternheit – in dieser Reihenfolge und mit einem Mischungsverhältnis von 5:1 – machen Pål fast unwiderstehlich. Die Folge sind unzählige kurzfristige Beziehungen. (Påls Freunde, vor allem sein bester Freund, Morten, bezeichnen Påls stetig wachsende Anzahl seiner Verflossenen als Påls Hühnerschar.)

Bisher ist Pål keiner Frau wirklich erlegen. Er verliebt sich immer wieder, verliebt sich Hals über Kopf, und jedes

Mal ist er davon überzeugt, dass sie die einzig Richtige ist, aber diese Überzeugung ist von so kurzer Dauer, dass er kaum die Zeit hat, sie wahrzunehmen, ehe sie auch schon wieder verflogen ist. »Du bist die Einzige für mich«, sagt Pål deshalb immer wieder zu seiner Mutter, im Scherz, und bis zu seiner Begegnung mit Nanna entspricht das der Wirklichkeit.

Es ist nicht übertrieben zu behaupten, dass Nanna Påls Leben verändert hat. Deshalb beginnt hier die Geschichte von Pål. *Diese* Geschichte von Pål beginnt hier. Jedoch, um diesem Augenblick alle Gerechtigkeit widerfahren zu lassen, um das Bühnenbild für diesen Augenblick zu gestalten und um zu zeigen, wie unerwartet diese Begegnung an diesem Punkt in Påls Lebenslinie war, muss unser Bericht eine Weile vor dieser Begegnung einsetzen.

Die Universität ist wie eine nicht ausreichend sterilisierte Konservendose«, sagte irgendwann einmal eine Professorin auf einem Weihnachtsfest, oder war es vielleicht ein Sommerfest? »Die Universität befindet sich in einem Zustand von chronischem Botulismus«, fügte sie hinzu. »Alle Zwischenfälle können sich schnell verbreiten und maximal entwickeln. Es bestehen kaum geeignete Bedingungen für Nachsicht und wenig Raum für Vergebung.«

Der Rotwein aus dem Karton hatte sie redselig werden lassen. Ihr Gegenüber nickte, ergriffen von der Wahrheit in ihren Worten. Aber sie waren ja beide ziemlich blau.

Und es kann durchaus etwas Wahres dran sein. Trotzdem würden viele den Kopf schütteln, sich in dieser Beschreibung nicht wiederfinden. Es ist jedoch eine unbestreitbare Tatsache, dass nur äußerst wenige der wissenschaftlichen Mitarbeiter ihren Job an der Universität aufgeben. Man bleibt dort, bis man körperlich und seelisch erstarrt und in Pension geht, ohne sich notwendigerweise jemals weit von dem Gang entfernt zu haben, in dem man sein Arbeitszimmer hatte. Wahrscheinlich ist man ständig unzufrieden. Aber man bleibt trotzdem.

Denn obwohl Universitätsangestellte zunehmend als Überreste einer vergangenen Zeit betrachtet werden, man ihnen mit herablassender Neugier begegnet, haftet einer Professur doch immer noch ein gewisser Status, ein gewisses Prestige an.

Ein anderer Grund, aus dem die Angestellten bleiben, ist, dass das Universitätsleben kaum Anforderungen stellt, wenn man dort erst einmal festen Boden unter den Füßen hat. Das kann anstrengend sein, ja. Aber für viele ist es ein beschütztes, angenehmes Dasein. Und oft haben sie auch keine Alternative. Für andere Arten von Arbeit haben sie sich gründlich disqualifiziert. Wenn man zehn, fünfzehn Jahre damit verbracht hat, alles über die Vokale des Suaheli oder die metrischen Muster in Emily Dickinsons Lyrik zu erforschen, hat man nicht gerade Kompetenzen erworben, nach denen die übrige Gesellschaft gierig schreit.

Von außen gesehen kann das Universitätssystem durchaus liberal wirken. Aber in der Konservendose, unter dem dicht schließenden Deckel, herrscht eine strenge Justitia. Die Angestellten überwachen einander mit Argusaugen. Wenn man in der Kaffeepause nicht über die Universität schimpft, macht man sich verdächtig. Wenn man die Universität öffentlich kritisiert, wird man totgeschwiegen. Wenn man keinen Erfolg hat, wird man verachtet. Aber auch die Erfolgreichen kommen nicht ungeschoren davon: Ist jemand ein guter Pädagoge und zugleich beliebt bei den Studenten, gerät er in Verruf. Vermittelt man zu viel, wird man zu oft in Presse und Fernsehen zitiert, gerät man in Misskredit, denn dann ist man oberflächlich und populistisch. Normalerweise gilt die Regel: Je weniger Leser, desto bessere Forschung. Aber wenn man nur in gewichtigen internationalen Zeitschriften veröffentlicht, wenn man angesehene wissenschaftliche Auszeichnungen erhält, wird man garantiert aus der netten Runde am Mensatisch ausgeschlossen.

Böse Zungen behaupten, die Universitätskultur züchte die Mittelmäßigkeit. Der Mittelmäßige ist der klare Sieger, aber wichtiger als fachliche Mittelmäßigkeit sind soziales Wissen und die Fähigkeit zum Netzwerken.

»Aber wir dürfen die Freuden nicht vergessen«, nuschelte die Professorin auf der Weihnachtsfeier nach zwei weiteren Gläsern des billigen Kartonweins. Und sie hat recht: Es gibt auch aufrichtige Forschungsfreude und fachliche Begeisterung, es gibt einen starken Glauben an das Wissen, ein unerschütterliches Vertrauen in die Wissenschaft. Auf jeden Fall! Das Universitätswesen basiert in hohem Maße auf der glühenden Leidenschaft der Angestellten. Das tut diese Geschichte ebenfalls. Edith Rinkel, Pål Bentzen und Nanna Klev glühen. Und sie sind keine Mittelmäßigkeiten. Niemand würde auf die Idee kommen, Edith Rinkel als Durchschnittsmenschen zu bezeichnen, und auch Pål Bentzen und Nanna Klev sind eindeutig weder durchschnittlich noch mittelmäßig.

Wenn es darum geht, Verbündete zu finden und in sozialen Netzwerken nach oben zu klettern, bestehen jedoch große Unterschiede zwischen Edith Rinkel, Pål Bentzen und Nanna Klev. Alle drei wissen sehr gut, worauf es ankommt. Sie beherrschen die Kunst des Kletterns. Aber mindestens eine von diesen drei Personen wird zu hoch klettern und abstürzen. Und viele werden sagen, sie habe es verdient.

Einige Tage bevor Pål Nanna zum ersten Mal begegnet, ist er in Amsterdam. Es ist ein brütend heißer Tag Ende September, die Straßen sind voller Menschen, die Rad fahren, Eis essen oder beides zusammen. In den Straßencafés drängen sich die Gäste. Die Amsterdamer heben schwere Biergläser zum Mund. Die Sonne lässt das Bier aussehen wie flüssiger Bernstein. Es wird eifrig geplaudert und emsig zugeprostet. Alle sind laut und munter, einige Kinder kreischen und lachen. Eine Mutter ruft ihre Söhne zur Ordnung, gibt ihnen aber nach dem Klaps auf den Hintern Geld für ein weiteres Eis – denn dieser Tag ist so wunderschön, dass das Eisgeld lockerer sitzt als die Strafpredigten.

Plötzlich bellt ein Hund, und von einer benachbarten Veranda antwortet ein anderer. An den Grachten spazieren Paare Arm in Arm, mit leichten Sommerkleidern und dunklen Sonnenbrillen, hinter denen sich verliebte Augen verbergen. Auf dem Damrak, neben dem riesigen Befreiungsdenkmal, lässt jemand einen CD-Player auf höchster Lautstärke laufen, und mindestens ein Dutzend Jugendlicher stürzen sich sofort in einen halsbrecherischen schweißtreibenden Tanz, sie vergessen eventuelle Sorgen und feiern den Sommer mit schwingenden Armen und ruckartigen Kopfbewegungen.

Aber Pål sieht nichts von alledem. Er ist zu einem Kongress hier. Einem linguistischen Kongress unter der Regie der Vrije Universiteit Amsterdam. *The Fourth Symposium on*

Language Changes in the Future. Er sitzt in einem halb vollen Hörsaal, auf einer harten Bank, der schmale Tisch, auf dem seine Papiere liegen, ist am Rücken der Bankreihe vor ihm befestigt. Der Hörsaal hat keine Fenster, Pål sieht den Sommer draußen nicht, aber er weiß sehr wohl, dass er vorhanden ist. Im Saal ist es unerträglich warm, und das Atmen fällt schwer.

Unten am Rednerpult steht ein Mann von Ende dreißig mit schütteren Haaren, das Gesicht dem Publikum zugewandt. Er hat beide Hände um die niedrige Kante geschlossen, die sich auf drei Seiten um das Rednerpult zieht, auf der schrägen Tischplatte liegt das Manuskript, aus dem er vorliest. Seine Stirn und sein Schädel glänzen vor Schweiß. Der Hals des Mannes ist außerdem mit roten Flecken übersät. Ob das an Hitze oder Nervosität liegt, ist schwer zu sagen. Es kann ein Hitzeausschlag sein, es können nervöse Flecken sein. Pål empfindet einen kurzen Moment des Mitleids, wie ihm das oft passiert, wenn er gehemmten Menschen begegnet, vor allem, wenn diese Hemmungen zu Hautreaktionen führen. Aus alter Gewohnheit wirft er einen Blick auf seine eigenen Arme, die natürlich ganz normal aussehen. Sonnengebräunte Unterarme unter den aufgekrempelten Hemdsärmeln, seine Haare sind in diesen Sommermonaten hell geworden. Aus dem Programm, das vor ihm auf dem Tisch liegt, weiß Pål, dass der Redner Ivar Guðmundsson heißt. Etwas an ihm kommt ihm bekannt vor.

Pål gähnt, lässt sich zurücksinken und spürt, wie der Schweiß aus seinen Achselhöhlen strömt, er fühlt sich überraschend kühl und angenehm an. Pål sehnt sich jetzt nach einem eiskalten Bier, das wäre jetzt perfekt – ein beschlagenes Glas Grolsch. »Ist so ein Glas mit kalter Flüssigkeit außen oder innen beschlagen? Sowohl als auch? Nein, jetzt konzentrier dich gefälligst«, ermahnt er sich. »Der

Vortrag hat gerade erst begonnen, noch kann ich einsteigen.« Pål schaltet die Hitze aus, verdrängt den Gedanken an kaltes Bier und den flirrenden Sommer draußen, und richtet seine gesamte Aufmerksamkeit auf die Worte des Vortragenden.

Nach ungefähr drei Minuten dämmert es Pål, dass er diesen Vortrag schon einmal gehört hat, auf einem Kongress in Österreich, in einem kleinen Ort in der Nähe von Graz, vor einem halben Jahr.

Auf dem großen Morphologiekongress in der Nähe von Graz wurde die Universität Oslo von Professorin Edith Rinkel, von Professor Fred Paulsen, vom Akademischen Rat Hans Holstein und von Pål vertreten. Sie verließen Norwegen an einem Wintertag voller Schneematsch. Es sollte das erste Mal sein, dass Pål mit Edith Rinkel mehr als nur oberflächlich ins Gespräch kam, mit einer Frau also, die in Påls Geschichte eine entscheidende Rolle spielt. Edith Rinkel ist Påls unmittelbare Vorgesetzte, sie leitet die Abteilung für Zukünftige Morphologie am Institut für Futuristische Linguistik. Sie ist eine gut aussehende Frau, und ihr Aussehen braucht trotz ihres Alters keinerlei Vergleiche zu scheuen.

In einigen Monaten wird sie Fünfzig, Pål ist also fast siebzehn Jahre jünger. Für ihn ist sie eine außergewöhnlich attraktive Frau. Edith Rinkel ist übrigens die Frau, an die fast alle Philologen an der Universität Oslo denken, während sie sich selbst befriedigen. Sie ist hochgewachsen und hält sich sehr gerade, sie hat dunkle Haare. Sie ist gut gebaut und gut proportioniert. Sie ist nicht schlank, legt man das heutige Weiblichkeitsideal zugrunde, ist sie sogar ziemlich übergewichtig. Ja, *kräftig* ist ein Wort, das leicht über die Lippen kommt, wenn Edith Rinkel beschrieben werden soll. *Kräftig* ist ein Euphemismus, der oft zur Beschreibung von fetten Frauen benutzt wird, aber Rinkel ist kräftig im ursprünglichen Sinne dieses Wortes: Sie ist kraftvoll. Dass sie ein schillerndes Talent hat, bezweifelt niemand. Der Korridorklatsch über sie dreht sich auch nie um ihre intellektuellen Fähigkeiten, sondern um andere Dinge. Rinkel ist nicht besonders beliebt. Sie wird von einigen bewundert, von vielen begehrt und von den meisten gefürchtet.

Zur Zeit des Morphologiekongresses im Januar in Graz hatte Pål gerade seine Stelle angetreten und nahm zum ersten Mal als Angehöriger des Instituts für Futling an einem Kongress teil. Edith Rinkel war er bisher beim Einstellungsgespräch und dann am Tag darauf bei der Arbeit begegnet, später hatte er sie einige Male in der Mensa gesehen. Pål hatte sich jedoch dabei ertappt, dass er ziemlich viel an sie dachte, wenn er in seinem neuen Büro am Computer saß und aus dem Fenster in Richtung Gaustad starrte, oder auch zu Hause in dem grünen Haus im Niels-Henrik-Abels-Vei. Er dachte an sie, wenn er auf dem Sofa saß und fernsah oder Wein trank oder mit Siri sprach. Er dachte an sie, wenn er im Bett lag oder unter der Dusche stand. Er dachte an Rinkel immer als Rinkel, nie als Edith. Das fand er ein wenig komisch, zugleich gefiel ihm das Pikante an der Tatsache, dass er die Frau, die er in Gedanken derzeit am häufigsten auszog, nur beim Nachnamen nannte.

Er dachte immer häufiger an sie. Er dachte an sie an einem Abend, als Siri bei ihm übernachtete. Siri hatte sich soeben zum Schlafen umgedreht und vor Wohlbehagen und Schläfrigkeit geseufzt. Pål mochte die Geräusche, die befriedigte Frauen ausstoßen – auch wenn er zu diesem Zeitpunkt dieser besagten Frau schon überdrüssig war –, und er liebte den Geruch frischer Leidenschaft.

Innen am linken Oberschenkel, ganz oben an der Leiste, hat Pål eine Narbe, eine Narbe, die im Laufe der Jahre blauweiß geworden ist, blauweiß wie Magermilch. Die Narbe ist länger als eine Zigarettenpackung und breiter als eine

Frauenhand – jedenfalls breiter als die Hände der Frauen, die bisher ihre Hand auf die Narbe gelegt haben. Sie legen die Hand in einer tröstenden Neugier darauf, während sie bohren und fragen: »Was ist passiert? Hat es wehgetan? Musste das im Krankenhaus genäht werden?« Einige fragen direkt, ohne Umschweife, andere zaghaft, wiederum andere nur mit Blicken. (»Das ist wie ein Persönlichkeitstest«, sagt Pål zu seinem besten Freund Morten. »Bisher hat keine *nicht* gefragt, und ich bilde mir ein, dass ich durch die Art, in der sie fragen, etwas über ihre Persönlichkeit lerne«, fügt er hinzu.)

Keine bekommt eine Antwort, und an dieser Stelle pflegt Pål die Frau behutsam in die Arme zu nehmen und sie umzudrehen, sodass sie unten liegt. Und bald vergisst sie ihre Neugier. (»Was machst du, wenn eine mal nicht fragt?«, erkundigt sich Morten. »Die heirate ich sofort«, antwortet Pål. »Trottel«, sagt Morten.)

Er schnupperte wie ein Hund die Schlafzimmerluft, lauschte Siris ruhigem Atem und legte eine Hand auf die Narbe, spürte, dass die Haut dort dünner und viel glatter war. Er hatte sich Rinkels Hand auf der Narbe vorgestellt. Vielleicht würde ihre Hand die Narbe sogar vollkommen bedecken? Rinkels Hand oben auf seinem Oberschenkel, sie streicht ihm über die Narbe, gleitet über den Hüftkamm und wieder zurück, nähert sich seinem Penis, ehe sie plötzlich die Haut des Oberschenkels packt und so fest zukneift, dass es wehtut.

Am Tag nach diesen eher frustrierenden und wenig hilfreichen Phantasien, die immer wieder hochgekommen waren, bis er endlich hatte einschlafen können, hatte Pål Rinkel in der Mensa gesehen, aber sie hatte ihn nicht gegrüßt, sein Lächeln nicht erwidert. Seit er seinen Posten angetreten hatte, hatte er sie nur sehr selten gesehen, später erfuhr er, dass sie sich in diesem Semester viel in Chicago als Gastdozentin aufhielt.

Rinkel hatte zwar am ersten Tag angeklopft, um ihn willkommen zu heißen, aber es war schwer gewesen, in ihrer Stimme besonders große Herzlichkeit oder in den schönen Augen irgendeine Spur von Wärme zu entdecken. Später hatte sie ihn nicht mehr gegrüßt. Er war ihr eines Tages, als sie mit der Rolltreppe nach oben fuhr, entgegengekommen, aber sie hatte nur einen Punkt direkt über seinem Kopf angestarrt.

Pål wusste sehr wohl, dass Rinkel die große Morphologiekonferenz besuchen wollte. Und als sie einander zufällig im Osloer Hauptbahnhof über den Weg liefen, am Fahrkartenschalter, wo sie sich beide Fahrkarten für den Flughafenzug kauften, hatte Pål sich gefreut, oder sagen wir eher, er trat die Reise erwartungsvoll an. Aber zeitgleich mit der Spannung und der Freude war etwas von der alten Schüchternheit in ihm aufgestiegen. Pål und Rinkel gingen teils nebeneinander und teils weit entfernt voneinander auf den Bahnsteig zu. Rinkel stieg als Erste in den Zug, Pål betrachtete ihr Hinterteil, als sie vor ihm durch den Mittelgang schritt, ehe sie auf dem Fensterplatz eines freien Doppelsitzes Platz nahm. Sich nicht zu ihr zu setzen, wäre eine überaus demonstrative Handlung gewesen, deshalb glitt Pål auf den Sitz daneben.

Da sitzen sie dann eine Weile, ohne etwas zu sagen. Rinkel setzt sich auf dem Sitz zurecht, und plötzlich nimmt er ihr Parfüm wahr, süßlich und ein wenig zu schwer. Es erinnert ihn an vergorene Äpfel. Eigenartig, aber gut. Rinkels Oberschenkel, in taubengrauen, ziemlich eng sitzenden Hosen, liegen parallel zu Påls, ihr Oberschenkel ist nur wenige Millimeter von seinem entfernt. Der Zug setzt sich in Bewegung. Pål schluckt und holt tief Luft, um etwas zu sagen, egal was. Rinkel sieht ihn an, und zum ersten Mal fallen Pål ihre Augen auf. Sie sind blau, auffällig hell, wie die Augen eines Raubtiers.

»In den letzten Tagen war das Wetter ja ganz schön mild«, sagt Pål im Konversationsstil. Rinkel sieht ihn unverwandt an. Die Mitte der Iris, um die Pupillen, die in diesem Moment ziemlich klein sind, umgibt ein schmaler braungelber Rand. Dann wendet sie sich von ihm ab und schaut aus dem Fenster. Auch Pål schaut aus dem Fenster. Verflixt! Sie befinden sich in Groruddalen, aber sie fahren durch einen Tunnel, und das Tunnelinnere zu kommentieren ist nicht gerade interessant. Ohne irgendeine Vorwarnung wendet Rinkel ihren Kopf vom Fenster weg, schaut Pål mit ihren seltsam leuchtenden Augen an und stellt ihm eine Frage, eine fachliche Frage. Sie stellt diese Frage auf eine Weise, bei der Pål sich vorkommt wie ein unterlegener, schweißgebadeter Kandidat bei einem mündlichen Examen. Rinkel besitzt ein kleines Repertoire an sorgfältig ausgewählten linguistischen Fragen, die sie stellt, um ihre Fachkollegen in Verlegenheit zu bringen. Nein, das ist Rinkel gegenüber nicht gerecht, sie stellt diese Fragen nicht, um ihre Fachkollegen in Verlegenheit zu bringen, aber da die wenigsten Antworten Rinkel zufriedenstellen, endet die Sache oft in Verlegenheit, was ihr ja an sich auch eine Form von Befriedigung verschaffen kann.

Aber Pål liefert gute Antworten – das von Rinkel angesprochene Thema interessiert ihn sehr, und schon bald sind sie in ein eifriges Gespräch vertieft. Påls rote Mähne fällt ihm in die Stirn, er schiebt sie zurück. Sie mag mich, denkt er. In Rinkels Augen leuchtet der bernsteingelbe Rand.

Er konnte sich nicht für eine Sekunde entspannen, fühlte sich aber trotzdem wohl in Rinkels Gesellschaft. Ihm gefiel ihre Unterhaltung, sie schätzten dieselben Theorien, sie verachteten beide quasiwissenschaftliche, billige Lösungen, und beide verlangten theoretische Verankerung und solide quantitative Rahmen. Er genoss es, so dicht neben ihr zu sitzen, ihren Geruch einzuatmen, obwohl er sich die ganze Zeit auch unsicher fühlte, wie neben einer prächtigen Wölfin. Schon bald stellte es sich heraus, dass beide voller Begeisterung einen Artikel in der letzten Ausgabe der Fachzeitschrift *Cognition* gelesen hatten, in dem ein Deutscher die wichtigsten Ergebnisse seiner Doktorarbeit zusammenfasste. Der Artikel behandelte die Frage, was manche Satzkonstruktionen so schwer zu verstehen macht, und der Artikel gipfelte in einer Schwierigkeitshierarchie von verschiedenen Satztypen. Passivsätze sind schwieriger zu verstehen als Aktivsätze, diese zugleich leichter als doppelte Transitive.

»Faszinierend«, fasste Rinkel den Artikel zusammen, als sie Lillestrøm passierten.

»Ja«, sagte Pål und schaute aus dem Fenster. Der Schnee war fast zur Gänze geschmolzen, und der Boden war graugelb vom Gras des letzten Jahres und verstreut herumliegenden Abfällen. Ein älteres Paar bestieg gestikulierend und mit zwei Rollkoffern den Zug. »Vor allem die letzten Abschnitte. Aber hast du vor zwei Tagen diesen Artikel im *Dagbladet* gelesen?«

»Du meinst den über ch und sch? Von dieser Stipendiatin aus Bergen?«

Pål nickte. Das Ehepaar, der Mann vornweg, die Frau hinterher, zog sein Gepäck durch den Mittelgang. Der Zug fuhr mit einem Ruck wieder an, und der alte Mann geriet aus dem Gleichgewicht. Pål streckt die Hand aus und packt ihn am Oberarm, bewahrt ihn in letzter Minute vor dem Sturz. Aber statt zu nicken oder sich zu bedanken, stößt der Mann ein beleidigtes Bellen aus und reißt sich los. Ehe er weiterstapft, bleibt er einige Sekunden lang stehen und starrt Pål an, wie ein wütender alter Terrier mit zornigem Blick unter überbetonten Augenbrauen. Pål würde gern lachen, ist dazu aber zu rücksichtsvoll. Påls und Rinkels Blicke begegnen sich, Rinkels Augen strahlen ebenfalls vor Lachen, aber auch sie kommentiert diese Szene nicht, redet einfach weiter, als sei nichts passiert.

»Ziemlich raffiniert geschrieben. Mir hat gefallen, wie sie es formuliert hat, dass aus dem Kontext immer unmissverständlich klar wird, ob die Sprecher der Zukunft über *Kirsche* oder *Kirche* reden.«

»Ja, das ist doch das Standardargument derer, die den sprachlichen Verfall befürchten, dass die Aussprachenuance zwischen *Kirsche* und *Kirche* verschwinden wird«, erwidert Pål. Er wendet sich ab, um seine Anspannung zu verbergen, und sieht gerade noch den Rücken der alten Dame aus dem Wagen verschwinden.

»Akustische Messungen zeigen, dass die beiden Laute sich einander annähern. Wahrscheinlich führen die beiden schon seit Jahren eine unglückliche Ehe.«

»Ja, vielleicht«, sagt Pål und wendet sich wieder Rinkel zu, überrascht und verzaubert. »Vielleicht treten sie gerade ihre Goldene Hochzeitsreise an, und seit achtundvierzig Jahren hat er schon keine Lust mehr auf sie«, phantasiert er weiter.

»… und Messungen der Zungenstellung weisen darauf hin, dass diese beiden Laute auch artikulatorisch ähnlicher werden«, endet Rinkel.

»Z-zungenstellung«, echot Pål und starrt einen Moment zwischen ihre blassroten Lippen, ehe er sich zusammenreißt und fragt: »Weißt du, dass es im Ostnorwegischen nur knapp über zwanzig Wortpaare gibt, bei denen ch und sch den einzigen Unterschied bilden?«

»Ja«, antwortet Rinkel. »Natürlich weiß ich das.«

Er schaut auf den Sitz hinunter, wo ihre Oberschenkel in den hellen Hosen parallel und ziemlich dicht neben seinen liegen. Er verspürt ein kurzes, aber deutliches Aufflackern der Lust. Er lächelt sie an. Sie lächelt zurück, ehe sie etwas über die deutsche Dissertation und die doppelten Transitive sagt. Während der restlichen Bahnfahrt diskutieren sie den Artikel in *Cognition*, sie diskutieren gründlich, und sie übertreffen einander im Erinnern von Details. Rinkels Gedächtnis ist offensichtlich ein ganz klein wenig besser als seins, das gefällt und missfällt ihm gleichermaßen, und er ertappt sich dabei, dass er sich in Gedanken damit entschuldigt, dass er den Artikel ja nicht so genau gelesen hat.

Weiter diskutierend gehen sie im Flughafengebäude in Gardermoen auf den Eincheckschalter zu. Pål versucht, Rinkel von der Möglichkeit einer universalen grammatischen Schwierigkeitshierarchie zu überzeugen. »Ich glaube, er liebt sie tief und innig«, sagt Rinkel unvermittelt, »aber er ist ein Mann, der es hasst, alt zu werden, und der es hasst, wenn junge starke Männer ihm helfen wollen.« Pål lächelt sie an, er lächelt in ihre dunklen Haare, die auf der Stirn zu einer Spitze zulaufen, die Augenbrauen wie zwei schwarze, liegende Klammerzeichen über ihren hellen Augen. Sie wechseln kein Wort mehr über Schwierigkeitshierarchien, ihre Blicke begegnen sich, sie sehen einander ziemlich lange an, dann checken sie zusammen ein und gehen durch die Sicherheitskontrolle. Sie würden beide vielleicht gern mehr sagen, aber sie schweigen.

Am Flugsteig sitzt Hans Holstein. Er ist der dritte der vier Vertreter vom Institut für Futuristische Linguistik, die diesen Kongress besuchen (Paulsen musste zu einer Sitzung der Fakultät und würde mit einem Tag Verspätung eintreffen).

Holstein ist wie immer elegant gekleidet, mit frisch geputzten Schuhen, gerne mit Schnallen, und am allerliebsten mit einem seidenen Halstuch. Jetzt sitzt er da mit einem Seidenschal in Paisleymuster, saurem Aufstoßen und einem Glas schweren Rotweins. Hans Holstein ist ein ziemlich unbedeutender Mann, in dieser Geschichte, am Institut und auch im übrigen Leben. Er ist etwa in Rinkels Alter, aber ohne ihr Talent, ein typischer Mittelmäßiger, der damals eine Festanstellung an Land gezogen hat, als es noch ziemlich leicht war, an der Historisch-Philosophischen Fakultät Festanstellungen zu ergattern. Er hat zwei Schwächen, die wichtig sind für das, was passieren wird, wichtig für die Rolle, die er in der Geschichte von Pål Bentzen und Edith Rinkel spielen wird: Verdauungsprobleme und zügellose Eifersucht.

Holstein liebt fette und kalorienreiche Kost, seine Eingeweide sehen das anders. Unmittelbar bevor Pål Bentzen und Edith Rinkel auf ihn trafen, hatte Holstein eine ganze Portion Lasagne verzehrt, triefend vor Fett und mit einer doppelten Schicht Käse. Er hatte sie voller Gier und in hohem Tempo verzehrt, hatte fast nicht gekaut, sondern gierig große Bissen hinuntergeschlungen, während seine Augen den Menschen folgten, die mit Koffern und Taschen hin und her eilten. Es schmeckte hervorragend. Aber als die Befriedigung, die gute Sättigung sich gelegt hatten, fühlte Holstein sich solide verstopft und gründlich überfressen: ein Schweregefühl tief unten im Gedärm, begleitet von dauerndem Aufstoßen. Rülpsend begab er sich zum Gate 46, kaufte sich eine halbe Flasche Wein und setzte sich.

Er dachte an Edith, er wusste ja, dass sie jeden Moment am Flughafen auftauchen musste. Als Student hatte er einmal auf einem Fest in der Studentenhütte bei der schönen Edith Rinkel unbeholfene Annäherungsversuche unternommen. Er war schroff abgewiesen worden und konnte bis heute nicht die beleidigenden Worte vergessen, die ihm Edith zugefaucht hatte. Plötzlich entdeckt Holstein Edith und Pål, beobachtet sie eine Weile mit seinen glanzlosen kleinen Augen, dann – mit einer gewissen Mühe – erhebt er sich und geht auf sie zu.

»Hallo«, sagt Pål.

»Na, Edith«, sagt Hans Holstein, nachdem er Pål kurz zugenickt hat. »Da schleppst du also einen jungen Mann an.«

Das hört sich an wie eine unschuldige Feststellung einer überprüfbaren Tatsache, während es in Wirklichkeit eine Beleidigung ist, hervorgerufen zum einen durch die Eifersucht, die in Holstein aufkeimte, als er Edith Rinkel mit Pål munter ins Gespräch vertieft sah, und zum anderen durch den unangenehmen Druck in Holsteins Bauch. Edith Rinkel erstarrt sofort zu stummer Unnahbarkeit. Holstein klopft auf den Stuhl neben seinem, Pål setzt sich, während Rinkel schräg gegenüber von ihnen Platz nimmt.

Holstein redet angeregt über Österreich und ein Phonemseminar in Salzburg, das er in seiner Jugend besucht hat. »Aber jetzt war ich schon lange nicht mehr auf Reisen«, vertraut er Pål an und unterdrückt diskret einen Rülpser, schluckt ein Stück Lasagne hinunter, das mit einer Portion Magensäure nach oben wandern wollte. Seine Augen quellen hervor und sind rot unterlaufen.

»Denn nicht alle dürfen so viel verreisen wie manch andere, weißt du?«, sagt er dann und schielt bedeutungsvoll zu Rinkel hinüber. »Einen Schluck Wein?«

»Nein, lieber nicht«, sagt Pål.

Holstein redet von Salzburger Kuchenspezialitäten.

»Die heißen alle irgendwas mit Mozart und sind überzogen mit Marzipan und Schokolade. Leider hatte ich Verstopfung, vom ersten bis zum letzten Konditoreibesuch. Phonetik und Flatulenz!«

Holstein kichert und ändert seine Beinhaltung. Pål lächelt höflich. Rinkel liest demonstrativ schweigend die Zeitung.

»Ich muss diesmal wohl ein bisschen vorsichtiger sein«, sagt Holstein, zupft sein Seidentuch zurecht und liebkost seinen Bauch.

Pål und Rinkel haben zusammen eingecheckt und sitzen deshalb nebeneinander. »Ja, manche wissen eben, wie man es sich gut gehen lässt«, sagt Holstein heiter, als er auf dem Weg zu seinem Platz an ihnen vorbeigeht.

Rinkel sitzt am Fenster, genau wie im Zug. Pål bringt mühsam seine langen Beine unter und lächelt Rinkel an, die ihn zwei Sekunden lang mustert, ohne das Lächeln zu erwidern, ihre Zeitung auspackt und weiterliest. Pål versucht mehrere Male, den Gesprächsfaden aus dem Zug wieder aufzunehmen, wird jedoch mit höflichen, aber unverkennbar abweisenden Bemerkungen abgespeist.

Pål fühlt sich unwohl aus Zorn und Nervosität – vielleicht vor allem, weil er das Gefühl hat, dass er sich die Gemeinsamkeiten, die er auf der Zugfahrt doch wahrgenommen zu haben glaubte, offenbar nur eingebildet hatte. Es ist so, als überreiche man ein sorgfältig ausgewähltes Geschenk, das der Empfänger auf den Boden wirft, wobei er sich nicht einmal die Mühe macht, es auszuwickeln. Pål ist es nicht gewohnt, dass die Menschen in seiner Nähe, vor allem die Frauen, es nicht zu schätzen wissen, was er zu bieten hat.

Nein, Pål Bentzen fühlt sich überhaupt nicht wohl in seiner Haut. Er weiß, dass er übertreibt, dass sie nicht ahnen kann, dass das hier für ihn mehr war als ein höfliches kollegiales Geplauder, etwas anderes als sein üblicher galanter Wortstrom. Er hatte geglaubt, die Entstehung einer Freundschaft zu erleben, vielleicht sogar den zarten Ansatz eines Flirts. Er ist wütend, weil er verletzt ist, bloßgestellt in seiner Naivität, und weil nichts ihn so wütend macht wie das Gefühl, sich blamiert zu haben. Er wird nervös, denn er sitzt immerhin neben seiner Vorgesetzten, einer Person, zu der er ein gutes Verhältnis haben muss, einer Person, die die Macht hat, ihm nur langweilige Aufgaben zuzuteilen, einer Person, die die Macht hat, seine Stelle zu verlängern, ihn zu feuern oder ihn für eine Festanstellung vorzuschlagen.

Sie macht ihm Angst. Schon lange, bevor er den Posten bei der Futling bekam, hatte er Geschichten über Rinkel gehört. Angeblich ist sie zu allem fähig.

Pål glaubt diese Geschichten jetzt. Es hat mit dem gelben Glühen in ihren viel zu hellen Augen zu tun, mit ihrem geraden Nacken. Rinkel ist eine Frau, zu der er sich hingezogen fühlt, eine Frau, an die er oft denkt, die er in Gedanken ausgezogen hat, obwohl sie seine Vorgesetzte ist, obwohl sie an die zwanzig Jahre älter ist. Obwohl sie ihm Angst macht. Oder vielleicht gerade deshalb.

Auf dem Flug von Oslo nach Wien brachte ihre distanzierte Nähe ihn dazu, an ein idiotisches Detail zu denken, wieder und immer wieder. Wie so oft in solchen Situationen verhielt es sich so: Je mehr er sich darauf konzentrierte, nicht daran zu denken, desto mehr beschäftigte sich sein Gehirn damit. Das, woran Pål so intensiv nicht zu denken versuchte, war in Wahrheit etwas ziemlich Törichtes, ein offen gestanden albernes und kleines Problem, für das man keine Zeit verschwenden sollte. Es ging um den linguistischen Terminus, den Fachausdruck, für ein sprachliches Phänomen. Pål wusste, dass er ihn kannte, er fiel ihm nur nicht ein. Wir sagen auf Norwegisch *østerisk*, dachte Pål, niemand sagt *østerriksk*. Das ist, als ob die Deutschen *österisch* statt *österreichisch* sagten. Normale Ostnorweger mit normalem Sprechtempo benutzten *østerisk*. *Østerisk*. Ist das eine Haplologie? Nein, das kann es nicht sein, denn dann müssten doch zwei gleichlautende Silben verschmelzen, wie in *Zauberin* statt *Zaubererin*. Ist es eine Elision? Eine Metathese? Eine Assimilation? Es ist eine Konsonantenvereinfachung, statt -ksk sagen wir nur -sk. Nennt man das Delision? Er konnte es nicht lassen, er konnte seine Gedanken von dieser Frage einfach nicht ablenken, aber eine Antwort fand er nicht. Später fiel ihm ein, dass es vermutlich gar keine klare Antwort gab.

Von Wien nach Graz reisten sie mit einer österreichischen Propellermaschine. Das Flugzeug war winzig klein, Pål hatte kaum Platz für seine Beine, der Zwischenraum zum Vordersitz war so eng, dass er die Oberschenkel in einem steilen Winkel anziehen musste. Es waren nicht besonders viele Passagiere an Bord, trotzdem gab es drei Stewardessen. Alle waren ungeheuer groß – oder vielleicht wirkten sie nur so, weil das Flugzeug so klein war –, die Decke war niedrig, der Mittelgang zog sich als schmaler Strich durch die Maschine. Die Stewardessen waren jedenfalls sehr üppig, und sie trugen etwas, das aussah wie österreichische Trachten, aus dickem roten Filz mit Röcken, die unter der Taille bauschten wie Fallschirme. Die Stewardessen mussten ihre weiten Röcke praktisch durch den Mittelgang quetschen. Sie trugen geblümte Mieder und weiße, tief ausgeschnittene Blusen mit Puffärmeln, die in der Mitte der kräftigen sommersprossigen Oberarme endeten. Auf dem Kopf trugen sie unter dem Kinn gebundene Kopftücher, und alle drei hatten rote Apfelbäckchen und große lächelnde Münder. Eine nach der anderen beugte sich zu Pål hinunter, der neben der stummen, Zeitung lesenden Rinkel saß; ihre riesigen Brüste schienen aus ihren Ausschnitten quellen und in Påls Schoß fallen zu wollen, und die lächelnden Münder berührten fast sein Gesicht. Die Münder sagten etwas, das Pål nicht verstand, während ihre großen Augen ihn fragend anblickten. »N-nein, d-d-danke«, stotterte Pål jedes Mal, und jedes Mal wurde sein Hals trockener, während Edith Rinkel – dreimal – eine Hand ausstreckte, einige Worte in reizendem Deutsch sagte und jedes Mal ein Plastikglas mit einer Flüssigkeit in Empfang nahm, in der Eiswürfel klirrten. Und jedes Mal sank Pål tiefer in seinen Sitz, der mit fransigem beigen Stoff bezogen war, und er hatte das Gefühl, dass seine Haut Struktur und Farbe dieses Stoffes annahm.

Viele Jahre waren vergangen, seit Pål das letzte Mal die Chamäleontendenzen seiner Jugendjahre so deutlich gespürt hatte. Auf diesen beiden Flügen zum Kongress in Österreich fühlte sich Pål so unbeholfen und nervös wie in seiner Jugend, und er fragte sich, warum Rinkel eine so starke Wirkung auf ihn hatte. Er weiß natürlich, dass das mit Autoritäten zu tun hat, dass Menschen mit Macht und Position den kleinen Jungen in ihm wecken, sodass er die Gefühle von früher wieder empfindet: Wut, Scham, Ohnmacht. Den Wunsch zu verschwinden, nicht mehr da zu sein, mit seiner Umgebung zu verschmelzen. Er sitzt neben ihr und ist sich dessen äußerst bewusst, zugleich kommt ihm das alles unwirklich vor, als seien sie beide nicht dort. Hatte er auf der folgenden Busfahrt sein Getränk über ihre Knie verschüttet, oder hatte er nur solche Angst davor gehabt, dass es jetzt wie eine echte Erinnerung wirkte? Pål hatte keine Ahnung.

Nein, im Nachhinein wusste er wirklich nicht mehr, ob Teile des Inhalts der Pepsi light, die er bei der Ankunft in Graz gekauft hatte, auf Rinkels grauer Hose gelandet waren oder ob der Fleck, den er jetzt vor sich sah, nur eine Erinnerung an die Angst war, die er vor einem solchen Fleck gehabt hatte.

Vernichtet wie ein vierzehnjähriger Knabe, der nicht wagt den Blick zu heben, weil sein Gesicht von Pickeln übersät ist, taumelte er aus dem Flugzeug. Das Seltsame war, dass es niemand bemerkte, für Rinkel und Holstein war Pål sein übliches selbstsicheres Ich, für die restlichen Passagiere war er ein hochgewachsener rothaariger Mann, im Besitz einer lässigen Eleganz. Die Stewardessen drehten sich um und sahen ihm lange hinterher, und die eine versetzte der anderen heimlich einen Rippenstoß, und alle drei kicherten so sehr, dass sie fast umgekippt wären.

Als Pål feststellte, dass auch Rinkel sich zu dem Kongress in Amsterdam angemeldet hatte, war ihm zuerst nicht wohl dabei, bald aber merkte er, dass er sich doch darüber freute. Aber er wollte keine Wiederholung der Reise nach Österreich, und deshalb beschloss er, allein zu fahren. Er nahm den Zug, erst nach Kopenhagen, dann weiter nach Amsterdam. Er las Zeitungen, ging seinen Vortrag noch einmal durch, trank Bier und schaute hinaus auf grüne Weiden mit schwarzen und weißen niederländischen Kühen. Er kam spät an, checkte im Hotel ein, joggte eine Runde und ging zu Bett.

Pål ist ein Mann in guter physischer Verfassung. Er joggt ziemlich regelmäßig, läuft im Winter Ski und spielt jeden Donnerstag mit Morten Squash (allerdings nicht, wenn Morten seinen Sohn Sondre bei sich hat). Danach trinken sie immer ein Bier zusammen, »damit der Trainingseffekt sich einigermaßen ausgleicht«, sagt Morten. Pål hat als Teenager einige Male Tennis gespielt, aber jetzt beschränkten sie sich auf Squash. Morten hat versucht, Pål zum Golfspielen zu überreden, aber er weigert sich. Ihm würde das vorkommen wie das Überschreiten irgendeiner soziokulturellen Grenze, aber das gibt er Morten gegenüber nicht zu, denn er weiß, dass Golf zum Volkssport geworden ist. Also antwortet er nur schnodderig: »Nein, danke, hast du schon mal von einem golfspielenden Linguisten gehört?«

An diesem Morgen hatte es Pål gerade noch geschafft,

sich als Kongressteilnehmer registrieren zu lassen, als er – eher zufällig – beim Vortrag des Isländers gelandet war. Gerade redet Guðmundsson über den möglichen Zusammenfall von vorderen gerundeten Vokalen im Skandinavischen, mitten in seinen Ausführungen über die Zukunft des Vokals y unterbricht er sich und wischt sich den Schweiß von der Stirn. Pål lässt seinen Blick wieder durch den Hörsaal schweifen.

Hans Holstein nimmt an diesem Kongress nicht teil, wohl aber Paulsen. Er sitzt in dem abgeschrägten Hörsaal eine Reihe vor Pål. Professor Fred Paulsen ist Påls Institutsleiter. Er ist ziemlich beliebt, jedenfalls nicht unbeliebt, und er ist als Chef populär, weil er ein harmloser Bursche ist, nahezu ohne Ehrgeiz, der sich deshalb auch weniger einmischt als andere Chefs. Auf den Gängen des Instituts ist die gängige Meinung über Paulsen, dass er ziemlich unbegabt sei, fast naiv. Wie viele andere, die am Ende ihrer Universitätskarriere in der Verwaltung landen, kann er nur auf geringe Meriten als Forscher verweisen. Er ist vor Kurzem sechzig geworden und konnte erst fünf Jahre zuvor die Professorenkompetenz zusammenkratzen (er hatte besonders viel Glück mit dem Beförderungskomitee, das aus drei ziemlich guten Bekannten bestand – das Übliche in sprachwissenschaftlichen Kreisen sind höchstens zwei, bisweilen auch nur einer).

Pål hatte auf dem Campus nie viel mit Paulsen gesprochen, und als sie in Graz gewesen waren, war Paulsen ja später gekommen und früher gefahren. Pål hatte sich eines Tages beim Frühstück mit ihm unterhalten, und da hatten sie sich ganz gut verstanden. Pål begriff sehr schnell, dass Paulsen kaum Notiz von dem nahm, was Pål sagte, er erzählte lieber Geschichten, in denen er selbst die Hauptrolle spielte. Während Pål seinen Kaffee trank, erzählte Paulsen von der Artikselsammlung, die er fünf Jahre zuvor redigiert und die in *Acta Bergensia* eine großartige Rezension erhalten hatte. »Der Rezensent ist ... einer, mit dem ich seinerzeit ... zusammen studiert habe, ein überaus fähiger Mann, Pål«, sagte Paulsen. Pål nickte zustimmend.

Verbal gesehen ist Paulsen ein selten hemmungsloser Mensch. Er liebt seine eigenen Witze, er liebt lange, unmotivierte Pausen, und er hat sich einige Lieblingswörter zugelegt. *Besudeln* ist eins davon, unglücklicherweise spricht er es falsch aus und sagt *besmudeln,* und Påls Magen verkrampft sich jedes Mal, wenn der geschäftsführende Direktor dieses arme Wort misshandelt.

Im Vergleich zu anderen Universitätsangestellten sind die vom Institut für Futuristische Linguistik überaus gut angezogen, die elegante Umgebung (das Institut ist im neuesten Unigebäude untergebracht) zwingt die Angestellten zu einer besonderen Anstrengung, einen genaueren Blick in den Spiegel zu werfen, ein wenig tiefer in den Kleiderschrank und die Brieftasche zu greifen. Der geschäftsführende Direktor bildet allerdings eine Ausnahme.

Auch an diesem Tag ist er nicht besonders gut angezogen. Pål kann sich nicht erinnern, dass Paulsen jemals etwas anderes getragen hat als einen seiner zwei Anzüge: einen beigen, den er im Sommerhalbjahr trägt, und einen blauen für den Winter. Heute trägt er den beigen. Er hat die Jacke ausgezogen, die liegt neben ihm über dem Stuhl. Paulsen trägt immer Hemden, aber heute trägt er ein weißes T-Shirt mit einem grauen Rand am ausgeleierten Halsausschnitt. Pål kann seinen linken Fuß sehen, den er über den rechten gelegt hat. Die etwas zu kurze Sommerhose ist an der linken Wade hochgekrochen, und die bleiche Haut leuchtet über schwarzen Socken und hellen Schuhen. Paulsen seufzt, dreht seinen umfangreichen Leib, justiert seinen Bauch und legt seinen Ellbogen hinten auf Påls Tischplatte. Er sieht hoch und lächelt Pål entschuldigend an, der allerdings nicht begeistert davon ist, Paulsens Ellbogen fast auf seinem Schoß liegen zu haben.

Am Vortag gab es im Rahmen des Kongresses einen Stadtrundgang, Pål war nicht rechtzeitig gekommen (dann hätte er einen Tag früher aufbrechen müssen), aber Paulsen hatte offensichtlich teilgenommen. Über seinem Namensschild hängt ein rot-weiß-blaues Band mit zwei winzigen Holzschuhen.

Paulsen hat in diesem Sommer offenbar noch kein T-Shirt getragen, und sein Arm leuchtet Pål in dreifarbiger Pracht entgegen. Er sieht aus wie eine Packung Fürst-Pückler-Eis. Der unterste Teil von Paulsens Arm ist braun, schokoladenbraun, dann folgt ein erdbeerrotes Feld – das ist die Haut, die das T-Shirt entblößt hat und die am Vortag für einige Vormittagsstunden Amsterdams brennender Septembersonne ausgesetzt war. Der oberste Teil des Armes, von dem Pål ein stattliches Stück sehen kann, weil Paulsen ihn auf Påls Tisch gelegt hat, ist so vanilleweiß wie seine Wade.

Im Publikum kommt es zu einer plötzlichen Bewegung, der Isländer scheint etwas gesagt zu haben, das alle eifrig notieren. Paulsen setzt sich wieder auf, greift zu seinem Kugelschreiber und macht Notizen auf einem der Blätter in der Mappe, die ihnen am Morgen beim Registrieren ausgehändigt wurden. Paulsens Kugelschreiber, ein weniger als halbvoller Bic-Kugelschreiber, dessen Kunststoff oben angeknabbert ist, bewegt sich schnell über das Papier, und ab und zu legt er den Kopf schräg, um wirklich alles mitzubekommen, was der Vortragende sagt. (Wenn Pål sich vorgebeugt und über Paulsens Schulter geschaut hätte, hätte er nur die Wörter *phonology* und *glottal stop* und *adolescents* auf dem Blatt stehen sehen, das dritte dreimal dick unterstrichen, ansonsten war der Bogen mit üppigen, kurvenreichen Frauengestalten und Rennwagen mit auffällig großen Rädern verziert.)

Zwei Tische neben Paulsen thront Professorin Rinkel. Sie sitzt mit geradem Rücken da, der die Lehne hinter ihr nicht berührt. Sie trägt ein blassblaues Kleid aus dünnem Stoff mit unregelmäßiger Webstruktur. Naturseide, rät Pål. Ihre Brüste drücken sich einladend gegen den Stoff, Pål freut sich über diesen Anblick, solange er es wagt, den Blick daran haften zu lassen. Um den Hals hat sie sich ein Tüchlein aus flaumleichtem, fast unsichtbarem Stoff gebunden. Sein Blick will wieder hinab zu ihren Brüsten, aber er zwingt ihn aufwärts. Das Tüchlein ist weiß und kaffeebraun, jede Menge kleiner Dreieecke, die immer mehr ineinander übergehen, je länger Pål sie anstarrt, sie bilden neue verwirrende Muster, eine Reihe nach der anderen. Ihre Haare glänzen, schulterlang und dunkel. Die Arme liegen an ihrem Körper, die Hände ruhig in ihrem Schoß, ihre Brüste bewegen sich langsam und im Rhythmus ihres Atems auf und ab. Wieder richtet er seinen Blick auf ihr Tüchlein. Um ihn herum wird geschmunzelt. Offenbar hat dieser Guðmundsson eine witzige Bemerkung gemacht.

Mindestens eine halbe Minute nachdem das vorsichtige Lachen verstummt ist, setzt Rinkels Lachen ein. Es klingt klar und hart wie Glas, und zugleich funkelt einer ihrer Ringe. Pål zuckt zusammen, und als er seine eigenen Arme vor ihm auf dem Tisch ansieht, sind sie für eine Sekunde bedeckt mit weißen und kaffeebraunen Dreiecken. Das muss eine Erinnerung der Netzhaut sein, und als er zwinkert und sein Arm wieder normal aussieht, reißt er den Blick los von seinen Armen, von Rinkel und Paulsen, von den anderen Zuhörern, er versucht, dem Isländer zu lauschen, der da unten im Hörsaal spricht. Guðmundsson spricht über *phonological changes* in einer diachronischen Perspektive, und Pål weiß noch von damals in Graz, dass er da nicht viel Interessantes zu sagen hat. Das einzig Erbauliche an dem Vortrag waren zwei oder drei Witze – und den ersten hat er offenbar gerade erzählt. Pål kann sich nicht entscheiden, ob er findet, dass es dem Vortrag nutzt oder schadet, dass Guðmundsson, wie die meisten seiner Landsleute, keine Sibilanten aussprechen kann und dass *language change* zu *längwiß ßeinß* wird.

»Ungeheuer interessant«, hatte Professor Paulsen nach dem Vortrag in Graz zu Pål gesagt. »Ja, sehr«, hatte Pål geantwortet. »Alles Quatsch und ein elendiger theoretischer Ansatz«, schnaubte Rinkel und fegte an ihnen vorüber. Es verhielt sich nämlich leider so, dass Professor Paulsen und Pål den Hörsaal zusammen mit dem Isländer verließen. *»Very interesting, I must say«*, sagte Paulsen und lächelte Guðmundsson an. *»Yes, indeed«*, ergänzte Pål – was hätte er auch sonst sagen sollen? *»Thanks«*, erwiderte der Isländer. Dann hatten sie sich einander vorgestellt, Visitenkarten, Lächeln und weitere Höflichkeitsphrasen und Gemeinplätze ausgetauscht.

Der Isländer nähert sich jetzt dem Ende seines Vortrags. Pål konzentriert sich, neugierig, ob es so sein wird wie beim letzten Mal. Es erweist sich als identisch, zumindest soweit Pål sich erinnern kann. Er erinnert sich an die auffällige Intonationskontur im allerletzten Satz, die dafür sorgte, dass in den ersten Sekunden, nachdem Guðmundsson fertig war, niemand begriffen hatte, dass der Vortrag beendet war. So ist es auch jetzt, und der Hörsaal füllt sich mit einer abwartenden, nervösen Stille, ehe die ersten zögernd zu applaudieren beginnen. Der Rest stimmt ein in den halbherzigen matten Applaus, als sei eigentlich niemand interessiert, als habe niemand zugehört, als wären eigentlich alle viel lieber anderswo, urteilt Pål. Der Isländer beugt seinen Oberkörper zu einer halben Verneigung, sammelt seine Papiere zusammen und verlässt den Hörsaal. Die roten Flecken sind verschwunden. Er fährt sich mit dem Handrücken über die Stirn und sieht erleichtert und froh aus. Er hat seinen Einsatz für die Wissenschaft geleistet, jetzt kann er sich ausruhen.

Die meisten finden es nervenaufreibend, bei einem Kongress einen Vortrag zu halten, obwohl sie Vorlesungen zu halten gewohnt sind, obwohl es ihnen sogar schmerzlich klar ist, dass sich das Publikum für die Vorträge nur in geringem Maße interessiert und obwohl die meisten Beiträge schon anderswo gehalten worden sind, auf anderen Kongressen, in anderen Städten und Ländern. Als junger Doktorand hatte Pål schockiert entdeckt, dass Universitätsangestellte zu Kongressen um die Welt gondeln und immer wieder dieselben Vorträge halten. Dieselben Witze, dieselbe PowerPoint-Präsentation, dieselben Handouts (oder Thesenpapiere, wie die Nordisten sie hartnäckig nennen). Die Titel der Vorträge ändern sich natürlich jedes Mal ein wenig, damit man einen Reisekostenzuschuss beantragen und auch mit Bewilligung rechnen kann und damit man nach der Rückkehr den Vortrag in die Forschungsregistrierungsdatenbanken der Institution aufnehmen lassen kann, bei der man angestellt ist. Im Laufe der Jahre hat dieser Schock sich in Resignation verwandelt, deshalb begnügt er sich mittlerweile damit, das Phänomen zu beobachten und sich zu schwören, dass er niemals damit aufhören wird, seine Vorträge neu zu schreiben oder sie jedenfalls so gründlich zu überarbeiten, dass er sie fast ohne schlechtes Gewissen als Originalvorträge betrachten kann.

Im Foyer werden Drinks und Fingerfood serviert. Drei parallele Vortragsblöcke haben stattgefunden, jetzt ist gemeinsame Pause, und alle Kongressteilnehmer haben sich in dem großen mit Teppichen ausgelegten Raum versammelt. Sie stehen in Gruppen zusammen und unterhalten sich leise, mit weißen Namensschildern auf der Brust und mit der Kongressmappe unter dem Arm. *»Very interesting paper! I don't think we've met«*, sagt Professor Paulsen zu Guðmundsson, sie reichen einander die Hand, dann schiebt Paulsen die rechte Hand in seine Aktentasche, der Isländer steckt die Hand in die Jackentasche, und sie tauschen Visitenkarten aus. Head of Department, steht auf Paulsens Karte; als er befördert wurde, hat er 2500 drucken lassen, und er hält es für seine Pflicht, möglichst viele davon in aller Welt zu verteilen.

Rinkel betritt das Foyer. Bestimmt war sie auf der Toilette, und Pål glaubt sehen zu können, dass sie ihren Lippenstift nachgezogen hat. Der Rock des blassblauen Rohseidenkleides wogt um ihre Waden, als sie voller Energie und Selbstsicherheit durch den Raum schreitet. Sie trägt hohe Pumps in der Farbe des Kleides. Ihr Kinn ist erhoben, ihre Augen leicht zusammengekniffen. Sie suchen wie ein Radar, aber sie wird nicht langsamer, sie lässt einfach ihre Augen das Foyer scannen. Ihr Blick gleitet über Pål hinweg, der merkt, dass seine Haut zu prickeln beginnt, aber sie zögert nicht eine Sekunde lang, sondern geht weiter, tastet mit ihren Augen alle Anwesenden ab. Dann hat sie den Gesuchten gefunden: Jack Mills. Ihr Gesichtsausdruck ändert sich, als sie ihren Kurs ändert, ihre Züge werden weicher und weniger streng. Sie wird schneller, und ohne eine Reaktion zu zeigen, stößt sie gegen das Glas einer etwas pummeligen jungen Frau, deren T-Shirt, ohnehin unkleidsam und von einer undefinierbaren graugrünen Farbe, dunkle Wasserflecken bekommt.

Innerhalb weniger Sekunden hat Rinkel Jack Mills erreicht, und er beugt sich zu ihr runter und küsst sie auf die Wange. Es ist ein unnötig langer Kuss, bemerkt Pål. Jack Mills, Hotshot aus den USA. Der unbestrittene Stern am Himmel des *Fourth Symposium on Language Change in the Future.* Die Berühmtheit, der Mann, der morgen im Plenum die Abschlussvorlesung halten wird. Der, den alle bewundern, von dem alle ein Stück abhaben wollen.

Ende der Achtzigerjahre hatte Mills durch zwei Artikel im *Linguistic Quarterly* wirklich Aufsehen erregt – es war eine ganz neue Herangehensweise, eine ganz neue Art, Morphologie, Computerlinguistik und Mnemotechnik zu kombinieren. Nach diesen beiden Artikeln hatte Mills ein populärwissenschaftliches Sprachbuch veröffentlicht – *The Legacy of Eve* –, das sich in mehreren Hunderttausend Exemplaren verkauft hatte und das auch in eine Reihe von Sprachen übersetzt worden war, allerdings nicht ins Norwegische, sondern nur ins Schwedische und Dänische. Allein in Norwegen waren von *The Legacy of Eve* 15 000 Exemplare verkauft worden. Zwei Jahre darauf veröffentlichte er den Nachfolger *Adam's Heritage* mit fast ebenso großem Erfolg.

Jack Mills ist einer der wenigen Linguisten, die auch unter Nichtlinguisten bekannt sind. Wenn Påls Mutter erklären soll, was ihr Sohn eigentlich macht, was ein Linguist ist, dann verweist sie oft auf Mills. »So einer wie Jack Mills, wisst ihr.« »Aha«, heißt es dann, »so einer wie Jack Mills.« Und wenn es Frauen sind, sagen sie: »Aha, so einer wie Jack Mills, dieser gutaussehende Amerikaner? *The handsome Jack Mills?*« »Genau«, antwortet die Mutter. Jack Mills tritt oft im Fernsehen auf, wird in den Zeitungen zitiert, und es gibt nur selten eine Examensaufgabe, in der nicht wenigstens eines oder zwei seiner Bücher in der Bibliografie erscheint. Mit anderen Worten ist Mills einer, den die Sprachwissenschaftler gern verachten. »Der hat doch in den letzten acht oder zehn Jahren gar nicht mehr richtig geforscht«, wird gemurmelt. Es ist eine weit verbreitete Ansicht, dass *Adam's Heritage* ein ziemliches Leichtgewicht ist. Trotzdem ist Mills ein ungeheuer populärer Referent. Wenn er wollte – und bis zu einem gewissen Grad will er das ja auch –, könnte er von Kongress zu Kongress reisen, alle Ausgaben bezahlt bekommen, und mit einer riesigen Bewunderinnenschar im Schlepptau, denkt Pål nicht ohne Neid.

Mills ist Anfang fünfzig. Er ist auffällig braun gebrannt, und seine grauen Haare sind aus der Stirn gestrichen. Er ist groß, mindestens zwei, drei, vier Zentimeter größer als Pål. Pål ist auch groß, gewohnt, die meisten anderen zu überragen, gewohnt, auf andere Menschen hinabzublicken, durchaus nicht in übertragenem Sinn, sondern im wahrsten Sinne des Wortes. (Aber wenn wir für einen Moment an Lacans und Lakoffs Metapherntheorie denken, stellen wir fest, dass es wohl kaum ein Zufall ist, dass viele Sprachen Ausdrücke haben wie *auf andere herabsehen, herabwürdigend, zu jemandem aufschauen, die Oberhand behalten.*)

Mills hat die Angewohnheit, den Kopf ein wenig in den Nacken zu legen und das Kinn hochzuheben. Aber zugleich hält er den Kopf schräg wie ein freundliches Eichhörnchen und lächelt aufmerksam auf sein Gegenüber herab. Eine perfekte Balance zwischen Macht und Herablassung,

Freundlichkeit und Jovialität, ein Balanceakt, den Mills jahrelang trainieren musste, den er jetzt aber bis zur Vollkommenheit beherrscht.

Um den tadellos gekleideten Mills in einem anthrazitgrauen Anzug scharen sich vier Frauen. Eine ist eine aufsehenerregend schöne Blondine, groß, mit langen Beinen. Sie trägt ein blassgrünes Sommerkleid mit freiem Rücken. Sie heißt Lone Husgaard-Jensen und unterrichtet an der Universität Kopenhagen. Zufällig weiß Pål, dass ihr Körper ohne Kleider mindestens ebenso hinreißend aussieht, denn er war mit ihr im Bett letztes Jahr während eines Seminars in Århus, unmittelbar bevor Pål Siri kennengelernt hatte. Neben Lone steht eine fast ebenso hübsche Brünette, Pål erkennt sie wieder, sie ist Computerlinguistin an der Handelshochschule in Kopenhagen, die vor Kurzem erst eingestellt wurde und deren Namen ihm nicht einfällt. Etwas abseits, aber mit einem Blick, der Mills' Gesicht nicht für eine einzige Sekunde loslässt, steht eine weitere Blonde, die in Påls Augen deutsch aussieht (später wird es sich bestätigen, dass seine Nationalitäteneinschätzung in diesem Punkt absolut korrekt war) und die er noch nie zuvor gesehen hat. Und Edith Rinkel. Sie steht dicht neben Mills. Aus Påls Perspektive sieht es aus, als stehe sie fast unter seinem Arm, in dem Winkel zwischen dem Oberarm, den er immer wieder hebt, während er redet und gestikuliert, und seinem kräftigen Oberkörper.

Ein klapperdürrer Mann mit einem länglichen amerikanisch-kaukasischen Hundegesicht kommt auf Pål zu. Auf dem kleinen Namensschild, das an der gestreiften Hemdbrust des Amerikaners befestigt ist, steht Dr. Tomasetti, University of Atlanta (eine übrigens nicht gerade angesehene Universität, de facto eine sogenannte *non-accredited university*).

»Paul, *how nice to see you*! Das war doch in Detroit, nicht wahr?«, fragt ihn Tomasetti.

»Nein, es war in Island«, sagt Pål.

»Ah, ja«, sagt der Amerikaner. »*Wonderful country.*« Danach erzählt er Pål, dass es heiß sei, was Pål auch so sieht, und dass Amsterdam eine schöne Stadt sei, was Pål nicht bestreitet, dann fragt der Amerikaner nach Miss Cleve, einer *talented – and beautiful – young woman working at the University of Oslo*. Pål muss bedauern, er hat noch nie von ihr gehört. In Wirklichkeit redet der Amerikaner von Nanna Klev, und wenn Pål das gewusst und zugleich begriffen hätte, welche Bedeutung sie in seinem Leben haben wird, hätte er es überaus interessant gefunden, was Tomasetti jetzt erzählt, aber so steht Pål einfach nur still da und hört Tomasettis Ausführungen über diese Miss Cleve geistesabwesend zu, die so schön sei und die auf keinen Geringeren als Jack Mills einen tiefen Eindruck gemacht habe.

»*And the dark lady* da hinten«, sagt Tomasetti und zeigt auf Rinkel, »der hat die Aufmerksamkeit, die Miss Cleve zuteilwurde, ganz offensichtlich missfallen.«

»Ach«, sagt Pål, er hat eigentlich gar nicht zugehört, schaut aber dennoch zu Rinkel.

Dann plappert Tomasetti über seinen Vortrag, den er am Nachmittag halten soll. Påls Blick klebt jetzt an Mills und seinem Hofstaat, ihm ist das, was Dr. Tomasetti sagt, vollkommen gleichgültig. Es ist heiß, Pål unterdrückt ein Gähnen. Mills legt in diesem Moment sozusagen väterlich spottend die Hand in Lone Husgaard-Jensens Nacken. Pål sieht sich wieder Tomasettis Hemd an. Es sieht ziemlich teuer aus, ist aber viel zu gestreift, fast wie ein Schlafanzug. Lone lächelt Mills an, dasselbe tun Rinkel und die beiden anderen Frauen. Pål ist plötzlich überzeugt davon, dass Jack Mills die Nacht nicht allein verbringen wird, egal, welchen Schlafanzug er trägt.

In jüngeren Jahren, gleich nach dem EREIGNIS, glaubte Pål einige Monate lang, dass seine Haut Farbe und Muster ihrer Umgebung annehmen könnte. Darauf folgten einige Jahre, in denen Pål wusste, dass es nicht so war, in denen er sich aber von dem Gefühl, dass es so sei, nicht befreien konnte. Aber dieses Gefühl hatte sich auf Situationen beschränkt, in denen er unsicher und verlegen gewesen war. Jetzt stellt sich dieses Gefühl nur ungeheuer selten ein, fast nie. Zuletzt hatte er auf dem Flug nach Graz etwas Vergleichbares erlebt. Und er begreift noch immer nicht, wodurch das damals hervorgerufen wurde. Es muss der Kontrast zwischen der verheißungsvollen Stimmung im Flughafenzug – freundlich, fast intim – und der Kühle gewesen sein, die sie ihm im Flugzeug entgegenbrachte. Aber das hat ihn doch unmöglich dermaßen umwerfen können? Nein, er begreift es nicht. Rinkel hat etwas Unberechenbares, etwas Raubtierhaftes, etwas Lauerndes. Jetzt legt sie Mills besitzergreifend eine Hand auf den Arm und lacht ihr glasklares Lachen. Der Amerikaner mit dem Schäferhundgesicht redet weiter. Pål nickt, hat aber keine Ahnung, worum es gerade geht.

Ich habe an Hyperkonvergenz gelitten, denkt Pål. Das ist kein neuer Gedanke, keine neue Diagnose, aber er denkt gern daran, und als er vor einigen Jahren Woody Allens Film *Zelig* gesehen hat, begriff er, dass er nicht der Einzige war. Er betrachtet seinen Zustand mit Humor, während er sich der Sache gleichzeitig auch analytisch nähert, und er seziert jede Spur von Chamäleontendenzen mit dem Enthusiasmus und der Gründlichkeit des professionellen Forschers. Er lächelt vor sich hin, bei dem Gedanken, dass er vor nicht allzu langer Zeit das Gefühl hatte, mit einem beigen Flugzeugsitz zu verschwimmen.

Die Fähigkeit, mit Farbe und Struktur der Umgebung zu verschwimmen, ist im Tierreich nicht sonderlich verbreitet, das tun im Grunde nur die Angehörigen der Spezies Chamaeleontidae. Als Homo sapiens war Pål in diesem Punkt etwas Besonderes. Es ist indessen absolut normal, sich unter anderem von der Sprechweise der Gesprächspartner beeinflussen zu lassen, das ist eine Tatsache, mit der jeder Linguist vertraut ist. Aber in der Zeit unmittelbar nach dem EREIGNIS hat Pål sich in stärkerem Maß als üblich beeinflussen lassen, und das noch dazu wider Willen. Er hat Mimik und Körpersprache und auch Tonfall, Stimmstärke, Sprechtempo und Akzent seines Gegenübers nachgeahmt. Doch da alle ihre eigene Sprechweise für völlig natürlich halten, haben die meisten Påls Neigung nicht einmal bemerkt.

In dieser Zeit entwickelte er eine fast perfekte Papageienbegabung. Pål kann inzwischen fast jeden norwegischen Akzent nachahmen. Er spricht akzentfreies Englisch, sowohl US- als auch Oxfordenglisch. Und wenn er mit einem Iren, einem Australier oder einer anderen englischsprachigen Person spricht, kann er deren Aussprache fehlerfrei nachahmen. Pål spricht außerdem brauchbar Französisch und Italienisch, und in kurzen Gesprächen wirken sein Deutsch und sein Niederländisch durchaus flüssig. Denn die Forschung zeigt – und Pål kann das bestätigen –, dass das Lautliche darüber entscheidet, wie wir über Sprachkenntnisse urteilen. Påls Aussprache kaschiert wirkungsvoll fehlende Grammatikkenntnisse und einen viel zu kleinen Wortschatz.

Ganz bewusst imitiert er jetzt den Amerikaner, sodass die Wörter, die aus Påls Mund strömen, nicht mehr seinen eigenen ähneln. Pål spricht mit weichem, schleppendem Südstaatenakzent, genau wie sein Gegenüber. »Well, ich muss sehen, dass ich weiterkomme«, sagt der Amerikaner zum Schluss und schlägt Pål auf die Schulter. Pål nickt, und der Amerikaner öffnet abermals den Mund, doch Pål kommt ihm zuvor und wartet mit der abschließenden Bemerkung des Amerikaners auf, ehe dieser selbst dazu kommt: »Wir können doch an einem der nächsten Abende mal einen trinken gehen.« Der Amerikaner nickt, leicht verwirrt, und geht.

»*Hello there!*« Pål reißt seinen Blick abermals von Mills und den vier Damen los. Diesmal schaut er direkt auf die ziemlich unansehnlichen Züge einer jungen Frau. »*Hello*«, antwortet Pål höflich, aber wenig interessiert, schnell gleitet sein Blick hinunter auf ihre Brüste, die sind groß und sehen gut aus. Das graugrüne T-Shirt ist nach dem Zusammenstoß mit Rinkel noch immer ein wenig nass, und die feuchten Stellen zeigen deutlich, wo ihr BH endet. Allerdings wollte Pål gar nicht in erster Linie die Brüste der Frau anstarren – er hält Ausschau nach dem Namensschild, das ziemlich hoch über ihrer linken Brust angebracht ist: Dr. cand. Petra van Moelen, University of Tilburg. Dann sieht er, dass sie ihm die Hand hinhält, und eilig greift er zu und nennt zugleich seinen Namen, gefolgt von University of Oslo, während sein Zeigefinger auf sein eigenes Namensschild zeigt.

»*Well*«, sagt Petra.

»*Yeah*«, sagt Pål.

Dann stehen sie da, beide stumm. Pål weiß nicht so recht, ob er überhaupt Lust hat, mit dieser Frau zu reden, aber es ist ziemlich deutlich, dass Petra mit ihm sprechen will. Sie räuspert sich, blickt zu ihm auf und fragt, was er denn so für Forschung betreibe. Da es für Pål unvorstellbar ist, eine Frau grundlos unhöflich zu behandeln, fängt er an zu erzählen. Der Widerwille, den er dabei empfindet, ist für Petra nicht zu erkennen, und außerdem redet er sich warm. Er erzählt vom Lateinischen und Altnordischen, von den Ergebnissen seiner Doktorarbeit, von zusammenfallenden Beugungsmustern und gemeinsamen Wortstämmen. Er spricht lange und begeistert über die Schönheit der Morphologie, über prachtvolle, mathematisch aufgebaute Paradigmen. Er fuchtelt mit den Armen, er ist bezaubernd und jungenhaft ereifert. Petra ist eine gute Zuhörerin, sie nickt und lächelt, bringt kurze Kommentare und stellt die richtigen Fragen. Pål fängt wirklich an, sie zu mögen.

Als Pål endlich nickt und findet, die wichtigsten Themen behandelt zu haben, hebt sie die Augenbrauen so hoch, dass sie unter ihrem Pony verschwinden, und fragt, ob Pål nicht beim falschen Kongress gelandet sei. Das hier sei doch ein futuristisch-linguistischer Kongress, kein diachron-linguistischer, sagt Petra, die im Laufe von Påls langer Rede genug Mut gefasst hat, um dem hochgewachsenen rothaarigen Norweger einen scherzhaften Rippenstoß zu versetzen. Pål lacht, gesteht sofort seine Vorliebe für Sprachgeschichte, zögert eine Sekunde und sagt, er interessiere sich ebenso für die zukunftsorientierte Sprachwissenschaft. »Wirklich«, versichert er und erzählt in wenigen Sätzen vom Institut für Futling, von seiner Stelle und seinem Forschungsgebiet. Aber er klingt wenig engagiert. Petra lacht. Pål lacht, und er gibt zu, dass sie ihn hier wohl durchschaut habe: Seine Begeisterung für diachrone Linguistik sei größer als die für futuristische Linguistik, *»You've got me there«*, sagt er (mit leichtem niederländischen Akzent).

Er schielt wieder zu ihren Brüsten, sie haben sich auf eine Weise in Bewegung gesetzt, die er nicht übersehen konnte, als sie ihn vorhin angestupst hat. Auf ihrem Namensschild steht »Dr. cand.«, also ist sie Promotionskandidatin. Pål erkundigt sich nach ihrem Thema, und Petra erzählt bereitwillig über ein Computersimulationsprogramm, das ermitteln soll, wie niederländische spatiale Ausdrücke sich durch den Kontakt mit Einwanderersprachen verändern können wie Surinamisch, Arabisch und Türkisch, die in den Niederlanden weit verbreitet sind.

»*Dat is leuk*«, sagt Pål.

»Du sprichst Niederländisch?«, fragt Petra begeistert. Sie hat kleine Augen, eine kleine Nase und einen kleinen Mund, alles konzentriert sich um die Mitte des großen, fröhlichen Gesichts.

»*Nee, alleen een beetje*«, antwortet Pål. Petra lacht, und ihre Brüste wogen unter ihrem T-Shirt wie besessen. Petra und Pål bleiben nebeneinander stehen, Petras Brüste beruhigen sich wieder.

Auf der anderen Seite des Raumes hat Jack Mills sich jetzt in Bewegung gesetzt. Er geht quer durch das Foyer, und sein Status als Star macht ihm den Weg frei. Alle treten ehrerbietig einen Schritt zur Seite, und die Menschenmenge teilt sich. Alle, absolut alle schauen hinter dem dunkel gekleideten hochgewachsenen Mann her, und als sein Rücken das Foyer verlässt, folgen zwei Sekunden des Schweigens, bis alle wieder ihre Gespräche aufnehmen.

»Kennst du den?«, fragt Petra.

»Nein. Und du?«

»Nein. Ich freue mich auf seinen Vortrag morgen. Hast du etwas von ihm gelesen?«

»Na ja. Nur *The Legacy of Eve* und *Adam's Heritage*. Und selbst?«

»Nur das erste. *Adam's Heritage* soll ja ziemlich schlecht sein.«

»Ja.«

»Ist es das?«

»Nein, eigentlich nicht. Es ist eigentlich sehr gut.«

»Und diese dunkle Frau da? Weißt du auch, wer das ist?«

»Das ist meine Chefin«, antwortet Pål.

»Die sieht gut aus«, sagt Petra nachdenklich.

Pål sieht, dass Rinkel zu dem Isländer hinübergeht, sich über ihn beugt und etwas sagt, Pål hätte gern gehört, was. Er kann sich nicht vorstellen, dass es etwas war wie *»I must say that was a very interesting paper«*. Nein. Pål Bentzen hat keine Ahnung, was sie sagt, aber er ist davon überzeugt, dass es sich auf keinen Fall um lauwarme Höflichkeitsphrasen handelt. Der Isländer lächelt und nickt, aber seine Augen flackern, und die roten Flecken sind wieder da, sie breiten sich von seinem Gesicht aus und verteilen sich dann zügig an seinem Hals und auf seinem spärlich behaarten Schädel. Rinkel sagt noch etwas, ehe sie nickt und geht mit erhobenem Kopf. Pål meint, ihr Parfüm riechen zu können. Süßlich und schwer. Wie vergorene Äpfel.

Am selben Abend, zu Hause in Oslo, sitzt Nanna Klev in der Kneipe im Mensagebäude, zusammen mit ihren frischgebackenen Kollegen vom Institut für Futuristische Linguistik. Es ist Nannas allererster Arbeitstag, sie hat Pål Bentzen noch nicht kennengelernt, und es wird auch noch zwei Tage dauern, bis sie ihm begegnet.

Jetzt sitzt Nanna mit einem halben Dutzend anderer an einem Ecktisch in der Kneipe. Sie haben Pizza bestellt, und die meisten trinken Bier oder Wein. Der bucklige und umgängliche Syntaktiker Gunnar Vik hat die Initiative zu diesem Abend ergriffen. Er kennt Nanna Klev von früher und möchte ihr die anderen Angestellten des Instituts vorstellen. Gunnar hat die jüngsten Futlings eingeladen, was bedeutet, dass die meisten an Dissertationen arbeiten oder Postdoc-Stipendien haben, Gunnar ist hier der Einzige mit einer Festanstellung. Ihrer niemals ruhenden Neigung nachgebend, alles sprachlich zu kartieren, beginnen die Philologen, die dialektale und soziolektale Herkunft der beiden Kellner zu analysieren, danach nehmen sie sich die Gäste an den Nachbartischen vor. Aber nach einer Weile verlieren sie die Lust, und einer von ihnen sagt: »Paulsen ist dumm wie Brot.«

»Hans Holstein säuft wie ein Loch«, sagt ein anderer.

»Echt?«, fragt ein naiver Morphologe.

»Ja. Auch während der Arbeitszeit. Will noch jemand Wein?«

»Ja, bitte.«

»Ein bisschen noch, danke.«

»Bei Edith Rinkel läuft es mir eiskalt den Rücken runter«, sagt jemand von der Phonologie.

»Sie ist unglaublich tüchtig«, sagt Gunnar Vik. Er hat den Mund voller Pizza, aber trotzdem ist es nicht schwer zu hören, was er sagt, und vor allem ist es leicht zu *sehen*, was er meint. Sein Gesicht sieht aus wie ein Protesttransparent.

»Gunnar! Du bist viel zu gut für diese Welt. Hast du denn noch nie ihre Augen gesehen? Die sind doch total unheimlich!«

»Jetzt macht der armen Nanna doch keine Angst«, sagt Gunnar.

»Ich kenne Edith Rinkel doch schon«, sagt Nanna. »Wir waren an derselben Universität in den USA. Anfang des Jahres.«

»Aha, und wie findest du sie?«

»Sie ist …« Nanna zögert. »Edith verfügt nicht gerade … über ein besonders gewinnendes Wesen.«

»Nein, das kann man wirklich nicht behaupten. Gibt es kein Stück mehr mit Schinken?«

»Ich habe gestern übrigens mit Linn B. gesprochen«, sagt eine leise zu ihrer Nachbarin. Sie sitzen so dicht nebeneinander und reden so leise, dass es deutlich ist, dass sie Freundinnen sind.

»Wie geht's der denn so? Hat sie einen Job gefunden?«

»Na ja, sie hat doch diese Vertretung an der Schule, aber … du weißt …«

Die erste Frau lässt ihre Finger durch die Luft wandern. Die andere senkt verständnisvoll den Kopf.

»Ihr redet doch nicht etwa über Linn Bylund?«, fragt Nanna vorsichtig.

Die beiden Freundinnen nicken. »Doch. Kennst du sie?«, fragt die eine.

»Ja«, sagt Nanna. »Wir haben an der NTNU zusammen Deutsch belegt.«

»Ach was«, sagt die andere.

»Die hätte eigentlich hier bei uns arbeiten sollen«, sagt die Erste.

»Ach ja?«, fragt Nanna. »Ja, das wäre doch nett gewesen. Aber warum tut sie das nicht?«

»Weißt du, wer Pål Bentzen ist?«

»Nein«, sagt Nanna.

»Na ja, der hat eine Forschungsprofessur an der Abteilung für Zukünftige Morphologie. Er hat ganz einfach den Job, den eigentlich Linn hätte haben sollen.«

»Sie stand als Nummer eins auf der Liste, und Pål war Nummer zwei. Niemand weiß, was passiert ist, aber irgendwie ist es Paulsen gelungen, die Reihenfolge umzudrehen und Pål den Job zuzuschanzen.«

»Ist er denn nicht … fähig?«

»Doch, fähig und …«, sie senkt die Stimme, lässt sie übertrieben geheimnisvoll klingen, »… gut aussehend. Verdammt gut aussehend sogar!«

»Das stimmt schon«, sagt ihre Freundin, die Påls Charme offenbar nicht ganz so erlegen ist. »Aber er hat an unserem Institut streng genommen überhaupt nichts zu suchen. Er denkt doch nur an Sprachgeschichte. Was sollen wir denn mit Vergangenheitsforschern an einem Zukunftsinstitut?«

»Pål ist ein verdammt sympathischer Typ«, sagt Gunnar, der diesen Teil des Wortwechsels gehört hat. »Ich will mich nicht dazu äußern, ob er gut aussieht oder nicht, aber er kann sehr viel. Auch als Zukunftsforscher. Er ist inzwischen zu einem unserer besten Futlings geworden.«

»Trotzdem. Er ist am Institut umstritten«, beharrt die skeptischere der beiden Freundinnen.

»Ja, ja, das mag wohl so sein«, gibt Gunnar zu, der gern mit aller Welt in Harmonie leben möchte.

»Edith Rinkel ist jedenfalls schrecklich«, sagt die andere Freundin.

»Sie ist ungewöhnlich tüchtig«, wiederholt Gunnar.

»Gunnar, du bist einfach zu langweilig! Die Kellner scheinen uns alle nicht zu sehen, bestell du bitte noch eine Runde Pizza!«

»Na gut«, sagt Gunnar bereitwillig. »Was wollt ihr?«

»Noch eine mit Schinken und Champignons.«

»Und eine mit Krabben und Ananas!«

»Igitt!«

»Alles klar, schon unterwegs. Eine mit Schinken und eine mit Krabben.«

»Und bring ein Bier mit!«

»Pål Bentzen hat seinen Job nicht verdient! Den hätte Linn kriegen müssen«, murmelt die eine Freundin.

»Für mich auch noch einen Halben.«

»Und noch eine Flasche Wein. Roten.«

»Eine mit Schinken und eine mit Krabben, zwei Halbe und eine Flasche Rotwein«, fasst Gunnar zusammen, ruhig, diplomatisch und unangreifbar, dreht sich um und geht zum Tresen.

»Aber echt, Leute, Edith Rinkel ist scheußlich. Wisst ihr, was sie einmal mit mir gemacht hat?«, fragt eine Dialektdesignerin. Sofort beugen sich alle vor und richten die Ohren wie Trichter auf sie.

»Ich hatte gerade Examen gemacht, unmittelbar, nachdem Futling eingerichtet worden war«, beginnt die Dialektforscherin. »Ja, Edith Rinkel war für kurze Zeit stellvertretende Geschäftsführerin«, fügt sie für Nanna erklärend hinzu.

»Ja?«, fragt eine andere, atemlos, hungrig nach einer neuen Skandalgeschichte über Rinkel. »Ja und? Was ist passiert?«

»Ich wollte ein Reisestipendium beantragen, um auf den Kapverdischen Inseln Feldforschung zu betreiben, und darüber hatte ich mit Rinkel gesprochen. Aber sie war, um es vorsichtig auszudrücken, meinem Projekt gegenüber skeptisch eingestellt. Und wisst ihr was? Im darauffolgenden Frühling stellte der Forschungsrat dann doch tatsächlich Mittel für das Studium von Kreolsprachen bereit!«

»Ja?«

»Aber das habe ich erst nach Ende der Bewerbungsfrist entdeckt. Aber sie, als stellvertretende Geschäftsführerin, muss es gewusst haben. Und eine Woche nach Ende der Bewerbungsfrist hat sie es mir dann erzählt. Zuckersüß war sie: ›Ich habe das erst jetzt gesehen. Tut mir leid.‹«

»Was für eine Gemeinheit. Aber kann es nicht doch ein Missverständnis gewesen sein?«, fragt Nanna.

»Edith Rinkel passieren keine Missverständnisse. Abgesehen von den Dingen, die sie missverstehen will.«

»Als ich Examen machen wollte«, sagt eine andere, »war Edith Rinkel verantwortlich für die Publikationsfeiern am Institut für Klassische und Alte Sprachen. Da haben sie doch immer gefeiert, wenn jemand aus dem Haus etwas veröffentlicht hatte. Und Edith Rinkel arrangierte dann einen Kaffeeklatsch für die Leute, die sie leiden mochte, und ignorierte die anderen.«

»Wirklich?«

»Ja, total. Sie hat einige einfach unsichtbar werden lassen. Das ist eine effektive Herrschertechnik. Sie hat sie schlichtweg ignoriert.«

»Sie setzt immer ihre eigenen Artikel auf die Literaturlisten der Studierenden«, sagt der Morphologe, der auch gern seinen Teil beitragen möchte.

»Das war so ungefähr das Allererste, was Pål Bentzen am Institut gemacht hat, als er anfing. Er hat seine eigenen Artikel auf die Literaturlisten gesetzt.«

»Das tun doch alle«, sagt Gunnar Vik gelassen, er ist wieder zurück, nachdem er die Alkohol- und Pizzabestellung weitergeleitet hat.

Erst als von den beiden neuen Pizzen auch nur noch ein paar Krusten übrig sind, wird an diesem Tisch nicht mehr über die Kollegen hergezogen. Wenn Nanna Klev überrascht ist über Reichweite, Tiefe und Intensität des Klatsches, dann lässt sie sich das jedenfalls nicht anmerken. Die meisten würden Nanna Klev als liebenswürdigen Menschen beschreiben. Wir wollen jedoch nicht verhehlen, dass Nanna Klev sich von Klatsch leicht fesseln lässt. In dieser Hinsicht hat sie wohl große Ähnlichkeit mit den meisten von uns. Aber sie scheint sich für diesen Charakterzug zu schämen. Trotzdem lässt sie sich von der Stimmung einnehmen und lauscht voller Gier. Sie rührt die Pizza kaum an. Sie sitzt mit leuchtenden Augen am Kneipentisch und lauscht, offenbar geschockt, aber dennoch absolut hingerissen.

Die Humanistische Fakultät besteht aus einem Dutzend Institute, und nicht in allen herrscht die gleiche Atmosphäre. In einigen bilden die Angestellten eine große, glückliche Familie, in anderen beobachten kleine Cliquen einander hasserfüllt und misstrauisch, in einer dritten walten Gleichgültigkeit und Sehnsucht nach etwas anderem, das weit abseits vom Campus liegt. Oft, überraschend oft, kann ein einzelner Mensch alles verändern. Denn eine Einzelperson kann die Kraft haben, die Stimmung eines ganzen Instituts zu prägen. Durch ihre bloße Anwesenheit verwandelt diese Person – ohne das notwendigerweise selbst zu wissen – das Institut zu einem von Großzügigkeit, Gemeinschaftlichkeit und Zusammenarbeit geprägten Ort oder zu einem Ort der humorlosen Konkurrenz und der Ausgrenzung.

Natürlich haben Institutsleiter oder -leiterin durch ihre Stellung die Möglichkeit, ein Institut zu einem Ort zu machen, an dem die Begabungen der Angestellten sich entwickeln und wachsen können, aber dennoch ist es leider so, dass ein übellauniger Mensch unter den Angestellten mehr ruinieren kann, als die Institutsleitung zu heilen vermag. Auf gleiche Weise kann ein unzufriedener Direktor Entfaltungsmöglichkeit und Klima an einem ganzen Institut zerstören, während eine einzige Angestellte von der richtigen Sorte alles wiedergutmachen kann. Aber solche Menschen sind selten. Nanna scheint jedoch ein solcher Mensch zu sein.

Nanna hat etwas durch und durch Gutes. Ja, Nanna ist wirklich liebenswürdig. Sie ist von der Sorte Mensch, die alle mögen, die alle einfach mögen müssen. Sie ist die, die alle spontan anlächeln, auch vergrätzte Greise mit Mundgeruch, Männer, die seit Ewigkeiten nicht mehr gelächelt haben. Taxifahrer hüpfen vor Freude auf dem Fahrersitz auf und ab und schalten das Taxameter weit vor Ende der Fahrt aus. Sie bekommt in Läden einen Preisnachlass, ohne feilschen zu müssen. Sie bekommt im Restaurant den besten Tisch und immer die zartesten Fleischstücke. Wenn Nanna in der Nähe ist, legen alte Damen wohlwollend den Kopf schräg, und Männer jeden Alters heben vielsagend die Augenbrauen und spitzen unbewusst den Mund zum Pfiff. Kinder wollen ihr Zeichnungen schenken und sie umarmen. Hunde, in jeder Größe und Form, wedeln mit dem Schwanz und wollen unbedingt ihre Hände ablecken. (Seltsamerweise jedoch ist Nanna nicht besonders tierlieb, vor allem für Hunde hat sie sich niemals begeistern können. Sie kann diese feuchten Zungen und die ausdruckslosen, unterwürfigen Augen einfach nicht ausstehen.)

Nanna ist nicht hübsch im eigentlichen Sinne, jedenfalls nicht von klassischer Schönheit. Sie sieht aus wie eine fröhliche blonde Chinesin. Ihre Nase ist ziemlich breit und ein wenig platt gedrückt, ihre Ohren sind klein und liegen dicht am Kopf an, ihre Augen sitzen ungewöhnlich weit auseinander und schräg, sind aber trotzdem groß und rund. Ihre Haare sind so hell und glatt wie eine blanchierte Mandel.

Sie ist neugierig, strahlt aber auch eine reife Lebenserfahrung aus. Nanna sieht aus wie ein Mensch, der sich nicht schämt, im Flugzeug um einen Fensterplatz zu bitten, der nicht die Fähigkeit verloren hat, sich über den Anblick von Wattewolken, Puppenhäusern und glitzernden Flussläufen zu freuen, der das Fliegen aber zugleich gewohnt ist.

Sie wirkt bescheiden, ist aber alles andere als schüchtern. Sie ist entschieden, aber niemals aufdringlich. Nanna hat etwas. Sie ist hübsch, sie ist tüchtig. Aber das sind viele. Nanna hat etwas anderes. Etwas ganz Besonderes.

Denn Nannas bedeutendste Eigenschaft ist nicht, dass sie hübsch oder tüchtig ist, das Wichtigste an Nanna ist, dass sie andere dazu bringt, sich wohlzufühlen. Nanna strahlt. Nanna strahlt vor Güte. Obwohl sie jung ist (und noch jünger aussieht), obwohl sie zierlich ist, wirkt sie so sicher, so mütterlich. Sie ist eine, der man sich sofort anvertrauen möchte, etwas, das die Frauen anspricht. Zugleich hat sie etwas Zerbrechliches und Hilfloses, sie ist eine, der man helfen möchte, was auf Männer unwiderstehlich wirkt.

Alle mögen Nanna. Das wird Pål auch tun, aber noch weiß er nichts von ihrer Existenz. Während sie auf einem Sofa in der Kneipe im Mensagebäude sitzt, thront Pål auf einem Barhocker in seinem Hotel in Amsterdam. Lone sitzt auf dem Hocker neben ihm, ihre langen Beine übereinandergeschlagen. In siebzehn Stunden werden Pål und Nanna einander in einer Tür begegnen, und diese Begegnung wird ihr Leben verändern.

Am letzten Tag in Amsterdam gibt es ein Abschlussessen. Alle, die sich angemeldet haben (und das sind fast alle Kongressteilnehmer), bekommen in der Mittagspause eine Eintrittskarte und Getränkebons. Das Essen wird in der Innenstadt stattfinden, in einem indonesischen Restaurant. Pål hat zwei schöne Tage verbracht. Es ist nicht mehr so glühend heiß, und er ist an einem Nachmittag in einem Park, fast so groß wie ein Wald, joggen gewesen. Er hat seinen Vortrag gehalten, mit großem Erfolg, und er hat sich eine Menge anderer Vorträge angehört.

Aber die Vormittagssitzungen des Vortags hat er geschwänzt, er schlich sich wie ein schuldbewusster Schulbube zusammen mit Petra davon, und sie zeigte ihm die Grachten und führte ihn zu einem Pfannkuchenhaus, wo sie Pfannkuchen mit Sirup, Äpfeln und Speck verzehrten, und Petra hatte nach dem dritten Glas Genever feuchte, warme Augen. Aber sie sagte nichts. Pål wusste trotzdem Bescheid.

Während des gesamten Kongresses tauchte immer wieder Rinkel in seinem Blickfeld auf. Kühl, effektiv, unterwegs von einem Vortrag zum anderen. – Einmal stieß sie fast mit Pål zusammen, der gerade auf dem Weg zu einem Workshop das Foyer durchquerte. Ohne anzuhalten, lächelte sie ihn an, ein freundliches Lächeln, dann verschwand sie in einem Hörsaal. Sie hinterließ eine Ahnung ihres ganz besonderen Parfüms. Pål holte tief Luft, ließ den Duft durch seine große, wohlgeformte Nase strömen. Als Pål sie das nächste Mal sah, war sie mit Mills zusammen und bemerkte Pål nicht. Aber Mills ist bereits nach Hause gefahren, und am Abend wird das Abschlussessen stattfinden.

Mills' Vortrag war übrigens sehr gut; auch wenn Pål fand, dass die Form den Inhalt übertraf, so war an seinem Thema oder seinen Überlegungen nichts auszusetzen. Er erntete Standing Ovations. Pål war zwar nicht der Ansicht, dass er das verdient hatte, aber er musste zugeben, noch nie zuvor einen besser sitzenden Anzug an einem Linguisten gesehen zu haben.

In nur einer Stunde werden sich alle im Hotelfoyer treffen und gemeinsam zu dem indonesischen Restaurant gehen. Pål duscht und putzt sich die Zähne, und obwohl er das am Morgen schon gemacht hat, rasiert er sich. Normalerweise rasiert er sich alle drei Tage, dass er es nicht jeden Tag tut, hat zwei Gründe: Erstens ist er so faul, dass ihm das einfach zu anstrengend ist, zweitens findet er, dass er mit ein paar Bartstoppeln attraktiver aussieht. Deshalb ist er oft zwei Tage lang mit einem roten Bartansatz und am dritten mit glatt rasierter Haut zu sehen, leicht nach Rasierwasser duftend (von dem er eine stattliche Sammlung hat, da seine Mutter ihm oft welches zu Weihnachten schenkt, wenn ihr nichts Besseres einfällt).

Er gibt sich große Mühe beim Anziehen, legt einen grauen Anzug auf das Bett. Er weiß, dass nicht viele Männer Anzug tragen werden. Einige Schweden werden wohl im Anzug erscheinen, die Italiener, die Wallonen und die Franzosen auf jeden Fall. Aber die Gastgeber – die Niederländer – werden Turnschuhe und am Hintern schlabbernde Cordhosen tragen. Dasselbe werden die Flamen und die Dänen tun, und es ist wohl eine Definitionsfrage, ob Paulsens Anzug überhaupt als Anzug durchgehen kann.

Aber Pål wird einen Anzug tragen. Er möchte gut aussehen, er möchte feiern, wenn er auch nicht so recht weiß, was er feiern soll oder warum er dazu Lust hat. Zuerst zieht er ein gemustertes Hemd an, verwirft es dann aber als zu munter und zu bunt und entscheidet sich für ein anderes, ein einfarbiges. Er mustert sich im Spiegel, streicht sich die feuchten Haare mit Niveacreme nach hinten (das hat er auf dem Gymnasium von Morten gelernt, und es klappt immer). Sein Handy meldet den Eingang einer SMS, die stammt von Lone, er liest die leicht vulgäre Mitteilung einmal, lächelt und löscht sie dann.

Er hat beim Mittagessen neben Lone gesessen. Sie hob ihr Saftglas zum Mund, schaute ihn über den Rand an und sagte, sie erwarte, dass er ihr abends beim Essen zu Diensten sein werde. Er hob sein eigenes, trank ihr zu und beteuerte laut und deutlich, er habe an keine andere Frau mehr gedacht, seit sie in Århus rittlings auf ihm gesessen habe. Lone kicherte und warf einen gespielt entsetzten Blick auf die Umsitzenden, zwei garantiert monolinguale Engländer. Als sie sich vom Mittagessen erhoben, stellte sie sich auf die Zehenspitzen und leckte ihm blitzschnell das Ohrläppchen. Pål putzt seine Schuhe, summt dabei. Er fragt sich, was Rinkel wohl tragen wird – ein dekolletiertes Kleid, ein eng sitzendes Oberteil, einen schmalen Rock?

Als er in die Hotellobby hinunterkommt, sind die anderen schon gegangen. Pål ist nicht übermäßig überrascht (er flucht in Gedanken, eher automatisch als aus ehrlicher Verärgerung: Verflixt!), er ist daran gewöhnt, fast immer zu spät zu kommen, und glücklicherweise steht der Name des Restaurants zusammen mit einer grob skizzierten Wegbeschreibung hinten auf der Eintrittskarte. *Het Blaauwe Kopje* heißt es, und es soll am Singel liegen. Er findet es ohne Probleme, nachdem er zwei kichernde Teenies gefragt hat, die übrigens erstaunlich gut Englisch sprechen. Er beeindruckt sie mit einigen Sätzen in akzentfreiem Niederländisch und erreicht dann das Restaurant, bis obenhin gefüllt mit guter Laune, Selbstsicherheit und Lebensfreude. Er zeigt seine Karte vor und wird in den Keller geführt.

Unten sind sechs lange Tische mit weißen Decken aufgestellt. An den Tischen stehen Bänke, und darauf sitzen mehr oder weniger festlich gekleidete Kongressteilnehmer. Er entdeckt Petra, die ihn ansieht, aber nichts sagt, er sieht Lone, die ruft, dass er sich neben sie setzen soll. Dann sieht er Rinkel. Sie kehrt ihm den Rücken zu und spricht mit einem dunkelhaarigen Mann in einem Leinenjackett. Pål gibt vor, Lone weder zu sehen noch zu hören, und tippt Rinkel leicht auf die Schulter. »Hier noch was frei?« – »Hallo«, sagt sie überrascht, »setz dich.« Er setzt sich, *entdeckt* Lone auf der anderen Seite des Tisches, zuckt bedauernd mit den Schultern und setzt eine Miene auf, die klarstellen soll, dass er natürlich lieber neben ihr sitzen würde als neben seiner Chefin.

Sie sitzen ohnehin schon dicht gedrängt, doch da kommt eine blonde Frau, die einige Plätze weiter auf der Bank sitzt, von der Toilette zurück. Pål erkennt in ihr eine der Damen aus Mills' engster Bewunderinnenschar, und er nickt in Gedanken bestätigend, als er sie Englisch mit deutschem Akzent sprechen hört. Alle rücken noch näher zusammen. Rinkel rutscht dichter an Pål heran, und plötzlich spürt er ihren warmen Oberschenkel an seinem.

Er ist in einer Art skandinavischer Kolonie gelandet. Der dunkelhaarige Mann im Leinenblazer entpuppt sich als schwedischer Mediensprachforscher namens Staffan, und Pål und Rinkel direkt gegenüber sitzen Lone und die braunhaarige Computerlinguistin von der Handelshochschule, die Paulsen in ihre Mitte genommen haben.

Es wird eine Reistafel serviert. Eine Menge kleiner Schüsseln und Schalen steht auf der weißen Tischdecke verteilt, und die Gäste bedienen sich selbst. Nachdem sie die Getränkecoupons abgeliefert und den dafür erhaltenen Wein getrunken haben, bestellen sie mehr. Alle sind strahlender Laune. Der Kongress liegt hinter ihnen, ihre Vorträge sind gehalten. Am nächsten Tag wird es keine Sitzung geben, die meisten können ausschlafen, ehe sie per Flugzeug oder Zug in ihre Heimatländer zurückkehren. Zurück zu ihren Universitäten, ihren kleinen Büros, den Büchern, den Stapeln von Papieren, die sie lesen müssen, Vorlesungen, die sie halten müssen, den Studenten, die sie zu betreuen haben. Zurück zu Ehepartnern, Geliebten und Liebhabern, kleinen Kindern oder übellaunigen Teenagern, zurück zu Reihenhäusern und gepflegten Villen, oder zurück zu Einsamkeit und leeren Wohnungen. Aber jetzt sind sie hier. Und haben gut gewürztes Essen und immer neue Weinflaschen vor sich auf dem Tisch stehen.

»Skål, Lone«, sagt Pål in perfektem Dänisch, und er merkt, wie der Rausch in ihm aufsteigt, als ob in ihm die Flut käme und das Hochwasser Hemmungen und Bedenken fortspülte.

»Skål, Pål«, sagt Lone.

Sie sprechen über die Vorträge, die sie gehört haben. Sie sprechen über Mills. Pål beobachtet Rinkel sehr genau, kann aber nicht behaupten, dass sie auf seinen Namen stark reagiert, vielleicht hat sie aber zu diesem Thema auch nichts zu sagen. Sie spricht mit Staffan, dem schwedischen Mediensprachforscher, der zu ihrer Linken sitzt. Dann fängt Lone an, laut aus einer Speisekarte vorzulesen, die sie gefunden hat, und alle helfen mit ihren Niederländischkenntnissen aus.

»*Kip*«, sagt Staffan. »Das ist alles, was ich weiß. Das bedeutet *kyckling*.«

»Was bedeutet das? Was sagst du da?«, fragen die Däninnen auf Dänisch.

»*Kyckling. Kylling* bei euch, Hähnchen«, sagt der Mediensprachforscher Staffan.

»Ach so«, nicken die Däninnen.

Sie sprechen über die große Untersuchung über internordisches Sprachverständnis, dass es damit bergab geht, dass die Elterngeneration einander viel besser verstehen konnte als heute die jungen Leute. »In der nächsten Generation werden wir vermutlich Englisch miteinander sprechen, wir Nordländer. *Cheers*«, sagt der Schwede. Sie sprechen über das Wort *rijsttafel*. Wenn man Linguist ist, gute Laune hat, sich in gemischter Gesellschaft befindet und dem anderen Geschlecht imponieren möchte, kann man unendlich viel über die beiden Wörter »Reis« und »Tafel« sagen. Wortwechsel und etymologische Betrachtungen von unterschiedlicher Qualität hüpfen wie Pingpongbälle über den Tisch. »Tafel«. Wie das englische *table*, wie italienisch *tavola*. »Auf Norwegisch sagt man ›die Tafel aufheben‹«, sagt Pål. Dann sagt Paulsen, er kenne vier indonesische Wörter für »Reis«.

»Wow, leg los«, bittet Lone.

»Ja«, sagt Paulsen. »Also, folgendermaßen: *padi* bedeutet Reis, der auf dem Feld steht. *Gabah* bedeutet geernteter, aber nicht gedroschener Reis. Und dann gibt es noch … ja, *beras*, der ist gedroschen.«

»Das waren drei«, sagt Lone und zählt mit den Fingern.

»Ich kann mich gerade gar nicht …«, sagt Paulsen und macht ein unglückliches Gesicht.

»Gekochter, zum Essen bereiter Reis heißt *nasi*«, sagt Rinkel und beugt sich zu Pål hinüber. »Dieses Buch habe ich nämlich auch gelesen. Es steht auf der Literaturliste zum Einführungskurs«, flüstert sie, belustigt, aber nicht boshaft.

»Ah, *nasi* wie in *nasi goreng*«, ruft Lone. »Das ist doch ein Gericht, ein Gericht zum Essen, das steht auf der Speisekarte!«

»Aha«, sagt Paulsen.

»Das bedeutet gebratener Reis«, sagt Rinkel.

»Vier Wörter für Reis, aber in den skandinavischen Sprachen gibt es nur eins«, sagt Staffan.

»Lexikalisiert, ja«, sagt Paulsen und versucht, seine Ehre zu retten.

»Denkt an die Eskimos und ihre vielen Wörter für Schnee. Wie viele Wörter haben die Eskimos noch gleich für Schnee, was meist du?«

»Die Grönländer«, sagt Lone. »Die heißen heute Grönländer. Oder Inuit.«

»Bestimmt mehrere Hundert«, antwortet die Computerlinguistin. »Und wie viele gibt es in Wirklichkeit?«

»Sind das nicht fünf oder so?«, fragt Lone.

»Zwölf unterschiedliche Wortstämme, wenn wir Pullums hervorragender Untersuchung glauben wollen«, sagt Rinkel.

»Richtig, Rinkel«, sagt Pål. Er ist betrunken, er spürt, wie ihr Oberschenkel gegen seinen drückt. Er drückt zurück, und ihr Oberschenkel bleibt dort, verheißungsvoll und warm.

Sie gehen zusammen zurück zum Hotel, alle Skandinavier. Sie gehen langsam an den Grachten entlang. Die Luft ist jetzt kühler. Rinkel geht ein wenig vor den anderen her, direkt hinter ihr trottet Staffan. Dahinter folgen Paulsen und die Computerlinguistin. Paulsen hat der Computerlinguistin seine Jacke um die Schultern gelegt. Ganz zum Schluss kommen Lone und Pål. Lone fröstelt.

»Es ist kühl«, sagt sie.

»Hmm«, brummt Pål.

»Hör mal, Pål. Das hier war ein indirekter Sprechakt, konntest du das nicht hören? Die illokutionäre Kraft ist doch eigentlich ziemlich klar und deutlich, oder? Oder muss ich hier einen Vortrag über Searle halten? Ich friere!«

»Verzeihung, Lone. Hier!«

Pål zieht sein Jackett aus und legt es ihr um die Schultern.

»Danke. Sag mal, läuft da was zwischen dir und Edith Rinkel?«

»Nein, absolut nicht«, antwortet Pål, überrascht über die weibliche Fähigkeit, Dinge zu bemerken.

»Sieh dich vor. Sie hat Augen wie ein Grönlandhund. Unzuverlässig und falsch.«

»Ich habe doch gesagt, es läuft nichts.«

»Das habe ich gehört. Und du hast mich gehört. Nimm dich in Acht vor dieser Frau!« In diesem Moment sehen sie, dass die Computerlinguistin Paulsen seine Jacke mehr oder weniger zurückwirft, er fängt sie auf und steht einige Sekunden mit der Jacke in der Hand und dämlichem Gesichtsausdruck da. »Ups«, sagt Lone, »was hat dein Institutschef denn jetzt angestellt?« Paulsen verschwindet abrupt in einer der Gassen des Rosse Buurt. (Kein Linguist mit Selbstachtung würde auch nur im Traum Red-Light-District sagen. Wenn man sich schon die Damen ansehen, wenn man den Gelüsten des Unterleibs nachgeben will, dann sollte man das doch – soweit das möglich ist – in der Originalsprache tun.) Die anderen gehen weiter in Richtung Hotel. Pål hält Lone und Rinkel die Tür auf. Staffan muss eine sehr frühe Maschine erreichen, er bittet um Entschuldigung und verabschiedet sich, äußerst höflich und anständig, wie Schweden das eben so machen.

Rinkel und Pål sehen einander an. »Gute Nacht«, sagt Lone. Sie will ebenfalls schlafen gehen. Sofort. Auf der Stelle. Sie verschwindet im Fahrstuhl. Rinkel und Pål bleiben stehen.

»War sie sauer oder so was?«, fragt Rinkel.

»Nein, ich glaube nicht«, antwortet Pål.

»Sie ist reizend«, sagt Rinkel. »Eine nordische Schönheit. Wirklich hübsch.«

»Sollen wir …«, sagt Pål und nickt vage in die Richtung, in der sich seiner Meinung nach die Hotelbar befindet. Rinkel schüttelt den Kopf.

»Komm«, sagt sie und geht zum Fahrstuhl. In der Fahrstuhlkabine ist es furchtbar eng und heiß. Rinkel steht vor Pål, er schaut über ihren Kopf und in den Spiegel an der einen Querwand. Er atmet ihren Duft ein, den ihres Parfüms, den ihres Körpers. Wir passen gut zueinander, kann er noch denken, ehe der Fahrstuhl anhält und die Tür aufgeht. Rinkel verlässt den Fahrstuhl, Pål folgt ihr, obwohl sein Zimmer zwei Stockwerke höher liegt, sieht die dünnen

Träger über ihren Schultern an, die dunklen Haare, den runden Hintern.

»Hier wohne ich«, sagt Rinkel und bleibt vor einer Tür stehen. Dann stellt sie sich auf die Zehenspitzen und küsst ihn auf den Mund. Es ist ein feuchter, begieriger Kuss. Ein unzweideutiger Kuss. Ein lüsterner Kuss. Ein so intensiver Kuss, dass er nicht als freundschaftlicher Kuss missverstanden werden kann. Und er missversteht ihn auch nicht, sein Unterleib ist in verblüffend kurzer Zeit bereit, und er legt ihr seine Arme um den Körper.

»Gute Nacht«, sagt sie keusch, windet sich aus Påls Umarmung, dreht sich um, steckt ihre Schlüsselkarte ins Schloss und verschwindet in ihrem Zimmer. Er bleibt stehen und starrt die geschlossene Tür an.

Als Pål später in seinem eigenen Hotelzimmer im Bett liegt, ist er sich nicht mehr sicher, ob Rinkel ihn tatsächlich geküsst hat oder nicht. Hat sie ihn geküsst? Vielleicht hat er sich das nur so oft vorgestellt, dass sich Synapsen zwischen seinen Gehirnzellen gebildet haben, zwischen der Zelle mit der Aufschrift »Kuss« und der Zelle mit der Aufschrift »Rinkel«. Hatte er sie damals auf dem Weg nach Graz vollgekleckert? Wieder spürt er die vertraute Angst und das Bedürfnis zu verschwinden, will mit seiner Umgebung verschmelzen. Er hebt die Decke und mustert forschend seinen Körper. Seine Haut sieht so weiß aus wie die Bettwäsche. Schnell lässt er die Decke wieder sinken und schließt die Augen, er hat sich die Sache anders überlegt: Er will doch nicht wissen, ob seine Haut Farbe und Damastprägung der Bettwäsche angenommen hat oder ob ihm einfach nur das Licht einen Streich spielt.

So bleibt er lange liegen, in einem seltsamen Zustand aus Demütigung und Erregung. Dann wirft er energisch die Decke zur Seite, zieht sich an und geht hinaus auf den Hotelkorridor. Er läuft durch den mit Teppich ausgelegten Gang, weiter zum Fahrstuhl, und weniger als fünf Minuten später liegt er in einem Doppelbett in einem anderen Hotelzimmer, und eine Frau schlingt ihre Arme um seinen nackten Leib. Und diesmal ist es keine Einbildung.

Sie hat auf sein Klopfen hin sofort aufgemacht. Sie steht in einem dünnen Seidennachthemd in der Türöffnung. Sie sagen beide nichts. Er geht einfach hinein, zieht die Tür hinter sich zu, greift nach ihr. Sie ist willig, er ist fast brutal. Er fährt mit seinen Fingern durch ihre Haare, zieht ihren Kopf nach hinten, dann zwingt er ihren Körper aufs Bett. Er reißt das Nachthemd hoch, sodass sie bis zur Taille nackt ist, er spreizt ihre Beine, hält die zuckenden Oberschenkel fest und bewundert sie: Sie glänzt und duftet wie der mildeste, köstlichste Räucherlachs. Und er küsst sie dort, hart, noch immer mit einer Hand auf jedem Oberschenkel.

Dann ziehen sie einander vollständig aus, ruhiger. Lone hat sich im Bett aufgesetzt. Sie ist kurzatmig und sehr, sehr schön mit den langen blonden Haaren, die ihr ins Gesicht fallen. »Komm jetzt, Pål«, sagt sie und lässt sich zurücksinken.

Aber jetzt lässt Pål sich Zeit. Er kniet am Fußende des Bettes und sieht sie an. Sie ist braun gebrannt, mit weißen Feldern, hinterlassen von einem winzigen Bikini. Er entdeckt plötzlich, dass die Zehennägel an ihren sehr gepflegten Füßen grün lackiert sind, und er beißt sie hingerissen in die Zehen, ehe er ihre spitzen kleinen Brüste leckt. Die haben die gleiche Form und Größe wie diese Tetraeder, in denen man früher Sahne kaufen konnte, und dann gleitet er in sie hinein. Oft sind die zwischenmenschlichen Verkehrsformen auf Sprachkongressen wunderbar unkompliziert.

Die Universität Oslo wurde am 2. September 1811 gegründet, damals hieß sie noch: Königliche Frederiks-Universität, und den Namen trug sie bis 1939. Påls Mutter wurde sieben Jahre später geboren, empfangen in den übermütigen Friedenstagen, geboren an einem kalten Februartag des Jahres 1946. Als Påls Mutter klein war, befand sich ein Acker an der Stelle, wo heute die roten Backsteingebäude der Humanistischen Fakultät und der Gesellschaftswissenschaftlichen Fakultät aufragen. Einige dieser Gebäude, unter anderem die der Meteorologie, der Physik und das Studentenheim, waren damals schon errichtet, aber ansonsten gab es nur Wiesen und Felder, Getreide und Gras, friedlich grasende Kühe, die träge mit dem Schwanz die Fliegen verjagten.

Dann schossen die roten Backsteinblöcke aus dem Boden. Rasenflächen wurden angelegt und Bäume gepflanzt. Springbrunnen und Wege aus Pflastersteinen wurden angelegt. Die Studenten strömten in Scharen herbei. Während die Königliche Frederiks-Universität 1813 siebzehn Studenten aufwies, waren in Oslo um die Mitte der Fünfzigerjahre bereits 3000 immatrikuliert. Um die Jahrtausendwende gab es fast 40 000, folglich muss es 1970, in dem Jahr, als Påls Mutter im Schnee lag, mit um die Knöchel schlackernden Skihosen und einem bezaubernden Mann zwischen den Oberschenkeln, irgendetwas zwischen 30 000 und 40 000 Studenten gegeben haben. Egal, wie viele es waren, jene, die bald darauf Påls Mutter werden sollte, war eine von ihnen: stud. phil. Maren Bentzen, eine begabte, wenn auch nur mäßig fleißige Studentin der Anglistik.

Westlich der Universitätsgebäude, zwischen Vinderen und Vestgrensa, liegt der Forschungspark. Eine Senke in der Landschaft, ein bescheidenes Tal mit einer Mischung aus neuen und alten Gebäuden. Hier stehen unter anderem das Institut für Medien und Kommunikation und das Mittelalterzentrum, beide untergebracht in einem weißen modernen Gebäude mit Statuen vor dem Eingang und einer Art Scheunenbrücke aus Beton, die zum Haupteingang hochführt. Das Psychologische Institut ist in einem Gebäude im Bauhausstil untergebracht, das den Namen Harald-Schjelderups-Hus trägt. Früher war hier das Forschungsinstitut der Papierindustrie, und im Foyer können sich die Psychologen deshalb über ein riesiges Fresko von Jean Heiberg freuen, das den Weg vom Baum zum Papier zeigt, gemalt im soliden Sozialrealismus der Fünfzigerjahre, mit kräftigen Forstarbeitern, Flößern und Zellulosemaschinen.

Im nördlichsten Teil des Forschungsparks liegt das Institut für Futuristische Linguistik, Futling. Es ist ein ziemlich großes Gebäude. Nicht so groß wie die größten Universitätsgebäude von Blindern, natürlich, aber doch groß dafür, dass es nur ein einziges Institut beherbergt. Und dieses Gebäude wurde speziell für das Institut für Futling entworfen und errichtet. Nach der Universitätsbibliothek war es das teuerste Bauwerk auf dem Campus. Fünf Stockwerke. Blank geputzter Granit, Stahl und Glas. Der Haupteingang ist enorm hoch. Der Minister, der das Gebäude eingeweiht und das Institut für Futuristische Linguistik für eröffnet erklärt hat, hat in seiner Rede nicht weiter überraschend betont, dass »diese Tür die Tür zur Zukunft symbolisiert«, und Paulsen, der von der Redenschreiberin des Ministers angerufen worden war und ihr gerade diese Formulierung vorgegeben hatte, war am wenigsten von allen überrascht. Die Höhe der Tür ergibt sich dadurch, dass das Foyer bis zum vierten Stock offen ist, und sie entspricht der Höhe von zwei Stockwerken.

Vom Foyer aus führt eine Rolltreppe nach oben in die Mensa, zu den Besprechungszimmern und der großen Dachterrasse. Und an der gegenüberliegenden Wand, etwa dreißig Meter entfernt, führt ihr Pendant nach unten. An der Wand neben der nach oben führenden Rolltreppe gibt es ein sich über zwei Stockwerke erstreckendes Meerwasseraquarium. Erst wenn man auf der Treppe steht und sich gegen die Glaswand lehnt, um die Fische zu bewundern, entdeckt man, dass dort computeranimierte Fische in einer virtuellen Welt aus Korallen und glitzerndem weißen Sand umherschwimmen.

An der gegenüberliegenden Wand hängt ein weiterer riesiger Bildschirm. Mit einem Tastendruck könnte der Computerdekorateur ihn mit Wasser füllen und auch dort bunte Clownsfische und Chirurgenfische schwimmen lassen, aber diese Wand ist mit wissenschaftlichen Zitaten bedeckt. Jede neue Veröffentlichung wird in die elektronische Bibliothek des Instituts eingespeist, unabhängig davon, ob es sich um eine Hausarbeit handelt, eine Masterarbeit, eine Dissertation, einen Artikel oder ein Buch. Autor oder Autorin werden während der Registrierung gebeten, einen oder zwei Sätze zu markieren, die dann auf dem großen Schirm neben der Rolltreppe erscheinen. Die Zitate sind in unterschiedlichen Farben gehalten, himmelblau, dunkelblau, zitronengelb, limonengrün und silber, und sie schwimmen langsam über die Wand und sehen deshalb auch fast wie Fische aus. Wenn die Angestellten auf dem Weg von oder zur Mensa auf der Rolltreppe stehen, können sie Ausschau halten nach Zitaten von Kollegen oder Studierenden, die meisten nutzen jedoch die Gelegenheit, ihre eigenen Goldstücke zu bewundern.

Der Boden unten im Foyer ist mit weißem Marmor gefliest. Bei der Rezeption und hinter den Fahrstühlen und Treppen, die zu den Büros führen, ist ein japanisch inspirierter Zen-Garten von ungefähr zehn Quadratmetern angelegt worden, mit runden Steinen und einer kleinen rot angestrichenen Brücke über einen schmalen Bach, der in einem Springbrunnen endet. Dort stehen ein niedriger Holzstuhl und zwei Liegestühle von Le Corbusier (eine Kombination, die man entweder fast genial findet oder die man verachtet und als den Gipfel des schlechten Geschmacks betrachtet). Hier sollen in aller Ruhe futuristisch-linguistische Probleme erörtert werden können.

Das Institut für Futuristische Linguistik ist ein sehr junges Institut, es wurde durch eine beeindruckende Sonderbewilligung aus dem Staatshaushalt geboren, durchgedrückt von einem Minister, der offenbar eine Schwäche für die Sprachwissenschaft hatte – jedenfalls, nachdem er einer intensiven Lobbytätigkeit durch Fachleute von der Humanistischen Fakultät ausgesetzt worden war.

Manche Politiker hinterlassen tiefe Spuren in der Geschichte. Viele fangen Kriege an, einige beenden sie, manchen wird ein Gedenkstein oder eine Statue errichtet, für andere wird eine Hauptverkehrsstraße durch ihren Bezirk geführt, manche setzen große und kleine Reformen durch, innerhalb von Staatsverwaltung, Schule oder Universität, in der Hoffnung, auf diese Weise im Gedenkbuch der Ewigkeit zu landen. Und einer dieser Politiker ließ also ein neues Linguistisches Institut errichten, aus Granit und Marmor, Glas und Stahl.

An diesem Institut arbeiten rund hundert Menschen,

knapp siebzig davon als wissenschaftliche Angestellte, wie Fred Paulsen, Hans Holstein, Edith Rinkel und Pål Bentzen – und die soeben berufene Nanna Klev. Das Institut für Futling ist in fünf Abteilungen gegliedert: syntaktisch, morphologisch, phonologisch, pragmatisch und maschinell. Des Weiteren sind alle Abteilungen unterteilt in normative und deskriptive Sektionen. Die normativen Sektionen beschäftigen sich damit, wie die Sprache in Zukunft aussehen sollte, sie arbeiten an der Anpassung von Lehnwörtern und setzen den Grad an Purismus fest, und natürlich befassen sie sich mit Dialektdesign. Eine kleine Forschungsgruppe entwirft zum Beispiel einen passenden Dialekt für den neuen Stadtteil, in dem sich die Osloer Oper befindet.

Auch Rechtschreibreformen bilden ein zentrales Beschäftigungsfeld für die Normativisten von Futling. In Norwegen herrscht der Brauch, in regelmäßigen Abständen die Schreibweise zu verändern (denken wir nur an die Reformen von 1907, 1917, 1938, 1959, 1981 und 2005), und eine Sonderkommission arbeitet an der Planung zukünftiger Reformen. Ihre Arbeit wird jedoch durch den immer stärker werdenden Einfluss von textverarbeiteter und computermaschineller Sprache erschwert, der die Bedeutung des Usus verringern wird – also des allgemeinen Sprachgebrauchs. Früher wurden Schreibweise oder Beugungsmuster durch den alltäglichen Sprachgebrauch verändert. Damals entschied die Bevölkerung über die Sprache, aber mit automatischen Rechtschreibprogrammen wird das vermutlich immer weniger der Fall sein. Die demokratische Ära in der Orthografie ist zu Ende, jetzt liegt die Macht in den Händen von Microsoft und anderen Computergiganten. Das muss natürlich untersucht, beschrieben und archiviert werden.

Die normativen Sektionen diskutieren außerdem den

Bedarf an Neuausgaben von klassischen Texten. Wenn die Sprache sich ändert, müssen bestimmte Texte ebenfalls verändert werden: Das gilt unter anderem für die Bibel, etliche Gesetzestexte, Ibsens Dramen, Undsets und Duuns Romane sowie den norwegischen Kanon der Kinderliteratur – Egner, Vestly, die Märchen von Asbjørnsen und Moe. Die Institutsangestellten kleiden diese Texte in die Sprachtracht der Zukunft, damit neue Ausgaben in zeitgemäßer Sprache erscheinen können, und zwar in beiden norwegischen Schriftsprachevarianten.

Es ist wichtig, dass die Sprache nicht der anderen Entwicklung hinterherschlurft. »Vorne mit dabei!«, ist Paulsens Lieblingsausdruck. Die Angst, dass eine zu große Lücke zwischen den norwegischen Sprachformen klaffen könnte, ist eine der wichtigsten Daseinsberechtigungen des Instituts. Wenn Norwegen als Sprachgesellschaft zerfällt, wird die gesamte Gesellschaft zerfallen. Wenn es bisher gelungen ist, Samen, Quänen und teilweise sogar die zugewanderte Bevölkerung zweisprachig zu machen, gilt es, dafür Sorge zu tragen, dass die Entwicklung von Dialekten und Regiolekten Norwegen nicht wieder teilt. Man sieht an den normativen Abteilungen des Instituts optimistisch in die Zukunft, aber es empfiehlt sich, immer vorne mit dabei zu sein.

Ein anderes zentrales Mandat des Instituts für Futuristische Linguistik ist es, Norwegisch in Norwegen als Gebrauchssprache zu erhalten. Die für das Projekt *Maintenance of Norwegian as the Future Language of Norway* zuständige Forscherin hatte beantragt, wenigstens einen Teil der Veröffentlichungen auf Norwegisch publizieren zu dürfen, aber das musste die Institutsleitung ablehnen, denn mit Norwegisch als Publikationssprache könnten die Ergebnisse nur in norwegischen oder zur Not skandinavischen Fachzeitschriften veröffentlicht werden, das bringe nicht genug *credits,* die wiederum die Grundlage für die Bewilligung von Geldern bildeten, die dem Futling in den nächsten Jahren zukommen werden.

Die Angestellten der deskriptiven Sektionen befassen sich damit, wie die Sprache der Zukunft wohl aussehen wird, ohne weiter zu berücksichtigen, wie sie aussehen *sollte,* wie das die Normativisten tun. Alle wissenschaftlichen Angestellten am Institut sind einer bestimmten Abteilung zugeordnet, aber einige sind immer auch mit Projekten befasst, die abteilungsübergreifend bearbeitet werden, derzeit untersucht zum Beispiel eine Gruppe von Forschern die Entwicklung von Kebabnorwegisch, Salsanorwegisch und diversen Typen von Ethnolekten, die verstärkt in einem Norwegen zu finden sein werden, das zusehends mehrsprachig und multikulturell wird.

Pål arbeitet in der Abteilung für Futuristische Morphologie, in der deskriptiven Sektion. Påls Forschungsgebiet ist also die Zukunftsmorphologie, er versucht vorauszusehen, wie bestimmte Beugungsmuster in zehn Jahren aussehen werden, in zwanzig Jahren, in siebzig Jahren, in hundert Jahren. Pål und seine Kollegen beschäftigen sich vor allem mit Diffusionskartierung und Zeitanalysen, um zu ermitteln, wie unterschiedliche Beugungen sich verbreiten werden. Wann wird die Objektform »dich« an der Südküste ausgestorben sein? Wird diese Entwicklung sich bis nach Skien fortpflanzen?

Im Moment beschäftigt Pål sich mit der Entwicklung der starken Verben. Einige Beugungsmuster befinden sich schon seit langer Zeit in einem Zustand der Veränderung. Schon seit dem Altnordischen sehen wir den Wechsel von starken zu schwachen Beugungsmustern. Immer weniger sagen buk, frug und trug, und viele schreiben jetzt sogar schon schreite (statt schrie) und geschreibt.

Pål sitzt jeden Tag vor riesigen Excel-Bögen mit Übersichten über die Entwicklung sämtlicher starker Verben des Norwegischen, vom Altnordischen bis in unsere Tage. Er vergleicht alle Formen mit Tendenzen im Textkorpus der Gegenwartssprache und berücksichtigt Kinder- und Jugendsprache. Sein Projekt ist intersprachlich, und er gehört einem internationalen Netzwerk von Starke-Verben-Forschern an, bei dem alle germanischen Sprachen vertreten sind (die einzigen Sprachen, die zwischen starken und schwachen Verben unterscheiden). Pål Bentzen hat die starken Verben bisweilen gewaltig satt.

Am Institut für Futuristische Linguistik hat jedes Stockwerk seine eigene Farbe. Die Phonologie hat blaue Wände, Sofas und Vorhänge, bei der Morphologie herrschen Gelbtöne vor, in der Syntaktik Grün.

Im Fall der Syntaktik ist es offensichtlich, dass die Wandfarbe – lindgrün – ausgewählt worden ist, um zum Deckendekor zu passen. Der dritte Stock, wo die Syntaktik herrscht, ist nämlich dekoriert mit einer Reihe von Skulpturen aus Plexiglas, die unter der Decke hängen. Einige sind viereckig, andere kugelrund – alle möglichen geometrischen Formen hängen dort oben und glitzern vor sich hin. Es wurden Lampen angebracht, die die Figuren in verschiedenen Grüntönen funkeln lassen, von hellem Mintgrün bis zu dunklem Moosgrün. Die Lampen drehen sich langsam und färben bald die eine, bald die andere Figur grün. Das sieht schön aus. Und wenn man genau hinschaut, wird man entdecken, dass in einige der Figuren ein stilisierter Gesichtsausdruck eingeritzt worden ist, einige sehen ungeheuer wütend aus, mit kleinen bösen Augen und schräg stehenden Augenbrauen, andere haben Schlafpuppengesichter, mit geschlossenen Augen und langen geschwungenen Wimpern.

Paulsen führt seine Studierenden gern schon in der allerersten Vorlesungsstunde in diesen Gang im dritten Stock. Seit Paulsen zum geschäftsführenden Direktor ernannt worden ist, unterliegt er keiner Lehrverpflichtung mehr, aber er unterrichtet gern, und deshalb gibt er den Einführungskurs in früherer, gegenwärtiger und zukünftiger Linguistik.

Paulsen gibt nun schon seit fast dreißig Jahren Einführungskurse und findet es immer noch wunderbar, den Studierenden linguistische Aha-Erlebnisse bescheren zu können.

Zu Beginn jedes Semesters zeigt Paulsen zur Decke und den Plexiglasfiguren hoch. Die Studierenden schauen ihn fragend an. »Was ist das, was meinen Sie?«, fragt Paulsen. »Kunst«, lautet vielleicht eine Antwort. »Plastik mit grünem Licht«, eine andere. »Nein«, sagt Paulsen und legt eine lange Pause ein. »Da irren Sie sich.« Und aufgeregt wie ein Kindergartenkind, das Mama ein selbst gebasteltes Geschenk überreichen will, sagt er mit vibrierender Stimme: »Das ist Linguistik, meine Lieben. Das ist *Colorless green ideas sleep furiously.*«

Die Studierenden legen den Kopf in den Nacken und starren zur Decke hoch. »Hä?«, fragen die Mutigsten. »Das ist generative Grammatik«, proklamiert Paulsen. »Das ist der Größte von allen. *The king!* Das ist Chomsky. Haben Sie schon von Noam Chomsky gehört?«

Und dann führt Paulsen die Studierenden zurück in den Seminarraum, wo er den Rest der Stunde damit verbringt, dass er sich über Chomskys vielleicht berühmtestes Zitat auslässt. *»Colorless green ideas sleep furiously«*, flötet Paulsen. »Lassen Sie sich diesen Satz auf der Zunge zergehen. Er demonstriert, dass ein Satz grammatikalisch korrekt gebildet sein kann, trotzdem aber sinnlos ist.« Er füllt die Tafel mit Beispielen von Kindersprache und aphasischer Sprache, die das Gegenteil beweisen, dass Grammatik unvollkommen sein kann (vom Standpunkt der Erwachsenensprache betrachtet), dennoch aber absolut verständlich. Und die Studenten vergessen das nie. Chomskys Satz und die These, dass Syntax und Morphologie auf der einen und Semantik auf der anderen Seite voneinander unabhängig sind, sitzen.

Für die Lehre höherer Semester ist Paulsen ungeeignet, aber die Studenten im Einführungskurs lieben Fred Paulsen so sehr, wie sie Edith Rinkel fürchten.

Påls Büro liegt im zweiten Stock, und durch die Fenster schaut er auf Gaustad. In seiner Etage hat die Abteilung für Zukünftige Morphologie ihre Räumlichkeiten. Wenn man den Fahrstuhl verlässt oder die Treppen hochsteigt, schaut man in einen langen, hellen Gang. Pål zieht die Treppen vor. Seine langen Beine nehmen immer zwei Stufen auf einmal, und seine schlechten Charakterzüge genießen den Triumph, den er empfindet, wenn er mit weniger trainierten und deshalb kurzatmigen Kollegen nach oben geht. Auf dem Boden ist, wie im gesamten Gebäude, Birkenholz verlegt, und die Wände sind goldgelb.

Edith Rinkels Büro liegt ungefähr in der Mitte des langen Gangs, Påls genau gegenüber. Seit Pål am Samstagmittag vom Kongress in Amsterdam zurückgekommen ist (inzwischen ist es Montag), hat er fast gar nicht an Lone, dafür umso mehr an Rinkel gedacht.

Pål setzt sich auf, verschränkt die Arme im Nacken und streckt sich. Er atmet durch die Nase ein und langsam durch den Mund wieder aus, mit leicht vorgeschobener Unterlippe. Er seufzt. Vor ihm auf dem Schreibtisch liegen die Zugfahrkarte und die Hotelrechnung. Die meisten hassen Reisekostenabrechnungen, beim Mittagessen wird oft über das Ausfüllen von Formularen gejammert. Pål lässt sich solche Gelegenheiten nie entgehen und erzählt allen, die das hören wollen, dass er Formulare an sich und Reisekostenabrechnungen im Besonderen wunderbar findet.

Pål seufzt also nicht, weil ihm das Ausfüllen von Reisekostenabrechnungen missfiele. Er macht es gern, und er macht es am liebsten auf altmodische Weise, statt die elektronischen Formulare auf den Intranetseiten des Instituts auszufüllen. Er trägt die Beträge für Reisekosten und Mahlzeiten ein, addiert sie im Kopf und schreibt dann auf, was ihm ausbezahlt werden muss. Er seufzt wieder, schaut aus dem Fenster zu den mit Gras bewachsenen Hängen von Gaustad hinüber. Dann erstarrt er, in einer seltsam schiefen, horchenden Haltung. Hat da jemand eine Bürotür aufgeschlossen? Kann das Rinkel gewesen sein? Er geht zur Tür und öffnet sie, aber der Gang ist leer, nichts ist zu hören. »Jetzt muss ich mich aber zusammenreißen«, ermahnt sich Pål. Er kehrt zu seinem Schreibtisch zurück, addiert die Beträge noch einmal, die Summe stimmt. Das versetzt ihn sofort in bessere Stimmung. Er war schon immer gut im Kopfrechnen.

In der Schule hat Pål Mathe geliebt. Schon als kleiner Junge spürte er, dass die Mathematik und er zusammenpassten. Zu Beginn der dritten Klasse hatte er bereits den ganzen Stoff der Grundschule durchgerechnet. Seine Mutter wurde in die Schule bestellt, und die Lehrerin und sie überlegten gemeinsam, ob er eine Klasse überspringen und im Herbst in die Fünfte statt in die Vierte gehen sollte. Sie kamen aber zu dem Schluss, dass das keine gute Idee wäre. Pål kannte die Mathebücher der fünften Klasse in- und auswendig, und wenn die Sache etwas bringen sollte, müsste er in die Mittelstufe versetzt werden, aber in anderen Fächern war Pål den anderen eben nicht voraus. Er blieb in seiner eigenen Klasse, und der Rektor, ein studierter Mathematiker, bot dem Jungen zwei Stunden zusätzlichen Matheunterricht pro Woche an.

In seiner ganzen Schulzeit hielt Påls Interesse an der Mathematik an. »Seltsam«, sagte Påls Mutter. »Da muss etwas in den Spermien gesteckt haben, die ich abbekommen habe«, sagte sie ihren Freundinnen kichernd. Aber zu Pål sagte sie: »Vielleicht war dein Vater ganz einfach Mathematiker?« »Kann schon sein«, antwortete Pål dann. »Erzähl doch mal was von ihm!«

Und die Mutter erzählte. Nachdem er seine Hose zugeknöpft, den Zettel mit der Telefonnummer in die Brusttasche gesteckt, seine Skier angeschnallt und die Hänge zum Sognsvann hinuntergewedelt war, hatte sie nie wieder etwas von ihm gehört. Sie war unter der Tanne liegengeblieben, hatte mit dem Geschmack von Milchschokolade im Mund in die Zweige hochgeschaut und den Kopf voller süßer Träume gehabt. Weitere Skitouren, Kino, Radtouren im Frühling. Vielleicht würde er noch am selben Abend anrufen?

Aber er meldete sich nie. Vielleicht war der Zettel mit der Telefonnummer aus dem Anorak gerutscht, vielleicht verlockten die beiden Stunden unter der Tanne nicht zu weiterem Kontakt. Vielleicht war er bei der Abfahrt verunglückt. Sie hörte jedenfalls nie wieder von diesem Mann und konnte ihn niemals ausfindig machen. (Sie hatte sich allerdings auch keine große Mühe gegeben. Es ging ihr doch gut so. Nur in den Monaten, in denen Pål sich geweigert hatte, aufzustehen, in denen er im Bett liegen geblieben war, weiß und fast stumm, hatte sie die Suche wirklich intensiv betrieben. Sie hatte in allen großen Zeitungen Anzeigen aufgegeben und sich an die Heilsarmee gewandt. Aber niemand hatte sich gemeldet.) Das Einzige, was sie über ihn wusste, war, dass er Felix hieß, dass er so alt war wie sie, dass er Schokolade, Kino und Reisen liebte. Und das Einzige, was er ihr hinterlassen hatte – von Pål mal abgesehen –, war ein Ring.

Sie teilten ihren Kakao, tranken aus derselben Tasse, nämlich dem Drehverschluss ihrer Thermoskanne. Als sie ihm zum ersten Mal die Tasse anbot, sah er sie an, drehte die Tasse ein wenig, so, dass seine Lippen genau dort lagen, wo sie vorher getrunken hatte, und nahm einen großen Schluck. »Hunger?«, fragte Felix, als er wieder aufschaute. »Ja«, antwortete Maren. Wie ein Zauberkünstler, der triumphierend ein Kaninchen aus dem Zylinder zieht, nahm er eine Tafel Schokolade aus der Tasche seines dunkelblauen Anoraks, schälte das äußere Papier ab, klappte das

Silberpapier zur Seite, brach einen Riegel ab und reichte ihn ihr. Maren behauptete seither, niemals wieder so köstliche Schokolade gegessen zu haben. Sie war ganz anders als jede andere Schokolade, die sie davor oder später gekostet hatte. Süßer und zugleich frischer. Vollmundig, aber nicht mächtig. Sie war mild, aber dennoch kräftig im Geschmack. Felix hatte Maren das allerletzte Stück in den Mund geschoben. Dann nahm er ihre Hand, griff nach ihrem linken Zeigefinger und schob ihn in seinen Mund, wo er mehrere Male seine Zunge um ihren Finger kreisen ließ, ehe er ihn herauszog, und führte ihn über das Silberpapier, um Schokoladenkrümel aufzusammeln, die jetzt bereitwillig an Marens feuchtem Zeigefinger kleben blieben. Dann hielt er den Finger an ihren Mund und ließ sie daran lecken.

Er strich das Schokoladenpapier an seiner Hose glatt, und innerhalb überraschend kurzer Zeit hatte er für Maren einen Ring gefaltet. Das Silberpapier lag in vielen Schichten übereinander, es war nur noch zwei oder drei Zentimeter breit, es lag im Zickzack, und das eine Ende musste in das andere geschoben worden sein, aber es war unmöglich, die Verbindungsstelle zu entdecken. Maren streckte die Hand aus, die rechte, er schüttelte den Kopf und bat um die andere, und dann schob er den Ring auf den Zeigefinger der linken Hand. Der Ring fühlte sich überraschend schwer und stabil an, wie ein Ring aus Metall. »Jetzt sind wir für immer miteinander verbunden«, sagte Felix. »Ja, für immer«, sagte Maren. Dann küssten sie einander, und der Kuss schmeckte berauschend süß nach der besten Schokolade, die Maren jemals gekostet hatte. »Ich friere«, sagte Maren. Er zog ihr die Handschuhe an und die Hose aus, und sie »fanden den gemeinsamen Ton« (wie die Mutter das immer auszudrücken beliebte), dort unter der Tanne.

Heute hat der Ring seinen festen Platz auf einem roten (rot wie das Papier, in das die Schokolade eingewickelt gewesen war) Seidenkissen in einem chinesischen Lackkästchen, in einem Fach in der Kommode. Einmal im Jahr – an Påls Geburtstag, von morgens bis abends – trägt seine Mutter den Ring. Aber ziemlich oft tritt sie an die Kommode, nimmt den Ring heraus und hält ihn sich an die Nase, und noch immer glaubt sie, den süßen Duft wahrnehmen zu können. Pål hat den Ring schon viele, viele Male gesehen. »Sei vorsichtig«, sagte die Mutter, als Pål noch klein war. »Dein Vater hat ihn für mich gemacht.«

Nach dem EREIGNIS, als Pål seinen kindlichen Glauben an das Leben und die Menschen verloren hatte, brachte er dem Ring etwas weniger Respekt entgegen. Eines Tages hatte er vorsichtig die Papierschichten auseinandergepult und festgestellt, dass ins Papier das Wort »Lindt« eingestanzt war. Er fand heraus, dass es sich dabei um eine Schweizer Schokoladenfirma handelte. Seiner Mutter war unter einem Baum in Nordmarka Schweizer Schokolade serviert worden.

Pål und seine Mutter hatten wenige Geheimnisse voreinander – und sie hatten mindestens ein großes zusammen –, deshalb erzählte Pål ihr sofort von dieser Entdeckung. »Schweizer? Ja, vielleicht«, antwortete seine Mutter, aber sie konnte weder bestätigen noch abstreiten, dass Påls Vater mit einem fremden Akzent gesprochen hatte. »Doch, ich glaube schon, dass er ein wenig … anders sprach, vielleicht war da in seiner Stimme doch ein fremder Ton«, sagte sie endlich. Dann schwieg sie wieder eine Weile, ehe sie zu dem Schluss kam, Påls Vater sei vermutlich ein berühmter Schweizer Mathematiker.

Später, als Pål erwachsen war und es das Internet gab, hatte Pål nach Mathematikern in der Schweiz gesucht, die

Felix hießen. Daraufhin verwarf er die Hypothese, dass sein Vater Mathematiker war, und suchte nach 1946 geborenen Schweizern namens Felix. Und am Ende hatte er es einfach mit Felix und der Jahreszahl probiert. Aber den Richtigen hatte er dabei nicht gefunden.

Ob es nun die Gene des unbekannten Vaters waren oder die scherzhafte Überzeugung, dass er wirklich der Sohn eines berühmten Schweizer Mathematikers sei, oder ganz andere Dinge: Als Pål sein Abitur und danach das Pflichtsemester mit dem Examen philosophicum bestanden hatte, nahm er das Studium der Mathematik auf. Er machte das, was alle, auch er selbst, von ihm erwartet hatten. Aber parallel zu seinen Mathematikstudien lernte er Latein.

»*Melius nil caelibe vita*«, teilte er Morten mit.

»Hä?«, machte der.

»Das Leben als Junggeselle ist das beste«, übersetzte Pål.

»Was heißt denn *Huhn* auf Latein?«, fragte Morten grinsend.

Eine Wette sei an allem schuld, erklärte Pål seinen Kumpels schuldbewusst. Es sei doch nur zum Spaß, sagte er entschuldigend denen, die ihn fragten, und er wurde dauernd gefragt: von seiner Mutter, den ständig wechselnden Freundinnen, seinen Kommilitonen, den Freunden aus der Schulzeit, die Jura oder Wirtschaftswissenschaften studierten. »Was denn für eine Wette?«, fragte seine Mutter eines Tages, und Pål glaubte, ihr eine Erklärung zu schulden. »Erinnerst du dich, als ich in Genf auf diesem Sprachkurs war?«, fing er an. Ja, daran erinnerte die Mutter sich natürlich.

Zwei Sommer nach der Entdeckung, dass der Ring der Mutter aus Schweizer Schokoladenpapier gefaltet war, wollte Pål in die Schweiz. Er wollte einen Sprachkurs machen und die Landessprache erlernen. Das Land seiner Wahl hatte nicht weniger als vier offizielle Landessprachen. Er entschied sich für Französisch, vor allem, weil er das schon drei Jahre in der Schule gehabt hatte.

Er war zusammen mit seinem besten Freund hingefahren. Morten und er verbrachten einen großartigen Sommer, redeten sehr viel Englisch, ein wenig Französisch, sahen sich die Frauen an, flirteten im Kurs mit zwei jungen Italienerinnen und knutschten ausgiebig mit zwei Deutschen.

»Ja und?«, fragte die Mutter, als Pål in seinem Bericht so weit gekommen war. »Ich kann noch nicht erkennen, warum du zwei Abende pro Woche mit Lateinunterricht verbringen willst.« (Pål hatte seiner Mutter nicht gesagt, dass er auch tagsüber Kurse belegte und dass er den Kurs in Vektorrechnung aufgegeben hatte, um an der Vorlesungsreihe über Ciceros Reden teilnehmen zu können.)

Pål begann über seine eigentümliche Begabung zu reden, Fremdsprachen akzentfrei sprechen zu können. »Ja, ja«, sagte die Mutter ungeduldig, das war ihr schließlich nur zu gut bekannt. »Warte«, sagte Pål, »jetzt kommt es, jetzt kommt die Wette.« In der letzten Woche in Genf war Pål krank geworden.

»Ja«, sagte die Mutter, »das weiß ich noch gut. Du hast also mit Morten gewettet. Ich hab mir schreckliche Sorgen um dich gemacht, als du so krank warst.«

»So schrecklich ernst war das nun auch wieder nicht«, antwortete Pål.

»Es ist schon seltsam«, sagte die Mutter. »Ihr wart doch erst sechzehn Jahre alt und dann allein im Ausland.«

»Jedenfalls wurde ich zum Arzt geschickt, und der diagnostizierte *la grippe,* das glaube ich jedenfalls …«

»Ja, das ist richtig. Grippe. Jetzt weiß ich es wieder.«

»Und ich bekam ein Rezept und sollte drei Tage im Bett bleiben. Ich schleppte mich nach Hause. Morten ging in die Apotheke und holte die Medizin.«

»Gibt es in dieser Geschichte etwas Romantisches? Du und eine Lehrerin beim Kurs?«

»Aber Mutter! Ich war sechzehn!«

»Morten und eine dunkeläugige temperamentvolle Schweizerin?«

»Nein, Mutter, da gab es nur diese deutschen Mädchen, von denen ich dir erzählt habe, aber wenn du für einen Moment den Mund hältst, dann komme ich gleich zum Punkt.«

»Zur Wette.«

»Genau, zur Wette. Eigentlich war es keine Wette, sondern ein Versprechen. Ein feierliches Versprechen. Morten und ich öffneten nämlich die Medizinschachtel, die er geholt hatte, und die enthielt einige ziemlich große Tabletten. Kegelförmige. Wir konnten uns nur schwer vorstellen, dass die geschluckt werden sollten. Wir befürchteten etwas anderes. Und es lag keine Gebrauchsanweisung bei.«

»Pål!«

»Also gut. Ich schickte Morten wieder in die Apotheke. Nach einer Viertelstunde war er wieder da. Hinter dem Tresen hatte eine ältere Frau gestanden – was vermutlich bedeutete, dass sie mindestens fünfunddreißig war, nehme ich an. Ihre einzige gemeinsame Sprache war Französisch. Er hatte diskret versucht, sein Anliegen vorzutragen. Sie hatte ihn nur angestarrt. Die Apotheke war von der Sorte, die eher aussieht wie eine Parfümerie als wie eine Apotheke, und die Dame trug – so Morten – einen sehr weit ausgeschnittenen türkisen Kittel und war stark geschminkt. Morten, der Arme, machte noch einen Anlauf. Er versuchte, mit flüsternder Stimme, denn jetzt war noch weitere Kundschaft gekommen, zu fragen, ob die Pillen durch den Mund eingenommen oder vielleicht hinten reingesteckt werden sollten. Er zeigte, er mimte. Er dehnte seinen armseligen französischen Wortschatz bis zum Äußersten. Am Ende hatte die Frau hinter dem Tresen verstanden und kichernd und in einem Wahnsinnstempo losgeplappert. Morten kam total entsetzt zu mir nach Hause. Er hatte mitbekommen, dass die Frau mehrere Male *orale* gesagt hatte. Dieses Wort hatten wir natürlich schon gehört.«

»Ja«, sagte die Mutter. »Aber wusstet ihr, was es bedeutet?«

»Nein«, antwortete Pål. »Das wussten wir nicht. Aber wir hatten eine klare Assoziation. Wir hatten dieses Wort in einem einzigen Zusammenhang gehört. Wir waren Jungs. Wir waren sechzehn. Wir waren die ganze Zeit geil wie Lumpi. Oralsex. Das war Mitte der Achtzigerjahre. Wir waren ziemlich unwissend. Aber von Oralsex hatten wir gehört. Und wir wussten, dass manche Leute Sex machten, indem sie ihn hinten rein schoben. Also war die Sache klar. Und ich schob mir die Tabletten rein.«

»Pål!«

»Ja, du hast gut lachen. Aber besonders angenehm war das nicht, das kann ich dir sagen. Die Grippe hatte ich ja ohnehin schon, und die Tabletten lösten sich auf und wurden zu einer Art Kleister, der … naja. Ich will dir die Details ersparen.«

»Und Morten?«

»Morten lachte sich so kaputt, dass er fast selbst krank geworden wäre. Und auf diese Weise kam es zu der Wette. Er trat als Zeuge auf, als ich feierlich gelobte, genug Latein zu lernen, um in Zukunft solche Fehler zu vermeiden. Denn Latein ist die Mutter der romanischen Sprachen, und auf diese Weise hätten Lateinkenntnisse diese höchst … naja, unbehagliche Episode verhindern können.«

Und so geschah es, dass Pål zusammen mit dem Mathematikstudium auch Lateinunterricht nahm. Oder, genauer gesagt, Pål sah ja ziemlich schnell ein (und auch seine Mutter und deren Bekannte), dass die Sache mit der Wette nur eine Entschuldigung war, eine Art Erklärung, die Pål benötigte. Pål studierte Latein, weil er sich für Sprachen und noch mehr für Sprachwissenschaft interessierte, das stellte er im Laufe seiner Studien fest.

Im ersten Semester lernte Pål, dass *felix* glücklich bedeutet. Das erzählte er seiner Mutter.

»Das sind wir doch, Mama, und Papa ist es bestimmt auch.«

»Das weiß ich«, antwortete die Mutter.

»Was weißt du?«, fragte der Sohn.

»Ich weiß, dass wir glücklich sind, und ich weiß, was *felix* bedeutet«, antwortete die Mutter. Sie hatte früher auch eine Zeit lang Latein gelernt, und sie ging davon aus, dass sie und Pål glücklich waren. Aber sie wollte sich nicht dazu äußern, ob das nun auch für Påls Vater galt.

»Den vergessen wir«, sagte Pål. Ihm war aufgefallen, dass die Mutter nichts über den Vater gesagt hatte. Er bückte sich und gab ihr einen Kuss auf die Stirn.

»Ja, den vergessen wir«, stimmte die Mutter zu.

Aber das meinten sie beide nicht ernst, und sie glaubten einander auch nicht. Pål setzte die Suche nach seinem Vater fort, nicht intensiv, aber in regelmäßigen Abständen unternahm er einen Versuch, rief irgendwo an, schrieb einen Brief, stellte Fragen. Maren Bentzen wird den rothaarigen Mann und die Begegnung unter der Tanne niemals vergessen, aber sie unternimmt keine weiteren Versuche, ihn zu finden.

Sie hören nicht auf, von ihm zu sprechen. Und die Mutter schreibt über ihn, ein Buch nach dem anderen.

Die grüne Reisekostenabrechnung ist fertig ausgefüllt. Pål drückt auf die Maus, und der Bildschirmschoner verschwindet, dann klickt er das Excel-Icon an und öffnet das letzte Dokument, an dem er gearbeitet hat. Er versucht ungefähr eine Stunde lang, konzentriert zu arbeiten. Er versucht, einen Algorithmus für zukünftige Perfektformen zu ermitteln. Die traditionellen Formen *har funnet/funne/funni* und *har drukket/drukke/drukki* müssen immer mehr *har finni* und *har drikki* sowie *har funna* und *har drukka* weichen. Pål vergleicht die norwegischen Tendenzen mit dem Vorkommen der entsprechenden Verben *finden* und *trinken* im Deutschen und *vinden* und *drinken* im Niederländischen. Er glaubt, voranzukommen, schaut auf die Uhr und stellt fest, dass es noch ungefähr eine halbe Stunde bis zu seiner geplanten Mittagspause ist. Er öffnet ein Übersichtsdokument über alle starken Verben in den neun germanischen Sprachen (Norwegisch, Schwedisch, Dänisch, Färöisch, Isländisch, Englisch, Deutsch, Niederländisch, Friesisch). Aber nicht einmal der Anblick der schönsten Ablautreihen (i-ei-i, a-o-a, e-a-o, y-au-o) erfreut sein Herz, jedenfalls nicht so sehr wie sonst.

Er denkt an schmale Träger über nackten Schultern, an einen weichen Körper, an eine Zunge, die sich wie ein zappelnder Fisch an seinen Gaumen drückt, an helle Augen, wachsam wie die eines verwundeten Raubtiers. Er springt auf, öffnet noch einmal die Tür zum Gang. Im Büro gleich gegenüber sieht es noch immer leer aus, jedenfalls sind die Milchglasscheiben neben und über der Tür dunkel. Pål setzt sich wieder, lässt die Tür aber offen stehen. Dann fährt er im Sessel hoch, das kann doch keine Einbildung sein? Jetzt hört er das Geräusch eines Schlüssels, der in ein Schloss geschoben und herumgedreht wird, eine Tür, die geöffnet und wieder geschlossen wird. Pål zählt bis zehn (das hatte ihm seine Mutter als Kind beigebracht), steht auf und geht quer durch den Flur zu Rinkels Tür. Er klopft an, er will »Hallo« sagen, »war doch nett in Amsterdam«, will eine Runde plaudern. Vor allem will er sie an sich drücken, sie energisch küssen, er will sie jedenfalls weich werden lassen, sie soll ihn anlächeln, sie soll mit ihm scherzen, wie damals im Flughafenzug, sie soll ihn ansehen wie im Fahrstuhl auf dem Weg zu ihrem Hotelzimmer in Amsterdam.

Rinkel steht am Fenster, sie schaut Pål in der Türöffnung an. Sie trägt einen dunklen Rollkragenpullover. Sie steht im Gegenlicht, was ihre Kurven aufs Schärfste betont, aber Pål kann ihren Gesichtsausdruck nicht deutlich sehen.

»Ja?«, fragt sie abwartend. Ihr Tonfall ist ganz neutral. Dass sie nicht mit eiskalter Stimme antwortet, gibt Pål Mut zu der Bemerkung: »Ich wollte nur sagen, dass es nett war in Amsterdam.«

»Ganz meiner Meinung«, antwortet Rinkel gelassen.

Eine Pause folgt.

Dann sieht Pål, dass ein Junge, ein junger Mann, in Rinkels Bürosessel sitzt. Ein junger Mann, der Pål ansieht.

»Ich sehe, du hast Besuch. Ich … ich komme lieber ein andermal wieder«, sagt Pål, tritt schnell den Rückzug an und schließt die Tür, und zum zweiten (oder gar zum dritten?) Mal in ziemlich kurzer Zeit fühlt er sich überwältigt von seinen früheren Chamäleontendenzen. Er ärgert sich maßlos über diese jungenhafte Unsicherheit und deren Folgen, die ihn wieder quälen.

Sie ist fast zwanzig Jahre älter als er. Sie ist seine Chefin, verdammt noch mal! Er bringt es nicht über sich, sich wieder an den Schreibtisch zu setzen, der von den gigantischen Excel-Bögen bedeckt ist, stattdessen läuft er über den Gang, nickt einem Kollegen zu und versucht, sich von dem Gefühl zu befreien, dass seine Haut mit der dottergelben Umgebung verschmolzen ist. Er würde gern wie ein kleines Kind mit dem Fuß aufstampfen, um seinen Aggressionen freien Lauf zu lassen und um rein körperlich die letzten Reste seiner Chamäleonhaut abzuschütteln. Warum saß dieser junge Mann in ihrem Sessel, in ihrem Schreibtischsessel? Kann es sich um Rinkels Sohn gehandelt haben?

Er rennt die Marmortreppen hinunter, vorbei an der Phonologischen Abteilung im ersten Stock und dann hinunter ins Erdgeschoss, vorbei an der Rezeption und auf die riesige Glastür zu. Er weiß, dass es nicht ihr Sohn sein kann. Der Mann saß mit einer Besitzermiene in ihrem Schreibtischsessel, die Pål sofort erkannt hat: ein junger Mann bewacht seine Frau, seine Beute.

Auf dem Weg ins Institut kommt Pål Paulsen entgegen, in Begleitung einer jungen Frau. Pål stößt fast mit ihr zusammen, und später kommen sie – er und die Frau – überein, dass die Begegnung dort in der Tür an eine klischeehafte Szene aus einem mittelmäßigen Film erinnert, die entscheidende Szene, in der Held und Heldin einander zum ersten Mal sehen.

Nanna und Pål, von Angesicht zu Angesicht, die Glastür zittert in ihrer Halterung, Paulsen, der sein dunkles Winterfell in Gestalt des blauen Anzugs trägt, Pål noch immer missmutig, Nannas offenes kleines Gesicht – und alle bleiben stehen, und Paulsen fängt die schwere Tür auf, die die vorgesehenen fünfzehn Sekunden offen gestanden hat und droht, Nanna zu zerquetschen, ritterlich, als ahne er die Magie zwischen Nanna und Pål, oder vielleicht, weil kein Mann es lassen kann, ihr gegenüber galant aufzutreten.

Pål sieht, dass Nanna Klev eine ziemlich kleine Frau ist, sie ist zierlich, schmal gebaut. Er sieht einen engen Pullover und darunter runde Brüste. Sie ist blond (blond von Natur aus und von ihrem tüchtigen Friseur noch um zwei Nuancen heller gemacht worden, was Pål natürlich nicht weiß), ihre Augen sind groß und dunkelblau. Jetzt schauen sie genau in Påls. Das Weiße um die Iris ist zartrosa, wie schimmerndes Perlmutt. Ein rosiger Schimmer in ihrem Blick, als habe sie eben erst geweint, als brauche sie Trost und Schutz.

»Pål«, sagt Paulsen. »Das ist … Nanna Klev. Sie ist unsere neue Postdoc-Stipendiatin.«

»Hallo«, sagt Pål und nimmt ihre rechte Hand. Ihm fällt auf, dass ihre Handgelenke ungewöhnlich schmal sind. »Pål Bentzen. Ich arbeite in der Abteilung für Futuristische Morphologie.«

»Hallo, Pål«, sagt Nanna, und ihre Stimme ist genauso reizend, wie ihr Aussehen das erwarten lässt.

Pål hat genau gewusst, dass in der Phonologie eine neue Postdoc-Stipendiatin anfangen würde, die die Verbreitung des Zäpfchen-R untersuchen soll, er hatte auch ihren Namen schon gehört. Er wusste, das sie kürzlich zuerst in den USA und dann in Stockholm gewesen war. Er wusste bereits, dass sie an einer Universität in den USA (University of Chicago)promoviert, aber in Trondheim studiert hatte. Er wusste, dass ihre Dissertation sehr gut war. Er wusste sogar, dass Rinkel als Gastdozentin an Nannas Universität in den USA gelehrt hatte. Er hatte allerlei über Nanna Klev gehört, hatte sich aber nicht sonderlich dafür interessiert. Und wenn er aufgepasst hätte, als er mit dem Hundegesichtsamerikaner geredet hatte, dann hätte er sogar gewusst, dass Jack Mills von Nanna begeistert gewesen war und dass eine dunkelhaarige norwegische Linguistin das überhaupt nicht gern gesehen hatte.

Pål kann sich nicht erinnern, wie es dazu gekommen ist, aber auf einmal stehen sie zu dritt im Institutsgebäude. Nanna schaut sich um, legt den Kopf in den Nacken und betrachtet die vier Stockwerke hohe Halle. Dann entdeckt sie die Rolltreppe. »Oh!«, seufzt sie, »phantastisch!« Sie ist auf eine mädchenhafte Weise begeistert, und über ihrer Wange hängt eine blonde Locke. Er weiß jetzt, dass sie das wunderbarste Geschöpf ist, das er je gesehen hat, er weiß, dass er sie haben muss. Er sieht, dass ihre Haare ihren Kopf wie ein goldener Helm umschließen, sie sind im Nacken sehr kurz geschnitten. Dann sieht sie das Aquarium. »Ein Aquarium«, ruft sie, und ihre Augenbrauen jagen wie zwei Vogelschwingen über ihre Stirn. Er weiß, dass er sie liebt. *Jetzt* fängt Påls Geschichte an. *Hier* ist der eigentliche Beginn der Geschichte. Der Geschichte des rothaarigen Linguisten.

Zweiter Teil

Die Zunge ist traulich gezähmt hinter den Zähnen.
Leckt am lichten Raum, die ganze Nacht,
den Weihnachtstag, das Kronjahr.
Wählt salzig und bitter, büßt zwei Strafen, die eine:
Mundgefangen in ihrer Höhle. Die andere:
Torwächterin, gefurchter Biss
schnalzt gegen den Gaumen, schlägt gegen
Zahnschmelz und fordert das und das und das.

TORILD WARDENÆR, »Reden in Zungen«

In der Regel besucht Pål seine Mutter jeden Montag. Ab und zu kommt etwas dazwischen, ein Termin, eine eilige Arbeit, eine Frau, die er umwerben oder, lieber noch, von der er umworben werden möchte – aber meistens besucht er seine Mutter, die noch immer in der Wohnung in Fagerborg lebt, in der Pål aufgewachsen ist.

Er geht gern direkt nach der Arbeit hin, die Treppe von seinem Büro aus hinunter, durch die hohe Glastür, durch den Forschungspark, über die Brücke, die direkt vor dem Eingang des Meteorologischen Instituts endet, dann überquert er summend den Rasen (wo die Studenten im Frühling und im Sommer in Scharen liegen), geht weiter über den gepflasterten Platz zwischen der Humanistischen und der Gesellschaftswissenschaftlichen Fakultät. Er folgt dem Sognsvei, bringt den sanften Hang oberhalb der Vestre-Aker-Kirche hinter sich, und aus alter Gewohnheit und weil er findet, das sei das Mindeste, was er für sie tun kann, wirft er immer einen Blick in die Richtung des Grabes seiner Großeltern. Danach geht er bergab in Richtung Kirkevei, kauft an der Tankstelle drei Kokoskugeln (normalerweise braucht er nichts zu sagen, die Kokoskugeln werden aus dem Regal genommen und liegen schon auf dem Tresen, ehe er danach greifen kann) und geht die letzten hundert Meter zur Wohnung seiner Mutter mit langen Schritten. Pål Bentzen geht immer schnell.

An diesem Montag aber, an dem er Nanna kennengelernt

hat, geht Pål noch schneller als sonst, er rennt praktisch, widmet seinen verstorbenen Ahnen ausnahmsweise keinen Gedanken, als er über den Hügelkamm an der Kirche kommt, er vergisst sogar um ein Haar die Kokoskugeln und nimmt zwei Stufen auf einmal, als er die Treppe zu der Wohnung im vierten Stock hochläuft.

»Ich bin verliebt«, sagt er, sobald die Mutter die Tür aufmacht. Er bückt sich und küsst ihre weiche Wange und saugt den beruhigenden Mamaduft ein, eine trockene Süße.

»Das bist du doch immer«, antwortet die Mutter. »Immer bist du in irgendeine Frau verliebt.«

»Aber das hier ist anders. Ganz anders. Ich bin nicht nur verliebt. Ich liebe.«

»Komm rein! Setz dich!«, sagt die Mutter. »Der Tee ist auch gleich fertig.«

Sie klatscht plötzlich in die Hände, wie sie das in Momenten großer Freude oft überkommt, dann macht sie kehrt und läuft durch den langen altmodischen Flur in die Küche. Ihre roten Haare leuchten wie eine blasse Feuerhaube, dann ist sie nicht mehr zu sehen.

Die Wohnung ist groß, hat viele Zimmer. Sie liegt im obersten Stock und hat Erkerfenster, das Licht kann unmöglich in alle Winkel vordringen, und die langen Gänge liegen immer im Halbdunkeln, es gibt zwei winzige Balkone, der eine geht auf den Hinterhof, der andere auf die Straße, beide haben ein Geländer aus verschlungenen schmiedeeisernen Stangen. Maren Bentzen ist eine reiche Frau. Sie hat sich in den vergangenen zehn, fünfzehn Jahren ein beträchtliches Vermögen zugelegt, und sie könnte durchaus um einiges luxuriöser leben. Aber sie fühlt sich wohl in dieser Wohnung, in der sie ihr ganzes Leben verbracht hat, als Kind, als junge Mutter, als erwachsene und jetzt als alternde Frau.

Påls Mutter gehört zu den berühmtesten Frauen in Skandinavien, für alle ist sie ein Begriff. Sie wird angebetet oder verachtet. Alle, absolut alle, wissen genau, wer sie ist, aber niemand kennt sie unter dem Namen Maren Bentzen, und niemand erkennt sie auf der Straße. Påls Mutter schreibt Bücher, Heftchenromane, Bestsellerserien. Sie schreibt natürlich unter Pseudonym; als *nom de plume* hat sie sich Paulette Ros ausgesucht. Auf der Rückseite der Bücher und in den Verlagskatalogen sind unscharfe Bilder einer Frau mit einem weitkrempigen Hut abgedruckt, eine schmale behandschuhte Hand bedeckt die Hälfte ihres Gesichts. Es sind Schwarzweißbilder, nur die Lippen und eine Rose unter dem Hutband leuchten lackrot. Das Bild stellt Paulette Ros dar, oder eben Maren, ja, das Bild zeigt wirklich Maren, aber es ist so stark retuschiert, dass niemand das erkennen kann, nicht einmal Maren selbst.

Nur die allerengsten Freundinnen sowie Pål und Påls bester Freund, Morten, wissen, wie Maren Bentzen sich ihr überaus üppiges Brot verdient. Die anderen, Nachbarn, entferntere Freundinnen, Påls Kollegen und seine wechselnden Bekanntschaften, glauben, dass Maren Bentzen sich ernährt, indem sie Manuskripte redigiert, Computerhandbücher übersetzt und das eine oder andere Stichwortregister anlegt. An der Tankstelle, wo Maren Bentzen mehrere Male pro Woche ihre Kokoskugeln kauft, wird sie höflich gegrüßt und bekommt, was sie haben will, ohne darum bitten zu müssen. Sie wissen, dass sie in der Nähe wohnt, sie wissen, dass der hochgewachsene breitschultrige Mann, der montags immer kommt, ihr Sohn ist, aber sie haben keine Ahnung davon, dass Maren Bentzen Paulette Ros ist, deren Bücher links vom Tresen stehen, in ihren grellbunten Umschlägen und mit dem Namen der Autorin in erhabenen goldenen Buchstaben.

Es ist nicht so, dass Maren Bentzen sich ihres Gewerbes schämen würde, das nun wirklich nicht. Sie liebt es, und sie ist stolz auf ihre Bücher. Der Verlag schickt ihr jedes Jahr mehrere Hundert Fanbriefe, die meisten von Frauen, aber auch von dem einen oder anderen Mann (die Männer, die schreiben, haben in der Liebe durchweg bittere Enttäuschungen erlitten, in den Büchern von Paulette Ros jedoch Trost gefunden). Und da zwei der Romantikserien ins Isländische, Polnische und Deutsche übersetzt worden sind, treffen auch Briefe mit ausländischen Briefmarken ein, die Briefe sind fast immer handgeschrieben, und die Schrift hat fremdartige Schlingen und Locken, wie man sie nie bei Menschen sieht, die in einer norwegischen Schule Schreiben gelernt haben. Maren Bentzen beantwortet jeden einzelnen Brief, zwar kurz und knapp, aber immer freundlich. Die beantworteten Briefe archiviert sie in Kartons, die nummeriert und in einem großen Schrank auf dem Flur gestapelt werden.

Nicht also, weil sie sich schämt, will Maren Bentzen nicht als die Autorin von Verkaufsschlagern wie *Mondscheinnächte* und *Meerjungfrauen* und vier anderen Romanserien hervortreten, sondern aus Angst, ihr könne dann die Inspiration verloren gehen. Sie hat schreckliche Angst davor, die Fähigkeit zum Schreiben zu verlieren, eines Morgens aufzuwachen und nichts mehr zu haben, worüber sie schreiben könnte. Wenn Pål fragt, kann sie jedoch nicht erklären, warum sie glaubt, dass ihre Anonymität ihr das weitere Schreiben erleichtere. Sie glaube es, sie spüre es, sie wisse, dass es so sei, erwidert sie, und damit ist alles gesagt.

Maren Bentzen schreibt beschwingt und schnell. An guten Tagen kann ein Viertel eines Romans aus ihren Fingerspitzen quellen und zu schwarzen Buchstaben auf dem grauweißen Schirm werden. Eine knappe Woche hat Maren

Bentzen alias Paulette Ros für Band Nr. 8 der *Meerjungfrauen* gebraucht. Das ist ihr persönlicher Rekord. Sie weint beim Schreiben fast die ganze Zeit (abgesehen vom letzten Band in jeder Serie), und es ist vorgekommen, dass ihre Tastatur so große Wasserschäden erlitt, dass sie sich mitten in einer Serie eine neue gönnen musste (jedenfalls behauptet sie, es sei mehrere Male geschehen, aber vielleicht war es doch nur einmal?).

Pål liest zwar pflichtbewusst, aber auch immer äußerst bereitwillig, was seine Mutter schreibt, und immer in Manuskriptform, ehe sie es einreicht. Er weist auf Tippfehler und auf das eine oder andere fehlende Komma hin, nickt ein wenig herablassend, wenn sie fragt, ob die Lektüre ihm gefallen habe. Aber insgeheim liebt Pål die Bücher seiner Mutter, sie fesseln ihn und beschäftigen ihn viel mehr, als er ihr und sich selbst gegenüber zuzugeben bereit ist.

Paulette Ros' gesamte Produktion schildert die Geschichte von Maren und Felix, wie sie einander begegnen (niemals unter einem Tannenbaum in Nordmarka, sondern auf einer Karibikinsel, vor einer Almhütte, in einem kleinen Fischerdorf oder auf einer Plantage in den Südstaaten), wie sie dann voneinander getrennt werden, wie sie sich aber nach durchlebtem Leid, Schmerz und Schwierigkeiten dann doch wiederfinden und endlich einander in die Arme sinken können.

Die Angst, eines Tages nicht mehr schreiben zu können, ist so groß, dass Maren Bentzen sie jeden Montag, wenn Pål zu Besuch ist, zur Sprache bringt. Es folgt ein Gespräch, bei dem die Repliken beiden Seiten bekannt sind und einem vertrauten Muster folgen:

»Was ist, wenn ich eines Morgens aufwache und nichts mehr habe, worüber ich schreiben kann?«, sagt sie zu Pål.

»Versuch, etwas anderes zu schreiben als Romanzen«,

sagt Pål, der glaubt, dass seine Mutter mehr literarische Genres beherrscht als das eine, auf das sie sich spezialisiert hat.

»Das heißt nicht Romanzen!«

»Ja, ja, auch egal«, sagt dann Pål, und in dieser Antwort liegt, dass er jung ist, er ist ein Rebell, und er ist ihr, als Universitätsangestellter, kulturell überlegen. Seine Mutter lächelt, aber sie gibt keine Antwort, und Pål wiederholt eindringlich: »Schreib etwas anderes!«

»Das kann ich nicht«, erwidert sie dann.

»Das weißt du erst, wenn du es ausprobiert hast«, erklärt Pål daraufhin immer.

»Aber wenn ich nun nicht mehr schreiben kann!«, lautet der regelmäßige Einwand.

»Macht das denn was?«, fragt er dann. »Dann gehst du eben in den Ruhestand, machst Ausflüge, Reisen, bist mit deinen Freundinnen zusammen.«

»Aber das Schreiben ist mein Leben«, sagt Maren Bentzen zu Pål.

»Das wird schon gut gehen, Mutter«, sagt Pål beruhigend, und mit dieser Behauptung endet dieser rituelle Gesprächsteil stets, und sie können sich anderen Themen widmen.

Pål sitzt auf dem blaugrauen Samtsofa und wartet auf seine Mutter. Im Wohnzimmer herrscht ein ziemliches Chaos. Auf dem Sofa neben ihm stapeln sich die Manuskripte, auf Tisch und Boden die Bücher. Unter dem Sessel liegen flauschige Wollmäuse, und auf dem Tisch stehen drei halb leere Teetassen. Aber so muss es sein. In den Zimmern seiner Mutter hat niemals Ordnung geherrscht, sie war nie eine von diesen Frauen, denen glänzende Flächen, scharfe Falten und frisch geputztes Silber wichtig sind.

Von seinem Platz aus kann er ins Nebenzimmer blicken. Es ist das Zimmer, das sie Bibliothek nennen. Alle Wände sind vom Boden bis unter die Decke mit Bücherregalen bedeckt, über den Fenstern und unter den Fenstern sind welche angebracht, und dann gibt es noch eine abgewetzte alte Chaiselongue. Die Mutter hat immer schon viel gelesen und stellt für jede ihrer Serien ausgiebige Recherchen an.

Maren Bentzen ist eine belesene Frau. Das ist auch notwendig, wenn man fünfzehn Bände schreiben will, die im 19. Jahrhundert auf einer Baumwollplantage in South Carolina spielen, oder dreizehn Bände über das Leben auf einem Gutshof im Jæren des 18. Jahrhunderts. Das Schreiben selbst findet in einem kleinen Zimmer statt, das bei ihnen unter der Bezeichnung »Paulettes Boudoir« läuft.

Außer den beiden setzt niemand einen Fuß in Paulettes Boudoir, und das Zimmer wird abgeschlossen, wenn Gäste im Haus sind. Die Wände waren früher einmal cremeweiß, jetzt haben sie die Farbe von dünnem Tee, es ist ein kleiner Raum, was die Wände noch höher wirken lässt, als sie es in Wirklichkeit sind. Es gibt ein Fenster, das auf den Hinterhof schaut. Der Computer der Mutter (der übrigens ziemlich häufig durch das jeweils neuste Modell ersetzt wird) steht auf einer alten Kommode, einem Sekretär aus Nussbaumholz, es ist ein Möbelstück aus der Zeit der Großeltern. Dieser Sekretär hat mehrere Reihen aus winzig kleinen Schubladen, alle versehen mit Elfenbeinknäufen. Pål hat sich als kleiner Junge diese Schubladen schrecklich gern angesehen. In der einen Schublade, in dem schwarzen Lackkästchen, auf dem roten Seidenkissen, liegt der Silberpapierring seines Vaters.

Vor dem Sekretär steht ein Schreibtischsessel aus den Siebzigerjahren, so einer mit vier Rädern und einem fleckigen Bezug aus dünner Baumwolle. Im Zimmer gibt es sonst keine weiteren Möbel, abgesehen von einem riesigen Bücherregal, in dem Paulette Ros' gesammelte Werke aufgereiht sind, auch die Übersetzungen. Zwei Wände sind fast vollständig bedeckt mit Zeitschriftenartikeln, die die Mutter zu irgendeinem Zeitpunkt aus irgendeinem Grund interessant gefunden, dann mit Stecknadeln befestigt und schließlich vergessen hat. An der Tür sind ein paar Messinghaken angebracht, an einem hängt ein purpurroter Morgenrock, aus sehr dickem Samt, mit wattiertem Futter aus irgendeinem goldenen Stoff. Am Rücken und unten an den Trompetenärmeln sind Figuren aus bekannten Märchen aufgestickt, Aschenputtel, Tölpelhans, Däumelinchen, die drei Böcke Bruse. Die Initialen PR sind auf die rechte Brusttasche gestickt, MB steht auf der linken. Der Morgenrock war ein Geschenk von Pål zu ihrem fünfundfünfzigsten Geburtstag. Sie liebt ihn. Wem würde das anders gehen? »Mein Schreibrock«, so nennt sie ihn, und sie behauptet, ohne ihn nicht schreiben zu können.

Pål rutscht auf dem Sofa hin und her, schaut durch die Fenster, die von einem dünnen grauen Film aus Staub und Schmutz bedeckt sind, was die blaue, scharfe Septemberluft weniger klar wirken lässt, weniger aufdringlich. Der Verkehr vom Kirkevei ist hier oben nur als fernes Grollen zu hören. Nanna. Nanna, er lässt sich den Namen auf der Zunge zergehen, wie schon unzählige Male in den Stunden seit ihrer Begegnung. Nanna. Was macht sie jetzt? Wo ist sie?

Jede neue Frau, die Pål kennenlernt, vergleicht er mit einer der Heldinnen seiner Mutter, mit Sandra in den *Meerjungfrauen*, Therese mit den rußfarbenen taillenlangen Haaren oder mit der apfelwangigen Gudrun in *Bauernbräute*. Ihm ist nicht bewusst, dass er das tut. Aber er tut es und hat es schon immer getan und wird bis zum Rest seines Lebens damit weitermachen. Für Pål ist Nanna jetzt mit Hannah verschmolzen, einer der Heldinnen aus der letzten Romanserie seiner Mutter, einer zierlichen, blonden und elfenhaften Frau, mit einer schmalen Nase, die ihr »ein verfeinertes, gleichsam adliges Aussehen verleiht«, wie es auf einer der ersten Seiten heißt. Påls Phantasie hat Nanna mit Hannahs schmaler Nase versehen, aber in Wirklichkeit ist Nannas Nase ja gar nicht schmal, sie ist sogar ziemlich breit. Aber das wird Pål niemals bemerken, und er wird für immer an Nanna als an eine Frau mit einer schmalen »gleichsam adligen« Nase denken.

»Hier bitte, Pål«, sagt die Mutter, die jetzt im Wohnzimmer steht. Sie reicht dem Sohn einen Becher mit dampfendem Tee. »Wo sind unsere Kokoskugeln?«

»Danke«, sagt Pål. »Tut mir leid. Die habe ich total vergessen. Die eine ist jetzt bestimmt zerquetscht worden.«

Er rutscht auf dem Sofa nach vorn, streckt die Beine aus und fischt die drei Kokoskugeln aus der Jackentasche. Seine Mutter nimmt die lauwarmen, halb geschmolzenen, mit Schokolade überzogenen Schaumzuckerkugeln in Empfang. Sie schüttelt den Kopf, lächelt ein wenig, während sie das Zellophan herunterreißt. Sie teilt die Kugeln auf, wie sie das immer macht, eine schiebt sie Pål hin, zwei bleiben auf ihrem Teller liegen.

»Und jetzt erzähl«, sagt sie und sieht Pål an. »Nein, warte noch einen Moment. Ich will Schokoladengeschmack im Mund haben, wenn du anfängst. Schokolade und Liebe gehören in meinem Leben zusammen.«

»Sie … sie heißt Nanna.«

»Ja?«

»Sie arbeitet mit mir zusammen.«

»Ja?«

»Sie hat schmale Handgelenke und ganz helle Haare.«

»Aha. Kannst du sie nicht bei deinem nächsten Besuch mitbringen?«

»Doch! Nein! Das weiß ich nicht. Ich habe bisher ja kaum mit ihr gesprochen. Ich habe nur … ich habe ihr nur Guten Tag gesagt, mehr nicht. Einmal. In der Uni. Heute. Um 13.04.«

»Und jetzt liebst du sie.«

»Ja.«

»Lieber Pål. Das hört sich an wie in einem Groschenroman.«

»Das weiß ich, Mutter, das weiß ich.«

»Aber es hört sich auch an wie ein guter Roman, wie einer von Paulette Ros zum Beispiel.«

»Oh ja«, antwortet Pål. »Es ist ein guter Roman. Ich weiß, dass er gut ist. Happy End und alles.«

Pål ist mit Geschichten aufgewachsen. Als kleiner Junge

bekam er jeden Tag die beiden Ingredienzen, in die seine Mutter ihr ganzes Vertrauen setzte: Lebertran und Phantasie. Das eine gab es mit dem Esslöffel (einem Silberlöffel, in den die drei Böcke Bruse eingraviert waren), vor dem Zähneputzen, das andere nach dem Zähneputzen auf der Bettkante. Das eine jeden Abend widerlich und unveränderbar, das andere jedes Mal von Neuem unvorhersehbar und spannend. So war es, bis Pål sich eines Tages weigerte, den Tran zu schlucken, und zugleich verkündete, er sei nun zu groß für Märchen. Aber die Märchen der Mutter begleiteten ihn trotzdem, durch ihre Gespräche, durch die Erzählungen über den Vater und durch die Bücher, die sie schrieb. (Und als Pål dreißig wurde, fing er an, ohne dass er es für notwendig hielt, seine Mutter darüber zu informieren, Omega-3-Trankapseln zu nehmen.)

Mutter und Sohn sprechen noch viele Stunden miteinander. Sie trinken literweise Tee, Jasmintee, der von sich aus bereits parfümiert und süßlich schmeckt. Trotzdem gibt die Mutter unglaubliche drei gehäufte Teelöffel Zucker in jede Tasse, und der Sohn gibt jedes Mal seinen Kommentar zu dieser ungeheuerlichen Menge ab.

An diesem Tag sprechen sie über Nanna, natürlich sprechen sie über sie. Man sollte nicht glauben, dass es so viel über Nanna zu sagen gibt, denn so viel wissen sie ja nicht über sie. Aber es dürfte auch über Felix nicht so viel zu sagen geben, nach einer knapp zweistündigen Begegnung unter einer schneeschweren Tanne, und über ihn hat Maren Bentzen mehr als achtzig Bücher geschrieben.

Die Mutter setzt sich zu ihrem Sohn auf das Sofa. Ihre Schultern berühren einander, sie plappern unentwegt, gestikulieren, ihre Stimmen sind laut und voller Lachen. Påls Pony fällt ihm in die Stirn, und die Mutter widersteht der Versuchung, ihn behutsam wieder zurückzustreichen.

Zwei rothaarige Menschen, die einander ähneln und dann doch wieder nicht. Die Haare der Mutter sind von verblasstem Rotblond. Pål, weil er wahrscheinlich väterlicher- und mütterlicherseits mit roten Genen begünstigt worden ist, hat dunkle rotbraune Haare. Die Haut der Mutter ist zu jeder Jahreszeit weiß, wie das bei Rothaarigen oft der Fall ist; sie ist dünn und wirkt fast durchsichtig mit ihren hellen bernsteinfarbenen Sommersprossen. Pål ist eher der südländische Typ, er wird schnell braun und hat auch im Winter einen guten Teint. Seine große dreieckige Nase muss auch ein genetischer Gruß von Felix sein, die der Mutter ist klein und stupsig mit einer geradezu lächerlich weichen Spitze. Pål kneift in die Nasenspitze seiner Mutter und dreht sie liebevoll herum, wenn sie etwas gesagt hat, das ihm nicht gefällt, wenn er sie zurechtweisen will. Aber ihre Augen sind die gleichen, dunkel und heiter. Sie strahlen einander an, sie spiegeln sich ineinander.

Der Flur in Edith Rinkels Wohnung ist hell erleuchtet, die Lampen – drei an der Zahl – tragen kleine Hauben aus Metall, die das Licht der starken Glühbirnen reflektieren, und die Lampen brennen immer, rund um die Uhr, egal, ob sie zu Hause ist oder nicht. In dem länglichen Flur steht ein Kleiderschrank, andere Möbel gibt es nicht, nicht einmal einen Spiegel. Die Wände sind perlgrau, ebenso wie die Wände im Wohnzimmer, in der kleinen Küche und im Schlafzimmer. Alle Wände sind in demselben Grauton gestrichen, nur das Bad schert aus, mit seinen quadratischen weißen Fliesen. Die Wände sehen noch genauso aus wie damals, als sie diese Wohnung vor fünfzehn Jahren gekauft hat. Alles ist noch genauso wie damals. Hier hat niemand renoviert, niemand hatte das Bedürfnis, der Wohnung eine persönliche Note zu verleihen. Die wenigen Möbel sind schlicht und praktisch. Die Wohnung ist immer ordentlich, immer sauber. In den Schränken liegen Handtücher, Bettwäsche und Kleider in niedrigen Stapeln, mit scharfen Falten. Im Schlafzimmer stehen riesige Bücherregale, in denen die Bücher, mit den Rücken in Reih und Glied, nach Themen und innerhalb der Themen alphabetisch sortiert sind. An den Wänden in dieser Wohnung hängen fast keine Bilder. Das hier ist eine Wohnung ohne Pflanzen, Zierkissen oder Nippes, es ist eine Wohnung, in der nichts Überflüssiges Platz hat, mit zwei auffälligen Ausnahmen. Über dem Sofa hängen drei ziemlich große verglaste Insektenkästen, die in kleine Zellen aufgeteilt sind, von denen jede ein Insekt beherbergt. Käfer, Bienen, Schmetterlinge, Larven. Der kleinste dieser Kästen war ein Geschenk vom Vater an die Tochter, die beiden größeren sind in jüngster Zeit im Ausland gekauft worden.

An der Stirnseite des Wohnzimmers stehen Regale, vier an der Zahl und übereinandergestapelt, sie sind etwa je fünf Meter lang und dreißig Zentimeter tief. Sie reichen vom einen Ende der Wand zum anderen. Sie sind grau angestrichen, in demselben Farbton wie die Wände. In den Fächern stehen Schuhe, für jedes Paar gibt es fünfundzwanzig Zentimeter, das bedeutet zwanzig Paare pro Regal, achtzig Paare insgesamt. Die Schuhe sind nach Farben sortiert, die schwarzen füllen das gesamte untere Regal, im Regal darüber stehen graue, silberfarbene und blaue Schuhe, im nächsten grüne und türkise, und ganz oben goldene, gelbe, orangefarbene und rote. Fast alle Schuhe haben hohe Absätze, wahlweise Diaboloabsätze, Stilettoabsätze, Trichterabsätze, Kubaabsätze und Keilabsätze. Es gibt Sandalen, Pumps und Slingbacks – aus glattem Leder, Wildleder, weichem Ziegenleder, aus Lack, aus Seide und Samt und Baumwolle. Es gibt außerdem ein Paar aus durchsichtigem harten Kunststoff, wie zwei funkelnde gläserne Aschenputtelschuhe (sie stehen im zweiten Regal von unten, neben einem Paar Silbersandalen).

Die Schuhe sind alle in Größe 36, mit Ausnahme einiger weniger mit besonders schmalen Leisten, die sind in Größe 36 1/2. Die Füße ihrer Besitzerin sind nämlich überraschend klein. Sie sind stummelig und kurz und haben einen hohen Spann, wie Pferdehufe. Und sie machen sich überaus gut in hochhackigen Schuhen. Als sie einmal rote Schuhe trug, sagte ihr damaliger Liebhaber, ein Volkskundler, ihre Füße sähen aus wie die des Teufels. Sie hat sich über diesen Kommentar amüsiert und seither oft daran gedacht. Viele dieser Schuhe hat sie im Ausland gekauft, in ihren seltenen Urlauben oder auf Reisen zu Kongressen.

Edith Rinkel ist ihre Schuhsammlung sehr wichtig, ja, sie liebt ihre Schuhe, jeden einzelnen davon. Sie schaut sie sich oft an, die Regale sind grell erleuchtet, und manchmal schaltet sie im Wohnzimmer keine weiteren Lampen an. Sie geht oft an den Regalen vorbei und nimmt einen Schuh in die Hand, um ihn zu betrachten, ihn fast liebevoll zu streicheln, ehe sie ihn wieder hinstellt, säuberlich ausgerichtet und genauso, wie er vorher gestanden hat. Anders als viele andere Sammler will sie ihre Sammlung niemals umorganisieren. Dazu besteht kein Anlass. Sie hat ein perfekt funktionierendes System gefunden. Edith Rinkel sieht weder einen Grund, ihre Schuhe umzuorganisieren, noch, ihre Bücher anders aufzustellen. Die Bücher sind alphabetisch sortiert, die Schuhe nach Farbe – die optimalen Sortierungskriterien für jede Kategorie. Die Insekten hinter Glas sind natürlich nach Arten eingeteilt, aber das hat sie nicht selbst gemacht.

Die Schuhe müssen nur dann umgestellt werden, wenn sie sich ein neues Paar zulegt, dann ist bisweilen eine Parallelverschiebung vonnöten, damit die Farbskala stimmt. Im letzten Jahr hat sie bei jeder Neuanschaffung ein Paar herausnehmen müssen, und im Schlafzimmerschrank stehen noch weitere Paare, die sie gern im Wohnzimmer hätte. Sie müsste einen Handwerker bestellen, der noch ein zusätzliches Regal anbringt. Sie schiebt das schon lange vor sich her, die Anbringung eines neuen Regals bedeutet, dass sie alle Schuhe herausnehmen und einpacken muss, damit sie nicht mit Sägespänen übersät werden und den Farbgeruch annehmen, und es wird Tage dauern, ehe sie ihre Sammlung wieder aufstellen kann. Das wird ohne Frage viel Zeit erfordern, und sie hat im Moment bei der Arbeit sehr viel zu tun, aber andererseits: Es ist wichtig, wieder Ordnung in die Schuhsammlung zu bringen.

Edith Rinkel hat nicht nur große Freude daran, ihre Schuhe zu betrachten, sondern auch an der Entscheidung, welche Schuhe sie tragen will. Jeden Tag, wenn sie geduscht und Unterwäsche angezogen hat, geht sie ins Wohnzimmer und sucht sich ein Paar Schuhe aus (im Winterhalbjahr trägt sie auf dem Weg zu und von der Uni Stiefel und transportiert die auserwählten Schuhe in einer Stofftasche), ihre übrige Kleidung wird bestimmt von Farbe, Material und Form der Schuhe. Edith Rinkels Eitelkeit beschränkt sich auf ihr Fach und ihre Füße. Was ihre Kleidung angeht, ist sie weniger extravagant. Sie hat wenige Kleidungsstücke, aber jedes davon ist von hervorragender Qualität und sitzt perfekt. Sie besitzt ein paar praktische Kostüme, mit schmalen Röcken und kurzen Blazern in dunklen, neutralen Farben (schwarz, grau, braun, dunkelblau), sie hat Hosen und Rollkragenpullover in denselben Farben und Blusen, die immer strahlend weiß und frisch gebügelt sind, nur im Sommer kommt es ein seltenes Mal vor, dass sie zu einem bunteren Kleid greift. Sie hat auch nicht viele Handtaschen, im Alltag benutzt sie immer, neben der Schuhtasche, eine Aktentasche aus schwarzem Schweinsleder.

An diesem Dienstagmorgen steht sie in BH und Unterhose in ihrem Wohnzimmer, in der Hand hält sie einen Becher voll Kaffee, und sie betrachtet nachdenklich ihre Schuhsammlung. Sie tritt näher, lässt die eine Hand über das Regal mit türkisen und grünen Schuhen gleiten, zögert kurz vor zwei fakultätsblauen Exemplaren mit silberfarbenen dünnen Absätzen, dann aber nimmt sie ein Paar, das seit mehreren Jahren zu ihren Lieblingen gehört: Salvatore Ferragamo, aus smaragdgrüner Seide mit T-Riemchen und

Lochstickerei, verziert mit Strass, die Absätze sind mittelhoch und ziemlich kräftig. Aber sie stellt diese Schuhe wieder hin und zieht aprikosenfarbene Bally-Pumps mit Knöchelriemchen aus dem obersten Fach. Sie hält diese Pumps in der Hand, streckt den Arm aus, betrachtet sie aus zusammengekniffenen Augen, nickt kurz und zieht dann summend diese Schuhe an, ehe sie wieder ins Schlafzimmer geht und ein dünnes Wollkostüm aus dem Schrank nimmt. Sie schaut zufrieden zu ihren Füßen hinunter, als sie zehn Minuten darauf nach Adamstuen geht, um von dort die Straßenbahn nach Blindern zu nehmen, in ihrer Aktentasche liegen einige Unterlagen, die sie am Vorabend mit nach Hause genommen hat. Sie freut sich darauf, mit der Arbeit weiterzumachen, und sie weiß, dass sie erst spät Feierabend machen wird. Darauf freut sie sich ebenfalls.

Am Tag nach dem Besuch bei seiner Mutter geht Pål früh zur Arbeit. Erwartungsvoll, randvoll mit Selbstvertrauen, läuft er mit federnden Schritten durch den Gang, um an Nannas Tür zu klopfen, hält aber inne, ehe er sie erreicht hat, er traut sich auf einmal doch nicht. Seine Beine kommen zum Stehen, seine Arme werden schwach und sinken nach unten, er ist gelähmt von dem Wissen um die Bedeutung der Handlung, die er gleich ausführen wird. Er bleibt stehen, er will das Unabwendbare aufschieben, er will noch einige Sekunden warten, ehe er etwas tut, das, wie er weiß, sein Leben verändern wird. Plötzlich wird Nannas Tür geöffnet, und ein Mann mit braunen Haaren und einem gepflegten Bart kommt aus Nannas Büro. Pål hört Nannas helle Stimme »Vielen Dank und bis bald« sagen, der Mann ruft einige Abschiedsworte – auf Schwedisch – und geht an Pål vorbei zum Fahrstuhl.

Pål schaut auf die Uhr, er hat um Viertel nach neun eine Besprechung. Er beschließt, noch für einen Tag das Leben zu leben, das er bisher hatte, das Leben, das er so sehr liebt. Am nächsten Morgen wird er Nanna in ihrem Büro aufsuchen. Am nächsten Tag wird sein neues Leben beginnen.

Als Forscher hat er nicht sehr viele Lehrverpflichtungen, aber jeden Mittwochmorgen hat er eine Doppelstunde. Und nach diesem Unterricht morgen wird er geradewegs zu ihrem Büro gehen, ohne zu zögern, wird er an ihre Tür klopfen und ihr sagen, dass er sie liebt. »Ich liebe dich«, wird er sagen.

Bei der Besprechung, einer endlosen und sinnlosen Besprechung über die Erwerbsrichtlinien für die Bibliothek, denkt Pål über das Verb »lieben« nach. Seit er Nanna gesehen hat, weiß er, dass es das richtige Wort ist, um seine Gefühle für sie zu beschreiben. Es liegt in den unausgesprochenen Konventionen der norwegischen Sprachgemeinschaft, dass »lieben« den dauerhaften Gefühlen vorbehalten ist, dass man seit mindestens vier oder fünf Monaten eine Beziehung zu einer Frau gehabt haben muss, ehe man mit einem gewissen Recht anfangen kann, das Verb »lieben« zu verwenden. In der ersten Phase eines Verhältnisses, wenn man verrückt vor Verliebtheit ist, sagt man nicht, dass man liebt. Aber das sollte man, überlegt Pål – während Holstein in seiner gewohnten trägen Art irgendetwas über eine Zeitschrift sagt, deren Abonnement das Institut kündigen sollte –, denn »lieben« ist ein intensives Verb, ein Verb, das zur allerersten Phase einer Beziehung passt. Um Begehren und Euphorie Ausdruck zu verleihen, dem alles verzehrenden Interesse, fehlt ein Wort, es existiert eine Leerstelle im Norwegischen. Wir brauchen ein neues Verb, denkt Pål. »Ich verliebe dich« könnte vielleicht funktionieren. Aber es klingt blödsinnig, künstlich und konstruiert, was es ja auch ist. Pål will lieber »lieben« die Bedeutung aufzwingen, die er will. Während er sich entschließt, dem Verb »lieben« mit lexikalischem Zwang zu begegnen, sieht er zugleich ein, dass er es Nanna gegenüber in beiden Bedeutungen verwenden möchte, er will die verliebte Besessenheit zum Ausdruck bringen (»er verliebt sie«) und zugleich die tiefere Liebe, die normalerweise mehrere Monate braucht, um heranzuwachsen (»er liebt sie«). *Lieben.* »Ich liebe dich.« Das hat er noch nie zu einer Frau gesagt. Doch, einmal, einmal zu Karin H. – der langbeinigen Architektin, mit der er fast ein Jahr zusammen war, sie hatte ihn an die Hauptperson in

Schicksalsnächte erinnert. Karin H., ja. Eines Abends hatte sie auf seinem Schoß gesessen, sie hatte ihm lange in die Augen geschaut, dann ihre eigenen niedergeschlagen und gesagt, sie liebe ihn. Gerührt, aber beunruhigt, hatte er ihre knochigen Handgelenke gepackt, sie auf den Mund geküsst und sie angelächelt, aber er hatte gewusst, dass das nicht ausreichte. Sie schaute zu ihm auf. Am Ende sagte er es. »Ich liebe dich … schrecklich«, sagte er, er konnte es sich nicht verkneifen, er musste das verstärkende Adverb »schrecklich« hinzufügen, das den Ausdruck witzigerweise schwächte. Karin H. hatte die Nase in seine Halsgrube gebohrt und ihn in Ruhe gelassen. Zwei Wochen später hatte er Schluss gemacht.

Holstein, der immer seinem Vorredner etwas hinzufügen muss, sagt mit seiner schleppenden und affektierten Stimme etwas über die Bedeutung der skandinavischen Universitätsreihen. Pål streckt unter dem Tisch die langen Beine aus. Von der für diese Besprechung anberaumten Zeit ist nur noch eine Viertelstunde übrig.

Pål liebt Nanna in beiden Bedeutungen dieses Wortes, und das wird er ihr sagen müssen. Und außerdem will er mit ihr »Liebe machen«.

Pål ist ein guter Dozent, aber an diesem Mittwochmorgen ist er glänzend – an der Grenze zum Exaltierten. Nanna! In nur zwei Stunden wird er Nanna sagen, dass er sie liebt. Er wandert durch den Seminarraum und fuchtelt mit den Armen. Er ist kühn und deutlich, pointiert und witzig. Er sieht im Lehrstoff Linien und Zusammenhänge, die er nie zuvor entdeckt hat. Plötzlich fallen ihm Anekdoten ein, die auf raffinierte Weise den Unterrichtsstoff illustrieren. Die Studierenden sind hingerissen. Er bringt ihnen etwas bei, er verzaubert sie. Er bringt sie zum Lachen, und er regt sie zu relevanten und klugen Fragen an, die weit über ihr Wissen hinausreichen.

In der Pause geht er mit ihnen nach draußen und steht in der Septembersonne vor der Futling, diskutiert eifrig, flirtet mit zwei der hübschesten Mädchen, bringt alle zum Lachen. Er sieht eine mollige und verkniffene Studentin etwas abseits der Gruppe, aber als er seine ganze geballte Aufmerksamkeit auf sie richtet, als er sie anlächelt, als er scherzt, bringt er schließlich auch sie zum Lächeln. Er weiß, dass er souverän ist, er weiß, dass er unbezwingbar ist. Nanna. Nanna!, denkt er, gefolgt von einem deutlichen Ausrufezeichen. In der zweiten Stunde lösen die Studierenden eine Aufgabe, die Pål für sie an die Tafel geschrieben hat, und er geht umher und spricht mit denen, die Hilfe brauchen. Die hübschesten Mädchen, die, denen das Leben das größte Selbstvertrauen geschenkt hat, verlangen Påls

Aufmerksamkeit, sie fordern sie mit strahlender Selbstverständlichkeit, sie heben ihre schlanken Arme so in die Luft, dass die Konturen ihrer Brüste aufdringlich deutlich werden. Andere beugen sich konzentriert über ihre Notizen, konferieren leise mit Nebenmann oder Nebenfrau. Pål schlendert durch den Raum, er beugt sich über sie, fragt, wie es geht, schreitet zweimal zurück zur Tafel und liefert dem Plenum von dort ausführliche Erklärungen; die ganze Zeit denkt er nur an Nanna.

In diesem Seminarraum, SR 64 FL, gibt es an diesem Mittwochmorgen nicht nur einen Mann, sondern zwei Männer mit leidenschaftlichen Gedanken. Forscher Pål Bentzen und stud. phil. Aleksander Pleyn denken an eine Frau. Das ist an sich wenig aufsehenerregend (und sicher denken noch andere von den anwesenden Männern an Frauen), aber Tatsache ist, dass diese beiden Männer an zwei institutsinterne Frauen denken, an zwei wissenschaftliche Angestellte der Futling. Bei Pål äußert sich das in Eifer und Selbstsicherheit, während Aleksander sich in sich zurückzieht und mit bedrücktem Verlangen über die Frau und die Situation grübelt, in der er gelandet ist. Er sitzt ganz hinten im Raum, am Fenster.

Aleksander ist Mitte zwanzig, er hat noch immer kindlich runde Wangen und einen jungenhaft schlaksigen Körper. Seine Haut ist wie hellrosa Marzipan und wird geziert von ein paar Pickeln am Kinn, die seine übrige Haut aber nur noch durchscheinender, glätter und jünger aussehen lassen.

Er hat nie ein erwähnenswertes Interesse an Sprachen oder theoretischen Studien besessen, er ist am Institut für Futling vor allem deshalb gelandet, weil er in seinem Wunschfach, der Informatik, keinen Studienplatz bekommen konnte. Aleksander versucht, sich auf Bentzens Frage an der Tafel zu konzentrieren, aber das Konzentrieren fällt ihm schwer; er denkt vor allem daran, was nach der Vorlesung geschehen wird. Bentzen hat sich soeben in eine weitere morphologische Erörterung geworfen, die Aleksander nicht begreift und bei der er den Versuch zu verstehen ziemlich schnell aufgibt. Von der Stunde sind nur noch einige Minuten übrig. Ihm graust vor dem, was ihm bevorsteht, ihm bricht der kalte Schweiß aus, aber in der nächsten Sekunde freut er sich und hat Anzeichen einer Erektion. Mitten in seinen lüsternen, aber ängstlichen Phantasien registriert Aleksander, dass Bentzen stärker strahlt als bei seinen beiden früheren Vorlesungen. Aber ebenso wenig wie Pål Aleksanders abwesenden Blick bemerkt oder etwas von dessen halb steifem Penis ahnt, ist Aleksander neugierig genug, um sich zu fragen, warum Bentzen gerade an diesem Tag dermaßen strahlt.

Direkt nach der Stunde, noch immer mit seinen Vorlesungsnotizen unter dem Arm und Kreidestaub an den Fingerspitzen der rechten Hand, geht Pål zielbewusst auf Nannas Tür zu. Er hat eine Entschuldigung, einen Vorwand, denn er hat in der Übersicht der elektronischen Institutsbibliothek entdeckt, dass Nanna Klev die futuristisch-linguistische Bibel *The Necessity of Language in Modern Society* ausgeliehen hat, und in der möchte er gern zwei Dinge nachschlagen. Er klopft an, und plötzlich steht er in ihrem Büro.

Er muss für zwei Sekunden das Bewusstsein verloren haben, denn als Nächstes registriert er, dass er in ihrem Besuchersessel sitzt und ihr ins Gesicht schaut. In ihr reizendes helles Gesicht, wie Honig und frisch gesiebte Milch. Sie sprechen offenbar über ihre jeweiligen Projekte. Er ertappt sich mitten in einer langen Sequenz über die Entwicklung der Verbmorphologie. Nannas Blick haftet an seinem Gesicht, sie nickt und scheint von dem, was er erzählt, begeistert zu sein.

»Mir ist zu Ohren gekommen, dass deine Dissertation so gut sein soll«, sagt Pål nach einer Weile.

»Ach, ich glaube, ich werde gleich rot«, sagt Nanna und schlägt die Hände vor die Wangen. Pål kann nicht sehen, dass sie errötet, aber er findet dieses Verhalten bezaubernd; vielleicht ist es nicht richtig von ihm, so zu empfinden (und es besorgt ihn sogar ein wenig), aber es gefällt ihm, dass fachlich kompetente, versierte Mädchen rot werden können.

Er sieht sie wieder an. Sie hat eine Teetasse an die Lippen gehoben, jetzt spitzt sie den Mund und bläst in das heiße Getränk. Ach, könnte er nur Tee in Nannas Tasse sein!

Unter anderem werde sie für ein kleineres Projekt verantwortlich sein, in dem zukünftige Phoneme gesammelt werden sollen, erzählt sie, aber sei ist ein wenig unsicher, wie sie das angehen solle. Pål besitzt nur Basiswissen von der Phonologie, erklärt ihr aber trotzdem die Grundprinzipien seiner eigenen morphologischen Forschung. »Ich kann dir zeigen, wie ich vorgegangen bin und wie ich den Algorithmus berechnet habe«, sagt Pål. Ich werde dir helfen. Ich werde dich auf Händen durchs Leben tragen, denkt er. Und Nanna sieht ihn an, und das Weiße in ihren Augen hat einen Hauch von hellem, ganz hellem Rot, wie die Innenseite einer exotischen Muschelschale.

Dann wird an die Bürotür geklopft, und ehe Nanna reagieren kann, stürzt Edith Rinkel ins Zimmer, das sofort viel kleiner wirkt. Rinkel erklärt, dass ihr noch immer die Zusammenfassung von Nannas phonologischem Projekt fehle, die Nanna zu schreiben versprochen habe. Ob sie die jetzt haben könne? So bald wie möglich?

Nanna erwidert, allerdings nicht sofort (und Påls Bewunderung für sie wächst immer weiter), dass sie die Zusammenfassung ja schreiben werde, dass sie aber noch nicht alle ihre Unterlagen geordnet habe. Sie schaut zu Rinkel hoch, die die Stirn runzelt, Nanna deutet ein Lächeln an und sieht selbstsicher, aber dennoch sanft aus. Rinkel nickt und geht zur Tür, bleibt aber in der Türöffnung abwartend stehen. Sie sieht Pål ins Gesicht. Die hellen Augen von Påls Vorgesetzten durchbohren ihn förmlich, und plötzlich ist er aufgesprungen. »Ich muss wohl machen, dass ich wieder an die Arbeit komme«, sagt er, wie um sich zu entschuldigen. Fast hätte er seine Vorlesungsnotizen vergessen, in letzter Sekunde fallen sie ihm ein, er macht in der Tür kehrt und packt den Stapel, den er auf Nannas Schreibtisch gelegt hatte.

Eine Sekunde später gehen Pål und Rinkel nebeneinander über den Gang. Er wartet darauf, dass sie etwas sagen wird, aber sie sagt nichts. »Gut, dass Nanna Klev hier angefangen hat, sie soll ja so begabt sein«, sagt er, als sie die Treppe hochgehen. Rinkel sieht ihn an, deutet ein Lächeln an, gibt aber keine Antwort.

In seinem eigenen Büro lässt Pål sich in den Sessel sinken, starrt aus dem Fenster, folgt einer Gruppe von Studenten mit den Augen, sie gehen langsam durch den Forschungspark auf die Metallbrücke zu, die zum eigentlichen Universitätsgelände hinüberführt. Dann hebt er den Papierstapel, seine Vorlesungsnotizen, an die Nase, holt Luft und schnuppert, kann aber den Geruch von Nanna nicht erkennen, so wie sie in seiner Einbildung riecht. Er atmet nur Papiergeruch ein und vernimmt einen ganz schwachen, aber deutlichen Geruch von gegorenen Äpfeln. Verflixt! Das schmeichelhafte Gefühl, das er zuerst hatte (denn für Pål ist es nur natürlich, Rinkels Blick als Eifersucht zu deuten), muss einer Irritation weichen, einer starken Irritation darüber, dass die Frau eine solche Macht über ihn hat. Ihre Stärke bringt ihn dazu, sich wie ein kleiner Junge aufzuführen.

Während Pål in seinem Büro sitzt und an einem Papierstapel riecht, steht Aleksander vor der Tür von Professorin Rinkel und traut sich nicht anzuklopfen. Zwei Männer gehen vorbei und mustern ihn. Ihre Blicke, findet Aleksander, wirken boshaft und sensationslüstern zugleich, und sie bringen ihn dazu, die Hand zu heben und zu klopfen. Eine Stimme im Zimmer antwortet, er öffnet die Tür und tritt schnell ein, als er die Tür hinter sich schließt, meint er, im Gang Gelächter zu hören. »Abschließen«, sagt Edith Rinkel, und Aleksander gehorcht sofort.

Sie sitzt am Schreibtisch, beugt sich über ein Buch, lässt einen Finger über eine Zeile gleiten, er sieht sie im Profil. Das Licht fällt durch das Fenster. Er sieht, dass sie Haare auf der Oberlippe hat, nein, keine Haare, sondern dichten dunklen Flaum, wie eine Kiwi. Das gefällt ihm. Sie dreht sich zu ihm um, und der Schnurrbart verschwindet, wird vollständig unsichtbar, obwohl er genau hinsieht. Er ist sogar bereit ihn für eine Einbildung zu halten. Edith Rinkel ist doch der Inbegriff der Perfektion. Ihre Haare sind glatt und glänzend, mit einem schnurgeraden Scheitel geteilt. Wenn man den Bügelfalten in ihrer Hose zu nahe kommt, schwebt man wahrscheinlich in Gefahr, aufgeschlitzt zu werden. Ihre Nägel sind spitz, gerade lang genug, nicht lackiert, soweit er sehen kann, und gleichmäßig und poliert. Aber dann sieht er es: Die Haut um ihre Augen hat einen bräunlichen Schimmer, wie man ihn nur bei eher dunkelhäutigen

Menschen findet, und diese Farbe hat etwas Sinnliches, was sie weniger angsteinflößend macht, menschlicher vielleicht. Und sehr anziehend.

Trotzdem bleibt er an der Tür stehen, mit hängenden, passiven Armen und einer Angst, die wütend zwischen seinen Beinen pocht. Edith Rinkel erhebt sich, zieht die Vorhänge zu und kommt auf ihn zu. Sie fängt an, ihn auszuziehen, ungeduldig und unsystematisch, wie ein Kind, das Papier von seinen Weihnachtsgeschenken reißt, aber das ist auch das einzig Kindliche an ihr. Er ist hier das Kind, sie ist die Erwachsene, sie überragt ihn, auch wenn er um einiges größer ist als sie. Er versucht, sie zu umarmen, aber sie entzieht sich und packt ihn weiter aus. Aleksander streckt eine Hand aus, um ihre Bluse aufzuknöpfen, aber sie schiebt ihn fort. Erst als er nackt vor ihr steht, fängt sie an, langsam ihre eigenen Kleider abzulegen, öffnet die türkisen und schwarzen Schuhe, stellt sie vorsichtig beiseite und lässt sich willig von dem Studenten umarmen.

Sie lieben sich auf Rinkels dickem Perserteppich, es ist ein hungriger kurzer Beischlaf. Es ist für beide kein großes sexuelles Erlebnis, und es ist für beide Seiten nur mittelmäßig befriedigend.

»Was für Kurse belegst du in diesem Semester?«, fragt sie danach. Sie hat die wenigen Kleidungsstücke wieder angezogen, die sie abgelegt hatte, und sitzt an ihrem Schreibtisch, mit geradem Rücken. In ihrem Gesicht sind nur wenige Spuren des Genusses zu entdecken, den sie trotz allem doch empfunden hat.

»FUTLING 1100«, antwortet Aleksander. Er liegt noch rücklings auf dem Teppich, nackt, die Arme unter dem Kopf verschränkt, jetzt demonstrativ selbstbewusst und scheinbar ohne Furcht.

»Aha, keine Prüfungen, nur eine Hausarbeit. Ich werde

schon dafür sorgen …«, beginnt Rinkel, unterbricht sich dann aber. »Kommst du am Freitag?«

»Ob ich komme?«, fragt Aleksander grinsend. »Ja, mindestens zweimal.« Aber Rinkel lächelt nicht, sie hebt nur fast unmerklich die Augenbrauen, entlässt ihn aus ihrem Blick und fängt an, in ihren Papieren zu blättern.

Aleksander bleibt noch eine Weile liegen, Rinkel scheint in ihre Papiere vertieft zu sein. Aleksander kommt sich plötzlich albern vor, nackt auf dem Boden zu liegen. Er schämt sich seines Verlangens und seines sexuellen Appetits. Sie ist doch eine alte Frau. Sie ist doppelt so alt wie er! Eine übergewichtige Professorin mittleren Alters. Er steht auf und zieht sich wortlos an. »Freitag«, wiederholt Rinkel fragend und ohne aufzublicken. Er schüttelt den Kopf und kommt sich noch alberner vor, weil er merkt, dass er doch will. »Ja«, sagt er.

Wenn er nicht so sehr in seine eigenen Gefühle vertieft gewesen wäre, dann hätte er gesehen, dass Rinkel keineswegs ihre Unterlagen durcharbeitete, sondern ziellos darin herumblätterte. Er öffnet die Tür und verlässt sie, krank vor Scham und Reue, ihm ist schlecht vor Angst, dass ihn jemand gesehen haben könnte. Und er weiß, dass er wiederkommen wird.

Als Pål am Donnerstag wieder in die Uni kommt, erwartungsvoll und verliebt, erfährt er, dass Nanna zu einem Workshop nach Stockholm gereist ist. »Ja, sie ist schon gestern Abend gefahren«, sagt Gunnar Vik, der etwas bucklige sympathische Verbalsyntaktiker mit dem Hang zu figurativ dekorierten Schlipsen und farbenfrohen Hemden. »Wieso willst du das wissen?«, fragt er. »Ach, einfach so«, antwortet Pål, aber die Bürotür knallt dermaßen hinter ihm ins Schloss, dass Gunnar Vik zusammenfährt.

Eine ganze Woche wird sie verreist sein. Nanna. Er träumt nachts von ihr, tagsüber denkt er an sie. Nanna füllt fast unablässig Påls Kopf, so sehr, dass er schlecht schläft (was für Pål bisher noch nie ein Problem war), den Appetit verliert (auch das ein neues Phänomen in Påls Leben), und die starken Verben auf den Excel-Bögen haben die meiste Zeit ihre Ruhe.

Es kommt vor, dass er nachts aus einem Traum erwacht. Beschämt, aber auch ein wenig belustigt, stellt er fest, dass seine Träume von Nanna und ihm sehr an Szenen aus den Büchern seiner Mutter erinnern. Es sind verschwommene Bilder von Nanna in schönen Kleidern, er selbst rettet sie vor einem Unglück nach dem anderen, sie tanzen eng umschlungen über eine Blumenwiese. Er klopft sein Kissen zu einer harten Pyramide zurecht, dreht sich um und legt den Nacken auf die Pyramide, er schmunzelt über sich selbst und verwünscht seine Mutter, die schuld ist an diesen unmännlichen Träumen. Der Leibhaftige soll dich holen, liebe Mutter!

Auf dem Rücken liegend versucht er in seiner Phantasie systematisch jeden einzelnen Teil von Nannas Körper zu sehen. Er fängt oben an, er denkt an ihre schönen Haare, die Löckchen in ihrem Nacken. Danach an die weichen Lippen, den Hals, die Brüste, zuerst stellt er sich vor, dass ihre Brustwarzen groß und dunkelbraun sind, aber dann kommt er zu dem Schluss, dass sie ziemlich klein und Hagebuttenrot sind und hoch oben auf den Brüsten sitzen. Die Taille, die Hüften. Üppige Hüften, ein großes Hinterteil? Nein, nein, was soll denn dieser Unsinn? Nanna ist schmaler, ihre Hüften sind gerade wie die eines Mädchens. Er kneift die Augen zusammen: Ihre Geschlechtsspalte (streng genommen benutzte Pål nicht dieses Wort, als er dort im Bett lag, aber das Wort, für das er sich entschied, war immerhin ein semantisches Äquivalent zu »Spalte«), die ist feucht und eng, sie duftet nach Sommer. Er isst den Sommer, atmet ihren Duft ein. Minuten später ist er eingeschlafen, sein weiches Glied in der Hand, er ist für den Moment befriedigt, weiß aber, dass das nicht von Dauer sein wird, das Verlangen wird immer wiederkommen. Das Letzte, was er denkt, ehe der Schlaf ihn übermannt, ist, dass Nanna ihm viel bedeuten wird. Da hat Pål recht: Nanna wird dauerhafte Spuren in seinem Leben hinterlassen.

Tagsüber, wenn er wach ist (obwohl er in dieser Zeit aufgrund seines Schlafmangels niemals richtig wach ist), versucht er, rational zu sein (was aber bei einer aufdringlichen Überproduktion von Dopamin und Endorphinen nicht ganz einfach ist), aber immer wieder meldet sich der Gedanke an Nannas goldenen Haarschopf zu Wort.

Ich habe immer schon blonde Haare geliebt, denkt er, ehe seine Vernunft einwenden kann, dass Pål immer die Attribute liebt, die seine Auserwählte gerade auszeichnet. In der Verliebtheitsphase mit Karin H. fand er schwarze Haare das Schönste auf der Erde. Als er Siri kennenlernte, musste er immer wieder ihre seidenglatten braungoldenen Haare anfassen, die er für die schönsten Haare hielt, die er jemals an einer Frau gesehen hatte, gerade diese Nuance von Braungold sei seine Lieblingsfarbe.

Bei Siri hatte Morten ihm ins Gesicht gelacht und hartnäckig behauptet, dass Pål bei jeder neuen Freundin exakt diese Superlative benutze.

»Das sagst du jedes Mal, Pål.«

»Ach.«

»Das Schönste/Feinste/Wunderbarste/Hübscheste, was ich je gesehen habe«, äffte Morten ihn nach.

»Ja, aber …«

»Ihre Haare haben genau meine Lieblingsfarbe. Das sagst du jedes Mal. Jedes einzelne Mal.«

»Ja, ja.«

»Und du hattest Freundinnen in allen Regenbogenfarben.«

Morten hat recht. So ist Pål wirklich. Pål fand, die Tatsache, dass Benedicte einen BMW Cabrio fuhr, mache sie zu der attraktiven, intellektuellen Frau, die er in ihr sah. Auf dieselbe Weise machte die Autowahl von Bodil sie zu einer anderen: zu der bodenständigen Bodil mit einem fünfzehn Jahre alten Toyota. Pål liebte kleine spitze Brüste, wenn seine Freundin solche hatte. Er bevorzugte und phantasierte schlanke, windhundähnliche Frauen, wenn er eine Beziehung zu einer hatte, war bei der nächsten Bekanntschaft dann aber fasziniert von rubensschen Kurven.

»So warst du schon immer«, sagte sich Pål, aber trotzdem konnte er sich nicht zur Vernunft rufen, er war davon überzeugt, dass seine Gefühle für Nanna etwas Einzigartiges seien. Sie waren etwas ganz Besonderes, etwas, das er noch nie empfunden hatte. Ihre blonden Haare, die schmächtigen Handgelenke, die Brüste, rund wie Berliner Pfannkuchen. Sicher, Pål war immer schon einer gewesen, der sich von Frauen leicht faszinieren ließ und seine Bewunderung lautstark zum Ausdruck brachte.

Aber dennoch: Pål war in seinem ganzen Leben noch in keine Frau so verliebt gewesen wie jetzt in Nanna Klev – so kam es ihm in diesem Moment jedenfalls vor.

Gegen Ende der Woche ruft Pål Morten an und erzählt ihm von Nanna. Und nachdem Morten sich ausreichend lustig gemacht hat und Pål sich wieder beruhigt hat, führen sie ein gutes Gespräch. Über Nanna. Und Pål kommt immerhin zu einem verbalen Orgasmus. Er sagt kein Wort über Nannas Haare, auch wenn er Morten gern erzählt hätte, wie schön die glänzen.

Er gibt ihren Namen in alle Suchmaschinen ein, die er im Netz findet, klickt jeden einzelnen Treffer an, liest alles, was er über sie finden kann. Er erinnert sich, dass er einmal in einer norwegischen linguistischen Zeitschrift einen Artikel von ihr überflogen hat, sucht diesen Artikel heraus und liest ihn gründlich durch.

Nanna. Immer wieder muss Pål ihren Namen sagen. Er spürt, wie seine Zunge zum Gaumensegel hochgepresst wird, wenn er das N ausspricht, und wie die Zunge beim Vokal loslässt, und dann wiederholt sich der gesamte Prozess: Na-na. Ihm gefällt der offene Ausgang ihres Namens, die Tatsache, dass der Name mit halb offenem Mund endet, ihm gefällt das Repetitive an Nanna. Na. Na. Dieser Name hat etwas Urweibliches, etwas, das an die ersten Laute erinnert, die Kinder auf der ganzen Welt aussprechen: Ma-ma, da-da, na-na.

Während Nanna in Stockholm ist, entwickelt er ein ungeheures Bedürfnis danach, ihren Namen von anderen zu hören, über sie zu sprechen, er will, dass die Welt von ihr weiß. Er bringt die neue Postdoc-Stipendiatin beim Mittagessen zur Sprache, er erwähnt ihre Dissertation gegenüber den Studenten, er fragt bei der Verwaltung nach ihr, gibt vor, nicht zu wissen, dass sie verreist ist.

Am Springbrunnen sieht er Sven Ålboe-Jørgensen stehen. Allerdings kann nicht einmal der Wunsch, über Nanna zu sprechen, ihn dazu bringen, Ålboe-Jørgensens Aufmerksamkeit zu erregen. Ålboe-Jørgensen ist Däne und arbeitet als Sprachlehrer am Institut für Nordische Sprache und Literatur. Er ist nicht beliebt, weder unter Kollegen noch unter Studenten. Er fühlt sich den Norwegern gegenüber haushoch überlegen, trägt immer Fliege, Manschettenknöpfe und strahlend weiße Hemden. Wenn seine Frau zu Wort kommen dürfte, würde sie erzählen können, wie genau er das mit seinen Hemden nimmt, und sie hätte auch berichten können, wie leicht er zornig wird. Sie hätte weiterhin erzählen können, dass Ålboe-Jørgensen schrecklich gerne spielt, dass er aber nicht verlieren kann und dass er ein so unverbesserlicher Snob ist, dass er trotz seiner Angst zu verlieren so tut, als könne er die rosa Fragekarten in der Unterhaltungskategorie bei Trivial Pursuit nicht beantworten (Welches Popduo wurde mit dem Hit *Yes sir, I can boogie* berühmt? Wie heißt der Assistent von Kommissar Derrick?)

An der Universität ist Ålboe-Jørgensen vor allem für seine notorische Neigung bekannt, sich als Koautor von Artikeln aufzuzwingen. Er ist keiner, zu dem man leicht Nein sagen kann. »Soll ich den mal lesen«, bietet er an, und die Kollegen, vor allem die jüngeren, nicken und reichen ihm eher unwillig ihren Artikel und erhalten ihn einige Tage darauf mit ein paar Korrekturzeichen, einigen nichtssagenden Kommentaren und seinem Namen an oberster Stelle der Autorennennung zurück. (In internationalen Zeitschriften wird å wie ein doppeltes a behandelt und kommt deshalb im Alphabet an erster Stelle – das ist die Rache der skandinavischen Forscher, die ihr ganzes Leben lang auf alphabetischen Listen ganz hinten gestanden haben. Es gibt sogar eine Untersuchung, die aufzeigt, dass man statistisch gesehen leichter eine akademische Karriere verfolgen kann, wenn man einen Nachnamen hat, der mit einem der vorderen Buchstaben im Alphabet anfängt, denn dann erscheint man bei Artikeln häufiger an erster Stelle und wird deshalb bei Zitaten erwähnt. Pål hat das auch schon oft zu nutzen gewusst, er hat mehrere Veröffentlichungen mit anderen gemeinsam verfasst, und immer wird darauf als »Bentzen et al.« hingewiesen.)

Publish or perish. Diese Forderung ist härter geworden. Einige kommen gut zurecht, andere greifen zu Methoden, die sie ablehnen sollten, um die Publizierungsaufforderungen zu erfüllen, noch andere geben einfach auf. Es bestehen große Unterschiede zwischen den wissenschaftlichen Angestellten. Påls Kollegin Gudrun Guttormsen, die in ihrer Position als Redakteurin des norwegischen Wörterbuchs nur einen einzigen wissenschaftlichen Artikel veröffentlicht hat, steht am unteren Ende einer Skala, bei der wir Edith Rinkel an das andere Ende platzieren können und Gunnar Vik und Sven Ålboe-Jørgensen (auch wenn wir alle Artikel dazurechnen, bei denen er als Koautor erscheint) so ungefähr in die Mitte.

Edith Rinkels wissenschaftliche Produktion ist so groß, dass sie, trotz ihres hervorragenden Gedächtnisses, einmal tief unten in einer Schublade eine Kopie eines Artikels fand, den sie noch nie gesehen zu haben glaubte. Sie fing an zu lesen, war ausnahmsweise einmal beeindruckt und versah den Rand mit vielen enthusiastischen Ausrufen (Ja! Sehr richtig!), bis sie nach zwei Seiten Lektüre feststellte, dass es sich um einen ihrer eigenen, zehn Jahre alten Artikel handelte.

Nanna kommt heute aus Stockholm zurück! Begeistert fuhr Pål im Bett hoch. Er rannte unter die Dusche, ließ sich Zeit für die Rasur und zog ein Hemd an, von dem er wusste, dass es ihm stand. Er trank Kaffee und schlang ein Stück Brot hinunter, las aber keine Zeitung. Eine Viertelstunde nachdem er aufgewacht war, schloss er die Wohnungstür hinter sich zu. Er lief so schnell los, wie das nur ein sehr verliebter Mann schafft.

Ohne darüber nachzudenken, dass es noch vor acht Uhr war (was bedeutet, dass es noch mindestens eine Stunde dauern würde, bis die Kollegen sich in ihren Büros einfänden), ging Pål geradewegs zu Nannas Zimmer, klopfte an und lud sie zum Mittagessen in die Mensa ein. Da er keine Ahnung von der Uhrzeit hatte, erstaunte es ihn auch nicht, dass er sie so früh antraf, er nahm sich auch nicht die Zeit für einen Gruß oder eine der üblichen einleitenden Floskeln, er brachte einfach die Einladung vor. Sie schaute überrascht zu ihm hoch, lächelte schüchtern und nahm an. Pål bemerkte ihre Überraschung nicht, er lächelte ebenfalls, sein strahlendes Lächeln, das Frauen normalerweise wie überreife Äpfel in seine Arme fallen ließ.

Sie wollten sich um zwölf Uhr in der Mensa treffen. Als Pål ausnahmsweise einmal pünktlich dort ankam, stand sie am Tresen und hatte sich schon eine Tasse grünen Tee und einen Salat bestellt. Pål nahm sich etwas zu essen, ging ganz bewusst vor ihr her und führte sie zu einem Tisch ganz hinten im Raum, er wollte nicht riskieren, dass Paulsen oder ein anderer Kollege sich zu ihnen gesellten.

Und dann sitzen sie einander gegenüber an dem ovalen Tisch aus Buchenholz. Nanna trinkt kleine Schlucke von ihrem Tee. Pål hält einen Becher Kaffee in der Hand und betrachtet sie lächelnd, ihm fällt nichts ein, was er sagen könnte. Aber er findet nicht, dass das etwas ausmacht. Der Kaffeebecher wärmt seine Hand, durch die Dachfenster scheint die Septembersonne auf Nannas goldene Haare, die Tür zur Dachterrasse ist angelehnt, an einem der Tische dort draußen sitzen Kollegen, Anhänger der funktionalen Grammatik. Sie tragen dicke Jacken, und obwohl Pål nicht hört, was sie sagen, sieht er an ihren Handbewegungen, dass sie über ihr Fach diskutieren.

Er beißt in sein Brötchen, kaut praktisch nicht, schluckt, ohne sich Zeit für den Geschmack zu lassen, aber wenn ihn jemand fragen würde, so würde er behaupten, niemals ein köstlicheres Brötchen verzehrt zu haben.

Pål könnte einfach stundenlang so sitzen bleiben und Nanna verzückt ansehen, aber er findet, dass er etwas sagen muss, und außerdem hat er Lust, ihre Stimme zu hören, deshalb erkundigt er sich nach ihrem Projekt. Nanna antwortet, dass sie seit ihrer letzten Begegnung nicht daran gearbeitet habe, weil sie doch verreist war. »Ach stimmt, das habe ich gehört«, sagt Pål. Nanna nickt und hebt die Gabel mit dem Salat zu ihrem Mund, beißt ein kleines Stück vom Salatblatt und kaut fast unmerklich. »Du warst in Kopenhagen, nicht wahr?«, fragt Pål, mit vorgetäuschter Ahnungslosigkeit. »Nein, in Stockholm«, sagt Nanna. Sie unterhalten sich ein wenig über Stockholm und Gamla Stan, über den Workshop und gemeinsame Bekannte an der Stockholmer Universität. Dann folgt eine Pause. Pål fragt, ob Nanna einen Mediensprachwissenschaftler namens Staffan kenne, den Pål kürzlich bei einem Kongress in Amsterdam getroffen habe. Nanna kennt ihn nicht. Und wieder schweigen sie.

Pål leert seine Kaffeetasse, merkt aber, dass er noch mehr Koffein vertragen könnte. Er will gerade aufstehen und sich neuen Kaffee holen, als er sieht, dass Nanna unruhig hin und her rutscht, und er hat Angst, wenn er jetzt geht, könnte das Mittagessen zu Ende sein, bevor es wirklich angefangen hat, bevor er ihr sagen kann, dass er sie liebt. Sie wirkt unruhig, wie auf dem Sprung. Sie wirft einen Blick auf die Uhr. Eilig folgt Pål ihrem Beispiel: Eine Viertelstunde ist schon um.

In diesem Moment betritt Rinkel die Mensa. Nachdem sie bezahlt hat, bleibt sie eine Weile mit einer Tasse in der Hand an der Kasse stehen, sie schaut sich im Raum um. Sie trägt ihre mit pechschwarzem Kaffee gefüllte Tasse an dem Tisch vorbei, an dem Nanna und Pål sitzen, sie grüßt die beiden aber nicht, lässt nur ihre hellen Augen über ihren Tisch gleiten, ihre Absätze klappern über den Boden, als sie vorübergeht und sich an einen kleinen Tisch im selben Teil der Mensa setzt. In der Luft hängt ein aufregender Kaffeeduft, gemischt mit einem Hauch von ihrem Parfüm. Pål spürt, dass er wütend wird. Miese Kuh! Nanna sagt nichts, aber etwas in ihrem Blick, etwas an ihrem gesamten Gesichtsausdruck lässt Pål wissen, dass jetzt, in diesem Moment, die Möglichkeit besteht zu sagen, was er denkt, und doch zögert er einige Sekunden, ehe er fast fragend sagt: »Sie ist ziemlich …«

»Ja«, sagt Nanna sofort.

»Ein kalter Fisch«, sagt Pål, und ermuntert durch Nannas Zustimmung und um sie zu beeindrucken, fügt er hinzu: »*Oderint dum metuant.*«

»Was bitte?«, fragt Nanna.

»Das bedeutet: ›Sollen sie mich hassen, solange sie mich nur fürchten.‹ Ich glaube, das hat Caligula gesagt«, erklärt Pål und hat im selben Moment das Gefühl, Rinkel zu verraten.

Aber Nanna kichert wie ein Kind, das gerade ein anderes Kind dazu gebracht hat, ein verbotenes Wort zu sagen, eins von den fiesen Wörtern, die alle kennen, die die Erwachsenen jedoch verboten haben. Entzückt lauscht Pål Nannas Lachen, erleichtert sieht er, dass alle Zeichen von Unruhe, alle Zeichen, die darauf hinwiesen, dass Nanna gehen wollte, verschwunden sind, und er sagt noch mehr über Rinkel. Dass sie am Institut nicht besonders beliebt sei, und Nanna nickt und sagt, dass Rinkel wohl nicht gerade flexibel sei. Pål sagt, er habe Gerüchte gehört, Rinkel habe eine junge Stipendiatin mehr oder weniger gezwungen, ihren Posten aufzugeben, noch ehe sie ihre Abhandlung geschrieben hatte. Nanna schlägt die Augen nieder, bestätigt dann aber, dass sie das ebenfalls gehört habe, konsequentes Ignorieren, Übergehen, als die Stipendiatin für den Fachbereichsrat kandidierte (einen Posten, für den man normalerweise niemanden gewinnen kann), keinen Gruß, keine Krone als Reisekostenzuschuss. Am Ende hatte die Frau gekündigt. Der Institutsklatsch will wissen, dass sie Rinkel einfach nicht mehr ertragen konnte.

Pål schüttelt den Kopf und dreht sich so weit um, dass er Rinkel sehen kann, hoch erhobenen Hauptes sitzt sie an einem der Fenstertische, und schon ist sein Schuldgefühl größer als die Schadenfreude, über eine Kollegin herzuziehen. Er glaubt zu sehen, dass es Nanna genauso geht, also verlassen sie das Thema Rinkel, aber ihr Meinungsaustausch über sie hat sie zu Vertrauten gemacht und ihnen die Gewissheit gegeben, dass sie ineinander einen Verbündeten und eine Verbündete gefunden haben.

Fast wie von selbst fangen sie an, leise, fast flüsternd, über Cliquenwesen und geheime Beziehungen an der Universität zu sprechen, über Einstellungsverfahren, die nicht ans Licht der Öffentlichkeit gelangen dürfen, über Freundschaften und Mensagemeinschaften, als Zuteilungskriterien für Projektmittel und Reisekosten. Sie reden darüber, wie es früher war, als die Institutsgelder um jeden Preis vor Ende des Rechnungsjahres aufgebraucht werden mussten und deshalb jedes Jahr im Dezember die Möbelwagen vor der Uni Schlange standen, beladen mit Bücherregalen und Sofas, die eigentlich niemand brauchte.

Pål erzählt von schwachsinnigen Formularen, die dauernd ausgefüllt werden müssen, von den vielen Berichten, die geschrieben werden müssen, ohne jemals gelesen zu werden. Sie lachen resigniert beim Gedanken an Aktenschränke, bis an den Rand gefüllt mit sorgfältig ausgefüllten, ungelesenen Formularen und Berichten, aber sie schnauben vor Wut bei dem Gedanken an die kostbare Zeit, die dadurch ihrer Forschung gestohlen wird. Sie sind in jeder Hinsicht überraschend einig und einer Meinung. (»Ihr habt den gemeinsamen Ton gefunden«, sagt seine Mutter, als Pål ihr am darauffolgenden Montag von dieser Mittagspause erzählt.) Ermuntert durch diese gegenseitige Unterstützung, tauchen sie immer tiefer ein.

Nanna senkt ihre Stimme, sie ist fast nicht mehr zu hören. Sie habe Gerüchte gehört, die besagten, dass Rinkel die jungen männlichen Studierenden ein wenig zu gern habe. Ehe Pål reagieren kann, erzählt Nanna ein bisschen zögerlich, denn sie will eigentlich keinen Klatsch weitertragen, dass Rinkel vor ein paar Jahren fast ihre Stelle verloren hätte, weil sie eine Beziehung zu einem ihrer Studenten hatte.

»Was?«, sagt Pål und setzt sich auf. »Das kann doch nicht dein Ernst sein!«

»Ich weiß es ja nicht«, sagt Nanna leise. »Aber ich habe es von glaubwürdigen Leuten gehört. Du weißt doch, Rinkel und ich waren an derselben Universität in den USA.«

»Ja, der University of Chicago«, sagt Pål automatisch. Er ist geschockt, er will es nicht glauben. Plötzlich wird ihm schlecht. Er denkt an sein Gespräch mit Rinkel im Flughafenzug, und er kann einfach nicht glauben, dass das stimmt, was Nanna ihm erzählt. Zugleich scheint sich endlich ein deutlicheres Bild zu ergeben, der Student in ihrem Schreibtischsessel, die viel zu hellen Augen, der Wölfinnenblick.

»Die Sache wurde unter den Teppich gekehrt. Die meisten haben sie inzwischen wohl wieder vergessen. Ich glaube nicht, dass viele das mitbekommen haben. Aber im Laufe der Jahre ist es wohl nicht bei dem einen Knaben geblieben. Himmel, du bist ja ganz weiß geworden, Pål. Ich hätte natürlich nicht erzählen dürfen …«

»Doch, ich bin ja froh darüber«, sagt Pål und streckt eine Hand aus und streichelt ihre, so als brauche Nanna Trost und Stütze.

»Kennst du sie gut?«

»Nein, überhaupt nicht«, antwortet Pål. »Ich habe nichts mit ihr zu tun. Es kam nur so … unerwartet.«

»So selten kommt so was doch nicht vor«, sagt Nanna.

»Das stimmt«, sagt Pål. »Das tut es wirklich nicht.«

Sie sitzen lange schweigend da, aber diesmal lässt nichts annehmen, dass Nanna gehen will. Ihre Unruhe scheint verflogen zu sein.

Gerüchte und Klatsch – davon wimmelt es an der Universität nur so: »Ich habe gehört, er hat sich um eine Beförderung beworben, ist aber abgelehnt worden.« »Die Disputation war ein Skandal, und die Dissertation hätte niemals akzeptiert werden dürfen.« »Er legt den ganzen Tag an seinem Computer Patiencen.« »Sie ist eine so schlechte Dozentin, dass die Studenten aus dem Hörsaal fliehen.«

Kinder spielen auf Geburtstagsfesten gern Stille Post. Die meisten von uns kennen das Spiel. Jemand flüstert, eifrig und kurzatmig, seinem Nebenmann oder seiner Nebenfrau etwas ins Ohr, und die Nebenfrau flüstert das weiter, was sie gehört zu haben glaubt, und so geht es um den ganzen Tisch herum, und der Letzte sagt dann triumphierend und laut, was bei ihm angekommen ist. Alle lachen, wenn die ursprünglichen Wörter nicht mehr zu erkennen oder jedenfalls ziemlich verzerrt sind. Den Kindern ist heiß, sie schwitzen, sie platzen vor süßem Kuchen und prickelnder Brause. Sie missverstehen, sie hören absichtlich falsch, sie flüstern undeutlich hinter ihren kleinen Händen mit den Kuchenkrümeln unter den Nägeln. Sie wollen unbedingt, dass das Ausgangswort sich verändert, etwas Gewagtes wird, etwas Grobes, etwas Sensationelles.

Gerüchte sind die Stille Post der Erwachsenen. Zwei reden auf einer Weihnachtsfeier miteinander, danach heißt es, sie hätten Sex gehabt. Eine Frau tanzt zuerst mit einem Mann ziemlich eng, dann später an diesem Abend mit einem anderen, und schon wissen alle, dass sie sich Projektgelder und Beförderung erschläft. Der arme Kerl, der bei seiner Probevorlesung so nervös war, dass er Zuckungen im Gesicht hatte, wird flüsternd so beschrieben, dass er in Krämpfen zusammengebrochen ist und vom Krankenwagen abgeholt werden musste. »Pål Bentzen hat seinen Posten nicht verdient – wie hat er den ergattert?« »Na, bestimmt hat er was mit Paulsen.« »Und diese überhebliche Edith Rinkel, die dauernd was mit ihren jungen Studenten anfängt.«

Am frühen Morgen desselben Tages hatte sich der fünfundzwanzigjährige Student Aleksander Pleyn wirklich alle Mühe gegeben, um den sexuellen Appetit der Professorin Edith Rinkel in ihrem Büro zu befriedigen. Er hatte sich in die Unterlippe gebissen, er hatte schreckliche Angst gehabt, laut zu werden, ein lautes, wollüstiges Geheul auszustoßen.

Das Büro sei schallisoliert, teilt Edith ihm mit, als er seine Hose zuknöpft. Das sagt sie ohne einen Zusammenhang zu ihrer vorherigen Bemerkung, bei der es um die Flügelpracht des Nesselfalters ging und die er eigentlich ziemlich interessant gefunden hatte, erstaunlich fehl am Platze, aber spannend. Aber das andere hatte ihm nicht gefallen, und er brauchte ein wenig Zeit, um zu verstehen, warum nicht. Es hatte ihm das Gefühl gegeben, dass Büroliebe und das Dezibelniveau von lasterhaften Geräuschen ihr nur allzu vertraut waren. Und außerdem implizierte es, dass Edith seine Liebeskünste nicht genossen hatte, da sie offenbar registriert hatte, dass er die Geräusche unterdrücken musste. Von Anfang an war er furchtbar nervös gewesen, hatte Angst, vielleicht nicht gut genug zu sein, dass sie ihn vielleicht nicht männlich genug finden würde, zu dünn, zu wenig erfahren, nicht gut genug als Liebhaber.

Edith Rinkel wusste, dass Aleksander sexuelle Geräusche zurückgehalten hatte – das hatte sie registriert, die Unsicherheit ihres jungen Liebhabers dagegen hatte sie nicht bemerkt. Denn dann hätte sie ihm vielleicht erzählt, dass er ein sehr guter Liebhaber sei. Andererseits ist es ziemlich unwahrscheinlich, dass sie ihm das gesagt hätte. Edith Rinkel hat ihre Mitmenschen doch so gern im Griff.

Ein Mann Anfang fünfzig nähert sich mit lautlosen Schritten dem Mensatisch, an dem Nanna und Pål sitzen. Er ist ziemlich übergewichtig, trägt eine blau-weiße Strickjacke über seinem Hemd und hat schuppige konzentrische Ablagerungen um seinen Hosenschlitz. Er trägt eine Brille, die dermaßen unmodern und auffällig ist, dass alle sie für trendy halten würden, wenn sie auf der Nase einer schlanken schönen Frau Mitte zwanzig säße. Mit einem enthusiastischen Knall stellt er seine Kaffeetasse auf den Tisch, beugt sich zu Pål vor und sagt mit großer Begeisterung und einem Medias-in-res-Auftakt, den man durchaus als typisch für weltfremde Philologen seiner Art bezeichnen darf: »Ich habe die Kategorisierung nach Sprachen aufgegeben. Jetzt bin ich zu einer thematischen Annäherung übergegangen. Ähhh, also mit anderen Worten, semantischen Feldern. Zum Beispiel Pelztiere, Wörter für Hohlräume, Fische und andere Meerestiere.«

»Ach ja?«, sagt Pål, und sein Körper weicht auf dem Stuhl ein wenig zurück. Sein Kopf ist noch besetzt von den Gedanken an Rinkels junge Männer, aber jetzt spannen seine Mundwinkel sich an, und seine Augen werden schmal, als werde er gleich in Gelächter ausbrechen. Außerdem, warum sollte er sich für Rinkels erotische Vorlieben interessieren?

»Jetzt beschäftige ich mich gerade mit Lebensmitteln. Möchtest du einige Beispiele hören?«

»Na ja«, beginnt Pål und sieht Nanna an, die ihre Teetasse an die Lippen hebt und einen winzigen Schluck von dem Tee nimmt, der mittlerweile kalt sein muss.

»Auf Italienisch kann es *figa* oder *fica* heißen, was ja Feige bedeutet. Auf Niederländisch *pruim*, also … äh …«

»Pflaume«, sagt Pål und schaut Nanna etwas besorgt an.

»Ja, genau. Auf Deutsch kann man Feige und Pflaume sagen«, sagt der Strickjackenmann. Hinter dicken Brillengläsern kneift er im scharfen Licht der Mensa die Augen zusammen. Seine Haut ist wachsweiß, wie die eines Tieres, das sein ganzes Leben im Dunklen unter einem Stein verbracht hat. Er leckt sich über die Lippen.

»Spanisch: *mango*. Französisch: *cérise*. Auf Türkisch gibt es eine ganze Reihe von Obst und Gemüse. Artischocke, also *enginar*, Wassermelone – *karpuz*, und Kastanie äh … doch, *kestane*.«

»Du, wir reden später darüber«, sagt Pål.

»Äh, ja«, sagt der Mann, und ein dünner Speichelfaden tropft aus seinem Mund. »Auf Färöisch kann man sogar *frikadella* sagen.« Der Mann nimmt seine Tasse. Aus der Brusttasche seines Hemdes, die unter der offenen Strickjacke zu sehen ist, ragt ein eingewickeltes Butterbrot hervor, und dann kehrt er Nanna und Pål einen großzügig zerknitterten Hosenboden zu und stapft weiter zu einer Gruppe von Menschen an einem großen Tisch in der Mitte des Raums. Als er sich etwa fünf oder sechs Meter von Påls und Nannas Tisch entfernt hat, dreht er sich um und erklärt laut und deutlich: »Auf Finnisch heißt es *piirakka*, also Pirogge. Wenn du jemals finnische Piroggen gesehen hast, dann weißt du, warum. Hä, Pål?«

Er lacht, wischt sich den Mund mit dem Jackenärmel ab und schlurft weiter.

»Wer um alles in der Welt war das denn?«, fragt Nanna, ohne den Mann aus den Augen zu lassen.

»Einer von den Nordisten«, erklärt Pål fröhlich. »Er verlässt sein Institut nur selten. Er sitzt hinten im Henrik-Wergelands-Hus, im alten Teil, ganz hinten am Ende des Gangs. Warst du da schon mal?«

»Nein, nur in den oberen Etagen, wo die Linguistik ihre Büros hat. Ich habe überhaupt noch nie mit den Nordisten zu tun gehabt.«

»Ich weiß nicht, warum, aber gerade sitzt eine ganze Meute von denen da hinten am Tisch«, sagt Pål und nickt zu dem Tisch, an dem der käsige fette Nordist Platz genommen hat. »Vermutlich machen sie einfach eine Art Exkursion zu uns. Wollen sicher nur sehen, wie es bei uns Futlings so aussieht.«

»Mhm«, sagt Nanna. »Aber was war das für ein Gerede über Obst und Gemüse?«

»Das war ...« Pål zögert, mustert forschend Nannas Gesicht, findet nicht, was er sucht, geht das Risiko aber ein, springt ins kalte Wasser und antwortet: »Komparative Mösologie. Oder sagen wir, Erotolinguistik.«

»Bitte?«

»Ja, verzeih meinen plumpen Sinn für Humor, aber seit zehn Jahren forscht der Mann über Wörter für die weiblichen Geschlechtsorgane.«

»Wirklich? Das war also ...«

»Genau, das war es. Irgendwann Anfang der Neunzigerjahre hat er mit norwegischen Dialektausdrücken angefangen, aber er wollte dieses Projekt nicht abschließen und führt es Jahr für Jahr in seinem Arbeitsbericht auf. Meines Wissens hat er noch nichts darüber veröffentlicht. Als ich zuletzt etwas darüber gehört habe, hatte er mit arabischen Wörtern angefangen, und jetzt ist er also zu semantischen Kategorien übergewechselt. Vor einigen Jahren hat er mich darauf angesprochen, weil er mich für einen Fachmann auf diesem Gebiet hielt, wenn ich wortwörtlich zitieren soll, was er mir am Telefon gesagt hat.«

»Ach was«, sagt Nanna und spielt die Schockierte.

»Weil ich mich mit obszönen Runentexten befasst habe, du weißt doch, diese Runenstäbe, die bei Ausgrabungen in Bryggen im Hafen von Bergen, in großen Mengen gefunden worden sind. Da gibt es eine Menge sexueller Ausdrücke, das kann ich dir sagen.«

»Ich wusste gar nicht, dass du dich für sprachhistorische Themen interessierst?«

»Tu ich aber. Latein, Altgriechisch, Altnordisch und Urnordisch.«

Er erzählt von seiner Dissertation und verspricht Nanna ein gewidmetes Exemplar von *Between Scylla and Charybdis: Morpho-syntactic Immersion in Latin and Old Norse* im Tausch für ihre. Er ist bezaubernd und eifrig, die Haare fallen ihm in die Stirn, wenn er seine Opponenten zitiert, er imitiert den deutschen Akzent des Hauptwidersachers. Aber die Sache mit Rinkel lässt ihm keine Ruhe, auch wenn Nannas Anwesenheit und das Gespräch mit dem nordirischen Strickjackenträger Påls Stimmung gehoben hat, nachdem er gerade von Rinkels erotischen Eskapaden gehört hatte. Aber jetzt will er diese Mittagspause gern beenden. Nicht, dass Påls Gefühle für Nanna nachgelassen hätten, dass er bei diesem Essen festgestellt hätte, dass er sie doch nicht liebt – das nun wirklich nicht. Pål möchte diese Mittagspause beenden, weil er Zeit zum Denken braucht, er muss ein wenig allein sein, und deshalb ergreift er die nächste Gelegenheit, um zu sagen, dass sie jetzt wohl an ihre Schreibtische zurückkehren müssten. »Etwas gesellschaftlich Nützliches vollbringen«, sagt Pål, und beide lachen leise über diesen Witz, während sie ihre Tabletts zur Spülstraße tragen.

Sie fahren mit der Rolltreppe ins Foyer hinunter und gehen dann die Treppe hoch zu Nannas Büro im ersten Stock. Die Abteilungen des Instituts für Futling haben ihre Büros nach dem Muster angelegt, in dem die Komponenten der Sprache angeordnet werden. Im ersten Stock befindet sich die Abteilung für Futuristische Phonologie, denn die Laute werden als die kleinsten Bausteine der Sprache angesehen. Einen Stock höher sitzen die Morphologen – die sich mit der Wortbeugung befassen. Im dritten Stock schließlich residieren die Syntaktiker, denn bei Syntax geht es darum, wie Wörter zum Beispiel zu Sätzen zusammengefügt werden. Die pragmatische und maschinelle Abteilung hat ihre wenigen Büros im obersten Stock, hinter der Mensa und den Konferenzräumen. Die Verwaltung sitzt teilweise im Erdgeschoss und teilweise im vierten Stock.

An den Wänden im ersten Stock hängen schöne und farbenfrohe Aquarelle in Form von Oszillogrammen und Spektrogrammen, die die Aussprache von Vokalen und Konsonanten visuell umsetzen. Ein hoch dotierter Künstler hat hier phonetische Ausdrücke gedeutet. Pål beugt seinen langen Körper und liest den Titel *Mjøsablaue Retroflexklappe (gerolltes L)* auf dem kleinen weißen Schild unter dem ersten Bild. Im ganzen Gang sind an der Decke in regelmäßigen Abständen sogenannte Geräuschduschen angebracht worden. Geht jemand daran vorbei, wird das von einem Sensor registriert, und die Dusche spielt Lautaufnahmen ab. Nach einer Weile werden die meisten Angestellten dieser Abteilung in der Regel immun gegen diese Aufnahmen, sie bemerken sie nicht mehr. Aber Pål, der nie viel in der Phonologie zu tun hat, und Nanna, die seit ihrem Einstand eine Woche zuvor ja noch kaum im Büro gewesen ist, amüsieren sich darüber.

Nach der ersten ereignislosen Viertelstunde war die Mittagspause so gehaltvoll, dass Pål einen langsamen Spaziergang durch den Gang für den richtigen Abschluss hält, und sie bleiben unter jeder Geräuschdusche stehen und lauschen. Die erste Dusche begießt sie mit Zukunftswestnorwegisch, Øyvind Rimbereids lyrischer Vision der norwegischen Sprache im Jahr 2480:

ROBots brauch ne Traume.
Sometiiim wän ig ne schlaftraume kann
ig traum ein simpl silly Traum.
SO ist der: IG imago mig selbz
leba in ein Astroid
mit hundre odder humans,
reisen weck von Systm Sonn,
ne mehr Moons.

Sie lächeln sich an. Nannas Nasenwurzel ziert eine kleine Querfalte. Die nächste Dusche spricht Französisch, eine scharrende Stimme sagt: *»La terre est bleue comme une orange«* und schweigt zwei Sekunden, ehe dieser Satz noch einmal erklingt. »Das ist klasse«, findet Pål und sagt es Nanna, die nickt.

»Das stammt von dem Dichter Éluard«, fügt er hinzu.

»Und ich habe es sogar verstanden«, sagt Nanna.

»Gibt es viele Frankophile und Frankophone bei euch Phonologen?«, fragt Pål, als er neben Nanna unter der nächsten Geräuschdusche steht. Sie stehen dicht beieinander und lassen sich von den französischen Wörtern berieseln: *»La pensée est comme une nébuleuse où rien n'est nécessairement délimité.«* – »Denn das ist doch Saussure«, sagt Pål, und es gefällt ihm so gut, dicht neben Nannas zierlichem Körper zu stehen und ihr Dinge zu erklären, dass er sich nur mit Mühe zügeln kann, zu einem Vortrag über

Saussure anzusetzen, denn das wäre eine grobe Beleidigung. Schließlich gibt es keine Linguistin, die Ferdinand de Saussure nicht kennt, den Schweizer, der als Begründer des europäischen Strukturalismus gilt. Stattdessen fragt er, ob er übersetzen soll. Nanna nickt.

»Der Gedanke ist wie ein Sternennebel, bei dem nichts zwangsläufig begrenzt ist.«

»Wunderschön«, sagt Nanna, und ihre Augen sind groß und glänzend. »Worum es Saussure geht, weiß ich ja: Erst wenn der Gedanke in Worte gekleidet wird, wird er deutlich.«

»Mhm. Den Gedanken gibt es eigentlich erst, wenn er verbalisiert wird«, wiederholt Pål langsam und schaut forschend auf sie hinunter.

Pål hat seine Sehnsucht, seine Liebe und sein Verlangen schon längst in Worte gekleidet: Er liebt Nanna. Wenn er das Gefühl hat, sein Gehirn sei mit einem milchigen Sternennebel gefüllt, dann liegt das jedenfalls nicht daran, dass er seine Gedanken nicht in Worte gekleidet hätte. Aber als er den Satz über das Verbalisieren der Gedanken ausspricht, erkennt Pål, dass er Nanna gegenüber seine Gefühle noch nicht verbalisiert hat. Und jetzt ist er zu erschöpft dazu, es wäre nicht richtig, gerade jetzt mit seinen tiefsten Gefühlen herauszuplatzen, deshalb spricht er den geplanten Satz nicht aus. Er begnügt sich damit, die drei Wörter zu denken, die drei magischen Wörter. Und er geht dicht neben ihr durch den Rest des Flurs.

»Danke für die nette Mittagspause«, sagt sie förmlich, als sie ihre Bürotür erreicht haben, nach drei weiteren Sprachduschen (ein japanisches Haiku-Gedicht, ein Text mit allen Vokalen auf Sunnmørisch, vorgetragen in Raprhythmen, und Harald Sverdrups bittersüßes Gedicht »Der Albtraum des Grammatikers«, den Pål eines späten Abends an der

Pinnwand über Rinkels Schreibtisch lesen wird). Sie bleiben einen Moment schweigend stehen.

»Wir essen doch sicher mal wieder zusammen?«, fragt Pål.

»Sicher«, sagt Nanna. »Ich möchte gern mehr über altnordische Philologie hören.«

»Morgen?«

»Zum Beispiel.«

Pål geht selbstsicher die Treppen zu seinem eigenen Büro hoch, fast hätte er vor sich hin gepfiffen. Nanna. Dieser schönste aller Frauennamen, dieses makellose reduplizierende Proprium: Na-na, übermütig lässt er die Zunge gegen den Gaumen knallen. Bald hat er sie. Dass sie altnordische Philologie als Vorwand nimmt, um ihn wiederzusehen, findet er bezaubernd, leicht zu durchschauen und deshalb unwiderstehlich. Denn auf die Idee, dass Nanna sich wirklich für Altnordisch interessieren könnte, kommt er nicht. Aber dass sie sich für ihn interessiert, nimmt er als Selbstverständlichkeit. Er kann gelassen seine Gefühle verbalisieren, er freut sich schon darauf, es zu tun, am nächsten Tag.

An diesem Nachmittag schien die Sonne durch Påls Fenster. Er hatte soeben eine Mail von Lone gelesen, ziemlich flirtig und typisch für sie. Er sah sie vor sich, beim Seminar in Århus, ihre Hände, die seine Unterarme umklammerten, ihre Brüste, die auf und ab wippten, die Schweißtropfen, die von ihrer Nase in sein Gesicht fielen, der starke Geruch einer genießenden Frau. Und er sah sie vor sich in ihrem Hotelzimmerbett in Amsterdam, die langen sonnenbraunen Beine, die Stirn, die sich ein wenig runzelte, bevor Lone ihr kleines Wimmern ausstieß.

Die Bilder füllten ihn mit sexuellem Verlangen, das sich rasend schnell über die Nervenbahnen vom Gehirn zwischen Påls Beine verpflanzte, dort aber verebbte. Es führte nur zu einer flapsigen Antwort in einem noch flirtigeren Ton.

Er war voller Energie, spürte aber auch eine allgemeine Unruhe und eine noch nicht erlöste Lust in den Lenden. In schneller Folge las er zwei Artikel, zuerst eine diachrone Übersicht über starke Verben im Friesischen und danach einen Artikel darüber, wie sich bengalische Sprachschüler englische Determinative aneignen (was übrigens ganz und gar irrelevant war für Påls derzeitige Forschung und weit entfernt von seinem ursprünglichen Interessensbereich, aber der Artikel war so gut geschrieben und Pål war so erregt, dass er darüber erst nachdachte, als er ihn fertig gelesen hatte).

Er befand sich in einem seltsamen Gefühlszustand. Seine gute Stimmung kam ihm solide vor, aber er wusste, dass sie in Wirklichkeit ziemlich oberflächlich war. Denn direkt unter der guten Laune und seiner Energie lag ein dumpfes Gefühl von Unbehagen, wie dieses Gefühl, wenn man morgens aufwacht und noch nicht weiß, was nicht stimmt, nur, dass etwas nicht so ist, wie es sein sollte. Pål wollte dieses Gefühl des Unbehagens jetzt nicht untersuchen, er wollte seine gute Laune festhalten. Er war verliebt. Er liebte Nanna. Und er wusste ja nicht einmal, ob er in Amsterdam Rinkel geküsst hatte oder nicht.

Schon am Tag nach dem Mensagespräch wurde ihm bestätigt, dass die von Nanna gehörten Gerüchte zutrafen. Er hielt Gunnar Vik auf dem Gang an und fragte ihn ganz offen. Pål hatte sich Gunnar Vik ausgesucht, weil der nicht der Typ für leichtfertigen Tratsch war; Pål konnte nur schwer glauben, dass Gunnar Vik sich für andere Dinge interessieren könnte als Linguistik, seine beiden minderjährigen Töchter und seine Frau – in dieser Reihenfolge. Jetzt schaute Gunnar Vik Pål erstaunt an, er rückte seinen mit Minnie und Micky Maus bedruckten Schlips gerade. »Ja«, sagte er sachlich, »das habe ich gehört. Aber ich bringe ihr den allergrößten Respekt entgegen, was ihre fachliche Kompetenz und Klugheit angeht«, fügte er hinzu. Pål nickte und fuhr dann zusammen, als er links neben sich ein Aufmerksamkeit heischendes Räuspern hörte. Ohne dass Pål es bemerkt hatte, hatte Hans Holstein sich zu ihnen gesellt. Er drängte seinen schweren Körper zwischen Pål und Gunnar Vik, die beide unwillkürlich zur Seite wichen. »Ich konnte das nicht überhören«, begann Holstein, während die eine Hand seinen Bauch streichelte und die andere sein Halstuch zurechtzog. Påls erster Impuls war, zu gehen, aber er blieb, und den Blick auf das Disney-Paar gerichtet (das einander auf Viks Schlips leidenschaftlich umarmte), hörte Pål Holstein zu, vermutlich mehr aus Neugier als aus Höflichkeit. »Ach, hast du das wirklich nicht gewusst?«, sagt Holstein zu Pål, und seine sonst so träge Stimme floss über vor Nachrichtendrang und Schadenfreude. »Unsere liebe Edith, die hatte doch immer schon eine Schwäche für junge Studenten. Es war ein Skandal, das kann ich dir sagen.« Holstein schnalzte erregt mit der Zunge und dehnte das letzte a in Skandal ausgiebig aus, um den Umfang zu illustrieren: Ein echter Skandaaaal. Jetzt wollte Pål nicht mehr zuhören, er nickte Vik kurz zu, lief durch den Gang und schloss seine Bürotür auf.

Kaum hatte er sich gesetzt, als an die Tür geklopft wurde. Ich kann Hans Holstein nicht mehr ertragen. Ich werde bald handgreiflich, dachte Pål, ehe er wütend »Herein« rief. Aber nicht der übergewichtige, gehässige Dozent betritt das Zimmer, sondern Nanna.

Påls Zorn ist sofort verflogen, und das unbestimmte Gefühl von Unbehagen, das er schon den ganzen Tag verspürt, verflüchtigt sich und ertrinkt fast in perlender Verliebtheit. Pål zeigt auf den Besuchersessel, und sie nimmt Platz, schlägt die Beine übereinander und lächelt ihn an. »Ich würde gern über ein Projekt mit dir sprechen«, sagt sie und senkt den Blick. Erst jetzt sieht Pål, dass sie einen Ordner in den Armen hat, sie drückt ihn an sich, wie eine frischgebackene Mutter einen Säugling hält. »Hast du Zeit?«, fragt sie. »Und Lust?«, fügt sie hinzu. Pål antwortet wahrheitsgemäß, dass er Lust habe. Er sorgt dafür, in seine Antwort einen Hauch von erotischer Zweideutigkeit und Weite zu legen, aber Nanna sieht ihn mit ernster Miene an.

Pål sagt eilig, dass er ihr natürlich gern zuhöre und dass er die Sache absolut interessant finde. Nanna nickt, dann fängt sie an zu reden. In der ersten halben Minute oder so glaubt Pål, dass Nanna über ihr zukunftsphonologisches Projekt redet, das sie hier am Institut vollenden soll. Und obwohl Pål behauptet hat, das interessant zu finden, und obwohl das in vielerlei Hinsicht auch zutrifft, sieht er eher zu, wie sie ihren Mund bewegt, als dass er ihr wirklich zuhört, er sieht die Form ihrer Lippen an und nickt, er sieht ihre Brüste an, wie helle Baisers unter einer weichen Strickjacke, und wieder nickt er. Aber nach und nach geht ihm auf, dass sie doch über etwas anderes spricht als ihr phonologisches Projekt am Institut für Futuristische Linguistik.

»Ich arbeite schon lange daran«, sagt Nanna und schlägt die Augen nieder. »Und jetzt stehe ich kurz vor … äh.«

»Ja?«, fragt Pål abwartend.

»… kurz vor dem Durchbruch. Ich glaube … ja, ich weiß, dass sich das dumm anhört«, sagt Nanna.

»Komm schon«, sagt Pål. »Was glaubst du?«

»Ich glaube … ich glaube ganz einfach, dieses Projekt kann … na ja … die Welt verändern.«

»Wow«, sagt Pål und begreift sofort, dass er sich wahrscheinlich sehr ungläubig und arrogant anhört.

»Die W-welt ein bisschen verändern. Ja, in einem Bereich und …«

Nanna unterbricht sich, redet aber weiter, als Pål aufmunternd nickt. Sie ist selbstsicher und verlegen, überzeugend und bescheiden, als sie Pål anvertraut, dass ihre Entdeckung möglicherweise die Grundlage für einen bedeutenden Durchbruch in der Sprachtechnologie sein könnte. Ihre Verlegenheit nimmt zu, als sie erzählt, dass sie schon vor dem Examen mit diesem Projekt angefangen habe, dass sie seit Jahren daran gearbeitet habe, neben ihrer Doktorarbeit und jetzt neben ihrem Job.

Sie spricht tastend, sie scheint sich den Weg zu den richtigen Formulierungen suchen zu müssen, als habe sie

Angst, Fehler zu machen, als hindere ihre Bescheidenheit sie daran, ihren Sätzen das Gewicht zu geben, das der Inhalt verdient. Sie hat an vielen Abenden daran gesessen, es gab viele schlaflose Nächte, das sieht Pål jetzt ein. Nanna hat sich die Aufgabe gestellt, das Skelett der Sprache zu enthüllen, das Grundmuster, das den gemeinsamen Kern aller Sprachen bildet. Als sie das sagt, setzt sie sich gerade hin und hebt die Stimme. Pål nickt. Ein gemeinsamer Kern sämtlicher Sprachen. Danach sucht die Linguistik natürlich schon seit Jahrzehnten, aufbauend auf unterschiedlichen Theorien, viele Modelle sind vorgestellt worden, und nach und nach wurden auch einige Resultate erzielt.

Die meisten Menschen wissen, dass Vietnamesisch, Norwegisch und Suaheli ungeheuer unterschiedliche Sprachen sind, und das stimmt natürlich auch. Die Sprachwissenschaft weiß außerdem, dass Sprachen variieren, aber die Sprachen variieren nur innerhalb gewisser Rahmen. Es gibt sogar nur sehr begrenzte Variationsmöglichkeiten. Das weiß die Linguistik, aber bisher ist noch nicht genau festgestellt worden, wo die Variation endet und die Invariation einsetzt, was also genau die grundlegende Struktur der Sprache bildet.

Aber jetzt sitzt Nanna in Påls Büro an einem Nachmittag im September und behauptet, die Frage gelöst zu haben, oder jedenfalls kurz davor zu stehen, das Grundmuster aller Sprachen bis ins letzte Detail hinein zu entdecken.

»Und außerdem«, sagt Nanna.

»Ja?«

»Alles weist darauf hin, dass es für meinen Fund ein zerebrales Korrelat gibt. Oder sagen wir, ein neurobiologisches Substrat, und ich rede hier über ziemlich präzise Korrelationen zwischen Sprachzügen und Lokalisationen im Gehirn.«

»Alles weist darauf hin«, wiederholt Pål und beugt sich zu ihr vor. »Hast du … weißt du so viel über das Gehirn, dass du darüber etwas sagen kannst? Oder ist das deine Arbeitshypothese?«

»Nein, nein. Ich weiß nicht so viel darüber«, antwortet Nanna, »aber ich habe mich an einen Neurolinguisten an der Universität Stockholm gewandt, und der hat mir bei FMRI-Messungen geholfen …«

»Was ist das?«

»Functional Magnetic Resonance Imagining«, sagt Nanna. »Also eine Methode, um die Gehirntätigkeit nachzuweisen und abzubilden. Und er hat mir auch dabei geholfen, meine Daten in ein Programm einzuspeisen, das Gehirntätigkeit simuliert und …«

»Und?«

»Er ist ungeheuer optimistisch. Es sieht also aus, als wäre es möglich, exakte Zusammenhänge zwischen zerebralen Lokalisationen und sprachlichen Strukturen zu sehen. Bis ins kleinste Detail.«

»Darüber würden sich ein paar Linguisten jedenfalls sehr freuen«, sagt Pål trocken, denn in Wirklichkeit wäre es eine absolute Sensation.

»Aber ich glaube auch«, sagt Nanna, unterbricht sich dann aber wieder. »Ich glaube auch, dass dieses Projekt gewisse … wie soll ich sagen … ökonomische Konsequenzen haben kann.«

»Wie denn das? In der Sprachtechnologie?«, fragt Pål, und in demselben Moment weiß er die Antwort schon selbst: automatische Übersetzungsprogramme. Natürlich.

»Ja, ich meine, wenn ich das alles in den Griff bekomme … aber es gibt natürlich jede Menge Vorbehalte, und vieles habe ich auch noch nicht durchschaut, dann hat das Projekt ein großes, ja, ein enormes k-kommerzielles Potenzial. Ich meine, es kann Grundlage für ein Computerprogramm werden, das, wenn es fertig entwickelt ist, benutzt werden kann für …«

»Übersetzungen, nicht wahr?«

»Ja, genau.«

»Um Übersetzungen von allen Sprachen der Welt untereinander zu ermöglichen. Ganz einfach«, sagt Pål.

»Ja, ganz einfach. Es würde die Leerstelle füllen, die heute zwischen linguistischer Theorie und translatologischer Technologie klafft.«

Nanna nickt mehrmals, das Sprechen fällt ihr äußerst schwer. Ihre Haare sind so hell und ihre Lippen so rund und voll. Ihre Lippen sind ungewöhnlich voll, und wenn sie ernst ist, so wie jetzt, sieht sie fast aus, als spitze sie die Lippen zu einem Kuss. Pål wird immer dem Irrtum erliegen, dass Nanna eine schmale Nase hat. Und weil er niemals sehen wird, dass ihre Nase ziemlich breit und orientalisch flach ist, wird er auch nie sehen, dass ihre Mundwinkel, wenn man zwei senkrechte Striche von ihrer Nase zum Kinn zöge, fast genau unter ihren Nasenflügeln liegen würden, wenn sie nicht lächelt. Sie schweigen eine Weile. Dann nickt Nanna ein letztes Mal.

»Das ist zu groß für mich«, sagt sie fast entschuldigend, und sie scheint mit den Tränen zu kämpfen. »Ich arbeite schon so lange daran, und jetzt sieht es aus, als ob es endlich Ergebnisse bringen könnte.«

Pål betrachtet sie, ihre Augen, die niedliche Nase, ihren Mund, die Lippen, die zu einem permanenten Fast-Kuss erstarrt zu sein scheinen. Sie schaut zu ihm auf. Sie schlägt die Augen wieder nieder und sagt, dass sie das bisher nur dem schwedischen Neurolinguisten erzählt habe, mit dem sie sich über diesen »Gehirnkram« beraten habe, wie sie es ausdrückt (eine bezaubernd lässige Art zu reden, findet Pål.)

Nanna glaubt, dass die letzten entscheidenden Schlüssel in der Vergangenheit liegen, und Pål kenne sich doch aus mit Altnordisch, Urnordisch, Altgriechisch und Latein. Und dann sei es doch so, dass sie ... hier verstummt sie wieder, zögert lange, räuspert sich und fügt dann hinzu: »Ich habe das Gefühl, dass es zwischen uns etwas ganz Besonderes gibt, und ich habe Lust ... das hier mit dir zu teilen. Ich hätte so gern einen Partner, mit dem ich zusammen auf die Jagd gehen kann. Nach den letzten wichtigen Puzzlestücken. Im Moment trete ich ein wenig auf der Stelle.«

»Darf ich mal sehen«, bittet er und zeigt auf den Ordner, den sie noch immer an sich drückt. Nanna nickt und gibt ihn zögernd frei. »Ich möchte gern mit dir zusammenarbeiten, Nanna«, sagt Pål.

»Danke«, sagt Nanna. »Danke.«

»Und wie heißt das Kind?«

»Ich habe es REV21 genannt«, antwortet Nanna.

»Schöner Name. Was bedeutet das?«

»Das bedeutet *Revolution des 21. Jahrhunderts.*«

»Ehrgeizige Namen sind schön«, sagt Pål und lacht. »Wir setzen also auf eine linguistische Revolution? Oder zumindest eine sprachtechnologische?«

»Ja«, antwortet Nanna ernst. »Und du? Das bleibt natürlich unter uns?«

»Natürlich«, sagt Pål. Er lacht nicht mehr, und er beugt sich vor und drückt ihre ausgestreckte Hand. »Übrigens liebe ich dich, Nanna.«

Während Nanna und Pål einen Pakt von großer wissenschaftlicher Bedeutung schließen, verknoten in einem Büro auf der anderen Seite des Flurs zwei andere Menschen ihre Glieder. Aleksander klammert sich an Rinkel, die bäuchlings auf dem Perserteppich in dem professoralen Büro liegt; zeitgleich mit Aleksanders Ejakulation erklärt Pål in seinem Büro (das nur halb so groß ist wie Rinkels), dass er Nanna liebt.

Edith Rinkels großer weißer Hintern zittert wie Gelee. Ihre Brüste sind schwer, ihre Fülle sitzt zwar tiefer als bei den Mädchen, mit denen Aleksander bisher seine sexuellen Erfahrungen gemacht hat, aber ihre Brüste sind so rund und so schön anzufassen – er liebt es, sie zu streicheln, sie in seinen Hände zu halten, sie zu kneten. Es ist deutlich, dass das Alter angefangen hat, ihren Körper aufzulösen, aber der Prozess ist noch nicht sehr weit gekommen, ihre Haut ist noch nicht schlaff geworden, nur hat ihr Körper jetzt eine wunderbare Weichheit, die das Feste umgibt und umschließt.

Zufrieden und ermattet hat er sich auf dem Perserteppich auf den Rücken gelegt. Dieses Mal war das beste bisher. Es war schön, und vielleicht empfindet er es gerade deshalb so demütigend, dass sie so souverän dasitzt, so unberührt, so deutlich fertig mit den Gefühlen, die seinen Körper noch nicht wieder losgelassen haben.

Rinkel ist also bereits angezogen, als energisch an die Bürotür geklopft wird, dreimal lautes Knallen, während Aleksander aufschreckt und seine Jeans anzieht. Nicht die Unterhose vergessen, gestikuliert Rinkel und wirft ihm die Unterhose hin, die auf dem Schreibtisch gelandet war. Dann geht ihnen beiden das Lächerliche an der Situation auf, während Rinkel zugleich einsieht, dass sie sich eher wie Aleksanders Mutter als wie seine Geliebte aufführt (was sie eher komisch findet als tragisch), und zuerst lachen sie lautlos, dann gedämpft.

Aleksander zieht seine restlichen Kleidungsstücke an, aber er geht nicht, und Rinkel scheint auch nicht nachsehen zu wollen, wer an ihre Tür geklopft hat. Die Stimmung im Zimmer hat sich verändert, ist ungezwungener geworden, weniger rivalisierend, und angezogen scheinen sie mehr Mut zur Intimität zu haben. Er setzt sich mitten auf das Sofa und klopft neben sich auf den Sitz. Rinkel zögert, dann steht sie auf und setzt sich neben ihn. Zuerst sagen sie nicht viel, sie sitzen nur da in dem halbdunklen, abgeschlossenen Büro. Ab und zu hören sie Schritte auf dem Gang, aber es wird nicht wieder angeklopft. Das Telefon klingelt, aber Rinkel bleibt ruhig sitzen.

Sie sprechen zuerst über ihr Fach, zögernd und ein wenig steif, wie zwei Unbekannte in höflicher Konversation auf einer Stehparty. Rinkel erkundigt sich nach seinem Studium, und Aleksander sagt, dass er es satthabe, noch ehe das Semester wirklich angefangen habe. Rinkel nickt, sieht ihn an, und statt ihm zu erzählen, was alles Interessantes auf dem Studienplan steht (das findet sie wirklich!), erzählt sie ihm von einem Projekt, an das sie wirklich glaubt, einem größeren Forschungsprojekt, mit dem sie sich derzeit beschäftigt.

Aleksander hört zu, das meiste von dem, was sie sagt, versteht er nicht ganz, aber ihm gefällt die Glut in ihrer

Stimme, und es gefällt ihm, was sie über die Sprache der Bienen erzählt, über die Arbeiterinnen, die mit dem Hinterleib wackeln und auf diese Weise dem Rest des Schwarms erzählen, wo der Nektar zu holen ist. »Wenn eine Arbeiterin nach einer Expedition in den Stock zurückkehrt, kann sie ihren Genossinnen mitteilen, wo die guten Sachen sich befinden, sie kann Richtung und Entfernung angeben«, sagt Rinkel. Aleksander lächelt.

Dann schweigen sie eine Weile, aber es ist kein peinliches Stehpartyschweigen. Sie sehen einander an, und beide wissen so ungefähr, was der andere denkt. Sie sind überrascht, denn sie hatten beide nicht erwartet oder angestrebt, einen Gesprächspartner oder eine Gesprächspartnerin zu finden.

»Ich habe drei ältere Brüder«, sagt Aleksander. »Jede Woche kam der Eiswagen auf einen Parkplatz gleich neben unserer Wohnung, ich glaube, jeden Donnerstag. Und jedes Mal hoffte ich natürlich auf ein Eis.«

»Ja«, sagt Rinkel. »Und hast du keins bekommen?«

»Nein, denn meine Brüder haben mir eingeredet, dass der Eismann klingelt, weil er schon alles verkauft hat.«

Rinkel lächelt. »Und das hast du geglaubt?«

»Hast du keine Geschwister?«, fragt Aleksander.

»Ich habe zwei Schwestern«, sagt Rinkel.

»Wie sind die?«

»Sie waren immer … Engel. Klein und brav, mit frisch gebügelten Kleidern. Weißen.«

»Hatten sie immer weiße Kleider an?«

»Ja, das haben sie noch immer. Sie tragen immer Weiß. Auch wenn ihre Kleidung dunkelblau, feuerwehrrot oder schwarz wie die Nacht ist. Ich sehe sie aber fast nie, das letzte Mal auf der Beerdigung meines Vaters.«

Aleksander nickt.

Die meiste Zeit aber stecken sie die Köpfe zusammen und sehen einander an, ab und zu legt Aleksander den Kopf an ihre Schulter, ab und zu lässt sie sich in Aleksanders Armbeuge gleiten. Die Mittagszeit ist längst vorbei, und nachdem sie Aleksanders Cola und die Packung Knäckebrot verzehrt haben, die Rinkel in einer Schreibtischschublade liegen hatte, und als das ihren Hunger und Durst nicht nennenswert behebt, stehen sie auf, und Aleksander öffnet unwillig die Tür zum Gang und schleicht sich davon.

Für Pål war es das Wichtigste gewesen, Nanna seine Liebe zu erklären. Erst jetzt, drei Stunden später, ging ihm auf, dass er keine Ahnung hatte, was für Gefühle Nanna ihm entgegenbrachte. Sie hatte nichts erwidert, sie hatte nur Påls Worten zugehört. »Übrigens liebe ich dich«, hatte er gesagt, und sie hatte feierlich genickt, nach einer Weile war sie aufgestanden, hatte ihn angelächelt und sein Büro verlassen.

Pål war auf dem Weg ins Henrik-Wergelands-Hus, in dem die beiden oberen Stockwerke das Linguistische Institut beherbergten. Wie immer ging er schnell, und er ging noch schneller, als er mitten auf der Rasenfläche zwischen Problemvei und dem Eingang zum Henrik-Wergelands-Hus Arild Krøger aus dem Gebäude kommen und den Rasen und den schmalen diagonalen Weg in seine Richtung betreten sah. Krøger war ein magerer Dozent mit schütteren Haaren, verbittert nach vielen unangenehmen Jahren an der Universität Oslo und fast am Boden zerstört nach zwei Jahren des Versuchs, ihn wegzuekeln.

Krøger hatte sein Büro immer ganz hinten im ersten Stock gehabt, wo die Mundartforscher des Instituts für Nordische Sprache und Literatur untergebracht waren und wo die Nynorskfrequenz höher und die Bokmåltoleranz niedriger waren als an irgendeinem anderen Ort im Land. Krøgers Büro lag noch dazu zwischen den Büros zweier Schwestern aus Telemark, die eine Professorin der Dialektologie, die andere der Lexikografie; die Damen hatten kleine viereckige Zettel mit Gedichtstrophen (Aslaug Vaa) an ihre Türen gehängt und engagierten sich für die Wiedereinführung von Arne Garborgs und Rasmus Flos Standardsprache aus dem Jahre 1901. Angeblich erinnerten Krøgers Zimmernachbarinnen ihn täglich daran, dass weder seine elegante dem alten dänisch-norwegischen angenäherte Sprechweise, Riksmål genannt, noch sein deutsch klingender Nachname ideologisch betrachtet in diesen Gang passten. Er hatte es nicht leicht, hatte seine Lage jedoch bei einem viel zitierten Abendessen in Nordengland noch heftig verschlimmert.

Pål wollte nicht mit Krøger sprechen. Seit dem Kongress in Newcastle vor fast zwei Jahren, wo Krøger am letzten Abend beim Essen ein wahnsinniges Aufsehen erregt hatte, konnte er ihm aus dem Weg gehen.

Das Essen in Newcastle, der Kongressabschluss, der Krøger zu einer Persona non grata mache, hatte im Speisesaal eines drittklassigen Hotels stattgefunden. In einem mit Teppichen ausgelegten Raum mit Plastikpalmen und braunen Wänden mit Palisandermuster waren runde Resopaltische aufgestellt gewesen, gedeckt mit weißen Papierdecken, jeder Tisch bot Platz für sechs Sprachwissenschaftler. Nichts ließ annehmen, dass das hier ein außergewöhnliches Essen werden würde.

Pål hatte mit Krøger und zwei weiteren Landsleuten zusammengesessen, einem bärtigen Dialektforscher von der Universität Tromsø und einer schüchternen, aber bildschönen Phonologin von der Universität Bergen. Am Tisch saßen außerdem zwei Männer von der Universität Newcastle. Krøger saß mit gesenktem Kopf über sein Weinglas gebeugt, die tief hängenden Lampen spiegelten sich in seinem blanken Schädel. Was ihm an Haupthaar verblieben war, hing trostlos als graubraune Strähnen hinter seinen Ohren. Anders als sonst bei Kongressen gab es unbegrenzten Zugang zum Alkohol, und Krøger war bald ziemlich betrunken.

Sie hatten die Vorspeise (einen nichtssagenden Krabbencocktail) in trauter Eintracht verzehrt, doch während des Hauptgerichts hatte Krøger wütende verbale Angriffe gegen die beiden Engländer gestartet. Am Tisch hatte man zuerst über den Kongress gesprochen, über Jack Mills (der natürlich auch an diesem Kongress teilnahm und der vor dem Mittagessen am nächsten Tag den Abschlussvortrag halten sollte), über den Lammbraten, den sie aßen und den alle überaus köstlich fanden (in Wirklichkeit war er ziemlich trocken), über die leicht bekleideten einheimischen Mädchen in Partylaune, die die angereisten Norweger zu Beginn des Abends beobachtet hatten. Die Norweger brachten ihr Erstaunen und ihr Mitleid in Bezug auf diese Mädchen zum Ausdruck (das tat vor allem die Bergenser Phonologin) und ihre unverhohlene Bewunderung (vor allem der Dialektforscher aus Tromsø). Es war nämlich ein eiskalter windiger Oktoberfreitag, und die Mädchen trugen keinen Mantel, sie hatten kurze Röcke, nackte Schultern, hauchdünne Strümpfe und zehenfreie Stöckelschuhe. »*Quite normal here*«, sagten die Engländer beruhigend.

Krøger hatte fast nichts gesagt, weder über den Lammbraten noch über die blau gefrorenen Arme der Mädchen aus Newcastle, aber dann, als am Tisch für zwei Sekunden Stille einkehrte, hatte er plötzlich gefragt, ob die beiden Engländer nachts wirklich gut schlafen könnten, wo sie doch wüssten, dass Englisch die sich am schnellsten ausbreitende Sprache sei. Sein Ton war ziemlich scherzhaft, aber es war nicht schwer zu hören, dass sich unter seiner Jovialität viel Ernst und große Aggression verbargen.

Der neben Krøger sitzende Engländer, der zum Organisationskomitee des Kongresses gehörte, hatte vier anstrengende Tage hinter sich und zeigte unverhohlen seine Freude darüber, dass alles bald vorüber sein würde. Jetzt legte er Krøger die Hand auf den Jackenärmel, lachte und sagte, das Einzige, was ihm den Nachtschlaf raube, sei die Vorstellung, dass das Videogerät bei Mills' Vortrag am nächsten Morgen versagen könnte. Alle, außer Krøger, schmunzelten mitfühlend.

»Und was dafür sorgt, dass ich mich nachts unruhig hin und her wälze«, sagte der zweite Engländer, »ist die Gefahr, dass Newcastle absteigt.« Pål sagte etwas über Trainerwechsel und Aufkäufe in der Premier League. Krøger musterte ihn wütend. »Habt ihr wirklich kein schlechtes Gewissen, dass Englisch sich ausbreitet und kleine Sprachen verdrängt?«, fragte Krøger noch einmal und hob die Stimme in ungläubiger Aggression. Nein, die Engländer sahen das nicht so. Es sei schon traurig, dass die Anzahl der Sprachen auf der Welt immer kleiner werde, aber ein schlechtes Gewissen hätten sie deshalb nicht. Sie schüttelten lächelnd den Kopf, und einer wies darauf hin, dass es nicht etwa Englisch sei, das kleine Sprachen verdränge, sondern dass vor allem größere Lokalsprachen die Sündenböcke seien.

Krøger ignorierte diesen Einwand und fragte noch einmal, diesmal mit noch lauterer Stimme und kaum unterdrückter Wut, ob die Engländer keinen bitteren Nachgeschmack davon hätten, dass die englischsprachige Kultur plötzlich zum Synonym für globale Kultur geworden sei. Kulturimperialismus! Die Kongressteilnehmer an den Nachbartischen drehten sich um und sahen Krøger an, der scharf und durchdringend sprach. »Doch, aber eigentlich sind daran doch nicht wir schuld, sondern die Amerikaner«, erwiderte Krøgers Tischnachbar.

Jetzt war es ganz still am Tisch. Die Gabeln schrappten

über das Porzellan, und der Lammbraten war schwerer zu kauen als zuvor. *»Shame on you«*, sagte Krøger laut und ließ seinen Zeigefinger einen Bogen durch den Speisesaal beschreiben. Was dann passierte, wurde später an den Mensatischen sämtlicher norwegischer Universitäten immer wieder erzählt. Ja, die Geschichte löste sich aus den Reihen der Philologen und gelangte zu den Gesellschaftswissenschaften, die natürlich ihre Reichweite nicht ganz erfassten, sie sickerte durch die Landesgrenze und wurde in der Mittagspause an der Universität von Göteborg erzählt, wo sie als ein weiterer Beweis für den norwegischen Größenwahn gedeutet wurde.

Niemand glaubte so ganz, was er da zu hören bekam. Wenn Pål nicht selbst dabei gewesen wäre, hätte vermutlich auch er die Geschichte als bloßen Unsinn abgetan. Denn plötzlich stand Krøger mitten im Saal. Es herrschte eine Totenstille, er hatte jetzt die Aufmerksamkeit des gesamten Speisesaals. Seine Haare, die viel zu langen Haare, die Krøger sich hinter die Ohren hatte wachsen lassen, vermutlich, um den mangelnden Haarwuchs auf seinem Kopf auszugleichen, standen zu Berge. Es hätte komisch aussehen können, wie schwankende Radioantennen, aber in Begleitung von Krøgers ekstatischem Zorn wirkte der Anblick eher beängstigend. Ein wahnsinniger nordischer Sprachdämon mit glühenden Augen.

Er ging zu einem der Nachbartische, packte Jack Mills' Weinglas (Krøgers eigenes war leer), ließ seinen Blick in die Runde schweifen und hob das Glas zum Toast. Ein betrunkener Finne hob sein Glas und erwiderte den Gruß, ansonsten war im Speisesaal nicht ein Laut zu hören. Krøger trank den Wein aus Mills' Glas.

»Shame on you«, sagte Krøger noch einmal drohend. Die Bergenser Phonologin schloss die Augen.

»Norwegisch müsste die Weltsprache sein«, brüllte Krøger so laut, dass es im Palisanderfurnier widerhallte. »Wenn Harald Hårdråde 1066 die Schlacht bei Stamford Bridge gewonnen hätte, dann würden wir England beherrschen, dann würden wir …«

»Pst«, sagte Pål.

»Ganz ruhig«, sagte der Bärtige aus Tromsø. Krøger hob die rechte Hand und beschrieb mit Daumen und Zeigefinger einen wenige Millimeter großen Abstand.

»So dicht waren wir davor«, kreischte Krøger. »Wir hätten gewinnen müssen!«

Krøger fuhr auf dem Absatz herum und zeigte auf den Engländer aus dem Organisationskomitee.

»Was haben Sie dazu zu sagen?«

»*Well*, eehmn«, sagte der Engländer. »Doch, ja, durchaus witziger Gedanke«, fügte er nach einigen Sekunden zu, den Blick fest auf Krøgers Haare gerichtet, die wie zwei Hörner aufragten. Der bleiche Engländer zwang sich ein angestrengtes und verängstigtes kleines Lachen ab.

»Ja, überlegt euch das mal, ihr scheißwichtigen Amis und Briten«, sagte Krøger und verließ den Speisesaal.

Pål hatte ihn erst am nächsten Tag auf dem Flughafen Gardermoen wiedergesehen, wo Krøger auf sein Gepäck wartete, moosgrün im Gesicht und mit schlaff herabhängendem Haarkranz. Pål hatte tiefes Mitleid mit Krøger empfunden. Er wusste, er hätte mit ihm reden müssen. Und weil Pål der ist, der er eben ist, musste er sich auch fragen, ob er wie Krøger zu so einer Szene fähig wäre. Könnte er das? Plötzlich war er sich da gar nicht sicher. Und als Krøger mit seinem Koffer an ihm vorüberschlurfte, trat Pål sicherheitshalber einen Schritt zurück und drehte sich zu seinen Reisegefährten um.

»Unglaublich«, sagten die Leute später an den Mensatischen in den Universitäten, »hat er Mills angeschrien? Jack Mills? Hat er seinen Wein getrunken? Hat er wirklich das über die Schlacht bei Stamford Bridge gesagt? Ist Krøger denn kein Riksmålsmann?«

Pål und Krøger hatten nie an demselben Institut gearbeitet, und seit der Reise nach Newcastle hatte Pål ihn auch nur zweimal im Buchladen gesehen und einmal in der Kaffeeschlange in der Hauptmensa. Er war ihm aus dem Weg gegangen und beschließt, das auch diesmal zu schaffen.

Die beiden Männer sind jetzt ungefähr zehn Meter voneinander entfernt. Pål sieht Krøger ins Gesicht, nickt und beschleunigt seine Schritte. Krøger bleibt mitten auf dem Weg stehen, grüßt herzlich, aber unsicher, und fragt Pål, wie es denn drüben in der Futling so gehe. »Doch«, sagt Pål, aber bleibt nicht stehen. »Es geht ganz gut. Aber du, ich habe gerade gar keine ...«, sagt Pål jetzt, dann ist er vorbei.

Krøger ist für sein ganzes Leben gezeichnet, seine Teufelshörner werden in den Augen seiner Kollegen niemals verschwinden. Früher begegneten ihm die Leute mit Gleichgültigkeit, sie wussten gar nicht, wer er war, jetzt wird er mit spöttischem Schweigen oder gemurmelten Bemerkungen empfangen. Sven Ålboe-Jørgensen ist der Einzige, der noch immer mit Krøger zusammen Artikel veröffentlichen will.

Als Pål an dem unglücklichen Mann vorbeigeht, denkt er, wie so oft, dass Krøgers Vergehen harmlos gewesen sei. Aber das weiß nur Pål, denn Krøger spielt keine Rolle in Påls Leben, und obwohl Pål mutig sein kann, setzt er sich nicht für einen Mann ein, den er so gut wie nicht kennt, und erntet dafür Verachtung und Gelächter seiner Kollegen.

Pål schüttelt sein schlechtes Gewissen ab, er hat fast den überdachten Eingangsbereich vom Henrik-Wergelands-Hus erreicht. Früher, als Pål noch studierte, befand sich das Linguistische Institut im zehnten Stock vom Niels-Treschows-Hus, während das Henrik-Wergelands-Hus (damals zwei Stockwerke niedriger) den Nordisten vorbehalten war. Nach Påls Examen und bevor er den Forscherposten bei der Futling antrat, hatte die Fakultät fünf große Umstrukturierungen durchgemacht, die Institute waren auf jede erdenkliche und nicht erdenkliche Weise zusammengelegt und wieder aufgeteilt worden.

Für kurze Zeit waren Linguisten und Nordisten in einem großen Institut vereint (dem Institut für Nordische und Linguistische Studien), dank eines Erlasses des Dekans – besessen von der Idee, Urheber einer neuen Umstrukturierung der Universität zu sein –, blind und taub für den Einwand, dass die Fakultät erst zwei Jahre zuvor umorganisiert und auf den Kopf gestellt worden war und noch immer von den Nachwirkungen der umfassenden Quantitätsreform bebte. Das Großinstitut ächzte vom ersten Tag seiner Existenz in allen Fugen. Das lag nicht nur daran, dass der Institutsleiter machtsüchtig und naiv war, sondern auch am tief verwurzelten Unterschied zwischen Linguisten und Nordisten.

Die Linguisten verachten jene Nordisten, die sich mit Sprache beschäftigen, auf dieselbe Weise und aus demselben Grund, wie die Literaturwissenschaftler jene Nordisten verachten, die sich mit Literatur beschäftigen. Linguisten und Literaturwissenschaftler sind davon überzeugt, dass sie die theoretische Kompetenz für Sprachen beziehungsweise Literatur besitzen, sie sind international orientiert und schauen über den heimischen und vertrauten Tellerrand. Literaturwissenschaftler und Linguisten sind die echten Forscher, Theoretiker, Wissenschaftler und Wissenschaftlerinnen. Die Nordisten sind die Praktiker, die alles Mögliche über Hamsun oder den Dialekt von Setesdal wissen, die dieses Wissen aber nicht in einen größeren Zusammenhang stellen, es nicht aus dem speziellen und nationalen auf ein allgemeines und hohes theoretisches Niveau heben können.

In aller Heimlichkeit teilen die Nordisten dieses Bild von sich selbst (auch wenn sie das niemals zugeben würden), und das trägt dazu bei, die Machtbalance zwischen Linguistik und Nordistik konstant zu halten. Denn es sind die Nordisten, zu denen die Studenten gehen, sie leisten einen zweifellos gesellschaftsrelevanten Einsatz, zum Beispiel Lehrer auszubilden. Auch intern in der Linguistik gibt es übrigens eine Rangordnung. Die Syntaktiker sind unter den Linguisten das, was der Herzchirurg unter den Ärzten ist, an der Spitze der internen Berufshierarchie. Aber anders als bei Herzchirurgen ist dieser Status leider außerhalb dieser Kreise vollkommen unbekannt. *Moment, ich muss kurz meine Grammatik konsultieren* hat leider nicht den kraftvollen Effekt von *Es geht um Sekunden, her mit dem Skalpell.* Die Bedeutung der Linguistik wird in der Gesellschaft überhaupt stark unterschätzt. Das wissen die Linguisten, und diese Erkenntnis hat viele Folgen, manche Linguisten zeigen für ihr Fach eine enthusiastische Kampfbereitschaft, andere schämen sich, die meisten sind beleidigt. Die Syntaktiker fallen mehrheitlich in die letzte Kategorie.

Wie zur Erinnerung an das frühere Großinstitut befindet sich das Nordistische Institut jetzt in den vier unteren Stockwerken des Henrik-Wergelands-Hus, und das Linguistische Institut bewohnt dort die beiden oberen Etagen.

Obwohl Pål in den allerobersten Stock muss, wo sich Lesesaal und Handbibliothek des Instituts befinden, nimmt er die Treppe, aus Prinzip oder vielleicht eher aus alter Gewohnheit. Er geht ziemlich schnell die Treppen zum vierten Stock hoch, er spürt, dass er eine Begegnung mit einem weiteren Nordisten jetzt nicht verkraften würde. Als er am ersten, zweiten und dritten Stock vorbeigeht, wirft er einen kurzen Blick in die dunklen fensterlosen Gänge. Hier scheint sich in den letzten dreißig oder vierzig Jahren nicht viel verändert zu haben, dieselben schmutzig gelben Wände, Möbel, Lampen und Angestellten.

Als er den vierten Stock erreicht, den untersten der Linguistik, ist alles auf einmal viel leichter. Die beiden oberen Etagen sind nach 1990 auf das Gebäude aufgestockt worden, aber dieser Teil des Hauses ist nicht nur neuer, die Wände sind weiß und die Beleuchtung modern und effektiv, und auch die, die dort arbeiten, sind anders, sie sind jünger, ihre Kleidung weist fröhlichere Farben auf, ihre Augen leuchten heller.

Und obwohl Pål nicht in der Stimmung ist, nach Krøger noch anderen Nordisten zu begegnen, bedeutet das nicht, dass er diese Gattung verachtet. Pål hätte lieber einen kleinen Unterschlupf in einem dunklen Gang als seinen eigenen geschmackvollen Korridor im Institut für Futling. Und das Nordistische Institut wäre ein möglicher Ort dafür, am liebsten aber würde er im sechsten Stock des Niels-Treschows-Hus sitzen, im Institut für Klassische und Alte Sprachen. Viele jener altmodischen Philologen, die Theorie nicht an sich schon für selig machend halten, die es für selbstverständlich halten, dass man Latein und Altgriechisch und zumindest ein wenig Sanskrit beherrscht, und die eine Menge der lebenden Sprachen sprechen, sie hausen hier. Pål Bentzen bringt diesen Menschen tiefen Respekt und große Bewunderung entgegen und schämt sich fast ein wenig, einer Zunft anzugehören, in der die meisten nur Englisch und Schuldeutsch oder Touristenspanisch sprechen.

Im Lesesaal des fünften Stocks im Henrik-Wergelands-Hus ist alles still. Auf vielen Tischen liegen aufgeschlagene Hefte, Kugelschreiber und angebrochene Kekspackungen. Eine Kapuzenjacke hängt über einem Stuhlrücken. Eine halb leere Limoflasche steht auf der Fensterbank. An einem Platz in der dunkelsten Ecke lehnt ein Spazierstock mit blankem Handgriff, und auf dem Tisch liegt ein dicker Stapel handschriftlicher Blätter. Das muss einer der Tische sein, der den emeritierten Institutsangehörigen zur Verfügung steht, aus Dank für ihren lebenslangen Einsatz für die Universität Oslo.

Eine einzige Person befindet sich im Lesesaal, eine blonde Studentin, die vermutlich einen Masterabschluss anstrebt, sie schläft vornübergebeugt an einem Tisch in der Nähe der Tür.

Pål setzt sich an die hinterste Tischreihe, möglichst weit von der Studentin entfernt, möglichst nahe am Fenster. Er öffnet den Ordner, den er von Nanna bekommen hat, und verteilt die Bögen fächerförmig vor sich, senkt die Nase und riecht vorsichtig daran, lässt die Hände darüber gleiten, ehe er die Blätter wieder zu einem Stapel zusammenschiebt. Er traut sich nicht so ganz, er hat Angst, nicht die große Begeisterung aufbringen zu können, die Nanna erwartet. Er schaut zu den Bücherregalen an der Stirnseite, und wie erhofft, empfindet er eine tiefe Zufriedenheit, als er die vertrauten Buchrücken erkennt.

Er kann auch seine eigene Dissertation sehen, in zwei Versionen. Links steht die Ausgabe des Instituts, die ursprüngliche Fassung. Daneben steht die überarbeitete Ausgabe, die bei einem richtigen Verlag erschienen ist, einem akademischen (aber norwegischen) Verlag von Bedeutung. Pål hat fast fünf Jahre an diesem Buch gearbeitet. Die ersten drei Jahre in Vollzeit, als Stipendiat, dann zwei Semester als Lehrbeauftragter nachmittags und abends. Nach der Disputation hat er fast ein Jahr für die Überarbeitung gebraucht (aber er hatte eine Vertretungsstelle als Lehrer an seiner alten Schule – die alten Gebäude, Aufsatzhefte, errötende Abiturientinnen mit schwarzer Wimperntusche und Babyspeck). Er wollte seine Arbeit so gern bei einem richtigen Verlag veröffentlichen, statt sie nur in der Schriftenreihe der Universität zu drucken, denn das würde in seinem Lebenslauf einen viel besseren Eindruck machen.

Ein Kommilitone von Pål war in diesem Verlag gelandet. Pål scheute lange davor zurück, rief ihn dann aber schließlich an. Pål nannte seinen Namen, sie plauderten zehn Minuten über ihre Studienzeit, dann sagte Pål seinen Spruch auf. Der ehemalige Kommilitone und frischgebackene Verlagsredakteur, der Manuskripte suchte und einem potenziellen Autor gegenüber nicht abweisend wirken wollte, meinte, es könne vielleicht etwas sein, auch wenn der Verlag jetzt eher auf publikumsorientierte Titel setzen wolle, aber wenn Pål vorher eine kleine Marktanalyse vornehmen könnte? »Marktanalyse«, wiederholte Pål mutlos, als frisch geschlüpfter Dr. phil. sah er sich auf einmal mit all diesen Ansprüchen an Reliabilität und Validität konfrontiert. »Na ja«, erklärte der Redakteur, »hör dich doch mal bei ein paar Hochschulen und Unis um, ob sie dein Buch möglicherweise auf den Lehrplan setzen würden.« Pål müsse einige ungefähre Verkaufszahlen vorlegen, ehe der Verlag das Manuskript prüfen könne.

Zwei Tage später lief Pål scheinbar zufällig einer seiner früheren Stipendiatenkolleginnen über den Weg, die ihre Doktorarbeit niemals beendet hatte und jetzt als Dozentin an einer Hochschule arbeitete. Sie bleiben stehen und kommen ins Gespräch. Pål sieht sie an, macht ihr ein Kompliment über ihr Kleid (das ihm glücklicherweise auch wirklich gefällt, es fällt schön und verhüllt ihre viel zu mageren Hüften). Es stellt sich leider heraus, dass die Hochschuldozentin viel kleinere Kursjahrgänge hat, als Pål sich erhofft hat.

Aber als Pål sich eine Viertelstunde später von der Hochschulangestellten verabschiedete, lächelte er, obwohl seine Handflächen schweißnass waren. Die Dozentin lächelte ebenfalls, Pål hatte genau gespürt, was er wann sagen sollte, er hatte präzise durchschaut, zu welchem Zeitpunkt er die Kühnheit besitzen musste, ihren Arm zu berühren, und genau, wie lange er ihren Oberarm festhalten durfte.

Der Verlag wiederum bekam zwei Tage später seinen Brief, aus dem hervorging, dass diese Hochschuldozentin Påls Dissertation gelesen hatte (ja, sie war gewissermaßen begeistert gewesen) und dass sie auf dem Studienplan für den Einführungskurs in Sprache und Gesellschaft in Buchform hervorragend geeignet wäre (alle im Hochschulsektor hatten sich nach einem solchen Buch geradezu gesehnt), einem Kurs, der jedes Semester mindestens fünfzig Studierende umfasste (und es sei nicht unwahrscheinlich, dass der Kurs in der nächsten Zukunft noch größeren Zulauf haben würde). Der Verlagsredakteur meinte daraufhin, es wäre hart, aber mit »Mühe und Not« machbar, und Påls Wunsch ging in Erfüllung. Im folgenden Frühjahr erschien die Dissertation als Buch.

Pål hatte das Buch jeden Tag betrachtet, in der ersten Zeit mit einem fast berauschenden Stolz, dann aber enttäuschend schnell mit Gleichgültigkeit, zeitweise sogar mit einem Hauch von schlechtem Gewissen. Denn *Between Scylla and Charybdis: Morpho-syntactic Immersion in Latin and Old Norse* hatte sich viel, viel schlechter verkauft, als der eifrige Redakteur in seiner vorsichtigen Kalkulation berechnet hatte.

Pål lässt seinen Blick wandern, er sieht sich im Zimmer um. Obwohl der Lesesaal des Linguistischen Instituts jetzt in einem anderen Haus liegt als zu Påls Studienzeiten, hat er doch das Gefühl, nach Hause zu kommen. Hier ist alles sicher und vertraut, aber wie bei der Rückkehr ins Elternhaus, nach Jahren der Abwesenheit, hat Pål das Gefühl, dass alles ein bisschen kleiner ist, anders und nicht so strahlend wie in seiner Erinnerung. Er hatte keinen erkennbaren Grund, herzukommen, dieser altmodische Lesesaal hat nichts, was er nicht auch im Institut für Futling finden könnte. Trotzdem wollte er Nannas Manuskript hier lesen.

Noch schiebt er die Sache vor sich her, seine Hand liegt flach auf dem Ordner. Die Aussicht ist noch die gleiche wie zu Studienzeiten, nur die Perspektive ist anders, weil er fünf Stockwerke tiefer sitzt. Er schaut am Meteorologischen Institut zum Holmenkollen hoch, bestückt mit Tannen und wunderschön, und die Sprungschanze sieht aus wie ein weißes J. Dann holt er Luft und fängt an zu lesen.

Er liest ohne Pause, er sitzt ganz still da, nur seine rechte Hand bewegt sich, wenn er in regelmäßigen Abständen weiterblättert. Nach einer Dreiviertelstunde blättert er die letzte Seite um, setzt sich gerade, legt die Arme hinter den Kopf. »Ja«, sagt er, nicht laut, aber laut genug, um die blonde Frau an ihrem Platz zu wecken, sie reckt sich und reibt sich schuldbewusst die Augen.

Er hatte sich ja so sehr gewünscht, Nanna glauben zu können, als sie von ihrem Projekt erzählte, wie wichtig es sei, welche Bedeutung es haben könnte, aber jetzt merkt er, dass er ihr eigentlich nicht geglaubt hat. Er ist zutiefst beeindruckt von dem, was er hier gelesen hat, und folglich auch ziemlich überrascht, sogar ungläubig, ja, das muss er zugeben. Er greift wieder nach dem Blätterstapel, blättert, liest hier einen Satz und dort einen Abschnitt. Das Projekt stimmt vollständig überein mit seinen eigenen Vorstellungen und Träumen davon, was Linguistik sein könnte. Es ist eine Beschreibung von der Harmonie der Sprache. Der Muster, die sich zuerst in einem vermeintlichen Datenchaos verbergen, dann aber langsam zum Vorschein kommen. Es ist großartig. Es sind die Formeln der Natur, Muster, die in die Sprache eingeritzt sind, die immer schon da waren, die den Menschen aber verborgen waren, bis die Wissenschaft sie freigelegt hat. Das wahre Wesen der Sprache, entlarvt, destilliert und veredelt zu mathematischen Formeln, zu syntaktischen Schemata.

Ein guter Grammatiker ist auch ein guter Mathematiker. Und es sind die mathematischen Regelmäßigkeiten an Nannas Projekt, die Pål vor allem ansprechen, die ihm Freude machen, die es ihm abwechselnd warm und kalt werden lassen, die ihn fast vor Wollust stöhnen lassen.

Das ist es, was ihn in diesen berauschenden ersten Minuten beschäftigt, noch sind ihm die tatsächlichen kommerziellen Möglichkeiten des Projekts nicht wirklich aufgegangen – obwohl Nanna sie schon erwähnt hatte.

Erneut liest er die Zusammenfassung auf der ersten Seite, und wieder ist er überwältigt von der Schönheit der Sprache. Er hat das Gefühl, in diesem Moment das Tiefste und Wahrste vom Wesen der Sprache zu erfassen. Er spürt eine Begeisterung, die er lange nicht mehr empfunden hat, aber er kennt sie, es ist dieselbe Begeisterung, die er als Student und später als Stipendiat empfunden hat, die Freude darüber, wie schön die Welt zusammengesetzt ist. Später, als er Zusammenhänge entdeckte, die vor ihm noch niemand gesehen hatte, kam die Besessenheit, und er schrieb hingerissen zuerst in Hausarbeiten und dann in seiner Doktorarbeit darüber. Die Magie, wenn sich alles zu einem Bild zusammenfügt.

Er erinnert sich plötzlich genau daran, warum er beschlossen hatte, sein Leben der Sprachwissenschaft zu widmen, und warum er sich nichts so sehr gewünscht hatte wie eine wissenschaftliche Stelle an einem Forschungsinstitut.

Pål kann deutlich sehen, wie Nannas Projekt vollendet werden kann, wie eine gut gelegte Patience, es fehlen nur noch die letzten zwei oder drei Karten. Er wird diese Karten finden, er wird Nanna dabei helfen, sie an die richtige Stelle zu legen. Zusammen werden sie die Welt erobern. REV21 ist wahrhaftig ein revolutionäres Projekt. Pål Bentzen freut sich, weil Nanna Vertrauen zu ihm hat. Er will bei dieser Sache mitmachen.

»Kein Wort«, sagt Morten, als Pål anruft, um die abendliche Verabredung abzusagen, »ich höre es an deiner Stimme, dass es um die unwiderstehliche Nanna geht.«

»Du hast recht und dann auch wieder nicht«, setzt Pål an, doch Mortens brüllendes Lachen am anderen Ende der Leitung lässt ihn jeden Erklärungsversuch aufgeben. Aber das spielt auch keine Rolle. Pål ist glücklich, er befindet sich in einem fachlichen Rauschzustand, den Morten sowieso nicht verstehen kann, und Pål fehlt die Energie, es ihm jetzt zu erklären.

Morten ist ein Mensch, der Pål viel bedeutet, er mag ihn wirklich sehr. Sie sind zusammen aufgewachsen, sie haben ihre ganze Schulzeit zusammen verbracht. Sie haben zusammen Fußball gespielt, haben in Ullevål Hageby Äpfel geklaut. Sie haben auf Schlafsofas in Jungenzimmern gesessen und ihre kommenden sexuellen Erlebnisse bis ins Detail geplant. Sie haben die erste Packung Prince Mild geteilt, zusammen Sprachkurse besucht und waren später auf Inter-Rail-Tour. Pål und Morten haben zusammen ihr Studium aufgenommen und zusammen ein Semester Mathematik studiert, ehe sich ihre Wege trennten und Morten mit BWL anfing, Pål mit seinen Sprachstudien. Sie spielen zusammen Squash, reden über fast alles und treffen sich regelmäßig. Sie haben sich gerauft und gestritten, aber in wichtigen Dingen haben sie immer zusammengehalten. Morten war vor, während und nach dem EREIGNIS da. Er war an

Påls Seite, als Pål seine Liebste, Tone, im Stich ließ. Er war da, als alles herauskam und Påls Rolle ans Licht gelangte. Als Pål berechtigterweise als Feigling dargestellt wurde, als Kerl ohne Integrität, dem die Anerkennung anderer wichtiger war als seine Freundin. Aber Morten war da. Er war auch an Påls Seite, als Pål nichts sagen konnte, weder zu seiner Verteidigung noch als Erklärung.

Morten ist ein wichtiger Mensch in Påls Leben, viel wichtiger als viele andere Personen in diesem Bericht, als Paulsen zum Beispiel oder als Hans Holstein, aber in *dieser* Geschichte von Pål Bentzen spielt Morten nur eine Nebenrolle. Hier sind andere die Hauptpersonen. Und jetzt klappt Pål sein Telefon zu, bricht die telefonische Verbindung zu Morten ab und geht zurück in den Lesesaal.

Die blonde Studentin ist jetzt richtig wach, sie beugt sich konzentriert über ein Buch. Sie hat die Haare zu zwei steifen Zöpfen geflochten, der Scheitel hinten ist schief und ihr Nacken zwischen den Zöpfen jungmädchenhaft dünn. Als Pål an ihr vorbeigeht, erkennt er das Buch, das sie liest. Es handelt sich um Chomskys unvergleichliche *Syntactic Structures* von 1957. Dass das noch immer auf dem Lehrplan steht! Pål würde ihr gern etwas sagen, er würde gern ihren Nacken küssen. Er empfindet wachsendes Wohlwollen für die ganze Menschheit und vor allem für seine Mitlinguisten. Und just diesem dünnen, knochigen Exemplar bringt er eine tiefe Zärtlichkeit entgegen, ein starkes Gefühl der Zusammengehörigkeit, aber er begnügt sich damit, ihren Rücken anzulächeln, ehe er sich wieder an den Tisch setzt, auf dem der Ordner mit Nannas Projektunterlagen liegt.

Er hätte den Ordner nicht herumliegen lassen dürfen, auch wenn er nur eine knappe Minute weg war und auch wenn er die ganze Zeit vor der Tür gestanden hat. Zum ersten Mal hat er es mit Wissenschaft zu tun, die Sprengkraft besitzt, das ist ungewohnt, fast beängstigend. Pål ist, wie die meisten Sprachwissenschaftler, an Projekte gewöhnt, die höchstens eine Handvoll Menschen interessieren, in seltenen Glücksfällen vielleicht zwei Dutzend.

Er öffnet den Ordner und überfliegt den Inhalt ein weiteres Mal. Die Fundstücke sind klar, die Argumentation überzeugend, und das Manuskript ist in nüchterner, leidenschaftsloser linguistischer Prosa gehalten. Linguistische Prosa vom Feinsten – makellos und bis zur Durchsichtigkeit neutral – ist Påls absolute Lieblingssprache, egal, ob auf Norwegisch, Schwedisch, Dänisch, Französisch, Deutsch oder Englisch (dieses Manuskript ist auf Englisch).

Wie Nanna schon gesagt hat, scheint fast alle Arbeit geleistet zu sein. Viel ist nicht mehr zu tun, um das Projekt zu vollenden, damit die nächste Phase eingeläutet werden kann, Sprachtechnologen einbezogen werden können und ein avanciertes Kernübersetzungsprogramm entwickelt werden kann.

Die Grundplatzierung der Substantivphrasen im Verhältnis zu Adjektiv- und Adverbphrasen ist ermittelt, und das Muster, das Nanna aufzeigt, wird durch Daten untermauert – anhand von Beispielen aus 194 Sprachen, anhand von Material aus der Kindersprache aus der Datenbank CHILDES mit vierundzwanzig verschiedenen Sprachen sowie mithilfe der Datenbank Xenolingua, in der Transkriptionen analysiert wurden – von Erstversuchen eine neue Zielsprache zu erlernen (53 Muttersprachen, 13 Zielsprachen).

Aber wie und wo die Verbphrase ihren festen Platz findet, ist der springende Punkt, die Karte, die Nanna offenbar noch fehlt, wenn ihre Patience aufgehen soll. Pål stützt den Kopf in seine Hände. Verflixt! Die Verbphrase, die VP fehlt noch. Nanna hat gesagt, sie vermute den Schlüssel in den Sprachen der Vergangenheit, hatte jedoch zugegeben, dass dies nur eine Vermutung sei. Pål geht in Gedanken seine eigenen sprachhistorischen Arbeiten durch, aber ihm fällt nichts ein, das ihm weiterhelfen könnte.

Am Holmenkollen wird es dunkler, die Sprungschanze lässt sich nur noch erahnen, den Tryvannsturm kann er überhaupt nicht mehr sehen. Die Studentin reckt ihren dünnen, knochigen Nacken, schlägt das Buch zu und geht, Pål ist allein im Lesesaal.

Wenn er sich später an diesen Herbst erinnerte, dachte er an diesen Abend im Lesesaal, denn der sollte der erste einer langen Reihe werden. Abende, die er allein verbrachte, über seine Papiere gebeugt, besessen von der Vorstellung, die letzten fehlenden Puzzlestücke zu finden.

Es ist schon ziemlich spät, als sich Pål an den Strandestein erinnert. Den Strandestein, genau! Lange denkt er über diese Grabplatte mit der Runeninschrift nach. Der berühmte Strandestein, der Anfang der Neunzigerjahre bei Stange in Hedmarken gefunden wurde, in letzter Sekunde von einem wachsamen Ingenieur mit indischen Ahnen gerettet, an einem verregneten Junitag beim Bau eines neuen Einkaufszentrums. Bisher war es niemandem gelungen, die Inschriften zu übersetzen, obwohl alle Runologen des Landes (sechs an der Zahl) und mehrere ausländische Fachleute es versucht haben. Die Inschrift stammt aus urnordischer Zeit, vor der Synkopenphase, deshalb sind die Wörter lang, und viele davon sind unbekannt.

Pål hat sich lange mit dem Strandestein beschäftigt. Er ist zwar kein Runologe, sondern höchstens eine Art Amateurrunenforscher. Aber er war jung, besaß solide Kenntnisse der nordischen Sprachgeschichte, einen festen Glauben an sich und einen ausgeprägten kindlichen Detektivdrang. Außerdem kannte er einen der Campusrunologen, der ihm maulend und meckernd Zugang zu Abschriften und Fotografien gewährte. Am Ende ließ er sich von Pål verzaubern und zeigte ihm einmal sogar den Stein.

Die Monate gingen ins Land, und niemand kam einer Lösung näher. Da gab Pål den Versuch auf, das Geheimnis des Strandesteins zu lüften, ergab sich der Vernunft und verriet die Leidenschaft. Als am Institut für Futuristische Linguistik eine Stelle ausgeschrieben wurde und Pål sie – ziemlich überraschend – bekam, hatte er die Tür zu dem sprachhistorischen Teil seines Ichs verschlossen und war zum Futling geworden.

Die Erkenntnis schmerzt, aber unser Leben wird eben doch in hohem Maße vom Zufall gelenkt. Man möchte so gern glauben, dass man Erfolg hat, weil man ihn verdient. Man lobt sich, weil alles kommt wie geplant, weil man es so gut geplant hat. In Wirklichkeit trifft das jedoch nur selten zu. Pål hat den Forscherposten im Institut für Futuristische Linguistik einem Zufall zu verdanken. Er hat ihn aufgrund eines internen Streits bekommen, aufgrund uralter Rivalität und des boshaften Wunschs, einem anderen eins auszuwischen. Pål war von der Berufungskommission als die Nummer zwei eingestuft worden, aber die Institutsleitung ignorierte den Beschluss der Kommission und bot Pål den Job an. Es war nämlich so, dass sich eine sehr wortgewandte Person in der Institutsleitung für Pål starkgemacht hatte. Aus einem Grund, den sie selbst schon lange vergessen hatte, hatte diese Person (die mit unserer Geschichte einfach nichts zu tun hat und der wir deshalb keinen Namen zu geben brauchen) den emeritierten Professor Steinar Bylund niemals leiden können, und jetzt ließ sie ihre Abscheu und ihre Rachsucht an Bylunds Enkelin Linn Bylund aus, die von der Kommission auf Platz eins der Bewerberliste gesetzt worden war. Die wortgewandte Dame mit den hinterhältigen Motiven konnte die Institutsleitung davon überzeugen, dass Pål Bentzens Kurs in Pädagogik mehr zählen müsste als Linn Bylunds solide futuristisch-linguistische Kompetenz. Pål stand da als überraschter, aber glücklicher Sieger. In seiner Verwirrung hatte Pål Bentzen also feierlich gelobt, sich niemals wieder mit Sprachgeschichte zu befassen, sondern zum soliden Futling zu werden. Aber in der akademischen Welt sind Versprechen da, um gebrochen zu werden, und jetzt, jetzt hat er wieder Verwendung für seine sprachhistorischen Kenntnisse. Jetzt kann Pål damit das Rätsel lösen und Nanna gewinnen.

Er hat wirklich schon lange nicht mehr an den Strandestein gedacht, aber seine Hand schreibt locker ein paar Runen auf die Rückseite eines Manuskriptblattes. Dann zeichnet er zügig einige Striche und Pfeile dazu und skizziert rudimentäre syntaktische Bäume. Er starrt aufs Papier, zeichnet einen Kreis um einige Runen, einen dicken Strich unter andere. Und plötzlich scheint auf dem Papier ein Muster zu entstehen. Er kennt die Antwort noch nicht, aber scheint zu wissen, dass er eine der fehlenden Karten finden wird. Er wird die rätselhafte Inschrift niemals entschlüsseln können, aber er kann das benutzen, was er weiß, um die Platzierung der Verbphrasen in Nannas Projekt zu lösen. Er weiß, dass sie recht hat mit der Annahme, dass die Antwort in der Vergangenheit liegt. Nanna muss über eine gute Intuition verfügen. Gute Forscher verfügen über eine gute Intuition. Er wird es schaffen, er braucht nur etwas Zeit.

Draußen ist es jetzt ganz dunkel. Er merkt, wie kalt ihm ist. Ihm ist kalt, er ist hungrig und glücklich, allerdings in umgekehrter Reihenfolge, wenn er mit dem wichtigsten Gefühl anfinge. Er rennt los.

Pål galoppiert über den Rasen zum Institut für Futling. Er muss mit Nanna sprechen, er wird sie umarmen, er wird sie lieben oder jedenfalls noch einmal sagen, dass er sie liebt, wird sie sagen hören, dass sie ihn liebt (es ist vielleicht noch ein bisschen früh, aber das wird kommen, das wird kommen), er will ihr sagen, dass ihr Projekt genial ist, er will erzählen, dass er ihr helfen wird und dass er glaubt, die letzten Puzzlestücke finden zu können. Er kann seine Sicherheit nicht begründen, aber er weiß, dass es irgendwo eine Lösung gibt und dass er sie fast entdeckt hat, dass sie ihm aber entglitten ist, ehe er sie fassen konnte, und dass er sie wiedersehen wird.

Er bemerkt plötzlich, wie spät es ist, dass die Wahrscheinlichkeit gering ist, dass sie noch im Büro ist. Aber er kehrt nicht um, er will wenigstens das Nanna'sche Territorium betreten. Auch wenn die Herrscherin sich nicht im Nannaland aufhält, will er an diesem Abend dort gewesen sein. Aber er weiß, dass sie da ist, dass sie auf ihn wartet.

Die riesige Glastür ist abgeschlossen, gleitet aber mit einem Summen auf, als er seine Karte hineinschiebt und den Code eingibt, das Foyer liegt im Dunkeln. Aquarium und Zitatwand sind ausgeschaltet, und die Rolltreppe steht. Er läuft die Treppe zur Phonologie im ersten Stock hoch, seine Schritte hallen in dem stillen Gang, die Deckenlampen brennen nicht, nur ein paar kleine Wandlämpchen spenden Licht, und er fährt zusammen, als er die erste Geräuschdusche passiert und sie wie üblich ihre Zitatbotschaft über ihn ergießt. Niemand scheint im Büro zu sein, aber als er Nannas Tür erreicht, sieht er Licht in den Glasflächen über und neben ihrer Tür. Er hat es gewusst. Es überrascht ihn überhaupt nicht, dass sie da ist, er hat es gewusst, so wie er weiß, dass er ihr helfen kann, ihr Projekt zu vollenden. Er klopft an, sie ruft »Herein«, und dann steht er in ihrem hellen warmen Büro.

»Das ist phantastisch«, sagt er atemlos, und seine Worte klingen so trivial. Er hätte sie laut rufen müssen, begleitet von Trompetenfanfaren, er hätte Konfetti werfen müssen.

»Das weiß ich«, sagt Nanna.

»Und ich bin sicher, dass ich dir helfen kann.«

Sie lächelt ihn an und fordert ihn auf, zu erzählen. Er versucht, ihr etwas von den Gedanken zu vermitteln, die ihm im Lesesaal gekommen sind, die kurzen Momente, in denen er die Platzierung der Verbphrase zu sehen glaubte. Er findet selbst, dass er sich unverzeihlich unbeholfen und fast unverständlich ausdrückt, und er lacht verlegen und zitiert Tegnér (»Das vage Gesagte ist das vage Gedachte«), dann Horaz (*»Brevis esse laboro, obscurus fio«*) und am Ende Saussure.

Nanna sieht ihn an, sie zuckt mit keiner Wimper. »Ich glaube dir«, sagt sie nur, »ich glaube, wir werden es schaffen.« Und plötzlich, ohne dass Pål so ganz versteht, wie es passiert ist, stehen sie dicht beieinander. Pål umarmt sie, sie ist viel kleiner als er, und er beugt sich zu ihr hinab, er sieht ihr Gesicht nicht, das an seiner Brust liegt, denn ihre Haare sind nach vorn gefallen und verdecken die Wange und ein Auge. Er will den Duft von Nanna in sich aufsaugen, ihren ganz eigenen Duft, nach dem er sich so gesehnt hat, aber er nimmt nur den Geruch von exklusiven Haarprodukten wahr. Nanna riecht wie ein Frisiersalon, köstlich, aber anonym. Einen Moment lang ist er enttäuscht, aber dann presst Nanna ihren Körper an Påls, und sie hebt das Gesicht, und das Einzige, was Pål jetzt denkt, ist, dass er sie will, er will sie noch fester an sich drücken, er will die Zunge ganz tief in ihren Mund stecken, er will ihr die Kleider vom Leib reißen, sie über den Schreibtisch legen und sie dahin mitnehmen, wo sich niemand für REV21 interessiert. Er sieht sie an. Pål hat aus dieser Position in die Gesichter vieler Frauen geblickt, und er weiß genau, dass er Lust in ihren Augen sieht. Er weiß, dass sie einander küssen werden, in wenigen Sekunden wird er ihre Lippen auf seinen spüren, ihre Zunge an seiner. Aber Nanna reißt sich los, bleibt stehen und sieht ihn ein paar Sekunden lang an, bevor sie sich wieder in ihren Schreibtischsessel setzt, schlägt ein Nylonbein über das andere und teilt Pål mit, dass sie mit ihrem Freund zusammenlebe. »Wir können also nicht«, sagt sie. »Er heißt Kristian«, sagt Nanna. »Kristian mit K.«

Pål sagt nichts, hat nichts zu sagen. Aber als sie vorschlägt, im Kafé Abel ein Glas Wein zu trinken, antwortet er, das sei eine hervorragende Idee, und auf dem ganzen Weg durch das Universitätsgelände plaudert er scheinbar unbeschwert und öffnet ihr galant die Tür, als sie das Café erreicht haben.

Das Kafé Abel ist kein hipper Ort. Die Betreiber haben offenbar kein Geld an einen Innenarchitekten verschwendet, falls doch, dann an einen, der seine große Zeit um 1980 hatte. Das Café ist ganz einfach durch und durch unmodern. Schwerfällige Kiefernmöbel, Wände und Stoffe dunkelrot, knallblau und grün. Stilmäßig scheint das Café sich eher an dem Geschmack der Universitätsangestellten als an dem der trendbewussten Studierenden zu orientieren. Aber es wird von Angestellten und Studierenden eifrig besucht, auch wenn das Essen ungefähr so unmodern ist wie die Einrichtung.

Nanna bestellte ein Glas Weißwein, Pål ein Bier. Der dunkelhäutige Mann, den Pål immer für einen der Besitzer gehalten hatte, brachte zusammen mit den Getränken ein Schälchen Erdnüsse, um das sie nicht gebeten hatten.

Nanna nippte an ihrem Weißwein und schüttelte den Kopf, als Pål fragte, ob sie Nüsse wolle. Pål nahm einen riesigen Schluck und machte sich über die Erdnüsse her, erst da merkte er, wie hungrig er war. In einem Mordstempo leerte er die Schale und fühlte sich gleich besser. Er war noch immer benommen von der Mitteilung, dass Nanna einen Freund hatte. Er war gar nicht auf diesen Gedanken gekommen, schämte sich dafür und amüsierte sich über seine eigene Kurzsichtigkeit und Selbstgerechtigkeit. Da hatte er sich Nanna in einer kleinen Wohnung vorgestellt, allein, frierend, unter einer cremeweißen weichen Decke vor dem Fernseher kauernd, während sie in Wirklichkeit die Abende und die Nächte mit einem Mann namens Kristian verbrachte.

Trotzdem konnte Pål den Gedanken an Nanna und sich nicht aufgeben, er war davon überzeugt, dass sie füreinander geschaffen waren, aber er sah ein, dass es mehr Zeit erfordern würde als ursprünglich angenommen.

Pål respektierte, dass sie ihn nicht hatte küssen wollen, er kam zu dem Schluss, dass ihm das lieber war, als wenn sie sich hätte küssen lassen. Er bewunderte sie sogar, weil sie ihn nicht küssen wollte. Das sagte er ihr auch. Nanna lächelt und erwidert, dahinter würden nicht nur moralische Erwägungen stecken. »Ich bin kein Engel, weißt du.« »Doch, das bist du«, widerspricht Pål. Nanna sagt, dass sie vor allem an den Klatsch und Tratsch am Institut denke. Es sei wichtig, dass niemand den Verdacht bekomme, dass zwischen ihr und Pål etwas wäre, Kristian zuliebe. »Ich will ihn doch nicht zum Hahnrei machen«, sagt sie und legt vor diesem altmodischen Wort eine kurze Pause ein. Nein, klar, das könne Pål verstehen. »Aber es geht auch um mich«, sagt sie dann. »Du verstehst, Kristian kann ziemlich …«

Der Satz bleibt in der Luft hängen. Pål will keine Geständnisse von ihr erzwingen, nicht in diesem Moment, und er lässt ihn dort hängen.

Sie fangen also an, über den Campus zu plaudern, über sagenumwobene Angestellte an anderen Instituten (über den Literaturwissenschaftler, der in seiner Arbeitszeit einen Bestseller geschrieben und Millionen damit verdient hat, den Sprachhistoriker, dessen Tochter dauernd im Fernsehen auftritt, den produktiven Ideengeschichtler, der immer wieder seine Studentinnen heiratet) und in anderen Fakultäten (über den Turboprofessor in der Sozialanthropologie, den Streithammel in der Staatswissenschaft, den süßen übereifrigen Astronomen), vor allem aber sprechen sie über ihre Kollegen, über das Institut.

Sie unterhalten sich über die Veränderungen, die in den letzten Jahren eingetreten sind. Es gehe schon lange nicht mehr darum, den Studenten so viel wie möglich beizubringen, ihnen Wissen und Engagement zu vermitteln, behauptet Pål. »Mhm«, sagt Nanna, und dieser Mangel an Zustimmung macht Pål klar, dass er sich unter Umständen zu moralistisch angehört hat. Er sagt: »Ich habe mich ja schon daran gewöhnt, von der Produktion von Studienpunkten zu sprechen statt von Studierenden, aber mich irritiert die neue Büroleiterin. Sie bezeichnet die Studierenden konsequent als *Kundschaft* und liebt das Wort *proaktiv*.«

Nanna lacht, und Pål fühlt sich wie bei ihrem ersten Treffen in der Mensa. Er schämt sich ein wenig, aber in erster Linie macht es ihm große Freude, mit Nanna offen über Kollegen und Uni zu sprechen. Und wenn er nicht so verliebt wäre, würde Pål sehen können, dass auch Nanna dieses Gespräch Spaß macht. Ja, Nanna liebt Klatsch genauso sehr wie Pål.

»Weißt du, dass gerade eine neue Stelle am Institut ausgeschrieben worden ist?«, fragt er. Nanna nickt. Die Formulierung der Ausschreibung, die Anfang der Woche veröffentlicht wurde, hatte Gemurmel auf dem Gang und zaghafte, aber resignierte Einsprüche hervorgerufen, von denen einige bis zum Geschäftsführer Paulsen und der übrigen Institutsleitung durchgedrungen waren. Folgendes war geschehen: Riisby, eine ungewöhnlich fähige Morphologin, war aus familiären Gründen (ihr englischer Mann ist mit dem thailändischen Au-pair durchgebrannt) nach vielen Jahren als Oxford-Professorin nach Norwegen zurückgekehrt. Sie hatte ihr Interesse an einem Posten zum Ausdruck gebracht, der seit mehr als zwei Jahren geplant war, aber erst jetzt eingerichtet werden sollte. Doch Riisby war Paulsens Erzfeindin. (Angeblich hatte sie es sich nach einem katastrophal schlechten Kongressvortrag erlaubt, Paulsen zwei kritische Fragen zu stellen. Das ist zehn Jahre her und ereignete sich lange bevor er zum geschäftsführenden Direktor wurde. Da war Paulsen noch ein Dozent mit großen Ambitionen, die seiner mittelmäßigen geistigen Ausrüstung nicht entsprachen.) *»Fortuna favet fatuis«*, sagt Pål. »Rache ist süß?«, tippt Nanna. »Fast«, antwortet Pål. »Das Glück ist mit den Narren.«

Paulsen und seine Institutsleitung haben die Ausschreibung nämlich so formuliert, dass Riisby sich gar nicht bewerben kann, das heißt, bewerben kann sie sich natürlich, aber sie kann die Stelle nicht bekommen. In der ursprünglichen Ausschreibung hieß es, bei den Bewerbern werde ein Professorenstatus in der Futuristischen Morphologie vorausgesetzt, in der endgültigen Version, die in den Zeitungen stand und ins Netz gestellt wurde, war das Präfix »phono« hinzugefügt worden. Da Riisby bisher keine phonomorphologischen Arbeiten veröffentlicht hat, wurde sie aus der Bewerberschar ausgeschlossen.

»Unglaublich«, sagt Nanna. »So läuft das eben«, sagt Pål nüchtern. Pål erzählt, dass er von Hans Holstein gehört habe, Paulsen habe Folgendes gesagt: »Ich weiß, dass Riisby einen Posten sucht, ich weiß, dass unser Institut ihre Kompetenz dringend benötigen könnte, ich weiß, dass sie unglaublich fähig ist – und ich will sie hier nicht haben.«

Nanna lacht. Pål sagt, dass er die Geschichte eigentlich nicht glauben wollte, selbst für die Schamlosigkeit eines Institutsleiters müsse es doch Grenzen geben. »Wirklich?«, fragt Nanna. Pål präzisiert, dass er nicht daran zweifele, aber dass er sich nicht vorstellen könne, dass Paulsen es laut gesagt habe. Jetzt behaupte die Leitung natürlich, das Institut müsse im Bereich der Phonomorphologie gestärkt werden, obwohl alle wüssten, dass das weder mit der Wirklichkeit noch mit früheren Entscheidungen der Leitung übereinstimme. Nanna schüttelt resigniert den Kopf.

Sie sprechen über Ausbeutung und Rücksichtslosigkeit, über Betreuer, die aus Eifersucht und Zorn versucht haben, zu begabte Stipendiaten klein zu halten. Sie sprechen über den Diebstahl von Ideen und Ergebnissen anderer. Nanna flüstert, dass sie gehört habe, jemand aus der Futling habe einmal eine Magisterarbeit gestohlen und als eigenen Artikel veröffentlicht. Es sei noch gar nicht lange her, erst ein Jahr.

»Ja, so was passiert leider nicht allzu selten«, sagt Pål und überlegt sich, ob er es wagen kann, seine Hand auf Nannas zu legen.

»Nein, das ist wohl so«, sagt Nanna und spitzt den Mund. »Aber entsetzlich ist es trotzdem. Das hat sich ereignet, als wir zusammen in den USA waren. Vielleicht hatte sie sogar ein Verhältnis mit dem Studenten, den sie bestohlen hat?«

»Von wem redest du?«, fragt Pål, obwohl er die Antwort kennt, und er lässt seine Hand auf Nannas fallen.

Montags besucht Pål ja normalerweise seine Mutter, aber an diesem Montag Anfang Oktober wird er sich nicht aufraffen können. Er ist schon den ganzen Tag zu Hause, hat sich nicht einmal angezogen, er lungert nur in T-Shirt und Unterhose herum, hat sich gezwungen, zwei Artikel zu lesen, die in seiner Vorlesung am Mittwoch eine Rolle spielen werden, konnte aber nicht genug Kraft aufbringen, um einen strukturierten Vorlesungsplan aufzustellen, sondern hat die Artikel und ein paar magere Notizen in seine Aktentasche gelegt und sein schlechtes Gewissen mit der Versicherung beschwichtigt, dass er routiniert genug sei, um auch auf der Basis unvollständiger Notizen eine gute Vorlesung zu halten.

Pål befindet sich seit ein paar Tagen in einer seltsam schlaffen Stimmung, einer energielosen Haltung, die ungewöhnlich für ihn ist. Er hat zwei Nächte hintereinander von dem EREIGNIS geträumt, hat von Tone geträumt, von ihrem Gesicht, als ihr aufging, dass er nicht dichtgehalten hatte. Er wurde morgens viel zu früh wach und erkannte das Gefühl von früher: die Angst, als niemand ihm glaubte, nicht einmal seine Mutter, die Schuldgefühle angesichts dessen, was er getan hatte. Der Verrat. Sein Verrat an Tone, in die er doch unsterblich verliebt gewesen war, und die Enttäuschung, dass Mutter und Stiefvater ihm nicht glauben wollten. Aber er erinnerte auch das schwindelerregend süße Gefühl, auserwählt zu sein, allen anderen vorgezogen zu werden. An ihn hatten die Anführer der Jungenbande sich gewandt, und er bewunderte sie so. Die Demütigung kam erst später, als er begriff, was er getan hatte.

Als er an diesem Montagmorgen aufwachte, wusste er, dass er es nicht über sich bringen würde, in die Uni zu gehen. Er beschloss, zu Hause zu forschen – eine Freiheit, die alle wissenschaftlichen Angestellten genießen (»die Forschertätigkeit an einen anderen Ort verlegen«, wie es in den Statuten des Instituts heißt).

Pål hatte zum ersten Mal in seinem Leben Frühstücksfernsehen gesehen, danach war er vor dem Fernseher sitzen geblieben und hatte sich Folge 4 einer Serie aus den USA über irgendwelche Jugendliche angesehen, was ihm aber nur Kopfschmerzen beschert hatte. Er hat Kaffee getrunken, einen Joghurt gegessen, das Radio eingeschaltet und es nach nur wenigen Minuten wieder ausgeschaltet.

Und er hat seine Mails überprüft. In kurzen Abständen hat er den ganzen Tag die eingegangenen Mails überprüft. Die ganze Zeit treffen neue ein, pro Tag zwei Dutzend. Es gibt Informationen über Gastvorlesungen, über Disputationen an anderen Fakultäten, Einladungen zu Kongressen, Deadlines für die Einsendung von Abstracts für Kongressbeiträge, eine von Lone, die er mehrmals las und die ihn zum Lachen brachte, einen miesen Blondinenwitz von Morten, das Angebot, eine Festschrift zu subskribieren, eine Mail der Redaktion des *Journal of Futuristic Linguistics*, mit der Nachricht, dass Påls Artikel »Possible Vowel Developments in Urban Norwegian Dialects« Fachkollegen zur Beurteilung vorgelegt worden sei.

Aber von Nanna kommt keine Mail. Er hat auch noch nie eine Mail von ihr bekommen, und hätte sie ihn sprechen wollen, aber nicht im Institut angetroffen, hätte sie bestimmt angerufen.

In den letzten Wochen haben die beiden ziemlich viel Zeit miteinander verbracht, und er hat keine Sekunde daran gezweifelt, dass eines Tages etwas zwischen ihnen entstehen wird. Genauso wenig zweifelt er daran, dass sie bald die letzten Teile ihres Projekts entdecken werden und dass der Strandestein ihm dabei helfen wird. Und trotzdem befindet er sich in letzter Zeit in dieser seltsamen Stimmung, einer Art energieloser Unruhe, einer passiven Rastlosigkeit, die nur dazu führt, dass er sich sinnlos um sich selbst dreht, wenn er sich nicht in REV21 vergraben kann. Denn das hat er getan. Abend für Abend hat er sich über Nannas Papiere gebeugt, über seine eigenen Notizen und über dicke verstaubte Bücher aus der UB. Aber an diesem Tag scheint er überhaupt nichts zu schaffen.

Gegen Mittag wollte er zuerst zum Forschungspark, dann zum Institut, zur Mensa und zu seiner Nanna hinüberschlendern, aber er blieb letztlich doch zu Hause, mochte nicht, konnte nicht, wollte nicht. Er legt sich aufs Sofa; als aber seine Mutter einige Stunden später anruft und fragt, ob er bald kommen würde, antwortet er, zu seiner eigenen Überraschung und Freude: »Natürlich, Mama, ich bin schon unterwegs. In zehn Minuten bin ich bei dir.« Er legt auf, rasiert sich ganz schnell, duscht, zieht sich an und fährt sich mit Nivea an den Fingern durch seine feuchten Haare.

Die Luft ist kühl und klar, und es tut gut, sie einzuatmen. Es ist gerade Oktober geworden, und das Gras um die Vestre-Aker-Kirche ist zwar noch grün, aber es hat seine Frische verloren, der Farbton ist tot und dumpf. Auf dem Grab seiner Großeltern stehen zwei Töpfe mit Erika, mit trockenen lila Spitzen. Er läuft in seinem üblichen schnellen Tempo vorbei, registriert jedoch, dass eine gewisse Niedergeschlagenheit in ihm aufsteigt, eine Passivität und Resignation, die er seit Tagesanbruch empfunden hat.

Darüber denkt er nach, während er, jetzt langsamer, von der Kirche den Hang zum Kirkevei hinuntergeht. Aber er kann nicht greifen, was ihn so niedergeschlagen macht, weiß aber auch, dass dabei viele Faktoren eine Rolle spielen können. Vorhin könnte es der Anblick der verwelkten Pflanzen gewesen sein, der ihn an den Lauf des Lebens erinnert, was ihn wieder an das Alter seiner Mutter denken lässt. Aber wenn er sich das genauer überlegt, weiß er, dass nicht das Alter ihm so zu schaffen macht.

Er geht ein wenig schneller, um die Straße bei Grün überqueren zu können. »Ist es Nannas Freund?«, fragt er sich, als er die Tankstelle betritt, dem Mädchen hinter dem Tresen zulächelt und die drei bereits zurechtgelegten Kokoskugeln bezahlt. Aber als er zur Tür hinausgeht, ist er zu der Erkenntnis gelangt, dass es nicht der Gedanke an Nannas Freund ist, der ihm so zu schaffen macht. Nannas Freund ist, jedenfalls bis zu ihrer ersten Begegnung, eine abstrakte, eine theoretische Größe. Und auf Personen, die für ihn nur abstrakte, theoretische Größen sind, kann er keine Rücksicht nehmen, nicht im Liebesleben. Solche Größen sind wichtig auf seinem Schreibtisch, in Abhandlungen, in der Wissenschaft, aber in Bezug auf Nanna bedeuten sie ihm nichts. Ihm fällt auf, dass er jetzt wieder sehr schnell geht, mit langen federnden Schritten, und dass seine Arme energisch und fast fröhlich hin und her schwingen.

Dort taucht die Haustür seiner Mutter auf, er wird noch schneller, und alle Spuren von Missmut bleiben draußen, als er den Schlüssel in das Schloss der vertrauten Tür mit der abgeblätterten Farbe steckt.

Bereits vor seiner Geburt ist er durch diese Tür gegangen. Dann hat er als hilfloses Bündel in den Armen seiner Mutter gelegen, später auf ihrer Hüfte gesessen, während sie mit der anderen Körperseite die Tür aufgeschoben hat. Er ist die Treppen hochgeklettert und hat seine kleine Hand an den Sprossen des Treppengeländers entlanggleiten lassen, unendlich langsam, während die Mutter geduldig auf ihn wartete. Das Geländer ist aus dunklem, blankem Holz, die Sprossen sind aus Gusseisen. Ebenso wie die spitzen Knäufe oben auf dem Geländer in jeder Etage, ihr Anblick versetzt ihm einen Stich ins Zwerchfell. Die Stufen erinnern ihn an Blutwurst, das haben sie immer schon getan, die sind in schwarz-weiß gesprenkeltem Terrazzo gehalten.

Er kann sich daran erinnern, wie er neben der Mutter gestanden hat, die mit Einkaufstüten aus dem Lebensmittelladen an der Ecke voll bepackt war. Er hat sich zur Klinke der blauen Tür gereckt und sie geöffnet. Er ist mit dem Ranzen auf dem Rücken aus der Schule gekommen, allein, zusammen mit der Mutter, später mit immer neuen Freundinnen. Er hat sich betrunken, hat sich neben der blauen Tür erbrochen, hat sich die Treppen hochgeschlichen und gehofft, dass die Mutter nicht aufwacht (sie ist immer aufgewacht, hat aber nie geschimpft). Am Tag vom EREIGNIS, dem Tag seiner Entlarvung, stand er vor dieser Tür. Er erinnert sich genau, dass die Farbe neben dem Schlüsselloch eine Blase warf, er weiß noch, dass er seine Hand auf der Klinke liegen sah, aber er hat keine Ahnung, wie er dorthin gekommen ist und wie er sich die Treppen hochgeschleppt hatte.

Er staunt über die Tatsache, dass er hier stehen kann, dass er an das EREIGNIS denkt, dass er aber keine Abscheu oder Schuldgefühle verspürt, sondern nur eine Sehnsucht danach, was sich hinter der blauen Tür befindet. Hier steht er, ein erwachsener Mann mit einer verantwortungsvollen Stellung, mit dem Schlüssel in der Hand, den Schlüssel hat er ins Schlüsselloch gesteckt, aber er hat ihn noch nicht umgedreht, und ihn durchströmt eine tiefe Freude. Er dreht den Schlüssel um, drückt die Klinke nach unten und schiebt die Tür auf. Als er die Treppe hochläuft, versucht er seine fröhliche Stimmung zu analysieren. Nanna, das Projekt, die Mutter. Vielleicht ist es einfach der Wunsch, in ihren verstaubten Zimmern zu sitzen, mit ihr zu sprechen, über Nanna zu sprechen. Er hat der Mutter jetzt auch mehr zu erzählen. Biografische Auskünfte, für die sich alle Mütter interessieren – inklusive seiner eigenen, trotz ihrer romantischen Veranlagung:

Sie ist ein Jahr jünger als er, in Hamar aufgewachsen, in einem Zweifamilienhaus gleich neben dem Dom, die Mutter ist Lehrerin, der Vater Steuerprüfer. Ihre Sprache lässt sich als Standard-Ostnorwegisch bezeichnen, aber auf Wunsch kann sie in den breiten Hedmarksdialekt wechseln. Sie stottert ein wenig, wenn sie zu aufgeregt ist. Ihr Bruder hat soeben seine Ausbildung als Zahnarzt abgeschlossen, er wohnt mit einer Frau zusammen, hat aber bisher keine Kinder. Nanna hat Deutsch und Englisch als Nebenfächer, Linguistik als Hauptfach. Sie hat in Trondheim studiert, wo sie sich mit einer Freundin aus Hamar eine Wohnung geteilt hat. Nach dem Abitur, ehe sie nach Trondheim gezogen ist, hat sie ein Jahr Drama an einer Volkshochschule in Romerike studiert. Sie ist mit acht Jahren in einen Chor eingetreten. Sie läuft nicht gern Ski, ist aber eine gute Schwimmerin. Sie sieht bestimmt wunderschön aus im Badeanzug, mit feuchten Haaren und perlenden Wassertropfen auf den Schultern. Ach ja, er will über Nanna sprechen. Aber zuerst will er der Mutter von dem Projekt erzählen. Bisher fand er das nicht richtig, aber jetzt, heute, ist die Zeit gekommen.

In dem Moment, als er die Wohnung betritt, beginnt er zu reden. Er spricht so schnell, dass es unzusammenhängend, sprunghaft und viel zu fachbezogen wird. Seine Mutter schiebt ihn aufs Sofa und gibt ihm so viel Aufmerksamkeit, wie er sich nur wünschen kann, auf geduldige, nachsichtige Art, wie eine Mutter mit einem aufgekratzten Kind spricht. Beruhigend, ein bisschen herablassend, aber dennoch neugierig. Doch, natürlich wolle sie alles hören, aber sie lässt doch durchblicken, dass der Bericht des Kindes dem Kind größer und spannender erscheint als ihr, der Erwachsenen. »Ganz ruhig, Pål. Warte, dann hole ich noch schnell die Teekanne. Du hast die Kokoskugeln doch nicht vergessen? So, jetzt bin ich da.« Mit Teetasse und einer Kokoskugel vor sich nimmt er einen neuen Anlauf.

»Das ist großartig, verstehst du. Ein ungeheuer interessantes Projekt, und es kann sich um viel Geld drehen. Wir … sie hat das Skelett aller Sprachen gefunden.«

»Das Skelett?«

»Ja, nicht wörtlich genommen, betrachte es als Metapher. Wenn du dich mit etwas auskennst, Mama, dann doch mit Metaphern.«

»Eigentlich liegen mir Klischees mehr.«

»Aber Mama! Versuch doch zu verstehen! Nanna hat die grundlegende Struktur aller Sprachen entdeckt.«

»Ich versuche zu verstehen, Pål. Aber ich verstehe nicht. Was soll das heißen?«

»Hör zu, Mama«, sagt Pål und betont jedes Wort, in einem übertriebenen Versuch, langsam und deutlich zu sprechen. »Nanna arbeitet schon seit Jahren an einem Projekt. Verstehst du?«

»Ja, das ist aber auch nicht schwer zu verstehen.«

»Und dieses Projekt ist einfach total … phantastisch.«

»Ja, das ist doch offenbar alles an dieser Frau?«

»Richtig. Und Nanna hat sich tief in die Grammatik gebohrt, so tief, wie das überhaupt möglich ist. Und sie hat eine … wie soll ich sagen … eine Art Formel entdeckt, mit der man die Gemeinsamkeit aller menschlichen Sprachen zusammenfassen kann.«

»Ach, und was ist diese Gemeinsamkeit? Vergiss nicht, du musst mir das tröpfchenweise verabreichen, mein Junge.«

»Du weißt doch, Mama, egal wie unterschiedlich die Sprachen sind, gibt es dennoch viele Übereinstimmungen.«

»Aha.«

»Alle Sprachen haben zum Beispiel Vokale und Konsonanten.«

»Das ist klar.«

»Auch wenn der Vorrat an Konsonanten und Vokalen sich in den Sprachen sehr stark unterscheiden kann, so ist doch die Tatsache, dass alle beides haben, eine Gemeinsamkeit.«

»Gut, das verstehe ich. Willst du mehr Tee? Und was gibt es sonst noch für Gemeinsamkeiten?«

»Viele. Nein, danke. Doch. Du kannst mir gern noch ein wenig Tee nachschenken. Ich will noch zwei Dinge erwähnen. Mit einigen seltenen Ausnahmen haben alle Sprachen ein Pronomensystem, das zwischen drei Personen unterscheidet.«

»Der ersten Person …«

»Richtig, nämlich dem oder der, die redet.«

»Der zweiten Person …«

»Also dem oder der, die angesprochen wird.«

»Und der dritten Person.«

»Nämlich dem oder der, von der man spricht. Bravo, Mama. Drei Punkte für dich.«

»Man hat ja schließlich auch mal studiert. Ist das alles?«

»Nein, es gibt noch viel mehr. Du weißt es auch. Du hast nur noch nicht daran gedacht. Aber nehmen wir jetzt nur noch eins. Jedes Wort hat eine Ausdrucksseite, also das, was zu sehen oder zu hören ist, und eine Inhaltsseite, nämlich die Bedeutung.«

»Das wissen wir von Ferdinand de Saussure.«

»Mama, ich bin beeindruckt.«

»Ich habe eben eine Schwäche für Schweizer, weißt du.«

Das überhört Pål und fährt unverdrossen mit seinem Vortrag fort.

»Allen Sprachen ist gemeinsam, dass das Verhältnis zwischen Inhalt und Ausdruck zufällig ist. Oder arbiträr, wie Saussure das nennt.«

»Mhm. Na gut. Das habe ich offenbar vergessen. Was bedeutet es, dass das Verhältnis zufällig ist?«

»Dass die Ausdrucksseite des Wortes dem, was das Wort bezeichnet, nicht ähneln muss. Das Wort ›Katze‹ sieht nicht aus wie eine Katze, es hat keinen Schwanz und kein Fell, und es klingt auch nicht wie eine Katze, es schnurrt nicht und sagt auch nicht Miau.«

»Danke, danke, das weiß ich.«

»Okay, aber dann verstehst du auch, dass es Zufall ist. Nichts an der Kombination K-a-t-z-e macht das Wort speziell geeignet, gerade dieses Tier zu bezeichnen.«

»Nein, das ist klar.«

»Eben. Und ein und derselbe Inhalt findet in unterschiedlichen Sprachen unterschiedlichen Ausdruck. *Cat*, *chat*, Katze, *felis* …«

»Gut. Und damit hat Nanna sich also beschäftigt?«

»Nein, nein. Ich versuche nur, es dir tröpfchenweise zu erklären, das wolltest du doch. Das ist nur der Hintergrund. Es sollten nur ein paar Beispiele dafür sein, dass Sprachen gleich sind, auch wenn sie an der Oberfläche sehr unterschiedlich aussehen.«

»Na gut. Aber was macht sie jetzt eigentlich? Was ist ihr Projekt?«

»Sie hat mehr oder weniger die gemeinsame Mathematik der Sprachen gefunden.«

»Aha. Das Skelett. Oder also diese Formel, die du vorhin erwähnt hast?«

»Genau. Eine Formel für den Aufbau von Sätzen. Stell dir Satzglieder vor, Mama! Subjekt, Prädikat, Objekt.«

»Also gut, jetzt stelle ich mir Satzglieder vor. Da gibt es also auch irgendwelche Gemeinsamkeiten?«

»Ja, das gibt es. Aber natürlich unterscheiden Sprachen sich auch hier.«

»Das ist mir hinreichend klar.«

»Mama. Du kannst nicht darum bitten, tröpfchenweise gefüttert zu werden, und dich dann darüber beklagen.«

»Entschuldigung.«

»Im Türkischen und Urnordischen ist die Satzstellung normalerweise Subjekt, dann Objekt, dann Prädikat, im klassischen Arabisch und in den keltischen Sprachen folgt sie der Regel Prädikat, Subjekt, Objekt.«

»Und im Norwegischen Subjekt, Prädikat, Objekt?«

»Ja.«

»Wie in ›Pål liebt Nanna‹?«

»Richtig, Mama. Du hast ganz recht, und das nicht nur

in grammatischer Hinsicht. Aber das sind Oberflächenunterschiede. Wenn wir tiefer bohren, sind die Sprachen grundlegend gleich. Und Nanna hat sich mit diesen grammatischen Dingen beschäftigt. Mit den Strukturen aller Glieder, in Sätzen und in Phrasen.«

»Phrasen?«

»Ja, du kannst auch Glieder dazu sagen. Die Reihenfolge zwischen Adjektiv und Substantiv, zum Beispiel. Schwarze Katze, also Adjektiv plus Substantiv, oder *chat noir*, also Substantiv plus Adjektiv.«

»Aha. Aber ist das nicht schon gemacht worden? Von diesem Amerikaner? Der die Außenpolitik der USA so stark kritisiert? Wieso interessierst du dich übrigens so für Katzen?«

»Chomsky. Ja, das stimmt. Wir … sie baut ihren Ansatz ja auf Chomskys Arbeiten auf. Aber seine Theorie ist lediglich eine grobe Skizze im Vergleich zu dem, was wir für unser Projekt brauchen. Der große Unterschied ist doch, dass wir das, was wir herausgefunden haben, anwenden wollen. Wir wollen etwas Nützliches damit anfangen. Wir können Geld damit verdienen, Mama!«

»Noch Tee? Jetzt fällt es mir doch schwer, diese vielen Tropfen zu schlucken, Pål.«

»Aber du verstehst so langsam, worum es hier geht?«

»Ja, das schon.«

»Dann höre ich jetzt auf. Noch Fragen?«

»Noch Tee?«

»Ja, bitte. Weitere Fragen?«

»Kommt noch mehr? Was das Projekt angeht, meine ich.«

»Doch, doch, viel mehr. Andere Fragen?«

»Du hast etwas über Geld gesagt?«

»Ja, damit kann man Geld verdienen. Viel Geld.«

»Mhm. Dann sind wir noch nicht fertig. Ich setze neues Teewasser auf. Diese Kanne ist leer«, sagt seine Mutter, erhebt sich mühsam, wie Pål registriert. Und plötzlich sieht er die trockene Erika auf dem Grab seiner Großeltern vor sich. Sie nimmt die leere Kanne und bittet Pål, sie in die Küche zu begleiten und ihr mehr über diese Verdienstmöglichkeiten zu erzählen. Pål erzählt, dass Nannas Entdeckungen zur Entwicklung von Übersetzungsprogrammen verwendet werden können. Von gewaltigen Übersetzungsprogrammen, die mithilfe von Computern von Übersetzern benutzt werden können.

»Verstehst du, Mama, wenn das grammatische Rahmenwerk vorhanden ist, braucht man im Prinzip nur noch zweisprachige Wörterbücher hinzuzufügen.«

»Wenn ich also die *Meerjungfrauen* ins Spanische übersetzen lassen will ...«

»Ja, aber so weit sind wir noch nicht. Wir brauchen noch ein oder zwei Bestandteile für unsere Formel, und danach sind es ja andere, Sprachtechnologen und IT-Leute, die das eigentliche Programm entwickeln müssen. Aber der Weg vom Stand des Projekts bis zur Formel für ein Computerprogramm ist nicht mehr weit. Denn zweisprachige elektronische Wörterbücher gibt es ja schon. Jedenfalls für die großen Sprachen. Man könnte auch sagen, dass die Übersetzung für die Einzelwörter elektronisch bereits vorhanden ist, aber bisher ist es nicht möglich, Sätze auf befriedigende Weise zu übersetzen. Jetzt, durch unser Projekt, wird das bald möglich sein. Du hast doch Internet, Mama. Klick zum Beispiel mal www.babelfish.com an, dann bekommst du einen Eindruck davon, wie so was heute geht. Irgendwelche Fragen?«

»Ist es so einfach?«

»Nein. Natürlich nicht. Aber im Prinzip. Und jetzt kocht das Wasser.«

Pål befand sich in einem Zustand größter Zufriedenheit, ihm war warm, und er fühlte sich geborgen auf dem blaugrauen Samtsofa seiner Mutter. Er hatte von Nannas Projekt erzählt und sich mehrmals dabei ertappt, dass er von »unserem« Projekt gesprochen hatte. So empfand er es aber, REV21 war jetzt auch sein Projekt.

Sie hatten sich lange über das Thema unterhalten, hatten mögliche Probleme bei Übersetzungsprogrammen diskutiert. Pål hatte etwas über grammatische Fallen gesagt, sie hatte etwas über kulturelle Unterschiede gesagt, darüber, dass die Unterschiede zwischen den Texten nicht nur an der Wahl der Wörter lag. Sie überlegten, ob Computerübersetzungen die Übersetzer überflüssig und damit arbeitslos machen würden. Aber Pål versicherte ihr, dass man immer kompetente menschliche Arbeitskräfte benötigen würde, um die Programme zu erstellen und die Qualität des Endprodukts zu gewährleisten. Dieses Gespräch gefiel ihm. Seine Mutter kannte sich aus und war klug, auch wenn sie keine Ahnung von Computertechnik hatte – das hatte Pål zwar auch nicht, aber allein die fünfundzwanzig Jahre Altersunterschied verschafften ihm einen Vorteil.

Er erwähnte nur beiläufig, dass Nanna und der schwedische Neurolinguist einen Zusammenhang zwischen grammatischen Strukturen und Gehirnbereichen festgestellt hatten (auch wenn das vom linguistischen Gesichtspunkt aus betrachtet das Wichtigste, das wirklich Revolutionäre an dem Projekt war). Er wusste darüber zu wenig, erzählte aber, was er davon begriffen hatte. Vorsichtig tippte er mit Mittelfinger und Zeigefinger hinter das linke Ohr seiner Mutter und erklärte ihr, dass dort im Brocazentrum die Präpositionen saßen und ein Stück weiter oben die Adjektivphrasen. Er brachte sie zum Lachen mit der Information, dass die Verwendung von Vergangenheitsformen verstärkt den vorderen Temporallappen in der linken Gehirnhälfte und außerdem die Capsula externa aktiviert und dass sie – eine Frau, die nur in der Vergangenheit lebte – vermutlich einen dermaßen überentwickelten Temporallappen besaß, dass er bald ihren Schädel sprengen würde.

Er erzählte ihr nichts von dem fehlenden Puzzlestück, der Platzierung der Verben. Er hätte es nicht sinnvoll erläutern können, räumte aber ein, dass noch einige Dinge fehlten, die er für Nanna finden würde. Als er das sagte, lag so viel Selbstvertrauen in seiner Stimme, dass er nicht nur seine Mutter beruhigen konnte, sondern auch sich selbst. Bald! Bald sind wir am Ziel!

Dann wechselten sie das Thema und sprachen über Nanna, über ihre Intelligenz, ihr Durchhaltevermögen, ihre Schönheit. »Ich muss sie bald kennenlernen«, sagte die Mutter, die davon ausging, dass ihr Sohn und Nanna bereits ein Paar waren. »Natürlich«, antwortete Pål, ohne zu berücksichtigen, dass er keineswegs in der Position war, Nanna einzuladen.

»Bleibst du zum Abendessen?«, fragt seine Mutter.

»Gerne«, antwortet Pål, denn er hat noch keine richtige Lust, die Wohnung der Mutter zu verlassen, und die Kokoskugeln sind schon längst verzehrt.

»Vielleicht kannst du in der Zwischenzeit das hier lesen«, sagt sie und reicht Pål einen dünnen Papierstapel. Ihre Bewegung und ihre Art zu fragen verleiten Pål zu der

Annahme, dass die Einladung zum Abendessen nicht zufällig erfolgt ist, sondern zu einem wohlüberlegten Plan gehört.

»Ist das … der Anfang eines neuen Buchs?«, fragt Pål, und obwohl die Bücher seiner Mutter ihm viel besser gefallen, als er zugibt, ist er im Moment nicht in der richtigen Stimmung für eine neue Runde Zuckerplantagen und glühende Liebe.

»Mhm. Lies mal«, sagt die Mutter und verschwindet eilig in die Küche. Påls Mutter hat ihren bestickten Schreibmantel und ein gut entwickeltes Selbstvertrauen, aber wie die meisten anderen Literaten ist es ihr ziemlich unangenehm, zusehen zu müssen, wie andere ihre Texte lesen, vor allem, wenn der Text zum ersten Mal vorgelegt wird.

Das neue Buch der Mutter beginnt damit, dass die Heldin in ein altes Haus zieht, sie tritt eine Stellung als Gouvernante für die Kinder des Kleinstadtdoktors an. Doch kaum hat die junge Frau mit den auffällig schönen Haaren (kastanienbraun) und den auffällig großen Augen (meergrün) ihren Koffer ausgepackt und sich in ihrem neuen Zimmer auf das Bett gesetzt, da beschleicht sie das Gefühl, dieses Haus schon einmal gesehen zu haben, weiß, dass sie schon einmal dort gewesen ist, und »ein Gefühl des Unbehagens kriecht ihr feuchtkalt den Rücken hoch«. Das ist nicht gerade originell, findet Pål, aber trotzdem, schlecht ist es nicht, und er weiß genau, dass er sich bald in der romantischen Erzählung über Gouvernante und Haus verlieren wird.

Gouvernante und Haus erinnern ihn an eine Geschichte, die seine Mutter ihm als Kind erzählt hat. Über ein Haus. *Das schlafwandelnde Haus*, hatte die Mutter die Geschichte genannt, und Pål hatte sie geliebt. Schnell liest er weiter, und je mehr er liest, umso gefesselter ist er vom Schicksal der Heldin. Es ist ganz und gar nicht unverdient, dass die Mutter durch ihre Schreibkünste zur vielfachen Millionärin geworden ist.

»Den Rest bekommst du später«, sagt seine Mutter. Sie steht in der Türöffnung. Pål wüsste gern, wie lange sie ihn schon beobachtet.

»Du, ich musste an die Geschichte über das kleine weiße Haus denken, das schlafgewandelt ist«, sagt Pål. »Dein neues Buch gefällt mir übrigens gut. Noch eine starke Frauengestalt.«

»Mit kastanienbraunen Haaren«, sagt die Mutter. »Du bist ja mehr für korngelb. Wie reifer Weizen.«

»Ja, obwohl Nanna noch hellere Haare hat.«

»Ach.«

»Aber es hat mir gefallen.«

»Gut. Bald gibt es mehr. *Das schlafwandelnde Haus.* Diese Geschichte, ja.«

»Hast du die noch?«, fragt Pål.

»Bestimmt. In einer Schreibtischschublade in Paulettes Boudoir. Ich hole sie dir.«

Sie nickt Pål zu, lächelt, verständnisvoll, aber zugleich ein wenig nachsichtig, als wisse sie etwas über Pål, was er noch nicht weiß. Sie reicht ihm ein vergilbtes maschinenschriftliches Manuskript mit einer Kinderzeichnung auf der Vorderseite. Und er erinnert sich, wie gut ihm die Geschichte gefallen hat, aber er erinnert sich auch, dass er sie eines Tages nicht mehr mochte.

»Danke«, sagt er und nimmt sie ängstlich, aber gespannt entgegen.

DAS SCHLAFWANDELNDE HAUS steht in Großbuchstaben am oberen Rand, die Zeichnung darunter zeigt eine Frontalansicht eines weißen Hauses. Es hat eine Tür und zwei Fenster, und die sind so angebracht, dass die Tür aussieht wie der Mund und die beiden Fenster wie zwei Augen. »Von Maren Bentzen« steht darunter, und sein Blick wandert wieder zu der Zeichnung hoch, von der er weiß, dass er sie vor über fünfundzwanzig Jahren angefertigt haben muss. Erst da geht ihm auf, dass hier nicht Paulette Ros steht.

Zum ersten Mal sieht er den wirklichen Namen seiner Mutter auf einem Manuskript, und das beeindruckt ihn. Er wünscht sich doch so sehr, dass sie versucht, auch in anderen Genres zu schreiben. Nicht, weil er ihre Bücher verachtet, sondern weil er glaubt, dass es ihr guttun würde. Wenn Pål Bentzen wüsste, dass er in baldiger Zukunft den Taufnamen seiner Mutter auf druckfrischen Büchern sehen wird, würde er sich sehr freuen. Aber er hat noch keine Ahnung davon, er kann nur hoffen, dass es passieren wird, und das tut er. Er hofft es, während er Titel und Namen der Mutter liest, ehe er sich mit Neugier und tiefer Unruhe an den eigentlichen Text macht.

Die Wörter sind seltsam vertraut und trotzdem neu, denn er hat sie noch nie gelesen, er hat sie nur gehört:

Es war einmal ein Haus. Es stand mitten auf einer Lichtung in einem finsteren Wald. Das Haus war klein und weiß und hatte freundlich blinkende Fenster und eine Tür, die meistens offen stand.

Im Haus wohnten eine Mutter, ein Vater und ein Junge. (Ja, natürlich, dachte Pål, so war das, Mutter, ich und ein Vater. Sie ist aufrichtig. Immer schreibt sie über ihn.)

Jeden Abend schloss die Mutter die Tür, der Vater löschte das Licht, und der Junge zog die Vorhänge vor. Dann legten Mutter, Vater und Junge sich in ihre Betten, gähnten, drehten sich einmal um und schliefen ein. Auch das Haus gähnte, aber das hörte niemand. Morgens stand die Familie auf, die Mutter öffnete die Tür, der Vater deckte den Tisch, und der Junge öffnete die Vorhänge. Sie frühstückten und plauderten und lachten, und das Haus riss das Wohnzimmerfenster sperrangelweit auf und lachte ebenfalls. »Wir müssen die Angeln schmieren«, sagte die Mutter und erzählte eine lustige Geschichte. Nach dem Frühstück gingen Mutter und Vater zur Arbeit, und der Junge ging in die Schule. Und das Haus war den ganzen Tag allein zu Haus und sah die Rücken der Familienmitglieder verschwinden, und bis sie dann am späten Nachmittag zurückkamen, sehnte sich das Haus nach seiner Familie und freute sich darauf, dass sie zurückkommen würden. (Wieder verspürt Pål das Mitleid, das er damals für das Haus empfunden hatte – das arme einsame Haus. Er weiß noch, dass er groß genug war, um zu begreifen, dass es Unsinn ist, Mitleid mit einem Haus zu haben, vor allem einem Haus, das es eigentlich gar nicht gibt, von dem die Mutter ihm nur erzählt hat. Aber er hatte es tief empfunden, dieses Mitleid, das er auch mit anderen leblosen Dingen haben konnte. Einem verlassenen Schokoladenpapier auf dem Boden. Einer Socke, die ihre Zwillingsschwester verloren hat. Dieses Mitleid konnte ihn unvermittelt und heftig überkommen. Als die Mutter einen alten Aluminiumtopf weggeworfen hatte, dem beide Griffe fehlten, hatte er seine

Tränen hinunterschlucken müssen, so traurig war der Anblick des entsorgten henkellosen Topfes im Müllsack gewesen, der liebe Topf, der so treu Kartoffeln und Erbsensuppe für sie gekocht hatte.)

Eines Tages, die Familie war unterwegs, war das Haus so verzweifelt und seine Sehnsucht so groß, dass es beschloss, sich auf den Weg zu machen und seine Familie zu suchen. Vorsichtig hob es die eine Hausecke, aber da ziepte es entsetzlich in den Grundmauern. Aber das Haus hatte sich entschieden, deshalb zerrte es, bis sich die Ecke gelöst hatte. Dann hob es die zweite Ecke, und das tat auch so schrecklich weh, aber es konnte sie ebenfalls losreißen. Und die dritte und die vierte Ecke folgten, auch wenn es bis in den Schornstein hoch wehtat. Jetzt saß das Haus nicht mehr fest. Aber es blieb trotzdem still stehen, denn es wusste nicht so recht, was es tun oder wohin es gehen sollte.

Abends saß die Familie am Küchentisch und spielte Karten. Sie sangen ein kleines Lied, und Mutter und Junge lachten über den Vater, weil der sich ärgerte, als er verlor. (Ich war immer sauer, wenn ich verloren habe, denkt Pål, ich hab es nie ertragen können, nicht der Beste zu sein! Ich glaube, diese Anspielung habe ich nicht verstanden, als Mama mir damals die Geschichte vorgelesen hat. Pål schaut seine Mutter an, die im Ohrensessel gegenüber sitzt). *Draußen regnete und stürmte es. Die Hauswände ächzten, aber die Familie spielte Elferraus und hörte nichts. Wieder seufzte das Haus, diesmal viel lauter, sodass es wirklich in den Wänden knackte. »Hört nur, wie der Wind weht«, sagte der Vater. Da fing das Haus an zu weinen. Es wusste selbst nicht, warum, aber alles kam ihm so traurig vor. Die Tränen strömten über die Fenster. »Was für ein scheußliches Wetter«, sagte der Junge und machte seine Strickjacke zu.*

»Es steht im Herd«, sagt die Mutter plötzlich.

»Was?«

»Das Essen«, erklärt sie und kommt zu ihm aufs Sofa.

»Ja, genau«, sagt Pål zerstreut und blättert um.

»Nimm es mit nach Hause«, schlägt die Mutter vor. »Lies da den Rest. Ich habe letzte Nacht vom EREIGNIS geträumt.«

»Wirklich? Ich auch. Das passiert mir dauernd«, sagt Pål, brav hat er das *Schlafwandelnde Haus* in seine Aktentasche gesteckt, die schon von Artikeln über automatische Übersetzungsprogramme überquillt.

Sie schweigen eine Weile, aber beide denken an die seltsame Tatsache, wie nachhaltig die Episode aus Påls Jugendjahren, das EREIGNIS, ihr Leben beeinflusst hat. Beide sind sich einig, dass das EREIGNIS selbst diese Wirkung nicht rechtfertigt. Natürlich war Tone Påls erste große Liebe, seine erste Freundin, und natürlich hat er sie übel im Stich gelassen, aber trotzdem. Das Schlimmste war übrigens, dass die Mutter ihm nicht geglaubt hatte, dass sie Påls Sünden für schlimmer gehalten hatte, als sie wirklich waren. Er war ein feiger Denunziant gewesen, ein eitler Verräter, aber nicht gewalttätig. Tone sollte nicht zu Schaden kommen. Er hatte nur nicht an die Folgen gedacht.

Die meisten in Påls Situation wären über das EREIGNIS bestimmt schnell hinweggekommen. Pål musste die Konsequenzen in Form von Unsicherheit, Chamäleonhaut und phonetischer Hyperkonvergenz tragen, seine Mutter die Scheidung. Aber so ist es wohl häufiger, als man sich klar macht: Die kleinen Dinge können ausschlaggebend sein. Zu welchem Zeitpunkt im Leben etwas eintrifft, und wie es mit anderen Umständen zusammenfällt, sind Faktoren, die kleine Episoden wichtig machen können, während scheinbar große und wichtige Episoden niemals eine Rolle spielen werden.

In Edith Rinkels Fall war es der Anblick eines Saftkrugs, der im Garten einen rubinroten Schatten auf eine Decke warf. In Påls Fall war es sein Verrat, als er einer Jungenbande steckte, dass Tone Geld hatte, viel Geld, in einer Sparbüchse. Die Jungs aus der Bande waren älter, schicker und cooler als er selbst – und er lechzte seit Monaten nach ihrer Anerkennung. Es war so abgedroschen, so kindisch, so durch und durch banal, und es hätte ihn fast zerstört.

Aber das eigentliche EREIGNIS war eher das Nachspiel, das, was an den Tagen geschah, nachdem die Jungen Tone bestohlen und versucht hatten sie zu vergewaltigen.

»Du wolltest nicht aufstehen, du wolltest nicht reden«, sagt seine Mutter nach einer Weile.

»Nein«, sagt Pål leise. »Ich wollte nur sterben.«

»Morten hat dir geglaubt.«

»Ja. Morten hat mir geglaubt.«

»Ich habe dich im Stich gelassen, Pål.«

»Ja, Mama. Das hast du, aber später hast du mir dann ja doch geglaubt.«

»Ja, als du endlich angefangen hast, zu reden.«

»Aber ich war doch auch der schlimmste Verräter. Es ist kein Wunder, dass ihr geglaubt habt, ich hätte ...«

»... das mit Tone, ja ... das haben wir gedacht«, sagt seine Mutter.

Sie haben schon unzählige Male über das EREIGNIS diskutiert, und jedes Mal gerät das Gespräch an demselben Punkt ins Stocken.

»Und Jens!«, wirft Pål ein, der noch immer nicht ohne Wehmut an die Scheidung seiner Mutter denken kann.

»Das war richtig so. Ich konnte doch nicht bei ihm bleiben, wo er nicht ...«

»Aber hat dir denn in all den Jahren kein Mann gefehlt?«

»… wenn er dir nicht glaubt. Nicht einmal, als ich versucht habe, ihm zu erklären …«

»Mama!«

Hier legen sie routinemäßig eine Pause ein, und Pål denkt an Jens und seine Mutter an Felix.

»Und Tone geht es jetzt doch gut«, sagt die Mutter nach einer Weile.

»Ja, es geht ihr gut. Sie leitet einen Kindergarten, habe ich gehört«, antwortet Pål, wie immer.

»Mhm.«

»Sie hat zwei Kinder bekommen«, fügt Pål hinzu, obwohl er weiß, dass seine Mutter das natürlich auch weiß.

»Mhm«, sagt sie noch einmal, diesmal scherzhaft vielsagend und mit einer unzweideutigen und klar adressierten Großmuttersehnsucht. »Vielleicht könnten du und Nanna …«

»Mama!«

»Morten hat doch den kleinen Sondre, und ich bin sicher, ich würde mich als Oma gut machen.«

»Mama!«

Aber Pål ist nicht so empört, wie er sich anhört. Er hat selbst auch schon oft daran gedacht: Sie beide als Eltern eines kleinen Kindes, mit Nannas eleganter Nase und warmen Händchen. Ein Kind, das mit einer Mutter und einem Vater aufwächst. Einem Vater, der mit dem Kind zum Fußball und ins Theater gehen kann, einem Vater, der trösten und auf eine Wunde pusten kann, einem Vater, der da ist.

»Ja, ja«, sagt die Mutter. »Tone geht es jedenfalls gut. Das ist gut.«

»Ja, das ist gut.«

»Und dir geht es doch auch gut, Pål.«

»Das tut es, Mama«, antwortet Pål. »Das tut es.«

Und so endet es immer, wenn er mit seiner Mutter über das EREIGNIS spricht. Und Pål geht es wirklich gut. Eigentlich geht es ihm blendend. Natürlich tut es das. Aber tief in seinem Herzen plagt ihn immer ein schlechtes Gewissen. Es ist kein dröhnendes, lautes, alles überschattendes schlechtes Gewissen, es ist kein brennendes Ziehen im Bauch. Nein, es ist ein fast unmerklicher Groll gegen sich selbst, der ihn nie wirklich loslässt. Das EREIGNIS hat Påls Selbstbild ins Wanken gebracht. Er muss sich vor sich selbst in Acht nehmen. An ihm klebt etwas. Pål Bentzen wird gequält von einem leisen, aber zähen Schuldgefühl.

Er wandert durch die Welt und weiß, dass er sich in seiner Jugend teuflisch und erbärmlich verhalten hat, er war egozentrisch, kindisch und selbstsüchtig. Er weiß, dass er ein Lügner und ein Verräter war. Er muss den Hang zum Verrat zu seinen Charaktereigenschaften dazunehmen. Das EREIGNIS sorgt dafür, dass Pål Bentzen weiß, dass er sich in Acht nehmen muss, damit seine dunklen Seiten nicht die Oberhand gewinnen.

Seit dem EREIGNIS hat er nie wieder etwas wirklich Böses angestellt. Aber ab und zu lässt er die dunklen Seiten die Herrschaft übernehmen, und einige Male hat er sich in Versuchung führen lassen. Er hat aus den nicht abgeholten Ausdrucken beim Drucker im Institutssekretariat ein paar Bögen herausgefischt, sich schuldbewusst umgeschaut, die Bögen in seine Aktentasche gesteckt und sie später bei seinen Vorlesungen verwendet. Als Student, vor der Zeit des Internets, hat er in der Zeitschrift *Sprache jetzt!!* einen Artikel geschrieben, der eine direkte Übersetzung eines deutschen Artikels war, dessen Autor er jedoch nicht erwähnte. Pål weiß auch sehr genau, dass er nicht der Bewerber mit der besten Qualifikation für seinen Posten gewesen war. Er hätte seine Bewerbung zurückziehen müssen, um Linn Bylund den Vortritt zu lassen.

Ja, Pål Bentzen hat den süßen Geschmack des Betrugs gekostet. Aber da die Welt nun einmal um jeden Preis betrogen werden will … *mundus vult decipi, ergo decipatur*.

Die Mensa ist ziemlich voll. Sehr viele Angestellte des Instituts für Futuristische Linguistik haben sich an diesem Tag Mitte Oktober dort eingefunden. Auf den Tischen stehen Platten mit Marzipantorten, große weiße Torten auf dünnen Platten aus silbrig schimmerndem Leichtmetall, daneben stehen Schüsseln mit Kringeln – die eine Hälfte mit Apfelfüllung, die andere mit Mandelfüllung –, Kaffeekannen, grüne Flaschen mit Prosecco und Bionade für die, die aus irgendeinem Grund während der Arbeitszeit lieber nichts Alkoholisches trinken.

Institutsleiter Fred Paulsen trägt seinen blauen Winteranzug, ein weißes Hemd, und er hat sich einen Schlips umgebunden, was er nur äußerst selten macht. Jetzt hat er soeben mit einem Löffel gegen seine Kaffeetasse geklirrt und alle gebeten, zuzugreifen. »Hier müsste es doch für jeden Geschmack etwas geben«, sagt er und schaut über die Tische. Er ist mit sich zufrieden wie ein großzügiger König, der ein Fest für seine Untertanen veranstaltet. Dann setzt er sich, aber kaum haben sich alle Getränke und Kuchen genommen, da erhebt er sich erneut.

»Ich möchte gern ein Gedicht aufsagen«, erklärt er, und im Raum erhebt sich ein kollektives Seufzen, das Paulsen nicht hört. Paulsen trägt bei solchen Gelegenheiten immer ein Gedicht vor, und zwar immer eins von einem ziemlich unbekannten Dichter namens Lasse Greverud. Und niemand begreift, was der Inhalt mit dem Anlass der Feier zu tun haben soll. Mit dem Vortragen eines Gedichts erfüllt er wenigstens die zwei selbst auferlegten Forderungen: Er lässt Zeit verstreichen (es ist nicht so leicht, Institutsleiter zu sein und dauernd neue Reden verfassen zu müssen), und er zeigt, dass er ein Kulturmensch ist, weil er Lyrik liest und weil er mit Greverud befreundet ist, was er nie zu erwähnen vergisst. Nach dem Gedicht legt er eine Pause ein, damit alle ihre eigene subjektive Ansicht dazu entwickeln können, inwiefern das Gedicht zum Thema des Tages passt.

Für Paulsen sind Pausen wichtig. Sein Studium, sein frühes akademisches Leben, fand in den Siebzigerjahren statt, als sich neue Richtungen in der Sprachwissenschaft entwickelten. Als Bildanalyse, Textgrammatik und Stipendiaten in Jeans das Altnordisch und die Sprachgeschichte sowie die ehrwürdigen alten Professoren mit dünnen Haarsträhnen und Fliegen verdrängten. Damals, als neu eingestellte Universitätsdozenten und -dozentinnen mit langen Haaren und Mittelscheitel Seminare in marxistischer Phonologie hielten. Damals, als Sprachsoziologie nicht nur die sprachlichen Unterschiede zwischen den verschiedenen sozialen Gruppen beschreiben, sondern dazu beitragen sollte, diese Unterschiede zu beseitigen, die Machtverhältnisse zu entlarven und allen eine gleichwertige Sprache zu geben. Damals, als die Studenten im Fach der Dialektforschung nicht vorrangig lernen sollten, was Isoglossen und Dialektgrenzen sind, sondern dass sie ihren Dialekt voller Stolz benutzen können. Damals, als die jungen jeanstragenden Dozenten im Sprachgeschichtsunterricht vor allem betonten, wie Norwegen von Dänemark unterdrückt worden ist, was sich damals am besten als kulturelle Vergewaltigung beschreiben ließ.

An einer Universität, die vor fachlicher Erneuerung, politischer Aktivität und gesellschaftlichem Engagement geradezu brodelte, hatte Paulsen – randvoll mit Enthusiasmus – seine Magisterarbeit geschrieben. Seine Arbeit unterschied sich indes markant von vielen anderen. *Schweigen* war der Titel, und es ging um die Stille in Texten, um die Zwischenräume, um die Pausen.

Seine Kommilitonen nannten ihn seitdem »Pausen«, ein Spitzname, den er ein wenig billig fand. Kurz nach Abgabe seiner Magisterarbeit wurde von höchster Stelle, genauer gesagt vom kürzlich eingerichteten Norwegischen Sprachrat, die Empfehlung ausgegeben, ab sofort nach einem Punkt nicht mehr zwei Leerzeichen zu machen, sondern nur noch eines. Das empörte Paulsen, der sich deshalb an die Redaktion der Studentenzeitschrift *Universitas* wandte. Ein einziges Leerzeichen führe zu weniger Pausen, zu weniger Stille im Text, behauptete der junge Paulsen mit einer solchen Überzeugung, dass ihm in dem Studentenorgan ziemlich viel Platz eingeräumt wurde, was sogar zu einer kleinen Notiz in der Tageszeitung *Aftenposten* führte.

Wir können also mit gutem Gewissen behaupten, dass Paulsen sich mit Schweigen und Pausen auskennt. Deshalb lässt er mit fachlichem Gewicht und einem Selbstverständnis, das einem nur die eigene Forschungsarbeit verleiht, das Gedicht auf die Zuhörer wirken, lässt es in der Stille verhallen, von der es in unserer gehetzten Gegenwart viel zu wenig gibt. Erst, als die Leute unruhig hin und her rutschen, fährt er mit seiner Rede fort.

»Liebe Edith«, sagt Paulsen, und jetzt wirkt er eher wie ein Priester als wie ein König. Er legt eine weitere Pause ein und schaut hinab auf Edith Rinkel, die zwischen ihm und dem stellvertretenden Institutsleiter sitzt. Die Hauptperson selbst, das Geburtstagskind, schaut aus dem Fenster, auf die Dachterrasse, sie sitzt hoch erhobenen Hauptes da, sie trägt ein graues Kostüm, ihre kleinen wohlgeformten Füße stecken in roten Schuhen mit dünnen, um die Knöchel gebundenen Lederriemen, die Schuhe haben hohe Absätze und kleine funkelnde Steine im Oberleder. Sie sind das Geburtstagsgeschenk von Edith für Edith. Als sie den Kopf dreht, fließen ihre Haare glänzend und teerschwarz über ihre Schultern, und sie schaut in Paulsens Richtung, hebt aber nicht das Gesicht, hebt nicht den Blick, sie starrt seinen Stuhlrücken an, wofür Paulsen durchaus ein gewisses Verständnis hat, es ist eben etwas ganz Eigenes, gefeiert zu werden, zum Objekt der Aufmerksamkeit des gesamten Instituts zu werden.

»Du hast das Kap der Fünfzig erreicht«, sagt Paulsen nach einer langen Pause. »Wer sollte das glauben, wenn man dich ansieht? Ich finde, du siehst noch genauso aus wie damals, als wir uns im Institut für Klassische und Alte Sprachen kennengelernt haben, und das ist nun ein Mannesalter her – oder sagen wir lieber, ein Frauenalter. (Pause, für einen Lacher.) Du leistest hervorragende wissenschaftliche Arbeit und hast das immer schon getan. Deine Doktorarbeit, *Eine diachrone Studie von Präpositionen in westgermanischen Sprachen*, wurde ein Klassiker und Bestandteil des gesamten linguistischen Fundaments. (Pause.) Und deine Arbeiten der letzten Jahrzehnte über Zusammensetzungsfugen in futuristischer Perspektive haben ebenfalls Aufmerksamkeit unter Futlings im In- und Ausland geweckt. Dir wird großer fachlicher Respekt entgegengebracht, zugleich möchte ich deine akademische Integrität betonen, deine hehren humanistischen Ideale, deine Klarheit und deine profunde Menschenkenntnis, die dich zu einer Frau machen, die wir alle … (kurze Pause) bewundern und respektieren. Und obwohl du eine Frau mit vielen Eisen im Feuer bist, mit internationalen Kontakten und Ehrenämtern, hast du doch den Kontakt zu den (Pause) Studenten behalten. (Lange Pause.) Herzlichen Glückwunsch zum Geburtstag, liebe Edith! Und jetzt wollen wir alle auf unsere verehrte Kollegin anstoßen!«

»Was für eine Rede«, wird Pål später an diesem Tag zu Nanna sagen. »Ja, ganz entsetzlich«, wird Nanna antworten. »Aber die Jubilarin schien sie ja genossen zu haben«, wird Nanna mit noch leiserer Stimme hinzufügen, und Pål wird registrieren, dass ihre Stimme vor Spott trieft. Viele heben nach Paulsens Rede ironisch die Augenbrauen, Edith Rinkel ist keine beliebte Jubilarin.

Kaum hat Paulsen seine Rede beendet, wird sich an den Tischen zugeprostet. Die Bürochefin und der stellvertretende Institutsleiter (alle wissen, dass die beiden ein Verhältnis haben) überreichen ihr einen Blumenstrauß und eine blaue Keramikschüssel, in deren Boden das Logo der Universität Oslo geprägt ist, der Gott Apollo. Edith Rinkel hebt ihr Glas, steht auf. Sie hält keine Rede, sie bedankt sich, blickt sich ernst, aber freundlich in der Runde um, nickt und setzt sich wieder.

In der hinteren Ecke der Mensa, dicht vor der Tür zur Dachterrasse, sitzt Pål mit Gunnar Vik und fünf anderen Syntaktikern zusammen. Nanna sitzt an einem von Phonologen bevölkerten Tisch, ganz auf der anderen Seite des Raums, neben der Salatbar. Edith Rinkel, Pål Bentzen und Nanna Klev befinden sich jeweils an den Spitzen eines gleichseitigen Dreiecks. Diese geometrische Figur ist für alle unsichtbar, wird aber immer wieder erneuert, wenn die drei sich Blicke zuwerfen, die an den Schenkeln entlanglaufen. Pål schielt immer wieder zu Nannas blondem Schopf hinüber, Edith wirft Pål einen Blick zu, Nanna lächelt Pål an, Edith starrt unverschämt zu Nanna hinüber, Nanna hebt das Kinn und starrt zurück. Die Namen zweier dieser drei Personen werden im Laufe weniger Monate in aller Munde sein, nicht nur bei den Geburtstagsgästen, sondern in großen Teilen der akademischen Welt von Norwegen. Und mindestens eine dieser drei Personen wird tief stürzen und sich niemals wieder ganz aufrichten können.

Edith Rinkel bleibt vor der Schüssel sitzen. Apollo wird meistens im Chiton und mit einer Leier in der Hand abgebildet. Er ist der Sohn von Zeus und Leto, seine Zwillingsschwester ist Artemis – die Jagdgöttin. Apollo selbst ist der Gott des Lichts und der Klarheit, der Bildung, des Gesangs und der Musik. Edith Rinkel schaut ihren Tischnachbarn an, Institutsleiter Paulsen. Licht und Klarheit, denkt sie, und zum ersten Mal, seit sie an ihrem Geburtstag aufgewacht ist, einem Donnerstag, lächelt sie. Pausen bohrt einen Zeigefinger zwischen zwei Hemdknöpfe und kratzt sich hörbar den Bauch. »Noch Kuchen?«, fragt er, vermutlich ein Versuch, Manieren zu zeigen. Edith Rinkel schaut wieder Apollo an, den Gott der Bildung, einen zierlichen Jüngling im Kittel, das Symbol ihrer Universität. Sie sieht in das gerötete Gesicht ihres Nachbarn, lächelt erneut und nimmt das Angebot gerne an, bevor sie höflich die Konversation mit ihm fortsetzt, über die Zeit, die vergeht, über ihr altes Institut, über die Finanzierung, über Studienpunkte und Studentenfluktuation, über Universitätsranking und Kosten-Nutzen-Analysen. Über die Vorteile und die offensichtlichen Nachteile des sogenannten *Impact Factor* beim wissenschaftlichen Publizieren. Über die Notwendigkeit, Studienangebot und Forschung dem Markt anzupassen.

Aber während sie redet, denkt sie nur an Aleksander, er ist es, den sie in Gedanken genießt, seine junge Ungeduld, die feuchten, halb offenen Lippen, die Zunge hinter den porzellanweißen Zähnen, den glatten makellosen Körper. Professorin Edith Rinkel weiß noch nicht, dass sie ihren jungen Liebhaber bald auf eine weite Reise mitnehmen wird, quer über den ganzen Erdball.

Aleksander war auf dem Weg zu einem Kumpel, der Russisch studierte und oft im Lesesaal der Slawisten im neunten Stock vom Niels-Treschows-Hus saß. Aleksander hatte Edith zum Essen eingeladen, um ihren Geburtstag zu feiern, aber sie hatte nur gelächelt und den Kopf geschüttelt. Er hatte versucht, sie zu überreden, aber das hatte nichts geholfen, und deshalb hatte er resigniert und beschlossen, stattdessen diesen Freund aufzusuchen, vielleicht wollte der ja etwas unternehmen, jedenfalls mochte Aleksander nicht allein in seiner Wohnung sitzen.

Als er den Fahrstuhl verließ, bemerkte er sofort, dass es bei den Slawisten ganz anders aussah als im Institut für Futling. Es konnte nicht nur daran liegen, dass das Gebäude viel älter war als der Prachtbau der Futling, in dieser Etage hier herrschte insgesamt eine düstere Stimmung, die, wie Aleksander sich einbildete, nichts mit architektonischen Details und Alter und Lichtverhältnissen des Hauses zu tun haben konnte. Angeblich sprachen die Angestellten dieses Instituts oft mit sich selbst, aber nur selten miteinander. Im Kaffeezimmer war es immer ganz still, sogar wenn es um die Mittagszeit dort von dunkel gekleideten Menschen wimmelte. Sie klammerten sich an ihre Tassen mit dünnem, bitteren Maschinenkaffee und schwiegen.

Aleksander öffnete die Glastür, die in den Gang zum Lesesaal führte. Dieser Gang wurde in der Fakultät »Korridor der Rache« genannt.

Ganz vorn in diesem Gang lagen die Büros der Lehrkräfte für Bosnisch-Kroatisch-Serbisch. Früher war Serbokroatisch ein kleines Fach gewesen mit einer einzigen festen Lehrkraft und einem verboten unterbezahlten Lehrbeauftragten, der sich um die Erstsemester gekümmert hatte. Die Entwicklung der letzten Jahre auf dem Balkan aber hatte die Anzahl der Studenten vervielfacht. Auch die Sprachsituation war jetzt eine andere, und da Serbokroatisch als Sprache nicht mehr existierte, musste das Fach aufgelöst werden. Im frischgebackenen Fach Bosnisch-Kroatisch-Serbisch (in alphabetischer Reihenfolge) gab es jetzt für jede Sprache eine feste Stelle sowie mehrere Lehrbeauftragte. Die Kommunikationssituation dieser Mitarbeiter war jedoch nicht viel besser als zwischen den Bevölkerungsgruppen des Balkans. Der fest angestellte Dozent für Bosnisch sprach nicht mit dem Professor, der kroatische Sprache, Kultur und Literatur unterrichtete, und der wiederum würde nie auf den Gedanken kommen, mit seiner für das Serbische zuständigen Kollegin zu reden, die ihrerseits mit beiden nichts zu tun haben wollte. Sie ließen sich zu einem Nicken herab, wenn sich ihre Wege zufällig kreuzten, aber jede weitere Kommunikation geschah nur in Form von kurzen Mitteilungen auf gelben Notizzetteln, die an die Bürotüren geklebt wurden.

Im Institut für Kommunikation sieht es sogar noch schlimmer aus, denn dort reden die Angestellten überhaupt nicht mehr miteinander. Das ist leider wahr und auf paradoxe Weise genauso komisch wie die Tatsache, dass die Mitarbeiter am Pädagogischen Institut zweifellos die schlechtesten Dozenten der gesamten Universität sind.

Gegenüber vom Lesesaal lag das Büro des Professors für russische Sprache. Er liebte schnelle Autos und hatte eine Vorliebe für wehende Mäntel. Aber damit niemand an seiner Slawophilie zweifeln konnte, trug er eine Bärenfellmütze mit hochgebundenen Klappen. Im Nachbarbüro saß der Professor für Russische Literatur, der häufig Lackschuhe trug und teure Borsalinos liebte. Die beiden Professoren hatten einander in den vergangenen zwanzig Jahren kein einziges Mal gegrüßt. Angeblich hatten sie sich auf einer Weihnachtsfeier zerstritten, der Grund jedoch war nicht bekannt. Die einen behaupteten, sie seien über die Etymologie eines altkirchenslawischen Substantivs aneinandergeraten, andere behaupteten, eine wunderschöne Russin sei der Auslöser gewesen.

Seinen Namen hatte der »Korridor der Rache« jedoch aus anderen Gründen erhalten. Auch hier spielte der Literaturprofessor mit den teuren italienischen Kopfbedeckungen eine Rolle. Diese Geschichte war auch zu Aleksander vorgedrungen.

Angeblich hatte der Literaturprofessor irgendwann in den Achtzigerjahren, als ziemlich junger Dozent, ein Verhältnis mit einer seiner Studentinnen gehabt. Sie war in seinem Alter gewesen und schrieb schon seit Jahren an ihrer Examensarbeit über Michail Bulgakows Roman *Der Meister und Margarita*. Als sie mitbekam, dass der neue Dozent einige Artikel über just diesen Roman veröffentlicht hatte, wechselte sie prompt den Betreuer und ersetzte ihren vom Alter gezeichneten Literaturprofessor durch den jungen Dozenten. Innerhalb kürzester Zeit hatten Studentin und Betreuer eine heftige Affäre. Der Dozent war frisch verheiratet, weshalb das Liebesleben der beiden in seinem Büro stattfand, wo sie Krimsekt tranken und sich liebten, meistens nach der normalen Arbeitszeit, doch wenn Begehren und Durst gar zu groß wurden, auch mitten am Tag.

Die Studentin war überzeugt davon, dass sie sich im wahrsten Sinne des Wortes in die besten Hände begeben hatte. Sie fühlte sich hervorragend betreut und ging davon aus, dass sie für ihre Arbeit eine sehr gute Note erzielen würde, ja, sie dachte an eine Note mit einer Eins vor dem Komma, wenn sie mit leuchtenden Augen unter dem Dozenten in dessen staubigem Büro lag.

Bei der Bekanntgabe der Zensuren stellte es sich jedoch heraus, dass die Arbeit mit 2,6 benotet worden war. Ein so schlechtes Ergebnis kam an dem Institut nur selten vor, und die Studentin glaubte an ein Missverständnis, da ihr Betreuer schließlich zur Bewertungskommission gehört hatte. Weinend klopfte sie an die Tür des Dozenten, und als niemand »Herein« sagte, öffnete sie die Tür mit dem Schlüssel, den er ihr gegeben hatte und den sie in aller Heimlichkeit geküsst und als Beweis seiner Liebe und damit als Garantie für ihre goldene akademische Zukunft betrachtet hatte.

Als der Dozent von einer Besprechung des Institutsrats zurückkehrte, fand er seine Studentin und Geliebte völlig aufgelöst auf dem Teppichboden vor. Dennoch schenkte sie ihm ein Lächeln, noch immer fest davon überzeugt, dass er dieses peinliche Missverständnis aus der Welt schaffen werde.

Aber es stellte sich heraus, dass von einem Missverständnis keine Rede sein konnte. Der Dozent erklärte, ihre Arbeit habe einfach keine bessere Note verdient. Sie wollte wissen, ob er wenigstens versucht habe, die anderen von den Qualitäten ihrer Arbeit zu überzeugen, doch er schüttelte den Kopf. Ihre Arbeit sei eben nicht gut gewesen, folglich habe er dazu geschwiegen. Er streckte die Arme nach ihr aus, denn es erregte ihn sogar ein wenig, sie so unglücklich zu sehen, und er hätte sie gern ein wenig getröstet. Aber sie wich zurück, spuckte ihm ins Gesicht und ging. Er sah sie nie wieder.

Nun könnte man diesen Dozenten natürlich der Naivität bezichtigen, da er nicht auf die Idee gekommen war, dass die heiße Leidenschaft seiner Studentin etwas mit ihrer Examensarbeit zu tun haben könnte. Doch er hatte nicht im Traum daran gedacht, dass sie ihre Examensnote bei jeder Begegnung in seinem Büro in Gedanken um eine Stelle hinter dem Komma hatte steigen sehen.

Die Studentin brachte ihre letzte Prüfung hinter sich, ohne jemals wieder an seine Tür zu klopfen. Der Dozent sehnte sich nach ihr, sah aber ein, dass es in Anbetracht seiner Ehe so im Grunde besser sei.

Hier hätte die Geschichte enden können. Niemand wäre auf die Idee gekommen, den neunten Stock im Niels-Treschows-Hus als »Korridor der Rache« zu bezeichnen, wenn sich nicht fast gleichzeitig drei Dinge ereignet hätten. Die Reihe der Ereignisse setzte damit ein, dass die Studentin sich eines Tages ein wenig besser fühlte und damit wieder die Jacke anziehen konnte, die sie an jenem schrecklichen Tag getragen hatte. In der Jackentasche entdeckte sie den glatten Schlüssel, den sie damals vom besagten Dozenten erhalten hatte. Später an diesem Tag schlug sie eine alte *Cosmopolitan* auf, und ihr Blick glitt über die Modeseiten und über Tipps zur Haarentfernung in der Bikinizone, um dann bei einem Artikel mit der Überschrift »Aus Ex mach Hopp« zu verweilen. Und wenig später erzählte ihr eine Kommilitonin, dass der Dozent soeben für eine Woche mit seiner Frau nach Gran Canaria gereist sei. Es sollte wohl eine Art verspätete Hochzeitsreise sein und zugleich ein Trost dafür, dass der Gatte so viel arbeitete und so viele Abende in der Uni verbrachte, wie die Freundin zu berichten wusste.

Diese drei Umstände (Schlüssel, Zeitungsartikel und die Abwesenheit des Dozenten) formten sich im Gehirn der Studentin zu einem Plan, der ihre Augen wieder glänzen ließ.

Einige Stunden später stand sie vor dem Büro des Dozenten. Sie lauschte eine Weile, ehe sie die Bürotür aufschloss. Aus ihrer Tasche zog sie acht kleine Papiertüten, die sie nebeneinander auf seinen Schreibtisch legte. In der dritten Schreibtischschublade lag, genau wie sie erwartet hatte, eine Flasche Krimsekt. Sie entfernte das Silberpapier vom Flaschenhals, zog vorsichtig den Korken heraus, sodass die Flasche nur einen leisen, resignierten Seufzer von sich gab. Dann trank sie einige Schlucke, ehe sie mit der Flasche zur Damentoilette ging und den restlichen Inhalt ins Waschbecken goss. Sie sah zu, wie der sprudelnde Schaum im Abfluss verschwand, und fühlte sich gleich ein wenig besser. Dann füllte sie die Flasche mit Wasser und kehrte ins Büro des Dozenten zurück, wo sie bei verschlossener Tür sorgfältig den Boden begoss. Anschließend riss sie das erste Tütchen auf und verteilte den Inhalt auf einem Achtel des Teppichbodens. Kleine hellbraune Punkte, dicht an dicht auf dem triefnassen blauen Teppich.

Sie hütete ihr Ackerland gut. Sie kam jeden Tag vorbei und goss sorgfältig nach, die braunen Kressesamen verwandelten sich in helle knackige Keime, die wuchsen und gediehen, und als der Dozent von seiner Reise zurückgekehrt war und seine Bürotür aufschloss, um einen Artikel über Leo Tolstoi fertigzuschreiben, hatte sich sein Teppichboden in eine üppige grüne Wiese verwandelt. Auf seinem Schreibtisch stand die leere Sektflasche, in deren Hals der Schlüssel steckte.

Es gelang ihm natürlich nicht, die üppige Vegetation und deren Ursache vor den Kollegen zu verheimlichen, ein Spaßvogel unter ihnen ersann den Spitznamen »Korridor der Rache«, und bald war die Geschichte in der gesamten Fakultät bekannt. Alles lachte über den Dozenten. Er vollendete seinen Artikel über Tolstoi, schrieb ein Buch über

Frauengestalten in der russischen Lyrik und eins über Solschenizyn. Auf seiner nächsten Reise in südlichere Gefilde, einem Seminar über Postmodernismus, das im Norwegischen Institut in Rom stattfand, kaufte er seinen ersten Borsalino. Er wurde Professor. Seine Frau betrog er nie wieder, außer ab und zu in Gedanken, doch das tun wir schließlich alle.

Aber nicht die Geschichte des »Korridors der Rache« beschäftigt Aleksander an diesem Tag, an Edith Rinkels Geburtstag.

Aleksanders Freund sitzt nicht im Lesesaal. An seinem Platz sind die Bücher aufgereiht, die Lampe brennt nicht, und der Stuhl ist ordentlich unter den Tisch geschoben. Aleksander spürt, wie seine Unruhe zunimmt. Er beschließt, alle Treppen zu Fuß zu gehen, statt den Fahrstuhl zu nehmen. Die Treppe ist schmal und beschreibt eine sanfte Spirale. Ihm wird schwindlig, aber er drosselt sein Tempo nicht und spielt auch nicht mit dem Gedanken, doch mit dem Fahrstuhl zu fahren. Denn wenn er sich auf den Schwindel konzentriert, überlagert der vielleicht seine Unruhe.

Aleksander ist fast immer unruhig, und er findet es schrecklich. Die Unruhe steigt in ihm auf und jagt ihn auf der Suche nach Ruhe, Harmonie und Wohlbefinden vom einen zum anderen. Von einem Ziel zum nächsten, von einem Haufen guter Studienpunkte in dem einen Fach zu einem Semester in einem ganz anderen. Von Basketball zu Bergsteigen, von Fußball zu Snowboard. Sein Leben ist voller halb fertiger, unvollendeter Projekte. Von Festen, Mädchen und mildem Rausch. Atemlos stolpert er durch das Leben, ist immer nur für kurze Momente glücklich, ist aber auch niemals richtig unglücklich. Bei Edith jedoch fühlt er sich immer wohl, es ist eine ersehnte Ruhe. Ihre tiefe Stimme, ihr großer warmer Körper.

Aleksander ist kein unbegabter Student. Auch wenn er bisher kein Musterstudent war und eher mittelmäßige Noten erzielt hat, so ist ihm doch klar, dass seine Beziehung zu Edith das Etikett Mutterkomplex verdient. Das weiß er, aber für ihn spielt es keine Rolle. Er geht an der dritten Etage vorbei, der Romanistik, und vor seinem inneren Auge tauchen Bilder seiner Mutter auf, ein groß geblümtes Sommerkleid, Füße auf dem Tisch, eine Illustrierte auf dem Schoß. Sie lächelt ihn an, er lächelt nicht zurück. Nicht, weil er mit seiner Mutter zerstritten wäre, sondern weil sie ihm nichts mehr bedeutet, weil sie ihm gleichgültig ist. Er hat sie schon seit Jahren nicht mehr gesehen.

Die schwarzen Fliesen auf dem Boden des Foyers sind schmutzig und feucht. Es zieht, weil die Tür immer wieder von Studenten und Dozenten geöffnet wird. Überall hängen tropfnasse Regenschirme und Jacken. Er geht ins Kafé Niels, das am Ende der Halle liegt, schnappt sich eine *Universitas* aus dem Regal, holt sich einen Kaffee und eine Waffel und setzt sich an einen der runden Tische. Er will Edith eine SMS schicken oder sie vielleicht sogar anrufen. Vielleicht überlegt sie sich die Sache ja noch anders. Er reißt ein Waffelherz ab, betrachtet es optimistisch und holt sein Telefon aus der Tasche.

Edith Rinkel hat ein ausgeglichenes Temperament. Sie lebt ein Leben, das sie bewusst gewählt und dann nach ihren Vorstellungen geformt hat. Sie liebt die Universität, oder genauer gesagt, theoretisch liebt sie die Universität, in der Praxis liebt sie einiges daran und toleriert den Rest. Sie liebt das Ideal der Universität, wie sie ist, wenn Edith Rinkel in Ruhe in ihrem Büro sitzen und forschen darf. Ja, Edith Rinkel hat ein ausgeglichenes Temperament. Sie ist guter Dinge, aber unter der Oberfläche brodelt immer eine Gereiztheit, die zum Ausdruck kommt, wenn sie mit Menschen zu tun haben muss, die sie nicht respektieren kann.

Jeden Tag betritt sie irgendwann zwischen neun und zehn ihr Büro und verlässt es etwa zehn Stunden später. Ihr Mittagessen nimmt sie häufiger vor ihrem Computer ein als in der Mensa, zu Abend isst sie immer dort, oft mit Kollegen, aber sie fühlt sich auch wohl in Begleitung eines spannenden Artikels. Ein Tag ist wie der andere, Werktag wie Feiertag, wenn Edith Rinkel keine Kongresse besucht oder einen ihrer äußerst seltenen Urlaube macht.

Sie hat wenig Kontakt zu anderen Menschen, ihre Familie, ihre Mutter und die beiden Schwestern, sieht sie selten und vermisst sie nie. Sie hat nicht mit ihnen gebrochen, denn ein Bruch hätte Leidenschaft und starke Gefühle erfordert, und die bringt sie ihrer Familie nicht entgegen. Sie treffen sich vielleicht einmal pro Jahr in gegenseitiger und höflicher Gleichgültigkeit. Aber sie hat ihre Bücher, ihre

Schuhe, und meistens hat sie einen Liebhaber. Außerdem hat sie eine Freundin. Eine sehr gute Freundin. Ab und zu macht Edith Rinkel früher Feierabend und trifft sich mit Rita Enoksen-Lie, sie sehen sich einen Film oder ein Theaterstück an und gehen zusammen essen. Edith Rinkel kennt Rita Enoksen-Lie seit ihrer Einschulung an der Grundschule Vinderen, vor dreiundvierzig Jahren.

Heute ist es fünfzig Jahre her, dass ich geboren wurde, denkt Edith Rinkel. Aller Wahrscheinlichkeit nach habe ich bereits mehr als die Hälfte der mir zugemessenen Zeit gelebt. Vor zwei Stunden war es genau fünfzig Jahre her, dass meine Mutter mich geboren hat. Die Vorstellung, dass eine Frau, zu der sie niemals eine nahe Beziehung gehabt hat, ihren Körper aus sich herausgepresst hat, widert sie nicht an. Aber sie staunt darüber, es erscheint ihr seltsam fern und weniger wirklich als die abstraktesten morphosyntaktischen Theorien.

Als meine Mutter so alt war wie ich jetzt, war ich dreiundzwanzig, rechnet Edith Rinkel nach, und mir kam sie vor wie eine alte Frau, die nicht das Leben bekommen hatte, von dem sie geträumt hatte, und die jetzt nicht mehr träumte.

Während sie diese Gedanken hat, steht Edith Rinkel vor dem Badezimmerspiegel und putzt sich die Zähne. Sie spült die Zahnbürste aus, stellt sie ins Glas, mustert ihr Gesicht, das beim Zähneputzen doch die ganze Zeit im Spiegel vorhanden war, ohne dass sie es eigentlich registriert hätte. Sie ist keine eitle Frau. Es ist nicht so, dass sie sich nicht für ihr Aussehen interessierte, aber sie hat dazu eine ziemlich pragmatische Haltung: Es ist wichtig für sie, so gut auszusehen, dass sie die Liebhaber bekommen kann, die sie bevorzugt, dass sie so lange wie möglich diejenige sein kann, die auswählt.

An der Schlafzimmertür haben die früheren Wohnungsbesitzer einen Spiegel angebracht, sie geht hin, mustert ihren nackten Körper, ein kritischer, forschender Blick, so objektiv, wie es möglich ist, wenn man den eigenen Körper mustert. Automatisch zieht sie den Bauch ein, dann lässt sie die Muskeln erschlaffen, um den Bauch so weit wie möglich herauszudrücken. Sie dreht sich zur Seite, betrachtet sich aus diesem Winkel, kneift liebevoll in den Fettrand über dem Hüftkamm, klopft sich auf den Hintern, sodass das Fleisch zittert und bebt und die Erschütterung sich über die Oberschenkel bis nach unten fortpflanzt, und in ihrem Kopf erscheint das Bild von Aleksanders perfekt geformten Halbkugeln, weiß, hart und glatt, wie das Porzellan des Waschbeckens, in das sie soeben ihren Zahnpastaschaum gespuckt hat.

Sie hebt die Brüste zu ihrem Mund, mit jeder Hand eine, lässt die Zunge über die Brustwarzen gleiten, die sich erregt aufrichten. Ihr gefällt das, was sie sieht, ihr gefällt das, was sie spürt. Ihr Körper wird ihr noch einige Jahre zur Verfügung stehen, ihr die Möglichkeit geben, die Zeit zu verlängern, in der sie nicht bitten muss, sondern verlangen kann, in der sie das auswählende Subjekt ist, nicht das ausgewählte Objekt. Aleksander. Ein süßes Kitzeln durchläuft sie, wenn sie an Aleksander denkt. Aber sie wird die Sache mit ihm bald beenden müssen. Sie will nicht, dass er sich über das rein Erotische hinaus engagiert. Sie macht sich Sorgen um sein Wohlergehen. Sie selbst ist davon überzeugt, dass Aleksander für sie austauschbar ist, wie die Liebhaber vor ihm, er kann gelöscht, entfernt, getilgt und dann durch einen anderen ersetzt werden, wie im Sprachspiel von Ludwig Wittgenstein, bei dem ein Baustein mit einem anderen Stein desselben Wertes vertauscht werden kann.

Sie bückt sich und zieht die roten Schuhe an, die sie abgestreift hat, ehe sie ins Badezimmer gegangen ist, sie richtet sich wieder auf und betrachtet sich noch einmal. Lange bleibt sie vor dem Spiegel stehen. Sie ist ein wenig wacklig auf den Beinen, wie sie jetzt merkt. Vom Rotwein, den sie zum Abendessen getrunken hat. Sie mag den Geschmack von Wein, aber nicht den Rausch. Berauscht zu sein bedeutet, die Kontrolle abzugeben. Aber im Moment ist das nur gut so, der Alkohol hat eine versöhnende weiche Decke der Gleichgültigkeit über die Verärgerung gelegt, die Edith den ganzen Tag gespürt hat. Aber jetzt sorgt der Rausch dafür, dass sie ihrem Spiegelbild freundlich zulächelt, verführt und zugleich verführend: Schöne Beine, stellt sie fest, ehe sie vorsichtig die Schuhe abstreift, sie an ihren Platz ins Schuhregal im Wohnzimmer stellt, die Lampen ausknipst (mit Ausnahme von den dreien im Gang) und sich ins Bett legt. Von ihrem Geburtstag ist nur noch eine Viertelstunde übrig. Aber Edith Rinkel kann nicht schlafen, sie liegt da und lässt den Tag Revue passieren.

Die Feier im Institut war wie erwartet, nur Paulsens Rede war schlimmer, als sie befürchtet hatte. Edith Rinkel kennt ihn seit ihrem Studium, und sie stellt in regelmäßigen Abständen fest, dass er im Laufe der Jahre nicht gerade begabter geworden ist.

Nach der Feier in der Mensa war sie in ihr Büro gegangen, aber sie hatte keine Lust zum Forschen gehabt, keine Lust, mehr zu schreiben, obwohl ihr aktuelles Projekt – das sie aus Spaß ihr »Traumprojekt« nennt – auf dem Tisch lag und auf sie wartete. Aber auch das Traumprojekt hatte sie nicht locken können. Lange hatte sie tatenlos dagesessen, am Ende hatte sie ihre Mails geöffnet und höflich, aber halbherzig die wenigen Glückwunschmails beantwortet, die ihr Kollegen von anderen Instituten und Universitäten geschickt hatten.

Eine Studentin, ein begabtes, aufgewecktes Mädchen, eine von Edith Rinkels Lieblingen, klopfte an, steckte den Kopf ins Zimmer und fragte, ob sie eine Frage stellen dürfe, aber Edith Rinkel antwortete unfreundlich, fast mürrisch, sie habe zu tun. Dann blieb sie mit den Händen im Schoß sitzen und starrte aus dem Fenster. Sie sagte sich, das sei Zeitverschwendung und die Zeit sei zu wertvoll und könne zu etwas Nützlichem verwendet werden. Sie steckte einen Artikel über Kasusformen in ihre Aktentasche, um in der Mensa in dessen Gesellschaft zu Abend zu essen.

Aber als sie die Mensa betrat, überlegte sie sich die Sache

wieder anders. Aleksander hatte sie zum Essen einladen wollen, aber sie hatte nur gelacht und seine letzte SMS nicht einmal beantwortet. Rita hatte sie ebenfalls eingeladen, aber da hatte sie schon vor langer Zeit abgesagt, und sie fand jetzt, sie könne nicht anrufen und ihre Absage widerrufen. Den Gedanken, Aleksander anzurufen, musste sie immer wieder verdrängen, er tauchte aber kurze Zeit später hartnäckig wieder auf.

Nicht Rita, nicht Aleksander, nicht die Mensa, nicht das Büro. Sie beschloss, nach Hause zu gehen. Sie wollte zu Fuß gehen und dabei die roten Schuhe anbehalten.

Als das Verwaltungsgebäude vor ihr auftauchte, unterhalb der Mensa, legte sie aus alter Gewohnheit den Kopf in den Nacken, und dort, auf dem Dach des elfstöckigen Gebäudes stand er, der Jüngling im weißen Gewande. Sie sah oft zu ihm hoch. Apollo schaut über das Reich, das ihm zugewiesen worden ist, ein wenig unerwartet, irgendwann um die Mitte des 19. Jahrhunderts. Ein Reich, das seitdem gewaltig gewachsen ist. Vom Dach des Verwaltungsgebäudes aus blickt er über die Backsteinhäuser, durch die Fenster, hinter denen die Angestellten der Institutionen, die er beschützen soll, einander ins Ohr flüstern, einander die Artikel aus den Händen reißen, auf dem Schreibtisch Sex haben, während ihre Trauringe funkeln, oder hinter verschlossenen Türen sitzen und sich verstohlen umsehen, ehe sie Resultate löschen und andere eingeben, die besser zu ihren Forschungshypothesen passen. Apollo bekommt eine Gänsehaut und wendet sein schönes androgynes Gesicht ab.

Edith Rinkel geht weiter, die Gereiztheit pocht unter ihrer Haut, und sie schaut zu der neuen Universitätsbibliothek, die ihrer Meinung nach viel zu viel gekostet hat.

Ihre Schuhe klappern über das Pflaster des schmalen

Durchgangs beim Unikindergarten, kurz darauf klingt das Klappern gedämpfter, als sie den asphaltierten Moltke-Moes-Vei erreicht. Hier befinden sich die »Blindern Barnestuer«, der größte Kindergarten für die Kinder der Angestellten.

Edith Rinkels Gebärmutter hat kein Leben produziert, und sie hat sich auch nie Kinder gewünscht. Sie ist froh darüber, dass sie keine Kinder hat, aber das bedeutet nicht, dass sie Kinder nicht leiden kann. Edith Rinkel mag Kinder sehr, sie will sie nur nicht zu dicht an sich heranlassen, das würde zu viel Verantwortung und verlorene Herrschaft über ihre eigene Zeit bedeuten. Sie mag Kinder, aus denselben Gründen, aus denen sie Tiere und Insekten mag. Sie mag die Ästhetik ihrer Körper, aber vor allem hat sie Mitleid mit ihnen. Sie sind so hilflos, den Erwachsenen schutzlos ausgeliefert.

Die Insekten hatten ihr schon als Kind leidgetan, nachdem sie beobachtet hatte, wie ihr Vater Fliegen und anderen fliegenden Arten die Flügel ausriss. Kurz darauf schloss sie auch alle anderen Tiere in ihr Mitleid mit ein, Tiere und Vögel. Mit dem Mund voller Gänseleber erzählte der Vater, wie Gänse durch einen Trichter mit Getreide und Arsen vollgestopft werden, damit ihre Leber fett wird und anschwillt. Einmal ging er mit den Töchtern in den Zirkus und erzählte, wie Zirkusbären tanzen lernen. Er verfolgte damit natürlich rein pädagogische Absichten, mit großer Erzählerfreude und einem guten Blick für Details. »Der angekettete Bär wird auf eine Metallplatte geführt, und unter der Platte wird Feuer gemacht. Die Metallplatte, auf der der Bär steht, fängt an zu glühen, und der Bär muss die Tatzen heben, um sich nicht die Pfoten zu verbrennen. Die ganze Zeit über wird dabei laute Musik gespielt, Mädels. Wenn Meister Petz dann später diese Musik wieder hört, hebt er automatisch die Tatzen. Raffiniert, was?« Ihre Schwestern brachen in Tränen aus und wollten nach Hause. Nach dem Zirkusbesuch begriff Edith, dass auch Kinder Mitleid verdient haben.

Sie schaut immer zu den Kindern in den Kindergärten hinein, an denen sie auf dem Heimweg vorbeikommt, und sie lächelt gerührt über rote Wangen, komische kleine Hände und einen aufgegangenen Zopf. Aber heute ärgert sie sich nur, als sie in das Wirrwarr schaut, sie ärgert sich über die kleinen Menschen in lila, grünen, blauen und gelben Overalls. Dass diese wiederkehrende Irritation etwas damit zu tun haben könnte, dass sie jetzt ein halbes Jahrhundert alt ist, darüber will Edith Rinkel nicht nachdenken, und deshalb tut sie es auch nicht.

Sie geht jetzt schnell, ihre Schuhe knallen hart und rot auf den Boden, aber wie üblich schaut sie die Kindergartenkinder an und beobachtet einen Jungen mit rotztriefender Nase und dem gleichen selbstbewussten Blick wie Paulsen. Er will, dass ein kleinerer Junge etwas für ihn holt, und deshalb stößt er ihn gebieterisch mit einem Stock an. Gleich daneben kämpfen drei Kinder um einen Eimer, reißen am Henkel, bis der abbricht. Ein Kind schlägt einem anderen mit einem Spielzeugauto auf den Kopf.

Viele der Kinder in »Blindern Barnestuer« werden später selbst als Angestellte an der Universität landen. Gut, dass sie schon mal trainieren, denkt Edith Rinkel hämisch und wirft einen letzten Blick auf die drei Minidozenten, die sich um den zerbrochenen Eimer prügeln. Dann hat Edith Rinkel den Kindergarten endlich passiert und den Niels-Henrik-Abels-Vei erreicht – nicht viele Hundert Meter entfernt von dem grünen Haus, in dem Pål wohnt, aber das weiß sie nicht.

Als sie Adamstuen erreichte, ging sie in einen der letzten

wirklich guten Fleischer in der Stadt und suchte sich ein großes Entrecote aus, dann überquerte sie die Straße und kaufte frischen grünen Spargel und eingelegte Artischocken beim türkischen Gemüsehändler.

Sie aß im Wohnzimmer, jetzt in viel gelassenerer Stimmung, sie saß auf dem Sofa mit dem Teller auf den Knien und einem hervorragenden Blick auf ihre Schuhsammlung.

Das Essen schmeckte gut (Aleksander hätte es gefallen, er isst doch so gerne Steak), und sie öffnete eine Flasche Rotwein. Sie ist keine besonders gute Köchin, aber ein Steak zu braten, Spargel zu dünsten und eine Dose Artischocken zu öffnen ist auch keine große Kunst. Edith Rinkel nahm große Bissen, kaute gründlich, genoss den Geschmack. Dazu trank sie fast die ganze Weinflasche aus.

Dann spülte sie und trocknete ihren bescheidenen Abwasch ab. Edith Rinkel hat zwar eine Spülmaschine, aber sie spült immer mit der Hand. Sie produziert so wenig schmutziges Besteck und Geschirr, dass es stinken würde, bevor die Maschine auch nur halb voll wäre. Sie hat in Ritas Blick einen Hauch von Mitleid gesehen, als sie das einmal erzählt hat, und ihr war klar, dass Rita die niemals volle Spülmaschine als Symbol für Ediths Einsamkeit sah.

Aber Edith Rinkel spült gerne ab, und das hat sie Rita zu erklären versucht. Sie hält gerne die Hände in die warme Seifenlauge, um danach die Finger über die sauberen, warmen und trockenen Oberflächen von frisch gespültem Porzellan gleiten zu lassen.

Nach dem Spülen wird sie sich aufs Sofa setzen, ein wenig lesen, Aleksanders Geschenk und das große Paket von Rita öffnen und den Rest Wein trinken, vielleicht die Schachtel mit den belgischen Trüffelpralinen holen und sie ansprechend in der blauen Schale vom Institut arrangieren.

In Aleksanders Päckchen lag das Prachtbuch *Secrets of*

the Hive. Sie lächelt und spürt, wie sehr sie sich über dieses Geschenk freut, obwohl sie das Buch schon hat. Natürlich hat sie es schon, alle Bienenliebhaber besitzen es, sie hat es sich nach dem Erscheinen sofort zugelegt, aber das wird sie Aleksander niemals verraten.

Von Rita bekommt sie ein Paar witzige Pantoffeln mit überdimensional dickem Fell, schwarz-gelb gestreift. Zuerst glaubt sie, es sollen zwei Bienen sein, vielleicht auch Hummeln, dann entdeckt sie vorn jeweils eine hellrote Schnauze und daneben zitternde Schnurrbarthaare. Die Pantoffeln sind so weit von Ediths sonstigen eleganten Schuhgewohnheiten entfernt, wie das überhaupt nur möglich ist, und das weiß die Schenkerin natürlich ebenso gut wie die Empfängerin. Edith zieht sie an, spürt, wie sie ihre Füße wärmen, bewegt vorsichtig die Zehen und muss bei diesem Anblick lächeln.

Während sie einen Übersichtsartikel über Ähnlichkeiten und Unterschiede bei Hummelarten genießt (Bombus terrestris, Bombus lucorum, Bombus lapidarius, Bombus pascuorum, Bombus hortorum, Bombus pratorum), isst sie Schokoladentrüffel – steckt sich ganze Pralinen in den Mund, lutscht vorsichtig daran, bis sie sich auflösen und schmelzen. Als sie zur vierten greift, zeigt sich unten in der Schale Apollos Gesicht.

Und zum dritten Mal an diesem Tag denkt sie an den jungen griechischen Gott. Zu Hause im Esszimmer stand auf dem Kamin im Esszimmer eine Büste Apollos, sie wusste, dass die Büste aus dem Elternhaus der Mutter stammte und dass sie nach dem Tod der Großmutter ihren festen Platz auf dem Kamin erhalten hatte.

Edith weiß noch, wie fasziniert sie war, wenn die Mutter die aus porösem Gips gefertigte Büste säuberte. Es war eine richtige Zeremonie. Apollo wurde nämlich mit Weißbrot gereinigt, mit frischem Weißbrot. In der Küche schnitt die Mutter den Brotkanten vom einen Ende, danach kratzte sie den weichen Inhalt heraus und brachte ihn in einem kleinen Korb ins Esszimmer, um dort mehrere Male eine wohldosierte Brotmenge über die Büste zu rollen, während sechs Mädchenaugen zusahen und Apollo zusehends weißer wurde. Danach durften Edith und die Schwestern den knusprigen Brotkanten mit Marmelade essen. Die Spatzen, die Familie Rinkels Vogelbrett besuchten, erhielten das Weißbrot, gefärbt vom Staub aus der griechischen Mythologie.

Edith steckt die vierte Praline in den Mund, fährt mit der Hand über den glänzenden Umschlag von Aleksanders Geschenk und überlegt, wo die Apollobüste aus ihrem Elternhaus gelandet sein mag. Vermutlich bei einer der Schwestern. Natürlich stellt Edith sich diese Frage nicht aus Sentimentalität. Dass sie sich fragt, wo die Büste steckt, als sie an ihrem fünfzigsten Geburtstag auf dem Sofa sitzt, liegt nur daran, dass das die nächstliegende Stufe in ihrer Gedankenreihe war: Der Anblick Apollos unten in der blauen Schale hatte sie an die Apollobüste ihrer Kindheit erinnert, die wiederum die Frage nach dem Verbleib der Büste aufwarf. Nein, Sentimentalität ist normalerweise kein Gefühl, das Edith Rinkel häufig spürt, und wenn sie erführe, dass die Büste, teilweise zerbrochen, im Keller der jüngsten Schwester steht, würde sie das ganz gelassen hinnehmen. Jedenfalls, wenn sie das an jedem anderen Tag erfahren hätte als an ihrem Geburtstag.

Um halb zwölf geht sie ins Badezimmer, zieht sich aus, wäscht sich das Gesicht, putzt die Zähne, um zwanzig vor zwölf steht sie nur mit roten Schuhen bekleidet vor dem Spiegel, um Viertel vor zwölf liegt sie im Bett, und niemand kann behaupten, ihr Geburtstag wäre nicht befriedigend verlaufen, ja, er war genauso, wie sie es erhofft hatte, eine würdige und unaufgeregte Angelegenheit. Sie ist zufrieden. Sie ist müde. »Es wird guttun zu schlafen«, sagt sie sich, sie schließt die Augen und rechnet mit sofortigem Einschlafen. Aber sie schläft nicht ein.

Sie hört noch das Scheppern vom Zeitungskarren, als sie endlich einschläft. Auf ihrem Nachttisch liegt das Geschenk, worüber sie sich am meisten gefreut hat: *Secrets of the Hive*. Der Sonnenaufgang ist an diesem Morgen prachtvoll, die Wolken leuchten golden und rot über Sankthanshaugen, sie bilden dünne horizontale Streifen, wie die Linien in einem Schreibheft. Edith sieht sie nicht, und sie sieht auch nicht, wie schön die Sonne auf den Umschlag des Buches scheint, das Aleksander sorgfältig ausgesucht und ihr geschenkt hat.

Magst du junge Burschen, Edith?«, hatte Rita Enoksen-Lie sie eines späten Abends gefragt, kurz nach ihrem fünfzigsten Geburtstag. Sie saßen, jede einen Martini Bianco vor sich, in der Bibliotheksbar des Hotels Bristol. Edith hatte gerade ganz offen von Aleksander erzählt.

»Ja«, antwortete Edith.

»Ich meine«, sagte Rita, »bevorzugst du sehr junge Männer?«

»Nein. Ich mag junge Männer, Männer in meinem Alter und Männer, die älter sind als ich. Ich mag sie in jedem Alter. Das ist so wie mit Essen. Salzig oder süß? Magst du lieber salzig oder lieber süß, wird man doch immer gefragt.«

»Süß«, parierte Rita sofort.

»Da siehst du. Das hab ich gewusst. Aber für mich ist das eine absurde Frage. Mir schmeckt beides. Und zwar genau gleich gut. Ich will Zucker und Salz. Aber natürlich …«

»Natürlich was?«

»Sein Körper. Sein junger Körper. Der ist so schön! Die Linien seiner Oberschenkel, Rita! Die langen harten Beinmuskeln. Und er ist so glatt. Und fast haarlos am Oberkörper, nur ein paar Büschel unter den Armen.«

»Wie alt ist er eigentlich?«

»Ach, irgendwo so Anfang zwanzig.«

»Ach was, Anfang zwanzig«, scherzte Rita und hob die Augenbrauen.

»Er ist fünfundzwanzig.«

»Ich muss schon sagen. Ich bin … beeindruckt, Edith.«

»Er ist so jung, dass er Worte wie krass benutzt.«

»Ach, und wie reagiert die Professorin darauf?«

»Ich registriere es, Rita. Ich registriere es. Normativistin bin ich zum Glück nie gewesen.«

»Ich glaube, ich könnte keinen Sex mit einem so jungen Mann haben«, sagte Rita.

»Weil du dich nicht traust«, sagte Edith.

»Ja, vielleicht«, gab Rita zu. »Weiß irgendjemand von dir und Aleksander?«

»Nein, bisher nicht«, antwortete Edith. »Ich rede auch gern mit ihm. Der Junge ist nicht dumm.«

»Und wie läuft es sonst so bei der Arbeit?«

»Ich liebe meine Arbeit.«

»Aber was ist los?«, fragte Rita. »Ich höre doch, dass etwas nicht stimmt.«

»Es gibt Gerüchte im Institut«, antwortete Edith. »Gerüchte über mich. Ich soll etwas gestohlen haben.«

»Das ist doch absurd!«

»Ja, aber es ist trotzdem unangenehm«, sagte Edith mit einem leichten Lachen, als versuche sie, das alles zu bagatellisieren. Man musste sie schon sehr gut kennen, um zu hören, wie viel Schmerz sich hinter diesem Lachen versteckte. Und Rita kannte sie gut.

»Was sollst du denn gestohlen haben?«, fragte sie und legte vorsichtig die Hand auf den Ärmel von Ediths dunkelblauem Blazer aus dünnem Wollstoff.

Edith sah ihrer Freundin nicht in die Augen. Sie hob ihren Martini, musterte die klare Flüssigkeit mit ernster Miene und schüttelte ihr Glas, sodass die Eiswürfel klirrten. Der beleibte Pianist mit seinen pomadigen Haarsträhnen, seinem professionellen Lächeln und seinem blendendweißen Hemd schaute sie an und wechselte zu einer schnellen, munteren Melodie. Edith sah einen Moment in seine Richtung, dann hob sie das Glas an den Mund, leerte es, leckte sich die Unterlippe, stellte es vorsichtig auf den Tresen und antwortete in einem Tonfall leicht und locker wie Zuckerwatte: »Teile einer Examensarbeit, in Chicago.«

»Herrgott.«

»Du weißt nicht alles über mich, Rita.«

»Nein«, sagte Rita langsam. »Vielleicht nicht. Aber ich weiß immerhin, dass das der reinste Unsinn ist.«

»Ja, schon«, sagte Edith und wollte sie wieder nicht ansehen.

»Neid«, stellte Rita fest. »Solche Wirkung hast du auf die Leute, weißt du. Du bist zu hübsch und zu intelligent. Das warst du schon immer. Das können die Leute nicht ertragen.«

»Du auch nicht?«, fragte Edith, und diesmal war ihre Stimme nicht aufgesetzt munter, sondern nur tonlos.

»Hör doch auf! Bei mir ist der Neid schon lange verflogen! Daraus ist Zuneigung geworden. Ich hab dich doch gern, das weißt du aber auch.«

Neid kann Kriege auslösen und Reiche untergehen lassen. Eifersucht kann zu den unsinnigsten Entscheidungen führen. Andererseits können Neid und Eifersucht zu erhabenen Kunstwerken und hochwertiger Wissenschaft inspirieren. Alle Menschen leiden ab und zu unter Neid, alle haben gelbe, giftige Eifersucht erlebt. Aber bei einigen wenigen gibt es keine Spur von Neid oder Eifersucht. Edith Rinkel gehört zu dieser kleinen Minderheit.

Neid ist eine Art Egozentrismus, bei der man einfach so sehr mit sich und der eigenen Position beschäftigt ist, dass man anderen keinen Erfolg gönnt. Neid ist eine Form von Selbstbezogenheit, aber Edith Rinkels totaler Mangel an Neid liegt an einer noch größeren Selbstbezogenheit, denn mangelndes Interesse an anderen führt zu einem Mangel an Neid. Edith Rinkel ist ein Mensch, der sich selbst genug ist. Andererseits ist Edith Rinkel ehrgeizig, und viele würden sie als arrogant bezeichnen. Ehrgeiz und Arroganz ergeben keine sonderlich charmante Mischung und lassen sich leicht mit Neid oder Eifersucht verwechseln.

Obwohl Edith Rinkel nicht neidisch und auch nicht eifersüchtig ist, ist sie eine Frau, die bei anderen in hohem Maße Neid und Eifersucht hervorruft, wie ihre Freundin Rita Enoksen-Lie soeben gesagt hat. Ihre fachliche Überlegenheit könnte ihr jedoch verziehen werden, wenn sie nicht zu allem Überfluss auch noch schön gewesen wäre. Aber sie trägt den Kopf zu hoch, alle können sehen, dass die Meinung der anderen ihr im Grunde egal ist. Sie ist, jedenfalls scheinbar, unverwundbar.

Ihren Schulkameradinnen gefielen weder die taillenlangen dicken, schwarzen Zöpfe noch ihre fehlerlosen Aufsätze. Vor allem aber ärgerten sie sich über Ediths verständnislosen Blick, diesen total verständnislosen Blick, den sie als überlegen deuteten, wenn sie aus den geheimen Kreisen der Klasse ausgeschlossen oder in den Sportstunden als Letzte gewählt wurde. Edith litt nicht, sie hatte überhaupt kein Gespür dafür, dass die anderen sie ausgrenzen wollten. Edith war sich selbst genug.

Außerdem hatte sie Rita, die Direktorentochter, die in einer gelben, zugigen Holzvilla gleich um die Ecke wohnte, die dünne Knie und gänsehäutige und raue Oberarme hatte (die Direktorentochter, die kurz vor dem Ende ihres Jurastudiums unter mitleidigem Schnauben der Familie eine Laufbahn als ungelernte Kunstlehrerin einschlug). Rita Enoksen und Edith Rinkel hatten sich gleich zu Beginn der ersten Klasse angefreundet, und die Lehrerin bezeichnete sie als »unzertrennlich«, als »zwei Erbsen in einer Schote«,

Ausdrücke, die Edith sehr gefielen, die sich im Mund gut anfühlten und ihr beide neu waren.

Rita wusste, dass die beiden ein ungleiches Paar waren, und erst als sie erwachsen waren, gestand sie, dass sie anfangs eine Sterbensangst vor Edith gehabt hatte. Und der einzige Grund, Edith anzusprechen und zu fragen, ob sie mit ihr nach Hause kommen dürfe, sei der gewesen, dass sie Ediths Vater von Nahem sehen, vielleicht sogar mit ihm sprechen wollte. »Meinen Vater?«, fragte Edith ungläubig. »Warum das denn?« Rita lächelte und erzählte, ihr Vater habe einmal auf Ediths Vater gezeigt und erklärt, der sei Expeditionsleiter – im Norwegischen bedeutete das zugleich Referatsleiter –, und Rita hatte in seiner Stimme einen Hauch von etwas gehört, das sie nicht deuten konnte. Respekt? Bewunderung? Neid?

»Ach ja?«, sagte Edith erwartungsvoll, als Rita in ihrer Geschichte so weit gekommen war, Ritas unterdrücktes Lachen machte sie neugierig.

Rita hatte sich, mit pochendem Herzen, auf dem Schulhof der hochgewachsenen Edith genähert, Edith, die alles konnte und alles wusste. Rita hatte ihre eigenen gänsehäutigen Oberarme umklammert, als sie gefragt hatte, ob sie miteinander spielen, ob sie Freundinnen sein könnten. »Ja«, hatte Edith geantwortet, von der Offenheit der anderen überrumpelt.

Es war die Neugier, die Rita diesen Mut verliehen hatte, sie wollte so gern einem Mann begegnen, der Leiter von Expeditionen war, gefährlichen Expeditionen an den Nordpol oder vielleicht sogar nach Australien oder Neuguinea.

Über dieses Missverständnis hatten sie oft gelacht, ja, sie lachen auch jetzt darüber, als sie auf ihren Hockern in der Bibliotheksbar balancieren und mit süßem Martini anstoßen. »Hundeschlitten«, sagt die eine plötzlich. »Tropenhelm«, erwidert die andere, und beide prusten los, so komisch ist der Unterschied zwischen dem verstorbenen Referatsleiter Rinkel im Justizministerium und den romantischen Vorstellungen der sieben Jahre alten Rita.

Nach dem zweiten Martini bestellten sie eine Flasche Weißwein, von der Rita das meiste trank. Rita fragte, ob Edith mehr von Aleksander erzählen wolle. Das wollte sie nicht. Rita fragte, ob sie mehr über Ediths Probleme im Institut sprechen sollten. Auch das wollte sie nicht. Rita betonte ihre Zuneigung, was immer Edith auch getan haben mochte, und wie immer, wenn sie dieses Stadium der Betrunkenheit erreichte, fing sie an, über ihren Bruder zu reden, über Leo. Edith war an Ritas nuschelnde Dankbarkeit gewöhnt, aber sie gefiel ihr trotzdem nicht. Sie redete gern über Ritas Bruder, aber auf die Sentimentalität, die parallel zu Ritas Promille stieg, hätte sie gern verzichtet.

Sie hatte Ritas Bruder wirklich geliebt, ganz anders als ihre eigenen Schwestern, die ihr eigentlich immer ziemlich egal gewesen waren. Leo hatte sie aufrichtig gern gehabt. Und Leo seinerseits hatte Edith angebetet. Er wurde drei Jahre nach Edith und Rita geboren, in eine Familie, die sich seit Jahren einen Sohn wünschte, die sich einen perfekten kleinen Erbprinzen erträumte, der den traditionsreichen Betrieb Enoksen & Sohn weiterführen könnte. Er wurde mit Teilen der Fruchtblase als blauer leuchtender Haube auf dem Kopf geboren. »Der wird es weit bringen, er ist ja schließlich mit einer Glückshaube geboren worden!«, hatte die Hebamme gerade gesagt, als sie die schräg stehenden Augen und die Hautfalten in den Augenwinkeln entdeckte. Es zeigte sich, dass Leo mit einer Glückshaube und außerdem mit zwei zusätzlichen Chromosomenpaaren auf die Welt gekommen war.

Der kleine Leo Enoksen. Die Eltern hatten ihn mit aufrichtiger Enttäuschung in Empfang genommen und mit einer Liebe, die ein kleines bisschen größer war als die Empörung darüber, dass das ausgerechnet ihnen passiert war. Rita hatte gelernt, sich ihres Bruders zu schämen, und sie hatte versucht, ihn geheim zu halten, als sie sich mit der hübschen und gescheiten Edith angefreundet hatte. Aber Edith hatte ihn von dem Tag an geliebt, an dem sie ihn kennengelernt hatte, und auf irgendeine wundersame Weise hatte sie Ritas Unbehagen in Stolz verwandeln können. Das aber ist eine andere Geschichte, und Leo starb sehr jung, wie die meisten seiner Brüder und Schwestern.

»Sie leben nicht lange. Sie sind doch viel zu gut für diese Welt«, hatte Ritas Mutter Edith mit tränenerstickter Stimme anvertraut. Sie standen mit Rita unter der Treppe zum Vestre Krematorium. Edith fror, Rita sah aus wie zu Eis erstarrt.

»Da haben Sie etwas Wahres gesagt, Frau Enoksen«, war Ediths Antwort gewesen. »Sie sind vielleicht die Besten unter uns allen.«

»Na ja«, protestierte Leos Mutter, dann riss sie sich zusammen.

Aber wie gesagt, das ist eine andere Geschichte, eine, die nicht in die Geschichte von Edith Rinkel, Pål Bentzen und Nanna Klev gehört. Und wie Edith selbst schon gesagt hatte: Rita wusste nicht alles über Edith, und Ediths akademisches Leben war natürlich der Bereich von Ediths Leben, über den Rita am allerwenigsten wusste.

Sie sitzen in einem Café in dem großen Park, der Kings Park heißt. Der riesige Park liegt auf einem Höhenzug, und vom Café aus haben sie einen Ausblick auf die ganze Stadt bis zum Swan River. Er trinkt Bier, sie trinkt Kaffee. Zwischen ihnen auf dem Tisch steht ein halb leeres Glas mit Eis, zwei langstielige Löffel zeigen jeweils in unterschiedliche Richtung (und Aleksander muss einfach an gespreizte Frauenschenkel denken). Sie sitzen schon lange dort, nachdem sie zuerst stundenlang durch den Botanischen Garten spaziert sind. Sie hat ihm Bienen, Hummeln und schöne Schmetterlinge gezeigt und darüber erzählt. Sie haben über ihre Kindheit gesprochen. Edith hat von ihrem Vater und ihren Schwestern erzählt. Aleksander hat Edith mehr über seine Mutter anvertraut als irgendeinem anderen Menschen jemals zuvor. Erneut stellten beide fest, ohne es sich zu sagen, wie leicht sie miteinander reden konnten, wie oft ihre Gedanken dieselben Bahnen einschlugen.

»Uns geht es nicht so schlecht«, sagt Aleksander, er streckt die Hand aus und streichelt ihren Arm. Sie gibt keine Antwort. »Von jetzt an werde ich mich an Frauen mit Macht halten«, fügt er hinzu, in einem Versuch, die ernste Stimmung aufzulockern, die während der letzten Minuten zwischen ihnen geherrscht hat.

Über ihnen fliegen farbenfrohe Papageien, eine Heerschar aus rosafarbenen und einigen ziemlich kleinen grünen Vögeln. Es hat etwas Unwirkliches, in einem Land zu sein, in dem Vögel nicht einsam in Käfigen sitzen, sondern in großen Schwärmen über die Köpfe fliegen und sich auf Bäumen oder Telefonleitungen niederlassen. Und sie lächelt und nickt.

Edith Rinkel mustert die fast weiße Hand, die ihren Arm liebkost. Die Hand ähnelt einer Marmorhand, sie könnte zur Statue eines griechischen Jünglings gehören. Sie könnte zu Apollo gehören. Seine Adern sind wie neblige blaue Flüsse unter der makellosen glatten Haut. Ihre eigenen Adern sind geschwollene Bänder auf ihrem Handrücken, die Arme sind von zahllosen Leberflecken bedeckt, kleinen und großen Muttermalen, die Haut ist gröber, ihr Teint dunkler. Sie registriert den Kontrast zwischen ihnen, ohne sich zu schämen oder verlegen zu sein, ohne den Drang, ihren Arm zurückzuziehen. »Es wird Gerede geben«, sagt sie, vielleicht als Reaktion auf seine versuchsweise scherzhafte Bemerkung über Frauen mit Macht – vielleicht sagt sie es auch einfach nur so. Es ist jedenfalls deutlich, dass sie seine Zärtlichkeiten genießt.

Als er kurz darauf aufsteht, um zur Toilette zu gehen, schaut sie hinter ihm her, und mitten in der Freude über den Anblick seines Körpers spürt sie Trauer, darüber, dass Aleksanders Körper, so, wie er jetzt ist, mit den Jahren verschwinden und zu dem eines Mannes mittleren Alters werden wird. Sie fragt sich, ob er in die Breite gehen wird, lebendig in Fett begraben, ob sein Oberkörper Fassform annehmen wird, ob die knabenhaften, schmalen Hüften breiter werden, ob sich Aleksander nach und nach in einen Paulsen oder einen Holstein verwandeln wird. Gott bewahre! Oder vielleicht werden die Linien seines Körpers auch eintrocknen, und Aleksander wird zu einem dieser mageren älteren Männer werden, mit papierdünner, von Leberflecken übersäter Haut.

Sie sitzt vor den Resten des üppigen Eisbechers an einem Cafétisch und trauert über die Vergänglichkeit seiner Schönheit, weigert sich aber einzusehen, dass sie auch ihre eigene betrauert und die Tatsache, dass sie nicht Zeugin der Veränderung werden kann, die ihm bevorsteht.

Er kommt zurück, und als er sich wieder setzt, fallen ihm die dunkelblonden Haare ins Gesicht. Er schüttelt sie zurück, streckt eine seifenduftende weiße Hand aus und will ihre nehmen. Sie gibt ihm die Rechte, er lässt seinen Zeigefinger in Ediths Handfläche Kreise beschreiben, während er ihr eindringlich ins Gesicht schaut. Seine Augen sind hilflos, trotzig und blau. Seine Finger gleiten über ihre Hand, in kleinen und großen Kreisen, zum Handgelenk hinab, zwischen ihren Fingern hinauf, ab und zu kneift er in die Haut zwischen Mittelfinger und Ringfinger, dann kitzelt er sie mit den Fingernägeln auf dem fleischigen Stück gleich beim Daumen. Er ist so rot und weiß und schön, und so hinreißend wie ein Engel von Botticelli, und sie hat Millionen von Nervenfäden in der rechten Handfläche, die alle offenbar in direkter Verbindung zu ihrem Unterleib stehen. Wenn er nicht aufhört, dann kommt es mir jetzt gleich, hier am Cafétisch, vor den Augen aller dieser Menschen«, denkt sie. »Lass uns bezahlen«, sagt sie.

Eine halbe Stunde später liegen sie im Hotelbett, erschöpft und schweißnass, postkoital schweigsam.

»Weißt du, dass Honig schon seit der Antike als Medizin verwendet wird?«, fragt Edith schließlich.

»Mhm«, antwortet Aleksander.

»Für entzündete Operationswunden und Brandwunden, die nicht verheilen wollen ...«

»Igitt. Und jetzt war doch gerade alles so romantisch.«

»... ist Honig sogar wirksamer als Antibiotika«, fährt Edith unbeirrt fort.

»Weißt du, wie das heißt, was ihr Frauen zwischen den Beinen habt?«

»Ja, stell dir vor, das weiß ich. Ich habe dafür sogar mehrere Namen. Ich bin schließlich Linguistin.«

»Die Wunde, die niemals heilt.«

»Igitt. Und jetzt war doch gerade alles so romantisch«, ahmt Edith ihn nach. »Wo war ich stehen geblieben? Gegen bösartige fleischfressende Bakterien ist nichts so wirksam wie Honig. Aber jetzt komme ich zum Interessantesten.«

»Ja?«

»Der Honig, der sich als der wirkungsvollste erwiesen hat, der effektivste, ist nämlich Honig von Bienen, die ihren Nektar auf …«

»Jetzt bin ich aber gespannt!«

»Auf australischen Teebäumen sammeln.«

»Sieh an.«

»Du weißt, dass man bakterientötendes Öl aus Teebäumen gewinnen kann?«

»Honey, das hier ist unser Honeymoon. Bitte, sprich nicht mehr über Bakterien. Dreh dich lieber um.«

Brav legt Edith sich auf den Bauch, in tiefer Dankbarkeit für Ausdauer und Stehvermögen junger Männer. Sie hebt ihr umfangreiches Hinterteil in die Luft, und Aleksander besteigt augenblicklich und nachdrücklich den weißen runden Berg.

Sie sind in Perth an der australischen Westküste, auf einem großen, von der EU finanzierten Kongress für Dozenten und Studierende, es geht um pädagogische Herausforderungen in den Geisteswissenschaften. Aus Norwegen sind von jeder Universität ein Dozent und ein Student angereist. Die Universität Oslo wird von Professorin Edith Rinkel vertreten. Das Logischste wäre es zwar gewesen, wenn Bente Brant vom Institut für Lehrerausbildung und Schulentwicklung gefahren wäre, sie beschäftigt sich schließlich mit Erwachsenenpädagogik, hat darüber ihre Doktorarbeit geschrieben und erst kürzlich ein Buch zu diesem Thema veröffentlicht. Aber der Dekan der Humanistischen Fakultät hat Edith Rinkel ausgesucht, und da helfen kein Gemurre auf dem Gang und kein taktvoll formulierter Beschwerdebrief.

Edith Rinkel hat sich noch nie für Pädagogik oder das Wohl und Weh der Studierenden interessiert, und noch viel weniger hat sie sich in dieser Richtung engagiert. Sie vertritt eine konservative, fast mittelalterliche Sicht auf die Universität als Stätte der Lehre. Das Wichtigste sind für sie die Lehrkräfte, die ihren Stoff beherrschen und einen forschungsbasierten Unterricht anbieten können. Ob die Studierenden verstehen oder nicht verstehen, ist deren Problem, nicht ihres. Edith Rinkel hält altmodische Vorlesungen, sie sind kristallscharf, glänzend und hundertprozentig eingleisig. Seminare, in denen die Studierenden eigene Referate halten, sind für sie verschwendete Zeit.

Am letzten Tag im August waren der Dekan und Edith Rinkel bei einer Dissertationsfeier aufeinandergetroffen. Eine junge Frau, die Rinkel betreut hatte, hatte disputiert, und das darauf folgende Essen hatte in den ehrwürdigen Räumlichkeiten der Akademie der Wissenschaften im Drammensvei stattgefunden.

Nach dem Essen standen der Dekan und Edith Rinkel auf dem Balkon. Es war noch immer sommerlich warm, und auf dem Fjord drängten sich die Boote. Die beiden betrachteten die weißen Dreiecke und sprachen über alte Zeiten, wie man das oft macht, wenn man Menschen trifft, die man seit Jahren kennt, die man aber nicht mehr so oft sieht, dass die Gegenwart ein natürlicher Bezugspunkt wäre.

Vielleicht war sie an diesem Nachmittag besonders bezaubernd, möglicherweise erklärt das, warum das Gespräch mit dem Dekan diesen Verlauf nahm.

Sie reden also über alte Tage, über gemeinsame Bekannte, über Kommilitonen, die jetzt Lehrbeauftragte sind, für die Regierung arbeiten oder auf Norwegens sieben Universitäten und die vielen Hochschulen verteilt sind.

Danach wechseln sie einige Worte über das Wetter und die soeben zu Ende gegangenen Sommerferien. Dabei geht dem Dekan auf, dass Edith Rinkel in diesem Jahr überhaupt noch keinen Urlaub gemacht hat, und das beschließt er umgehend zu ändern. Ob dieser Entschluss an Edith Rinkels wohlgeformten kleinen Füßen in den grünen Schuhen liegt, am Wein oder einfach an einem Anflug von Altruismus, weiß nur der Dekan selbst.

»Ich brauche dir wirklich nicht leidzutun. Blindern ist im Sommer wunderbar«, protestiert Edith Rinkel. »Keine Studenten, fast keine Kollegen.«

»Stimmt schon«, sagt der Dekan und sieht sie mit demselben Blick an wie damals auf dem Fest im Studentenheim, in einer Februarnacht Ende der Siebzigerjahre.

»Mir geht es gut«, beharrt Edith Rinkel, aber sie freut sich doch über seine Fürsorge. Männer, die *sie* beschützen wollen, haben etwas Rührendes, Naives. Außerdem ist ihr natürlich klar, dass der Dekan sich offenbar eine baldige Wiederholung dessen wünscht, was sie vor ungefähr dreißig Jahren auf einem alten, ächzenden Sofa veranstaltet haben. Diese Vorstellung spricht sie an.

»Wie wäre es mit einem Abstecher nach Australien?«, fragt der Dekan plötzlich.

»Wie meinst du das?«

»Dort findet eine Art Seminar statt, nein, stimmt nicht, ein Kongress. Im November.«

»Ach, was denn für ein Kongress?«

»Irgendwas mit Didaktik und Studentenkram. Spielt keine Rolle. Die Universität soll jemanden schicken, die Humanistische Fakultät soll jemanden aussuchen, ich bin die Humanistische Fakultät, und ich suche dich aus. So!«

Edith Rinkel musterte den gepflegten Garten, den glitzernden Fjord, dann dachte sie plötzlich daran, wie ungemütlich Oslo im November ist und wie wunderbar es im November in Australien sein würde, und dann lächelte sie und schüttelte den Kopf, dass ihre Ohrringe nur so flogen. »Ja«, sagte sie, »ich lasse mich aussuchen.«

Edith Rinkel wusste, dass es nicht in Ordnung war, das Angebot anzunehmen. Sie wusste sehr wohl, dass sich das nur mit großer Mühe rechtfertigen ließ. Es war unmoralisch, sie nutzte ihre Beziehungen aus. Andererseits: Sie hatte ihrer Universität jahrein, jahraus gedient, hatte sich fast keine Ferien gegönnt. Und sie schadete niemandem, wenn sie fuhr.

Sie bedankte sich noch einmal beim Dekan, gab ihm aber keine eindeutigen Versprechen. Deine Zeit kommt schon noch, dachte Edith Rinkel und leckte sich unmerklich die Lippen, denn der Dekan hatte einen gepflegten Bart, hatte sich gut gehalten, und das Erlebnis auf dem Sofa vor vielen, vielen Jahren war in jeder Hinsicht befriedigend gewesen.

Sie war noch nie in Australien gewesen. Sie freute sich jetzt schon darauf. Als im September alle Kongressunterlagen in einem braunen Umschlag bei ihr eintrafen, stellte sie fest, dass die Humanistische Fakultät der Universität Oslo nicht nur eine Lehrkraft schicken sollte, sondern auch einen Studenten. Mit dem Segen des Dekans entschied sie sich für stud. phil. Aleksander Pleyn, und am 31. Oktober flogen Edith Rinkel und Aleksander Pleyn nach Perth im Bundesstaat Western Australia.

Edith und Aleksander sind von dem Kongress begeistert.

Einmal besuchen sie sogar die riesige Messehalle, in der der Kongress abgehalten wird. Sie nehmen Broschüren mit, sprechen mit einigen schwedischen Pädagogen, die dort einen Stand haben, begegnen Vertretern der Universität Hedmark, hören sich einen einschläfernden Vortrag über pädagogische Hilfsmittel an, von einem Briten, der viel zu leise spricht und zu kleine Buchstaben auf seinen Folien hat. »Und auch noch Folien, du meine Güte«, flüstert Aleksander, schiebt verstohlen seine Hand unter Ediths Leinenblazer und kitzelt sie. Sie stehen auf und gehen, noch bevor der langweilige Referent fertig ist.

Draußen, im Sonnenschein, kichern sie wie Kinder. Sie beschließen, mit dem Boot nach Rottnest Island zu fahren, die vor Perths Nachbarstadt Fremantle liegt, eine echte Touristenattraktion. Die Fähre wimmelt nur so von Deutschen, Asiaten, Amerikanern und einigen dänischen Literaturhistorikern, die offenbar ebenfalls den Kongress schwänzen.

Auf der Insel sind Privatautos verboten, und sie mieten Fahrräder. Sie fahren bei gleißendem Sonnenlicht über Kieswege, sie halten bei einer Bucht, wo sonst niemand ist, lieben sich im Sand, baden, trocknen in der Sonne, ehe sie weiterradeln.

Sie halten bei einem Lokal am Fähranleger, bestellen Teller mit Hummer, Austern, Muscheln und Bärenkrebse.

Dann sprechen sie über Geschlechter, über grammatische Geschlechter, nachdem Aleksander sich versprochen hat und Edith fragte, ob sie *eins* seiner Austern will.

»In der Sprache Dyirbal, einer Aboriginesprache …«

»Also von hier? Ich meine, aus Australien?«

»Ja. Aber sie stirbt aus«, erklärt Edith.

»Ach, wie traurig«, sagt Aleksander und macht ein ernstes Gesicht.

»Aber hör doch zu! Im Dyirbal gibt es viele Geschlechter: Substantive für männliche Menschen und alle Tiere gehören Genus 1 an. Wörter für weibliche Menschen und Wasser, Feuer und Kämpfe gehören zu Genus 2.«

»Okay.«

»Im Genus 3 sind jene Substantive, die essbare Früchte und Gemüse bezeichnen. Die restlichen Wörter gehören Genus 4 an. Substantive, die Fische bezeichnen, gehören also zu Genus 1, aber jetzt pass auf: Raubfische sind Genus 2, zusammen mit Frauen, Feuer und anderen gefährlichen Sachen. Hast du das verstanden? Ist das nicht witzig?«

»Ja, das habe ich verstanden. Und ja, das ist witzig«, antwortet Aleksander, hebt sein Glas, und zusammen trinken sie auf die gefährlichen Frauen.

»Langweilst du dich, wenn ich solche Vorträge halte?«, fragt Edith.

»Nein, überhaupt nicht«, antwortet Aleksander. »Das ist sehr, sehr sexy.«

Edith ist bester Laune, Aleksander kann sich nicht erinnern, sie jemals so gesehen zu haben. Beherrschung und Korrektheit, die Edith sonst auszeichnen, sind wie weggeblasen.

Sie schiebt ihren Teller mit Muschelschalen und leeren Austernschalen weg, beugt sich über den Tisch, nimmt seine Hand und erzählt ihm, dass seit über 6000 Jahren die Honigbiene, Apis mellifera, als Haustier gehalten wird, und mit dieser Nutztierhaltung in Asien begonnen wurde.

Aleksander muss lächeln. Er hat innerhalb der letzten Monate viel über Sprache gehört und gelernt, aber vielleicht noch mehr über Insekten. Seine alternde wunderbare Geliebte ist belehrend, aber nicht im negativen Sinne des Wortes. Sie informiert ihn, sie unterrichtet ihn, ist aber niemals herablassend. Er weiß genau, dass die Beziehung zwischen ihnen nicht symmetrischer Natur ist, und ihm ist auch klar, dass ihr Hang dazu, ihn zu belehren, den intellektuellen Unterschied zwischen ihnen noch betont.

Für Aleksander ist das kein Problem, ihm gefällt ihr Verstand, er bewundert ihr Wissen, er liebt ihren Scharfsinn genauso wie die weiche Haut auf der Innenseite ihrer Oberschenkel.

Aleksander befürchtet, dass seine Freunde das nicht verstehen würden, deshalb weiß keiner von ihm und Edith. Aber sie ist so schön, und es macht ihn so ruhig, dem Klang ihrer Stimme zu lauschen.

Jetzt erzählt sie ihm, dass die Gerüche, die die Königin absondert, ihr die Herrschaft sichern, die Macht verleihen. Ihre Gerüche sorgen dafür, dass die anderen Bienen, die Arbeiterinnen, sich nicht vermehren. Die Arbeiterinnen sind alle Töchter der Königin. Außerdem gibt es Drohnen, männliche Bienen mit großem Körper, aber ohne Stachel. »Die Drohnen können sich also nicht verteidigen«, sagt Edith. Eine Königin kann sich vielleicht mit zehn Drohnen paaren, und das macht sie bereits wenige Tage nach ihrer Geburt.

Aleksander nickt eifrig und hebt die Augenbrauen, als hätte sie eine gewagte Bemerkung fallen lassen. »Sie kann pro Tag 2000 Eier legen, und sie kann bis zu sechs Jahre alt werden«, erzählt Edith schwungvoll, aber dann verstummt sie abrupt, lässt seine Hand los und setzt sich gerade hin.

»Wie alt bist du, Aleksander?«

»Das weißt du doch.«

»Vierundzwanzig.«

»Fünfundzwanzig!«

»Na gut, Fünfundzwanzig. Und wie alt bin ich?«

»Edith!«

»Wie alt bin ich?«

»Du bist fünfzig Jahre und achtzehn Tage. Und du bist wunderbar.«

»Das geht nicht.«

»Findest du nicht, dass wir …«

»Doch, ich finde, wir haben es gut miteinander. Wir haben es zu gut. Deshalb geht es nicht.«

»Doch.«

»Ja, hier auf einer kleinen australischen Insel, aber nicht, wenn wir wieder zu Hause sind.«

»Doch. Edith, doch.«

L*evis est labor omnis amanti.* Ja, so ist es: Dem Liebenden fällt jede Arbeit leicht, aber er macht es nicht nur ihretwegen. Er muss es sich nicht die ganze Zeit sagen, es wird nicht wahrer durch die Wiederholung, und außerdem hat es schon von Anfang an gestimmt. Er weiß es vielleicht selbst noch nicht, aber die Freude, die er bei dieser Forschungsaufgabe empfindet, ist echter und dauerhafter als die Freude darüber, Nanna für sich zu gewinnen. Ja, natürlich ist es Påls Verliebtheit, die ihn anfangs angetrieben hat, die für alles der Katalysator war, sein Drang, sie zu beeindrucken, sein Hunger danach, von ihr gesehen zu werden. Aber seit er sich in das Projekt eingearbeitet, seit er sich wieder an den Strandestein gesetzt hat, ist Nannas Rolle untergeordnet. Es sind seine eigenen Entdeckungen, die kleinen Hinweise, die er unterwegs findet, die sein Motor sind.

Außerdem träumt Pål, und er besitzt genug Selbsterkenntnis und Ehrlichkeit, um das zuzugeben, vom brausenden Applaus vieler Hände. An der Universität herrscht meistens Stille um das, was man macht, es gibt kein System für Lob und Anerkennung von oben, und es ist auch nicht üblich, sich um die fachlichen Aktivitäten im Nachbarbüro zu kümmern. Und Pål lechzt nach Anerkennung, einem Schulterklopfen, einer Auszeichnung in Form von ein paar freundlichen Worten. Oder mehr noch: Es hätte ihn nicht gestört, ein wenig gefeiert zu werden oder ein höheres Gehalt zu kassieren. Das Angebot einer Festanstellung wäre auch nicht zu verachten, und ein größeres Büro würde er erst recht nicht ablehnen. Je länger er sich mit REV21 beschäftigt, umso verlockender erscheint außerdem die Aussicht auf Ruhm, auch wenn dieser Ruhm sich auf die linguistische und sprachtechnologische Welt begrenzen wird.

Und während er hier sitzt und an seinem Projekt herumbastelt, während er einen Stein auf den anderen legt, versucht, die Lösung zu finden, alles zu einem Bild zusammenzufassen, ist er, ohne das eigentlich selbst zu wissen, wieder sieben Jahre alt. Er sitzt am Esstisch, seine Mutter ihm gegenüber vor einem Stapel Papiere (vermutlich ein Manuskript). Påls Füße erreichen noch nicht den Boden, deshalb wickelt er die Beine um die Stuhlbeine, sein Mund steht vor Konzentration halb offen. Er baut ein Kartenhaus. Jedes Mal, wenn er zwei Karten gegeneinanderstellen kann, verlangt er nach der Aufmerksamkeit der Mutter. »Sieh mal, Mama!« Und seine Mutter sieht hoch und lächelt ihn anerkennend an. Als er mit der Grundmauer fertig ist, legt er Karten darüber, die einander halb überdecken, und danach macht er sich an den Bau des nächsten Stockwerks. Bei jedem Kartenpaar, das stehen bleibt und die anderen nicht zum Einsturz bringt, verlangt er den mütterlichen Beifall. »Jetzt guck doch mal, Mama.« Die Geduld der Mutter ist offenbar unerschöpflich, sie schaut von ihren Papieren auf, nickt, lächelt, preist die baumeisterlichen Fähigkeiten ihres Sohnes. »Sieh nur, Mama!« Wenn das unsichere Baumaterial ihn im Stich lässt und eine Karte die benachbarte zum Einsturz bringt oder wenn das gesamte Bauwerk in sich zusammenfällt, dann schweigt er, die Zunge im Mundwinkel, die Beine klammern sich krampfhaft an die Stuhlbeine. Ab und zu schaut er sie verstohlen an, aber die Mutter ist feinfühlig und gerade sehr in ihr Manuskript vertieft, und Pål glaubt, dass sie die Demütigungen, denen er hier ausgesetzt ist, nicht bemerkt. Und bald ist das Haus rekonstruiert. »Sieh nur, Mama. Sieh mich an!«

Er hat in letzter Zeit oft bis spätabends im Büro gesessen, in der festen Überzeugung, dass Nanna ein Stock tiefer dasselbe macht. Er hat gesehen, dass auch in Rinkels Büro Licht brennt, aber er hat nicht angeklopft. Einmal, als er an ihrer Tür vorbeigeht, bildet er sich ein, einen betäubenden Duft wahrzunehmen, ihren Duft, er bleibt stehen und wittert mit seiner großen schönen Nase, glaubt für einen Moment, dass es aufreizend nach Sex riecht, und befindet sich in der nächsten Sekunde am anderen Ende des Ganges. Während er die Treppe zu Nanna hinuntergeht, macht er sich stumme Vorwürfe, sagt sich, die Dummheit müsse doch ihre Grenzen haben, natürlich sitze sie nicht in ihrem Schreibtischsessel und sondere ihm zuliebe sexuelle Geruchsstoffe ab, vermutlich ist sie in ihre Arbeit vertieft, so wie er das auch sein sollte, und ihre Gedanken sind dabei so geradlinig wie syntaktische Analysen. Das einzig Schmutzige ist seine Phantasie.

Als er an Nannas Tür klopft, fällt ihm ein, dass er schon lange nicht mehr mit Rinkel gesprochen hat, und dann denkt er eine ganze Weile nicht mehr an sie. Denn hier sitzt seine Traumfrau, Nanna sitzt an ihrem Schreibtisch, sie sieht müde aus, unter ihren Augen sind zarte auberginenfarbene Schatten zu sehen. Sie fragt, wie es ihm gehe, ob er weiterkomme, sie mühe sich so ab, aber habe nicht das Gefühl, weiterzukommen, und er nimmt ihre Hand, sie ist kalt und so klein, dass sie in seiner fast verschwindet, und er fühlt sich deshalb groß, stark und beschützend.

»Bald sind wir so weit«, sagt er und drückt ihre Hand, aber sie erwidert den Druck nicht, ihre Hand liegt tot in seiner, und ihm fällt Kristian mit K ein, und er lässt ihre Hand los, nicht aus Widerwillen oder Unbehagen, sondern aus

Respekt vor ihr. Aber er lässt seine Finger sanft über ihren Handrücken gleiten, bevor er sie loslässt. Sie schaut zu ihm auf, und sie ist so blond wie ein kleines Mädchen im Sommer, und ihre Augen haben diesen rosafarbenen Schimmer. »Arme Nanna, bald sind wir so weit.«

Er ruft seine Mutter fast jeden zweiten Tag an und überzeugt sich davon, dass es ihr gut geht. Er hat Morten und seine Mutter aufs Schändlichste vernachlässigt, aber er hatte sie vorher darüber informiert, dass in den kommenden Wochen der Ausnahmezustand herrschen werde. Er sagt Wochen und nicht Monate, Pål war immer schon ein unerschütterlicher Optimist und wird das auch bleiben, eine Eigenschaft, die sich übrigens in der nächsten Zeit als nützlich erweisen wird (denn die nächste Zeit wird für Pål nicht leicht werden, schon bald wird er in eine Phase eintreten, die er später nur noch als »die schwerste in meinem Leben« bezeichnen wird).

Tagsüber verrichtet er im Institut seine Pflichten, er hält seine Vorlesungen, allerdings mit minimalem Einsatz, er beantwortet seine E-Mails, erledigt notwendige Anrufe, und mit den starken Verben auf den riesigen Excel-Bögen beschäftigt er sich nicht mehr als unbedingt erforderlich.

Draußen zieht die Kälte alle Farbe aus Rasen und Büschen, die Bäume im Forschungspark werden bald blattlos sein, und als er eines Abends aus seinem Bürofenster starrt, fällt der erste Schnee. Das Jahr folgt seinem Zyklus, wie es das immer getan hat, und die Universität folgt ihrem. Das Semester geht dem Ende entgegen, die Studenten entdecken, was alles auf ihren Literaturlisten steht und was sie noch nicht gelesen haben, sie sitzen bis spätabends auf den harten Stühlen im Lesesaal. Fieberhaft wiederholen die Dozenten in den letzten Vorlesungen die wichtigsten Punkte, verlassen den Hörsaal außer sich vor Freude, weil das Semester sich dem Ende zuneigt, weil sie erst weit nach Neujahr wieder unterrichten müssen. Und dennoch sind sie gelähmt von der Angst, dass gerade ihre Studenten schlechter abschneiden könnten als die der anderen Lehrkräfte. Sie setzen sich an ihre Schreibtische und produzieren Examensaufgaben, von denen sie überzeugt sind, dass die Studenten sie bewältigen können.

Für Pål wird dieses Weihnachten anders. Er arbeitet an REV21, und wenn er das nicht tut, denkt er an dieses Projekt, es lässt ihn nie los. Aber er denkt auch an Nanna.

Schon Mitte Dezember überlegt er, welches Geschenk er für sie kaufen soll. Er ist daran gewöhnt, für seine Freundinnen Weihnachtsgeschenke zu besorgen, meistens macht er das in einigen atemlosen Minuten am 23. Dezember. Er geht nämlich immer in denselben Laden (es ist ja doch nur selten dieselbe Frau, die zwei Jahre hintereinander ein Geschenk bekommt), ein Wäschegeschäft in einer der stillen Seitenstraßen des Kirkevei. Der Laden ist klein, mit cognacbrauner Täfelung und mit pastellfarbener Unterwäsche, die an Haken an den Wänden hängt. Im Laden trifft er immer wieder auf die zwei flachbrüstigen, in die Jahre gekommenen Jungfern. Sie treten hinter dem altmodischen Tresen von einem Fuß auf den anderen und bewachen die Schubladen, in denen die BHs nach Körbchengröße und die Höschen nach Hüftweite sortiert sind. Pål versteht natürlich nichts von diesem raffinierten System, er zeigt wahllos auf eine der Garnituren an der Wand, und die beiden hilfsbereiten Verkäuferinnen suchen die passende Größe, nachdem Pål vage Kurven in die Luft gezeichnet hat. »Ja, sie ist hier ziemlich schmal, aber sie hat trotzdem ziemlich große …«, sagt Pål und stellt sich weihnachtlich aufgekratzter, naiver und weniger weltgewandt an, als er ist. Die Damen nicken verständnisvoll, lächeln und tun ihr Bestes, aber zur

Sicherheit legen sie immer einen Umtauschzettel in den Geschenkkarton. Es gibt nämlich nur teure Unterwäsche in diesem Laden, vor allem italienische und französische Marken.

Jedes Jahr am 22. Dezember sagt die eine Verkäuferin zu der anderen: »Jetzt wird er bald kommen, der junge Rothaarige.« »Ja, spätestens morgen«, antwortet die andere, und dann schauen sie erwartungsvoll zur Glastür. Denn Pål betritt das staubige Wäschegeschäft, Jahr für Jahr.

Im Januar des darauffolgenden Jahrs kommt dann meistens Påls Auserwählte, um ihr Geschenk gegen eine Wäschegarnitur in ihrer Größe umzutauschen. »Das ist jedes Mal wieder spannend«, sagt die eine Verkäuferin zur anderen, wenn die Frau wieder gegangen ist. »Ja, er hat wirklich einen guten Geschmack«, seufzt die andere.

Aber Nanna kann ja keine Unterwäsche von ihm geschenkt bekommen (wie würde Kristian reagieren?), deshalb halten die beiden Damen vergeblich Ausschau nach ihrem Lieblingskunden. Pål braucht lange, um das richtige Geschenk für Nanna zu finden, er geht in mehrere Geschäfte, berät sich mit Morten und endet in einem kleinen Schmuckgeschäft in der Nähe vom Gericht, wo er eine Kette aus katzenzungenrosafarbenen Süßwasserperlen kauft, an denen ein kleines Buch aus Weißgold hängt. Er legt das Geschenk in ihr Postfach und findet am nächsten Tag in seinem ein flaches Paket.

Das meiste in diesem Jahr ist aber wie immer: Es gibt natürlich Schweinerippe mit schön eingekerbter und wunderbar knuspriger Schwarte, es gibt Bratwürste von vornehmer Blässe, anmutige Kochwürstchen und dralle Frikadellen, alle zubereitet von Maren Bentzen, gekauft bei ihrem Lieblingsfleischer, demselben, zu dem auch Edith Rinkel geht, wenn sie ausnahmsweise zu Hause kochen will. Pål ist immer für den vegetabilischen Beitrag zuständig, und er kocht immer den Rotkohl (mit Apfelmus und Zitronensaft anstelle von Essig), schält die Mandelkartoffeln und mischt Familie Bentzens traditionellen Weihnachtssalat, mit Apfelsinen, Chicorée und Backpflaumen. Der Nachtisch entspringt ebenfalls der Zusammenarbeit von Mutter und Sohn: Sie kocht den Reispudding, Pål bringt Kirschsoße mit.

Seine Mutter besucht den Weihnachtsgottesdienst in der Vestre-Aker-Kirche, Pål wartet draußen auf sie, zusammen gehen sie zum Grab der Großeltern und stellen eine Kerze hin, und wie immer staunt Pål darüber, wie bewegend er diesen Moment findet. Auf fast allen Gräbern brennen Laternen und weiße Kerzen. Kleine Gruppen von Menschen, die frieren, die nach Hause in ihre weihnachtlich geschmückten Stuben wollen, zu ihrem fetten warmen Essen und Geschenken, stehen eine Weile an den Gräbern, nehmen sich Zeit, um Schnee fortzufegen und denen, die in der gefrorenen Erde schlummern, einige Gedanken zu widmen. Das Grab, das Pål fast jeden Montag passiert und dem er normalerweise nur einen höflichen Blick zuwirft, sagt ihm plötzlich etwas über die Vergänglichkeit des Lebens, über die Liebe der Menschen zueinander.

Auch der Weihnachtsabend verläuft wie immer, das Essen ist wunderbar, sie überreichen sich ihre Geschenke, Pål öffnet das von Nanna (es ist einer der viel diskutierten Romane des Herbstes), die Mutter öffnet die ihrer Freundinnen. Dann machen sie im Kamin ein Feuer, sehen zu, wie das Geschenkpapier in blauen und grünen Flammen verbrennt, trinken Portwein, sprechen miteinander, resignieren aber nach einer Weile, schalten den Fernseher ein und sehen den festlich gekleideten Moderatoren zu, die sich alle Mühe geben, um Weihnachtsfreude zu verbreiten.

Aber Pål denkt an Nanna – nicht an ihren Körper, jetzt nicht, auch nicht an Kristian, er denkt an REV21, das lässt ihn nicht los, überwindet Schweinefett, Kaminfeuer und die Weihnachtsbegeisterung der Mutter.

Zwischen den Jahren unternimmt er mit Morten Skitouren, sie grüßen höflich die Tanne, unter der Pål angeblich empfangen worden ist, obwohl sie nicht ganz sicher sind, welcher Baum es ist, denn Maren hat ihnen im Laufe der Jahre mindestens vier verschiedene Kandidaten genannt.

Morten ist kinderfrei, Sondre kommt erst zu Silvester zu ihm. Sondre wird im Februar zwei und hat noch nicht eine einzige Nacht durchgeschlafen. »Ist doch herrlich, dass dir in den nächsten Tagen das Kindergeschrei erspart bleibt, oder?«, fragt Pål. »Hätte ihn gern am Heiligen Abend gehabt«, sagt Morten, und mehr wird darüber nicht gesprochen.

In der Kobberhaugshytte essen sie Hirschfrikadellen, Morten erzählt etwas, und Pål registriert, dass er sich ereifert, und er ahnt, dass Morten etwas Wichtiges ausdrücken will. Aber es ist ihm unmöglich, seinem Freund zuzuhören. Morten verstummt und sieht Pål abwartend an, als der aber nichts sagt, lächelt Morten, entblößt die großzügigen Lücken zwischen seinen Schneidezähnen und behauptet, es sei nicht schwer zu erkennen, dass Pål verliebt sei. Pål streitet das nicht ab – er ist ja verliebt! –, aber er ist nicht imstande, Morten zu erklären, dass ihn der Gedanke an ein unfertiges Übersetzungsprogramm und nicht etwa Nanna taub und unzugänglich mache.

An einem klirrend kalten Nachmittag Ende Januar geschieht es. Es ist ziemlich still auf den Institutsgängen. Alle Festangestellten besuchen ein Seminar über Entwicklungswege für das Institut für Futuristische Linguistik, »Wohin führt der Weg für Futling?«. Die Seminarteilnehmer haben übrigens ein Durchschnittsalter von fast sechzig Jahren, und die meisten von ihnen haben seit vielen Jahren keinen kreativen Gedanken mehr gehabt. Aber Pål, Nanna und die anderen Institutsangestellten unter vierzig haben nur Zeitverträge, und deshalb sind sie zu diesem Seminar nicht eingeladen.

An diesem kalten Januartag passiert es also. Plötzlich sieht er es. Er sieht die Platzierung der Verbphrase, er sieht die ganze Formel vor sich. Sie erscheint vor seinem inneren Auge, das Muster ist so deutlich, als sei es mit schwarzem Filzstift auf Papier gezeichnet: Die VP ist ganz einfach eine Projektion des Satzgegenstandes und hat nach der Substantivphrase zu stehen, aber auf einem höheren Niveau. Dass sie an die Sache mit dem Niveau noch nicht gedacht haben, als er jetzt die Formel sieht, ist diese so einleuchtend, dass er es sehr merkwürdig findet, dass sie sie erst jetzt entdecken.

Er schreibt alles ganz schnell auf, ehe es wieder verschwinden kann, wie vor einigen Monaten, als er im Lesesaal die Konturen gesehen hatte. Wie schön die Formel ist! Wie einfach! Wie logisch! Er fließt über vor Lust, es mit jemandem zu teilen, brodelt vor Stolz, nicht nur auf sich, auf Nanna, er strotzt auch vor Stolz auf sein Fach.

Er stürzt aus dem Gang, in Rinkels Büro brennt kein Licht, sie ist natürlich beim Seminar, und er hätte es ihr ja ohnehin nicht erzählen können. Dann läuft er die Treppe hinunter zu Nanna, er fliegt über die Stufen, ist eher in der Luft als auf dem Boden, aber der erste Stock ist nannalos, sie ist nicht in ihrem Büro, obwohl das Licht brennt. Sie ist nicht im Gang und nicht auf der Toilette.

Einen Moment hasst er sie, weil sie nicht da ist, obwohl er sie doch so braucht. Für ihn ist das die Strafe des Schicksals, eine höhere Instanz rächt sich stellvertretend an ihm für alle, die im Laufe seines Lebens auf ihn gewartet haben. Alle Mädchen, alle Frauen, die frierend auf die Uhr geschaut haben, alle Studenten, wenn er nicht rechtzeitig zu den Vorlesungen kam, Morten, wenn er zu spät zu Verabredungen erschienen ist, seine Mutter, die mit dem warmen Essen dastand und aus dem Küchenfenster nach ihm Ausschau hielt. Er schwört, sich zusammenzureißen, es soll nie wieder vorkommen.

Dann ruft er seine Mutter an, aber sie geht nicht ran. Er ist am Rand der Verzweiflung, denn so groß sind seine Freude und der Drang, diese wunderbare Neuigkeit zu erzählen, und Morten weiß leider zu wenig, um hier ein würdiger Zuhörer sein zu können. Pål hat seiner Mutter im Vorjahr zu Weihnachten ein Handy geschenkt, aber sie vergisst meistens, es einzuschalten. Er ruft trotzdem dort an, aber natürlich ist das Telefon ausgeschaltet, und er hinterlässt für alle Fälle auf dem Anrufbeantworter eine Nachricht, obwohl er weiß, dass die Chancen, dass seine Mutter den jemals abhören wird, minimal sind.

Er bleibt stehen, betäubt von der Enttäuschung, aber zugleich so glücklich wie nie zuvor. Nanna! Wo ist Nanna!

Er stampft vor Zorn mit dem Fuß auf, zittert aber gleichzeitig vor Freude. Danach atmet er durch seine große Nase ein und geht langsam die Treppe zu seinem eigenen Büro hoch.

Dritter Teil

Life is the stuff that dreams are made of.

Frei nach WILLIAM SHAKESPEARE

Du sahst uns alle nicht
Dein Gesicht war verwüstet vom Mondschein.
Ich saß in einem Boot und wurde aufs Meer gerudert
von einem Blinden.

INGER HAGERUP, »Weiter«

Du h-hast es geschafft, Pål. Ich hab es gewusst … ich hab gewusst, dass du es schaffen würdest«, sagt Nanna, nein, jubelt Nanna in stotterndem Entzücken. Sie ist genauso glücklich, wie Pål sich das vorgestellt hat, und er vergisst, dass er zehn Minuten lang schwarz vor Enttäuschung und Verbitterung war, dass er sie für einige kurze Momente sogar gehasst hatte. Sie war doch nur im Sekretariat gewesen und hatte ihre Post geholt.

Sie sind sich auf der Treppe begegnet, sie auf dem Weg nach unten, er auf dem Weg nach oben. Er zog sie mit sich in sein Büro, schloss sorgfältig die Tür, ehe er es ihr erzählte. Und jetzt jubelt sie. Sie klatscht sogar wie ein kleines Mädchen in die Hände, wie Påls Mutter, wenn sie begeistert ist, und diese Ähnlichkeit zwischen den beiden bewegt Pål sehr.

»Mithilfe von … äh, der Runeninschrift haben wir … du! … die Formel gefunden, und … wir haben eine identische Formel entdeckt in der Sprache von Kindern, von Ausländern, bei den Aphasikern, bei Bie… in Bei… und jetzt in dieser Runeninschrift«, sagt Nanna, erregt, glücklich, ihre Sprache löst sich auf, ihr strömen die Tränen über die Wangen. »Da-danke, Pål. T-tausend Dank!«

»Ach, ich … das war doch nicht der Rede wert«, sagt Pål, ohne so ganz zu wissen, was er da sagt. Der Rede wert war es auf jeden Fall. »Jetzt sind wir am Ziel«, sagt er und schaut in ihr Gesicht. »Bei Bie… in Bei…, hast du gesagt?«

»Jetzt ist das Bild komplett, Pål. Du hast einen Zusammenhang hergestellt. In Beisätzen. Hab ich das gesagt?«, fragt Nanna.

Sie sieht verwirrt aus, wischt sich den grauen Wimperntuscheschleier unter den Augen weg und mustert mit aufgesetzter Bestürzung die schwarzen Flecken auf ihrem Handrücken, steckt den Zeigefinger in den Mund, wäscht mit dem feuchten Finger die restliche Schminke weg. »Ich rede sicher kompletten Unsinn. Ich wollte ja auch nur sagen … nämlich … Danke! Danke, Pål!«

Sie lacht ein bisschen. Er lacht ein bisschen. Es ist kein Wunder, dass sie Unsinn redet, dass das, was sie in einem solchen Moment sagt, keinen Sinn ergibt, aber es ist doch seltsam, dass sie Beisätze und nicht Appositionen sagt, das ist, als sagte ein Seemann »hinten« statt »achtern«, überlegt sich Pål. Doch da steht Nanna dicht vor ihm, und er spürt ihren Körper an seinem. Alles, was mit dem Projekt zu tun hat, alles im Zusammenhang mit Satzgegenständen, Runensteinen und Gliedsätzen gleitet aus seinem Kopf und aus dem Zimmer. Hier gibt es jetzt nur noch Körper. Zwei Körper, die sich aneinanderpressen, ihr Kopf ist in den Nacken gelegt, ihr Mund steht halb offen, sie hat die Augen geschlossen. Er beugt sich zu ihr, legt seinen Mund auf ihren, spürt ihre Zunge, überraschend glatt und ein wenig kühler als seine eigene Körpertemperatur.

»Ich sollte nicht …«, sagt sie nach vier Sekunden und tritt einen Schritt zurück. Zum Henker mit diesem Kristian mit K! Er bleibt stehen, sein Mund eine feuchte offene Wunde, und ihm wird plötzlich schmerzlich bewusst, dass er zwei lange Arme hat, mit denen er im Moment nicht weiß wohin. Er legt sie auf den Rücken, wie ein närrischer Wachtmeister auf Streife bleibt er stehen und wippt auf seinen Hacken auf und ab und fragt sich, ob seine Haut jetzt die hellblaue Farbe von Nannas Bürowänden angenommen hat.

»Setz dich«, sagt Nanna und zeigt auf den Besuchersessel, sie selbst sitzt in ihrem Schreibtischsessel, und ihr Schreibtisch ragt wie eine Barrikade zwischen ihnen auf. *»Let's talk business«*, sagt sie dann, scherzhaft, aber sichtlich erleichtert, weil sie etwas Handfestes hat, etwas Neutrales und Harmloses, worüber sie sprechen kann, und türmt damit noch eine Schicht auf die Barrikade zwischen seinem und ihrem Körper.

Pål setzt sich, er sieht sie an, und das Einzige, was er will, ist, ihren zierlichen Körper wieder an seinem spüren, gleichzeitig aber bewundert er sie grenzenlos für ihre Standhaftigkeit. Und genau, wie er sich das vorgestellt hat, ist sie ein wenig außer Atem, und ihre Wangen sind gerötet. Das hat sie eindeutig berührt. Nein, unbeeindruckt ist sie jedenfalls nicht, und obwohl er nur das zu sehen bekommt, was er erwartet hat, kommt das dennoch einer Wiederherstellung seiner Ehre gleich, schmeckt wie süße Rache.

»Außer dir und meiner schwedischen Unterstützung weiß niemand etwas davon«, sagt Nanna.

Pål weiß natürlich nur zu gut, dass sie das Projekt meint, aber mit einer Bosheit, die er sofort bereut, lässt er ihre Worte in ihrer ungeschickten Zweideutigkeit in der Luft hängen. »Davon.«

»Ich meine das Projekt«, fügt Nanna hinzu, weil Pål stumm bleibt, ihre Wangen sind jetzt noch röter.

»Ja, das habe ich schon verstanden«, antwortet er schnell, voller Bußfertigkeit und Reue. »Und ich weiß es.«

»Ja.«

»Ich habe nur meiner Mutter davon erzählt«, sagt Pål.

»Deiner Mutter?« Er glaubt, Tadel in ihrer Stimme zu

hören, aber vielleicht irrt er sich, und vielleicht liegt das nur an seinem eigenen Schuldbewusstsein. Nanna wäre nicht die Erste, die andeutet, dass die Beziehung zwischen ihm und seiner Mutter eng sei, zu eng. »Das macht nichts«, sagt sie. »Aber«, fügt sie hinzu, »ich würde es gern bis zur letzten Sekunde geheim halten.«

»Ja«, sagt Pål, aber er zögert. Was versteht sie unter der »letzten Sekunde«? Die ist doch jetzt, es steht ihnen doch nur noch ein wenig Schreibarbeit und ein bisschen Herumfeilen an den Formulierungen bevor. »Wir sind doch so weit.«

»Ja«, sagt Nanna. »Und das ist dir zu verdanken.«

»Na ja. Es gibt ja doch noch einiges zu tun«, sagt Pål, etwas widersprüchlich, mit einem plötzlichen Bedürfnis zu betonen, dass sie ja doch noch nicht ganz fertig seien. Er möchte so gerne mit ihr weiterarbeiten. Er möchte so gerne sein Leben mit ihr verbringen!

»Ja, ein bisschen ist noch zu tun«, sagt Nanna, und ihre Stimme ist so weich, so leise, dass er sich weiter zu ihrem Mund vorbeugen muss, um jedes Wort zu hören. Nanna will eine Präsentation, eine große Präsentation. »Ich finde, wir und das Projekt haben das verdient«, erklärt sie.

Im Grunde ist Pål absolut ihrer Ansicht. Er möchte das Projekt gern unter Trommelwirbeln vorstellen, er sehnt sich geradezu danach. Ist es vielleicht nicht genau das, wovon er an den langen Abenden im Büro geträumt hat? Und gerade deswegen, oder vielleicht auch wegen der Erinnerung an ihren Körper dicht an seinem, antwortet er zurückhaltend, mit begrenzter Begeisterung. Er weicht ein wenig aus, kaut auf der Idee herum, als sei die ihm vollständig neu.

»Naja«, sagt er. »Ach, ja doch, wenn man bedenkt, welche Bedeutung dieses Projekt haben könnte. Und das ganze Geld, das darin steckt, da ist es vielleicht nicht einmal übertrieben … Hast du übrigens deine …«

»Unsere!«

»Okay, hast du *unsere* rechtliche Situation überprüft?«

»Ja, das habe ich«, antwortet Nanna. »Ich schlage vor, dass wir eine Aktiengesellschaft gründen.«

»Ja?«

»Ja, aber der finanzielle Gewinn eines solchen Projekts würde auf jeden Fall uns zufallen, als Privatpersonen.«

»Ja?«

»Das ist doch kein Institutsprojekt und wir haben auch nicht während unserer Arbeitszeit daran gearbeitet.«

»Jedenfalls nicht so oft.«

»Nein, genau. Du, Pål, ich habe so ein schlechtes Gewissen.«

Wir haben uns doch kaum geküsst, denkt Pål, aber natürlich sagt er nichts, es ist auch nicht seine Aufgabe, Einwände gegen eine solche Mitteilung vorzubringen, zu versuchen, ihr schlechtes Gewissen zu lindern, indem er darauf hinweist, dass sie *fast* nicht gesündigt haben.

Nanna legt eine neue Pause ein, streicht sich über das Gesicht, schaut zu Boden. Sie trägt einen hellen Pullover, aus beiger Lammwolle. Der Pullover sitzt sehr eng. »Wir müssen reden, über … uns.«

»Ja, das müssen wir.«

»Aber nicht jetzt«, sagt sie schnell. »Später.«

»Okay.«

»Und ich will auch kein schlechtes Gewissen haben, nur weil wir ein paar Stunden unserer Arbeitszeit damit verbracht haben«, sagt Nanna, und ihr Tonfall ist fragend, als appelliere sie an ihn, dass er ihr da zustimme. Pål kann sehen, dass sie sich nicht ganz wohl in ihrer Haut fühlt, auch wenn, jedenfalls was ihn betrifft, nicht von vielen Stunden die Rede sein kann. Ihm gefällt ihre Redlichkeit, die passt zu ihr, viel besser als ihre Keuschheit, die wirkt aufgesetzt. Er glaubt nicht daran, denn er weiß, dass sie ihn will, so wie er sie will. Aber darüber werden sie nicht jetzt diskutieren. »Später«, hat Nanna gesagt.

»Ich habe haufenweise Überstunden, auch wenn ich erst seit einem Jahr hier bin«, sagt er deshalb tröstend. »Mach dir keine Gedanken! Denk lieber an alle Trottel, die jede Menge Zeit an total sinnlose Forschungsfragen vergeuden, wenn sie überhaupt irgendwas tun. Verflixt noch mal, Nanna. Denk an unseren Freund, den Mösologen. REV21 ist ein großartiges, ein, ein … grandioses Projekt, es ist ein Projekt, über das in unseren Kreisen noch in vielen Jahren gesprochen werden wird. Es ist ein Projekt, das wirklich etwas bedeutet. Die Institutsleitung wird stolz darauf sein, dass zwei Institutsangestellte dahinterstecken.«

»Mhm. Doch. Ja.«

»Es ist jetzt sehr wichtig für uns, dass wir ein gutes Verhältnis zu Paulsen haben«, fährt Nanna nach kurzem Schweigen fort, und Pål fährt hoch.

»Ja, natürlich«, sagt er. »Natürlich ist es das.«

»Bist du vielleicht ein bisschen eifersüchtig?«, neckt ihn Nanna.

»Nö«, antwortet Pål.

»Der ist nämlich ein ungewöhnlich unappetliches Stück Mannsbild«, sagt Nanna und verzieht angewidert ihr süßes Mündchen.

»Ja, meine Güte«, sagt Pål verwirrt.

»Aber es ist wichtig, dass er auf unserer Seite ist, wenn wir eine richtig gute Präsentation haben wollen.«

»Falls«, wendet Pål ein und fühlt sich sofort wieder als Herr der Lage.

»Falls?«

»Ich zieh dich nur auf, ich finde auch, dass wir eine große Präsentation brauchen, Nanna.«

Nanna ereifert sich wie ein Kind, während sie von der Präsentation redet. »Vielleicht könnten wir die in der Mensa abhalten«, sagt sie. »Oder vielleicht könnten wir die Akademie der Wissenschaften mieten?« Dann sagt sie etwas über Blumenarrangements, und danach spricht sie ziemlich lange über Champagner und Kanapees. Erst dann kommt etwas, das so klingt, als habe sie schon lange darüber nachgedacht: »Ich möchte, dass wir da nebeneinander stehen und erzählen, was wir beide entdeckt haben.« Pål hört das gern, er hört es sehr gern, er hört es so gern, dass er eine Pause will. Er möchte sich die Worte auf der Zunge zergehen lassen (*nebeneinander*), muss sie auskosten (*wir*) und sie verdauen (*wir beide*).

»Komm«, sagt er dann. »Jetzt gehen wir woandershin.«

Nanna schweigt, kichert, zieht dann aber brav ihren Mantel an, schiebt die Arme hinein, während Pål ihn hält, der Mantel ist schießpulverblau und hat einen kleinen Pelzbesatz am Kragen, und er steht ihr so gut wie vor einigen Minuten ihre Redlichkeit.

»Wohin gehen wir?«, fragt Nanna. Pål gibt keine Antwort. Er nimmt ihren Arm, und sie laufen die Treppe ins Erdgeschoss hinunter und hinaus in den Forschungspark, und er kommt sich vor wie ein Kind, das mit seinem besten Freund losrennt, sie werden erst langsamer, als das Gebäude hinter ihnen liegt.

Pål und Nanna gehen in schnellem Tempo den Blindernvei hinunter, überqueren die Brücke über die Straßenbahnschienen, gehen weiter in Richtung Majorstuen. Es ist der kälteste Monat des Jahres. Im Apalvei hält er ein Taxi an. »Spring rein«, befiehlt er, aber er achtet sorgfältig drauf, den Imperativ mit einem scherzhaften Unterton zu würzen. Er beherrscht dieses Spiel. »Wohin fahren wir?«, fragt Nanna, und ohne weitere Regieanweisungen seinerseits übernimmt sie die passive, unwissende Rolle. Wie schön, sie beherrscht auch dieses Spiel. »Wir feiern«, antwortet Pål und bittet den Fahrer, sie zum Eat-ate-eaten zu fahren. Das ist ein neu eröffnetes Restaurant unten im Bogstadvei, und Morten hatte vor ein paar Tagen das Essen in den höchsten Tönen gelobt. Pål hat sich ohne Schwierigkeiten den Namen des Restaurants merken können. Er hatte sofort Vertrauen zu einem Gastwirt, dessen Restaurantname aus Verbbeugungen besteht.

Voller Erwartung und Entschlossenheit öffnet er die Restauranttür und lässt Nanna als Erste hineingehen, aber als er im Lokal steht, weiß er, dass es keine gute Entscheidung war. Es ist zu hell, die Tische stehen zu dicht, zu viele Stimmen, zu lautes Lachen. Er will Nanna für sich haben. Er macht in der Tür kehrt, zieht Nanna mit sich, springt auf den Bürgersteig hinaus und kann das Taxi, das schon wegfahren wollte, gerade noch anhalten. »Wohin fahren wir denn jetzt?«, fragt Nanna. »Wir wollen doch feiern«, sagt er so souverän, wie nur ein Mann mit einer langen Erfahrung gelungener Fraueneroberungen antworten kann. Sie steigen ein.

»Fahren Sie bitte den Bogstadvei hinunter«, sagt Pål, und als sie das Deli de Luca erreichen, bittet er den Fahrer, anzuhalten, und Nanna, im Wagen zu warten, dann läuft er hinein, bleibt ratlos Bruchteile einer Sekunde stehen, dann geht er zum Tresen und zeigt auf die Pastagerichte, er hat plötzlich ungeheuren Hunger, er könnte die gesamte Auslage verschlingen. »Davon eine Portion, davon eine und zwei davon«, sagt er und zeigt ziemlich wahllos auf die dampfenden Gerichte, eins mit Tomatensoße, eins mit heller Soße und Schinkenstücken, etwas, das aussieht wie Pesto, und eins mit Thunfisch und Mais.

Er sieht ungeduldig zu, wie die Verkäuferin eine Schachtel nach der anderen füllt, dann geht er zum Eistresen und zeigt auf drei der farbenfrohesten italienischen Eissorten (Pistazie, Himbeere, Mango) und bittet um drei, nein, vier Portionen von jeder. In letzter Sekunde schnappt er sich vier Kokoskugeln – eine andere Sorte und viel größer als die, die er sonst mit seiner Mutter isst, diese sind riesig, wie vier mittelgroße Türme, braun mit Schneeflocken auf dem Dach – und legt sie auf die vielen Schachteln. Er bezahlt und steigt mit zwei vollgestopften Tüten wieder ins Taxi, das mit dem Motor im Leerlauf am Straßenrand gewartet hat. »Oh«, sagt Nanna. »Hungrig, Pål?« »Und wie«, sagt Pål, »gewaltig. Fahren Sie jetzt bitte in den Niels-Henrik-Abels-Vei.«

»Wie hat es mit diesem Projekt eigentlich angefangen?«, fragt Pål, er hat verstohlen seinen Arm auf die Ablage hinter ihren Schultern gelegt. »Ich meine, wie bist du auf die Idee gekommen?«

Nanna kichert leise, schaut aus dem Fenster und antwortet dann: »Das ist Jahre her. Damals habe ich noch zu Hause gewohnt. Wir wollten das Badezimmer renovieren.«

»Ja?«, fragt Pål. Ihr Mund riecht süß, nach Pfefferminz.

»Der Klempner brach den alten Boden auf, und als ich aus der Uni kam, hatte er gerade die Kabel für die Fußbodenheizung zurechtgelegt, hatte sie in Schlingen und Schleifen arrangiert, um sie dann einzubauen. Und da habe ich es gesehen!«

»Was denn?«

»Ich habe das Muster gesehen, den Anfang unserer Formel, in den Kabeln, ein verwickeltes, aber regelmäßiges Muster.«

»Stimmt das?«

»Mhm.«

»Wirklich?«

»Fast. Es ist jedenfalls eine gute Geschichte.«

Sie lachen laut, berauscht vom Erfolg und voneinander. Als der Wagen in den Kirkevei einbiegt, gleitet Påls Arm von der Rückenlehne und legt sich um Nannas Schultern. Ein Taxi an einem Winterabend ist eine warme Höhle, isoliert vom Rest der Welt. Es ist eng, man muss eng beieinander sitzen. Es ist ziemlich dunkel, deshalb sieht niemand, nicht einmal man selbst, was man da macht. In einem Taxi an einem Winterabend können Dinge zwischen zwei Menschen geschehen, die an einem anderen Ort nicht passiert wären. Noch ehe sie am Rundfunkgebäude vorbeigefahren sind, haben sie einander bereits geküsst, und als sie in den Sognsvei einbiegen, haben sie es wieder getan, innig und lange.

Pål schließt auf, geht vor Nanna her, schiebt mit dem Fuß seine Joggingschuhe weg, die mitten im Windfang auf dem Boden stehen, hebt ein T-Shirt vom Sofa auf und entfernt einen leeren Milchkarton vom Wohnzimmertisch. »Einen

Moment«, sagt er, läuft die Kellertreppe hinunter und stellt das schon halb aufgetaute Eis in die Tiefkühltruhe, zugleich holt er den besten Wein, den er besitzt, einen Sassicaia 1995, aus dem Weinschrank in seinem Kellerraum.

Der Wein liegt da schon seit über drei Jahren, während andere Weine erst in den Keller und schon kurz darauf wieder nach oben getragen worden sind, um getrunken zu werden. Es ist ein ziemlich teurer Wein, er war ein Geschenk von Morten zu Påls dreißigstem Geburtstag, und Morten kennt sich aus mit Wein. Auf seine Anweisung hin hat Pål ihn für eine besondere Gelegenheit aufbewahrt. (»Und nicht vergessen«, hatte Morten gesagt, »nicht jedes Huhn, Verzeihung, jede Dame, die du spätabends in deinen Bau locken kannst, ist eine besondere Gelegenheit.«) Aber das hier ist eine: Sie wollen das Projekt feiern, sie haben ein linguistisches Rätsel gelöst, es ist eine wissenschaftliche Leistung, und sie haben etwas entdeckt, das mit sehr großer Wahrscheinlichkeit sogar Geld einbringen wird. Außerdem hat er Nanna dreimal geküsst, und jetzt ist sie hier. In seinem Haus. Das ist eine besondere Gelegenheit. Sogar der skeptische Morten würde das zugeben.

Er stellt den Wein zum Atmen in die Küche und ertappt sich beim Summen, als er ihn – laut Mortens strenger Anweisung – in eine Karaffe gießt, dann nimmt er zwei Teller und Besteck und holt die Tüte mit den vielen Pastagerichten, die im Windfang stehen geblieben war.

Als er ins Wohnzimmer kommt, sitzt Nanna mitten auf dem Sofa, die Beine übereinandergeschlagen, die Arme neben sich auf dem Sofarücken ruhend. Eine hell gekleidete Frau auf einem melonenroten Sofa, ein weißes Kreuz auf fast rotem Grund. Das ist gut, denkt er. Hübsche Mädchen mit Selbstvertrauen müssen sich in die Mitte des weichen Sofas setzen. Schüchterne Mädchen, die unbequeme Holzstühle bevorzugen, machen so viel Mühe denkt Pål und vergisst, dass er vor zwei Jahren Aina unwiderstehlich fand, weil sie sich vorsichtig auf einen harten Holzstuhl gesetzt hatte, und dass er noch am Morgen über Nannas Verlegenheit nachgedacht hatte.

»Ich würde gern Chomsky einladen«, sagt das Kreuz auf dem roten Sofa.

»Wow«, sagt Pål und deckt den Couchtisch. »Ja, warum auch nicht? Etwas Schlimmeres, als dass Noam Nein sagt, kann ja nicht passieren.«

»Das ist doch eine Riesensache, was wir herausgefunden haben. Stell dir vor, wenn er kommen kann!«

»Dann können wir ihn durch den dritten Stock des Instituts führen und ihm die farblosen grünen Ideen an der Decke zeigen. Paulsen kann den Fremdenführer machen. Er wird begeistert sein.«

»Welcher von beiden?«

»Paulsen ganz sicher.«

»Wir laden jedenfalls alle vom Zentrum für Eliteforschung in Tromsø ein und den Wissenschaftsminister und …«

»… und Vertreter der großen Computerfirmen. Bitte sehr. Greif zu. Es ist genug da, wie du siehst!«

Er hat schon erkannt, dass er sich zwar auch vom Traum großer Erfolge, von der Vorstellung einer jubelnden Menschenmenge hatte mitreißen lassen, dass aber diese Aussichten für Nanna noch viel wichtiger waren. Pål macht ihr da keine Vorwürfe. Nein, er verachtet sie deswegen nicht, im Gegenteil, er versteht sie ja nur zu gut, er bewundert sie sogar, weil sie, anders als er, nicht einmal vorgibt, sich zu schämen. Der Tag der Präsentation ist für sie das eigentliche Juwel in der Krone, an diesen Tag hat sie so viel gedacht, hat so lange davon geträumt, hat sich an späten, ergebnislosen Abenden danach gesehnt. Er sieht ein, dass sie sich zwar ehrlich wünscht, dass das Projekt ein Erfolg wird, dass es aber um noch mehr geht, um Anerkennung und in letzter Instanz auch um Eitelkeit. Nicht zuletzt, weil er das bei sich wiederfindet, ist er großmütig und sagt sich, dass er ihr alle Phantasien über den großen Tag gönnt. Natürlich tut er das! Aber es geht um noch mehr, es geht um Geld. Es geht um feste Stellen, um Einladungen zu Kongressen, um solide finanzielle Unterstützung für neue Projekte.

Er verteilt das Essen vom Deli de Luca auf die Teller. Es ist eine Mahlzeit, die ein halbes Dutzend ausgehungerter Philologen satt machen könnte, und hier sitzt nur einer von der Sorte. Das Essen ist jetzt höchstens noch lauwarm, aber es schmeckt ihm trotzdem hervorragend. Nanna isst ziemlich wenig, enttäuschend wenig, findet Pål, ohne so recht zu wissen, warum ihre geringe Nahrungsaufnahme ihn enttäuschen sollte.

»Und das Allerbeste ist«, sagt Nanna plötzlich, »dass wir als erfolgreiches Forscherteam dastehen werden. Ein Forscherpaar«, fügt sie hinzu und legt vorsichtig ein wenig Sekundärbetonung auf Paar. Ein Forscher*paar.* »Darauf müssen wir doch anstoßen«, sagt Pål, »ich glaube, der Wein ist jetzt so weit.« Bisher haben sie zum Essen Wasser und einen Rest Kartonwein trinken müssen, denn Pål würde nicht im Traum auf die Idee kommen, gegen Mortens strenge Anweisungen zum Thema Temperieren und Dekantieren zu verstoßen. Wenn er sich das überlegt, glaubt er keine Sekunde daran, dass das eine Bedeutung für den Geschmack haben könnte, aber er tut, wie ihm geheißen, denn er respektiert Morten, und er weiß, dass Morten fragen wird, ob Pål sich auch genau an Mortens Vorschriften gehalten habe.

Er schenkt zuerst ihr ein, dann sich selbst. Der Wein schmeckt mindestens so gut, wie Morten versprochen hat, sie stoßen auf REV21 an, auf sich selbst, auf zukünftige Projekte. Auf das Forscher*paar.*

Sie beschließen, lieber gleich stinkreiche Investoren einzuladen, die ganze Regierung und alle in der EU, die in der IT-Branche eine Rolle spielen. *Sic itur ad astra!* Sie sind davon überzeugt, dass Chomsky kommen wird, Jack Mills ebenfalls, und vermutlich Saussure, obwohl der schon seit ungefähr hundert Jahren tot ist.

Kichernd rechnen sie aus, wie viele Millionen sie an REV21 verdienen werden. »Verflixt, so viele Millionen kann ich nicht im Kopf behalten«, sagt Pål und holt seinen Rechenschieber, und Nanna widmet ihm genau die Aufmerksamkeit, die er sich erhofft hat.

Er hat den Rechenschieber von Mortens Vater, der ein Mathematiklehrer vom alten Schrot und Korn gewesen war und den Rechenschieber dem Taschenrechner vorgezogen hatte. Eines Tages hatten Morten und Pål, auf der Jagd nach Kreidestummeln, im Sakko des Vaters den Rechenschieber gefunden. Sie saßen auf Mortens Schlafsofa und redeten über Fußball, während Pål an dem Rechenschieber herumspielte. Er hatte so etwas noch nie gesehen. Einen weißen Plastikstab, er sah ein wenig aus wie ein Lineal, besaß aber mehrere Zahlenreihen, einige davon rot, einige schwarz, in unterschiedlicher Größe, dazu eine durchsichtige flache Kapsel, die hin und her geschoben werden konnte. Sie waren gerade in die Mittelstufe gekommen. Pål galt schon seit vielen Jahren als Mathegenie, und jetzt knackte er den Code, innerhalb überraschend kurzer Zeit hatte er erfasst, wie dieses Gerät hier funktionierte. Mortens Vater gefiel es überhaupt nicht, dass Kinderhände seine Taschen durchsucht hatten, aber er war von Pål zutiefst beeindruckt und schenkte ihm zu Weihnachten einen Rechenschieber. Seither trägt ihn Pål immer in der Jackentasche. Er funktioniert hervorragend, zum Rechnen und um Frauen damit zu beeindrucken.

Pål und Nanna wird heiß und albern zumute, Nanna hat rote Rosen auf den Wangen, als hätte sie Fieber. »Wir sind unbesiegbar, wir sind Superlinguisten«, verkündet Pål, wirft den Rechenschieber weg, sodass der ein Stück über das Parkett rutscht, erhebt sich aus seinem Sessel und setzt sich neben Nanna. Sie stoßen noch einmal an, stoßen die Gläser aneinander, viel zu hart. Nanna lacht hemmungslos. Dann begegnen sich ihre Blicke, und beide werden ernst.

Pål nimmt ihr das Glas ab, stellt es neben sein eigenes auf den Tisch, küsst sie und drückt sie rücklings auf das Sofa.

Nanna sitzt halb angezogen auf dem melonenroten Sofa und weint lautlos.

»Wir hätten das nicht tun dürfen, Pål. Ich wollte ja so gern, aber … das war nicht richtig. Das ist ja so schrecklich«, sagt sie und lässt eine Träne über ihre Wange laufen, ohne sie wegzuwischen. Wieder denkt er, dass ihre Haare so hell sind wie die eines kleinen Mädchens mitten im Sommer, und ihre Augen sind jetzt korallenfarben und glänzen. Pål zieht seine Hose hoch, knöpft den Schlitz zu, kommt sich brutal und grausam vor, wie ein Vergewaltiger. Jetzt steht er hilflos da und sieht sie an, streichelt unbeholfen ihren Nacken, will sich neben sie setzen, lässt sich aber lieber in einen Sessel sinken.

»Willst du darüber reden?«, fragt er vorsichtig. Er möchte ihr gerne helfen, zugleich spürt er in sich einen Kummer, das hier ist so unendlich traurig, dass sie jetzt darüber sprechen müssen, nachdem sie endlich zusammen waren. Er verspürt nicht den Hauch von Neugier, in diesem Moment würde er Nannas häusliche Situation gern unter den Teppich kehren, sie dort liegen lassen, Nanna in den Arm nehmen, sie wieder küssen. Zum Teufel mit Kristian mit K.

»Eigentlich ist Schluss mit Kristian.«

»Eigentlich?«

»Ja. Deinetwegen. Aber er will nicht ausziehen, und ich trau mich nicht …«

»Du traust dich was nicht?«

»Ich trau mich nicht, ihn zu drängen. Er kann … ziemlich …«

»Ziemlich was?«

»Ach, nichts.«

»Ziemlich was, Nanna?«

»Kristian wird so leicht wütend.«

Pål zieht sofort zu ihr auf das Sofa um, sie erzählt ein wenig mehr, zögernd, und er merkt, dass er wütend auf diesen Kristian wird, weil er Nanna das antut, weil es ihn überhaupt gibt. Zugleich hat Pål keine Ahnung, was er zu ihr sagen soll. Was sagt man einer Frau, die mit einem anderen zusammenwohnt, der sie möglicherweise misshandelt, oder hat er ihre Worte falsch verstanden? Er kann nicht fragen. Es wird still.

»Jetzt bist du an der Reihe«, sagt sie endlich, ihre Stimme klingt aufgesetzt munter.

»Ach wirklich«, sagt er verblüfft.

»Ja, jetzt kannst du etwas über dich erzählen, ich hab genug von meinem eigenen Elend.« Das letzte Wort sagt sie mit einer übertriebenen Grimasse, zugleich wissen beide, dass es nicht ganz unpassend ist.

»Dann werde ich dir etwas über meine Mutter erzählen«, sagt er zögernd, nach einer kurzen Pause. Und dann erzählt er ihr eine Episode, die er vergessen zu haben glaubte. Er sitzt jetzt ziemlich dicht neben ihr, er wickelt eine ihrer hellen Locken um seinen Zeigefinger, ihre Haare sind so kurz, dass die Locke immer wieder von seinem Finger rutscht, deshalb wickelt und wickelt er immer aufs Neue. Ein milder und angenehmer Duft von synthetischen Blumen steigt ihm in die Nase.

»Ich war nicht älter als fünf. Meine Mutter und ich saßen in der Straßenbahn und fuhren in die Stadt, wir waren an der Kreuzung von Sognsvei und Kirkevei eingestiegen, und ich hatte beim Schaffner die Fahrscheine kaufen dürfen, ich bat um einmal Groß und einmal Klein – Mutter sagte immer Anderthalb, aber das wollte ich vermeiden, ich wollte nicht nach ›halb‹ klingen. Ich würde in der Konditorei Halvorsen Kuchen bekommen, und ich war in einer Stimmung, die man als berauscht bezeichnen kann. Ich schaute aus dem Fenster, meine Mutter saß neben mir, wir fuhren durch die Thereses-Gate, und bei Bislett kam uns die Gegenbahn entgegen. Dass die andere Bahn so dicht an uns vorbeischepperte, war beängstigend und schön zugleich. Und ich glaube, danach fing ich an. Ich fing an zu summen, und nach einer Weile fing ich an zu singen. Laut und deutlich, mit schriller Knabenstimme. Anfangs, glaube ich, war mir gar nicht klar, was ich da machte, aber dann merkte ich, dass meine Mutter mich ansah und lächelte. Dann sah ich, wie sie nickte und den anderen Fahrgästen zulächelte, und die lächelten auch und sahen mich an. Ich begriff, dass man in öffentlichen Verkehrsmitteln normalerweise nicht laut singt, und alle fanden es niedlich, dass ich, der unwissende kleine Junge, von diesen Konventionen nichts wusste. Und plötzlich fühlte ich mich gar nicht wohl in meiner Haut, sondern schrecklich dumm kam ich mir vor. Aber ich sang doch immer weiter, bis wir am Holbergs-Plass ausstiegen.«

Er verstummt, sieht Nanna an. Und für einen Moment, einen schwindelerregenden Moment lang glaubt er, dass sie versteht, dass sie wirklich die Bedeutung dieser Geschichte versteht, dass sie der Beweis dafür ist, dass sie wirklich füreinander geschaffen sind.

Er schließt die Augen und streckt blind eine Hand nach ihr aus, sie nimmt sie, ihre Hände drücken einander. Dann muss er hinschauen und sieht, dass sie ihm zunickt, dann aber die Augen niederschlägt. In diesem Moment spitzt sie den Mund zum Kuss, und Pål erkennt, dass sie keine Ahnung hat, was sie zu seiner Geschichte sagen soll. Sie murmelt: »Das ist eine nette Geschichte gewesen«, sie ist das Wohlwollen selbst, aber die Stimmung platzt doch wie eine Seifenblase.

Und wie hätte sie auch begreifen sollen, worauf er hinauswollte? Das begreift er doch selbst nicht. Aber er kann sich so gut an diesen Tag erinnern.

Es war warm, eine trockene Hitze lag über der Stadt, ein Fenster in der Straßenbahn, so ein altmodisches Schiebefenster, hatte offen gestanden, und Asphaltstaub lag in zitternden Streifen in der Luft. Er trug Shorts, die alten khakibraunen Shorts, dazu einen neuen Pullover, hellblau wie der Himmel, er war stolz gewesen, als er ihn an diesem Morgen hatte anziehen dürfen. Er erinnerte sich an den glänzenden Automaten des Schaffners, die Geräusche, mit denen er das Wechselgeld und die beiden Fahrscheine bekam – der seiner Mutter bestand aus zwei zusammenhängenden Stücken. Er erinnert sich an den Geruch seiner Mutter, den vertrauten süßen Geruch der Mutter, der sich mit dem der anderen Fahrgäste vermischte. Die Sitze waren mit schwarzem Kunststoff bezogen, seine schweißnassen Oberschenkel kleben daran fest, er hebt die Oberschenkel und merkt, wie die Haut zögert, ehe sie sich mit einem schmatzenden Geräusch löst. In ihm wird eine Melodie geboren, sie schwillt an und wächst und kommt schließlich aus seinem Mund. Er summt, und sein Körper zittert vor Wohlbefinden. Er sieht sein eigenes undeutliches Spiegelbild im Fenster der Straßenbahn, und Häuser und Straßen kommen und verschwinden in seinem Abbild, fahren über seine Wangen, ein Auto hupt, eine Straßenbahn aus der Gegenrichtung brüllt ihn an, dann ist sie vorüber, und gleich wird er mit seiner Mutter Eis essen gehen. Er singt lauter und lauter. Dann fällt ihm auf, dass seine Mutter ihn ansieht, lächelnd, halb versteckt. Er sieht, dass sie den Blick einer Frau mit hochaufgesteckten Haaren auf der anderen Seite des Mittelgangs erwidert, ihre Blicke begegnen einander irgendwo über seinem Kopf. Ihr Lächeln ist verständnisvoll, vertraulich. Auf einmal begreift er, dass sie über ihn lächeln, über seine dünnen Kinderbeine auf dem Ledersitz, über den schönen blauen Pullover und vor allem über seinen Gesang. Er will sofort aufhören, aber das kann er nicht, seiner Mutter zuliebe muss er weitermachen. Und er begreift nicht, warum er nicht einfach aufhören kann. Er spielt weiter den Naiven und Unwissenden, er tut so, als wisse er nicht, dass sie ihn ansehen. Als die Mutter ihm abends einen Gutenachtkuss geben will, zieht er ihr an den Haaren.

Er hat diese Straßenbahnepisode noch nie zuvor erzählt, es ist ja nur eine belanglose Episode. Allerdings befindet sich direkt dahinter in Påls Bewusstseinsschichten die Geschichte darüber, wie er die Narbe bekommen hat. Diese glatte, magermilchfarbene Narbe innen am linken Oberschenkel. Diese Narbe, die keine Frau sehen kann, ohne etwas dazu zu sagen und danach zu fragen. Die Geschichte, die bisher keine seiner Frauen zu hören bekommen hat. Sie ist dort gespeichert, gleich hinter der Geschichte über den Gesang in der Straßenbahn. Pål weiß es nicht. Nanna weiß es nicht. Und als Morten am nächsten Tag, nach einem langen Gespräch über REV21, über Wein und über Nanna, Pål fragt, was Nanna zu der Narbe gesagt habe, muss Pål nach einer Pause von einigen Sekunden zugeben, dass Nanna überhaupt nicht danach gefragt habe. Als erste Frau von allen, mit denen Pål Sex hatte, hatte Nanna die Narbe mit keinem Wort kommentiert. »Werdet ihr jetzt heiraten?«, fragt Morten. »Ja«, sagt Pål.

»Skål«, sagt Nanna, als sie eine Weile geschwiegen haben, und es ist genau die passende Bemerkung, neutral, munter, stimulierend.

Als Nanna und Pål die Weinflasche geleert haben, beschließen sie, beim nächsten Mal, wenn sie die Vollendung eines weltrevolutionären linguistischen Projekts feiern werden, ebenfalls Sassicaia 1995 zu trinken. Zu solchen Gelegenheiten werden sie ab jetzt diesen Wein trinken, das soll ganz einfach eine Tradition werden.

Mit einer gewissen Erleichterung können sie feststellen, dass es keinen Wein mehr gibt, dass es schon spät ist, dass Nanna früh aufstehen muss. Am nächsten Tag muss sie nach Stockholm, zu einem Treffen, zu dem Paulsen sie schickt, einem Treffen, bei dem ein Austauschprogramm für nordische Sprachstudenten bewertet werden soll. »Ich habe ja keine Ahnung davon, ich glaube, Paulsen wollte nicht selbst fahren«, sagt Nanna und fügt hinzu, dass sie dann aber immerhin ein Gespräch mit dem Neurolinguisten einschieben könne. »Und er weiß natürlich noch nicht, dass wir, also du, heute den Missing Link gefunden haben. Ich freue mich auf sein Gesicht, wenn ich ihm morgen die Formel präsentiere. Die Verbphrase als Projektion des Satzgegenstandes!« Wie schon einmal an diesem Tag klatscht sie vor Begeisterung in die Hände, und das erinnert ihn so sehr an seine Mutter, dass er schlucken muss.

Sie stehen in Påls Windfang. Pål hat ein Taxi angerufen. Nanna zieht ihren Mantel an. Pål nimmt ihr Gesicht in die Hände und küsst ihre Augenlider, wieder und wieder. »Verzeih mir«, murmelt er. »Ich werde dafür sorgen, dass Kristian auszieht«, sagt sie, ohne die Augen zu öffnen.

Trotz Nannas Tränen bei ihrem ersten Mal schlafen sie auf dem melonenroten Sofa miteinander, wann immer sich eine Gelegenheit bietet. Das ist nicht so oft, aber oft genug, um Pål ein schlechtes Gewissen zu machen. Nicht wegen

Kristian, sondern weil Nanna nicht verhehlen kann, dass diese Treulosigkeit sie quält. Danach liegen sie immer eng umschlungen da, schweißnass vor Leidenschaft, erschöpft vor Befriedigung, und jedes Mal küsst Pål ihre Augenlider, wie beim ersten Mal im Windfang. Er beschließt, Nanna wegen Kristian nicht mehr zu bedrängen. Früher oder später wird sie Mut und Kraft finden, sich seiner zu entledigen, und Pål wird ihr dabei helfen.

Es ist seltsam, Nanna zu Hause bei seiner Mutter auf dem blaugrauen Samtsofa sitzen zu sehen. Sie gehört nicht dorthin, es ist ganz falsch, dass sie mitten auf Mutters Sofa sitzt, mit selbstverständlicher Miene und lächelnden Augen. Pål überkommt plötzlich eine akute und starke Verlegenheit, und er wagt nicht, Nanna anzusehen.

Påls Mutter läuft zwischen Küche und Wohnzimmer hin und her. »Entschuldigen Sie meine Hektik«, sagt sie und nickt Nanna zu. Sie holt Teetassen, Teekanne und eine Schüssel für die Kokoskugeln – zur Feier des Tages legt sie sie nicht direkt auf die Tischplatte. Auf dem Mahagonitisch glänzen viele fettige Kreise, Ablagerungen von den zahllosen Kokoskugeln der vergangenen Jahre, daneben helle Ringe von Tassen und Gläsern. Obwohl Pål vorher angerufen und gesagt hat, dass sie beide kommen werden, scheint die Mutter das Saubermachen nicht so genau genommen zu haben. Es ist zwar zu sehen, dass sie den Tisch abgewischt hat, aber die Ringe lassen sich nicht so leicht entfernen. Die Wollmäuse liegen wie weiche Rollen in den Ecken, die Fenster sind blind, und überall ragen wackelige Büchertürme auf. Aber alle Spuren vom literarischen Alter Ego der Mutter sind entfernt worden, und die Tür zu Paulettes Boudoir ist verschlossen.

Nanna nimmt den Tee dankend an, hebt aber angesichts der Kokoskugeln abwehrend die Hand. Sie sei mit einer Freundin im Theater verabredet, sagt sie, sie könne darum nur einen Moment bleiben. »Danke, Mama«, sagt Pål und nimmt sich eine Kokoskugel, aber er ist sehr nervös, und als er die Kugel mit Finger und Daumen greift, berechnet er den Druck falsch, und die Schokoglasur bricht unter seinen Fingerspitzen. Als er vor etwa zehn Minuten die beiden einander vorstellen wollte, war er schweißnass. Aber er hatte die richtigen Worte gefunden, gelächelt und ganz natürlich gewirkt. Er war sich jedenfalls sicher, dass Nanna nichts gemerkt hatte, aber als er und seine Mutter für einen Moment allein waren, sah sie ihn forschend an. Und da hatte er ihre Nasenspitze gepackt und behutsam umgedreht. Aber diese Liebkosung hatte nicht dieselbe magische Wirkung wie sonst. Sie kicherten nicht dabei, seine Mutter sah ihn nur an. »Das wird schon gut gehen, Pål«, sagte sie, mit der müden Nachsicht einer Mutter in der Stimme.

Sie sitzen am Mahagonitisch, mitten auf dem Tisch steht eine alte und nicht ganz saubere Kristallvase mit den drei Callas, die Nanna mitgebracht hat. Sie sind kühl und gerade und sehen im überfüllten chaotischen Wohnzimmer seiner Mutter fremd aus. Sogar Pål, trotz seines Geschlechts, seines sehr begrenzten Interesses für Blumen und Inneneinrichtung und trotz seiner Verliebtheit in die Blumengeberin, sieht, dass die weiß-gelben Blumen einfach nicht zum Samtsofa, den Bücherstapeln, den ungeputzten Fenstern und dem stark duftenden Jasmintee der Mutter passen.

Er kaut auf seiner Kokoskugel herum, die sich in seinem Mund zu süßem Schaum auflöst. Die Mutter lächelt, Nanna lächelt sie an, beugt sich über den Tisch und legt ihre Hand auf ihren Arm. Das sieht doch gut aus! Erleichterung steigt in ihm auf. Meine beiden Frauen scheinen sich gut miteinander zu verstehen, denkt er und genießt es, die Possessivform »meine« zu benutzen.

Die Mutter fragt nach dem Projekt, Nanna äußert sich lobend über Påls Einsatz, und Pål lobt Nanna über den grünen Klee. Dann ist es vorbei, und Nanna erhebt sich zum Gehen. »Tut mir leid, aber ich kann nicht länger bleiben, ich muss los, wenn ich die Vorstellung nicht versäumen will.« Er begleitet sie zur Tür, hilft ihr in den Mantel mit dem Pelzbesatz, bringt sie die Treppen hinunter, bis zu der blauen Haustür, und dort küsst er sie zum Abschied.

Nanna ist so klein, dass er, wenn er sie küssen will, auf Stirn oder Mund, sich tief bücken muss. Er kann sich entweder wie ein Riese von oben bücken, oder er kann in die Knie sinken, sich in ihre Höhe hinunterknicksen. Meistens zieht er das Rückenbücken dem Kniebeugen vor, so auch jetzt, und er hat sich gerade wieder zu seiner vollen Höhe aufgerichtet und sieht auf Nanna hinab, genauer gesagt, er sieht auf Nannas Scheitel, denn Nanna hat den Kopf züchtig gesenkt. Und dabei entdeckt er, dass sie sich die Haare färbt, dass der erste Zentimeter am Haaransatz ein wenig dunkler ist als die restlichen Haare, ihre Haare, von denen er in den höchsten Tönen geschwärmt hat, gegenüber seiner Mutter, gegenüber Morten. Er ist nicht geschockt, er geht davon aus, dass es wohl weniger Frauen mit natürlicher Haarfarbe gibt als mit künstlicher, aber dennoch ist er ein wenig enttäuscht, hat das Gefühl, sie habe ihn zum Narren gehalten.

Sie müsse gehen, sagt sie, er öffnet die Tür und sieht ihr hinterher, bis sie in einer Seitenstraße der Fagerborggate verschwunden ist. Atemlos kommt er wieder hinauf in die Wohnung, und jetzt ist er natürlich gespannt darauf, was die Mutter von Nanna hält, von »meiner Auserwählten«, wie er das fröhlich formuliert.

»Pål«, sagt die Mutter ernst.

»Ja?«

»Wir müssen reden.«

»Ja? Hat sie dir nicht gefallen?«

»Mir gefallen?«

»Ja?«

»Nein. Sie hat mir nicht gefallen.«

Die Mutter legt einc Pause ein, streckt die Hand nach der Teetasse aus, dann kann sie sich nicht mehr beherrschen. Pål zuckt zusammen, als die Mutter in die Hände schlägt, ein lauter Knall der Begeisterung, gefolgt von weiteren.

»Sie gefällt mir nicht, nein. Ich liebe sie, Pål. Sie ist phänomenal.«

»Ja, nicht wahr«, sagt er erleichtert.

»Schöne Augen.«

»Ja.«

»Phantastische Haare.«

»Mhm«, sagt Pål.

»Schöne Hände.«

»Ja, das hat sie wirklich«, sagt Pål so zufrieden, als habe er diese Hände modelliert. »Und ihre süße Nase.«

»Wie ein kleiner Knopf«, sagt die Mutter.

»Ja«, sagt Pål. »So süß und schmal.«

»Ihr werdet hübsche Kinder bekommen.«

»Aber Mama!«

»Und ich glaube, eine entschlossene Frau wäre gut für dich.«

»Entschlossen? Nanna?«

»Ja, sie weiß genau, was sie will.«

»Ja, aber ich glaube nicht, dass das bei ihr ein markanter Zug ist.«

»Sie ist entschlossen, Pål. Da bin ich mir ganz sicher.«

»Bei dir hört sich das fast so an, als wolltest du andeuten, dass Nanna eine herrschsüchtige, manipulierende Person ist.«

»Nein, nein, nein«, protestiert seine Mutter lachend. »Jetzt hör aber auf.«

Auch Pål lacht. Zuerst lacht er liebevoll und zärtlich über seine Mutter, denn er deutet ihre Reaktion als ein Zeichen von Eifersucht und Besitzanspruch. Danach lacht er nachsichtig über seine Empfindlichkeit und seine Überreaktion. Ihm bedeutet es offenbar ungeheuer viel, dass Nanna seiner Mutter gefällt. Aber in sein Lachen mischt sich Resignation – weil er sich darauf gefreut hat, endlich mit der Mutter über Nannas Qualitäten sprechen zu können, und da deutet die Mutter an, dass Nanna nicht ganz perfekt ist. Er hebt den Arm, um wieder scherzhaft die Nasenspitze der Mutter umzudrehen, lässt die Hand aber sinken. Er merkt, wie müde er ist, dass er keine Kraft dafür aufbringt.

Mutter und Sohn schweigen einen Moment lang, dann beginnt seine Mutter plötzlich über Tone zu sprechen, Påls erste Liebe. Und über das EREIGNIS. Schon wieder das EREIGNIS. Seine Mutter redet davon, wie sehr Nanna sie an Tone erinnert.

»Wie das denn?«, fragt Pål. »Sie sind doch so unterschiedlich, wie zwei Menschen das überhaupt nur sein können?«

»Na ja.« Die Mutter zögert ein wenig. »Aber etwas an ihnen ähnelt sich, du verhältst dich Nanna gegenüber so wie damals Tone gegenüber. Du darfst Nanna nicht auch verraten, Pål.«

»Jetzt hör aber auf«, bittet er.

»Du möchtest ihnen so gern imponieren«, sagt sie, worauf er keine Antwort gibt. Auf dermaßen dämliche Bemerkungen gibt er natürlich keine Antwort. »Pål?«

Keine Antwort.

»Pål?«

»Ja?«

»Hallo! Beruhige dich wieder! Könntest du eventuell ein paar Seiten von meinem aktuellen Buch mitnehmen und lesen?«

»Von dem über die Gouvernante?«

»Ja. Sie heißt Elizabeth. Wie ... wie war es eigentlich, noch einmal *Das schlafwandelnde Haus* zu lesen?«

»Das hab ich doch total vergessen«, ruft er, und weil er noch immer beleidigt ist, sagt er es, ganz ohne sich zu schämen, ganz ohne die Enschuldigungen, die er sonst hinzugefügt hätte. »Aber das werde ich zu Hause nachholen.«

Er geht viel früher als geplant, zum einen, weil er ein wenig verwirrt darüber ist, dass seine Mutter gesagt hat, er dürfe Nanna nicht verraten, zum anderen, weil er *Das schlafwandelnde Haus* weiter lesen will, obwohl er den Schluss noch nicht vergessen hat. Vielleicht hat er gar nicht vergessen, ihn zu lesen, sondern wollte einfach nicht an diese unheimliche Geschichte erinnert werden?

Die Mutter reicht ihm mehrere Seiten über die grünäugige Elizabeth, stellt sich auf ihre Zehenspitzen und umarmt ihn. »Pål«, flüstert sie ihm ins Ohr, es dröhnt wie ein Wintersturm, und er zappelt, denn er ist kitzlig wie ein kleiner Junge. »Pål, ich finde Nanna ... phantastisch. Das musst du mir glauben!«

Zu Hause in seinem Wohnzimmer schenkt er sich einen Cognac ein und legt sich rücklings auf das Sofa, auf das melonenrote Sofa, auf dem er mit Nanna geschlafen hat. Auf seinem Bauch liegt das Manuskript, das seine Mutter vor über fünfundzwanzig Jahren geschrieben hat, auf einer Kugelkopfmaschine ohne Korrekturtaste. Er war vielleicht gerade in der Schule gewesen oder hatte mit Morten auf dem Hang gespielt. Oder er hatte in seinem Zimmer geschlafen, unter den Plakaten von Kevin Keegan und Ray Clemence.

Die gelblichen, zusammengehefteten Bögen lagen in einem Seitenfach seiner Aktentasche, seit er sie im Oktober von seiner Mutter bekommen hat, vor über drei Monaten. Jetzt schlägt er Seite 3 auf und liest weiter.

In dieser Nacht erwachte der Junge mehrere Male, er träumte, er sei mit einem Schiff unterwegs und im Meer türmten sich riesige Wellen auf. (Er hatte im Bett gelegen, als die Mutter ihm das vorgelesen hatte, und er hatte auf und ab geschaukelt wie der Junge in der Geschichte.)

Am nächsten Morgen, als die Mutter die Tür öffnete und der Junge die Vorhänge beiseitezog, schrie der Junge so laut und die Mutter war so stumm, dass der Vater angelaufen kam, um nach dem Rechten zu sehen. Alle drei standen dicht nebeneinander und schauten hinaus. Sie befanden sich nicht mehr auf der Lichtung im finsteren Wald. Sie waren umgeben von hupenden Autos, von laut rufenden Menschen, die hin und her eilten, mit Taschen und Ordnern, von kämpfenden Katzen, von bellenden Hunden, einer kam sogar zu dem kleinen weißen Haus, hob ein Bein und pinkelte gegen die Hausecke. (Mama!) *Und überall standen höhere und größere Häuser, als sie jemals zu Gesicht bekommen hatten. Weder die Mutter noch der Vater oder der Junge – oder auch das kleine weiße Haus – hatten gewusst, dass es so hohe und so große Häuser gab. Die großen Häuser bückten sich und musterten das kleine weiße Haus voller Verachtung. Das Haus ließ verwirrt seine Fenster blinken und war trauriger als je zuvor.*

Den ganzen Tag saßen Mutter, Vater und Sohn draußen auf der Türschwelle vor dem kleinen weißen Haus, das jetzt inmitten einer Straße mitten in einer Großstadt stand. Die Autos mussten einen Bogen um das Haus fahren, die Fahrer drohten wütend mit der Faust. Als es dunkel wurde, ging die Familie ins Haus. Die Mutter machte die Tür zu (ja, sie schloss sogar ab), der Vater knipste die Lampen aus (aber er ließ die Deckenlampen oben im Gang brennen), und der Junge zog alle Vorhänge ganz dicht vor. Dann legten sie sich in ihre Betten, drehten sich unruhig viele Male um, schliefen dann aber doch endlich ein.

In der Nacht schlief der Junge wieder sehr unruhig, wieder träumte er, er sei mit einem Schiff unterwegs und draußen auf dem Meer tobten hohe Wellen. Aber er wurde nicht richtig wach, er warf sich im Schlaf nur unruhig hin und her. Das Haus ächzte und wackelte, und der Junge wurde früher wach als sonst. Aber er blieb im Bett liegen, bis es hell wurde, bis das Haus still stand und bis er hörte, dass seine Eltern sich bewegten.

Als es ganz hell geworden war und er glaubte, seine Eltern seien wach, ging er zu ihnen. Die Mutter nahm die linke Hand des Jungen, der Vater nahm die rechte Hand des Jungen, und mit dem Jungen in der Mitte gingen sie zum Fenster. Sie öffne-

ten die Vorhänge und sahen hinaus. Sie befanden sich nicht mehr in der großen, bedrohlichen Stadt. Vor den Fenstern war es weiß. Es war ganz flach, es war still und es war kalt. Schneeweiß und eiskalt.

Während er das liest, merkt Pål, dass er sich ein wenig über seine Mutter ärgert. Er kann sich so deutlich daran erinnern, dass seine Erwartungen an diesem Punkt in der Geschichte bis zum Äußersten gespannt waren. Er musste einfach wissen, wie es weiterging mit dem weißen Haus, und gleichzeitig wusste er es ja schon. Pål Bentzen war Maren Bentzens Sohn, aufgezogen mit Lebertran und Märchen. Aber obwohl es ganz klar war, was passieren würde, musste er es hören. Er erinnerte sich daran, dass er ein wenig ungeduldig den Abenteuern des Hauses am Nordpol gelauscht hatte:

Die kleinen Eisbären bauten ein Schneelabyrinth, die Seehunde übten das Jonglieren mit Schneebällen, und die Walrosse lagen zu einem dicken Haufen übereinandergestapelt und erzählten sich gegenseitig Walrossmärchen. Das kleine weiße Haus zitterte vor Kälte, und die Tränen gefroren zu langen weißen Eiszapfen, die schwer und kummervoll von den Fenstern hingen. Die Familie traute sich nicht aus dem Haus. Alle drei saßen fröstelnd im Wohnzimmer, der Vater legte der Mutter den Arm um die Schultern, und der Junge schmiegte seine Wange an die des Vaters, und so wärmten sie sich gegenseitig.

Er erinnert sich an seine Ungeduld, als die Mutter anfing, die dritte schlafwandlerische Reise des Hauses vorzulesen. Jetzt, fünfundzwanzig Jahre später auf einem melonenroten Sofa liegend, erinnert er sich an diese Ungeduld, und er spürt, wie etwas davon zurückkehrt. Heute weiß er, dass seine Mutter die traditionelle narratologische Dreizahl gekannt und berücksichtigt hatte. Er erinnert sich, dass er sich an diesem Punkt in der Geschichte ein wenig übermütig fühlte, denn er hatte die Geschichte der Mutter durchschaut, er hatte gewusst, dass das Haus bald zu einer dritten Wanderung aufbrechen würde. Und er hat auch die Befriedigung nicht vergessen, die er verspürte, als seine Erwartungen sich erfüllten. Denn natürlich schlafwandelte das kleine weiße Haus ein weiteres Mal. Diesmal landete das Haus in einer glühend heißen Wüste, und auch dort fanden weder Haus noch Familie ihr Glück. An das alles kann er sich erinnern.

Aber das Deutlichste von allem, so deutlich, dass er weiß, dass er es nie vergessen wird, ist in seiner Erinnerung der Schluss der Geschichte. Er weiß noch, wie die Mutter zu ihm ins Zimmer kommt. Sie lächelt, sie hat zwei Seiten bei sich, das ist der Schluss der Geschichte, sie ist soeben fertig geworden. Pål weiß genau, dass das Haus schlafwandeln wird und dass es das letzte Mal sein wird. Denn das Haus wird nach Hause kommen, nach Hause zu den wartenden Grundmauern, nach Hause zu der großen Lichtung im Wald, und dort werden Mutter, Vater und Junge erkennen, dass auch das Haus zur Familie gehört. So jung er damals auch war, so empfand er der Mutter gegenüber doch einen gewissen Hochmut, weil er ihre Geschichte durchschaut hatte, weil er die ganze Zeit gewusst hatte, wie es enden würde. Aber vor allem ist es unendlich beruhigend und schön, dass es so ist.

Aber die Geschichte endet nicht so, wie Pål sich das vorgestellt hatte. Im Gegenteil. Manchmal tun Geschichten das nicht. In Paulette Rosens Büchern herrscht eine deterministische Ordnung, weshalb der herzensgute Held und die schöne Heldin einander am Ende bekommen, während die Bösen bestraft werden. Aber das hier ist kein Buch von Paulette Ros. *Das schlafwandelnde Haus* wurde von Maren

Bentzen geschrieben, und Maren Bentzen weiß, wie das Leben – das wirkliche Leben – sein kann. Im wirklichen Leben verliert der Held Haare und bekommt vor Nervosität ein Magengeschwür, und im entscheidenden Moment wagt die Heldin nicht, ihren Mann zu verlassen, so langweilig der auch sein mag. Die Bösen scheffeln mit unehrlichen Methoden Geld, aber niemand kommt ihnen auf die Schliche, und deshalb kaufen sie sich Jachten und bestellen im Restaurant immer das allerteuerste Gericht. Im wirklichen Leben trifft der rothaarige Held die rothaarige Heldin, sie küssen einander, er schwängert sie, und sie sehen sich niemals wieder.

Manchmal ist man davon überzeugt, dass man weiß, wie eine Geschichte enden wird, aber dann endet sie doch vollkommen anders. Und ab und zu denkt man hinterher, man hätte das vorher durchschauen müssen. Pål hatte sich nicht vorstellen können, dass *Das schlafwandelnde Haus* so enden würde. Aber vielleicht hätte er das durchschauen müssen. Er lebt schließlich nicht in den Büchern seiner Mutter, sondern in der Wirklichkeit, die nicht immer ist wie ein Märchen, nicht einmal für einen glücklichen Jungen im Osloer Westend der Siebzigerjahre. Doch, er hätte vielleicht einen Verdacht haben müssen. Vielleicht gerade, weil er keinen Verdacht hegte, hat er den Schluss der Geschichte, diesen beunruhigenden Schluss, niemals vergessen können.

Sie waren wieder zu Hause. Das kleine weiße Haus stand wieder fest und ruhig auf seinen Grundmauern, der dunkle Wald sah vertraut und harmlos aus. Das Haus spürte, dass die Familie bald aufwachen würde. Das Haus seufzte glücklich, was die Wände sanft knacken ließ. Das Haus hörte den Jungen im Schlaf murmeln, es spürte, wie die breite Decke der Eltern raschelte. Das Haus freute sich so sehr, dass es fast nicht still stehen konnte, bald würden die Mutter, der Vater und der kleine Junge aufwachen und sehen, dass sie wieder zu Hause waren. Das kleine weiße Haus machte einen Freudensprung, und genau wie geplant wachte die Familie in diesem Augenblick auf. Es kitzelte so wunderbar, als sie die Treppen hinunterliefen.

Als der Abend kam, war das Haus allein wie nie zuvor. Die Mutter, der Vater und der Junge hatten den ganzen Tag ihre Habseligkeiten gepackt und in Umzugskartons untergebracht, und alles andere hatten sie in Koffer gestopft. Sie wollten umziehen. Sie wollten sich ein neues Haus suchen. Sie konnten nicht mehr in dem kleinen weißen Haus wohnen. Sie wollten sich ein anderes Haus suchen, eins, das nicht so schrecklich knackte, eins, das nicht so wackelte und hin und her wanderte. Sie wollten ein ruhiges Haus. »Vielleicht auch ein etwas größeres?« »Ja, vielleicht«, sagte der Vater und nickte. »Und mit mehr Fenstern und einer Veranda?« »Ja, das klingt gut«, sagte die Mutter. »Vielleicht in einer anderen Farbe?« »Blau!«, rief der Junge. »Mal sehen«, sagte der Vater. »Das klingt sehr gut«, sagte die Mutter. Alle drei lächelten, und alle, die sie gesehen hätten – aber das tat nur das kleine weiße Haus –, hätten gedacht, dass sie einander wirklich ungeheuer lieb hatten. Der Vater legte den Arm um den Sohn, und sie gingen los. Die Mutter schloss die Tür, kniff die Augen zusammen und warf den Schlüssel über ihre linke Schulter, weit, weit in den finsteren Wald hinein. Und dann lief sie hinter den beiden anderen her.

Auch diesmal ist er wie betäubt, obwohl er doch genau weiß, was passieren wird. Er sieht sich noch einmal die Zeichnung auf der Vorderseite an, die von ihm stammen muss, an die er sich aber nicht erinnern kann. Er versucht zu überlegen, wann er sie angefertigt hat, war das, ehe er wusste, wie es enden würde? Unmöglich zu sagen, die unbeholfenen Kinderstriche der Zeichnung verraten nichts. Auf dem Bild sind keine Menschen zu sehen, aber sie können im Haus sein oder in der Schule oder bei der Arbeit. Oder sie können das Haus verlassen haben.

Die Geschichte hat ihm damals nicht gefallen, und jetzt gefällt sie ihm noch viel weniger. Aber er versteht nicht, warum er so stark darauf reagiert, vor allem, glaubt er, macht ihn die Enttäuschung seiner Erwartungen nervös. Das Gefühl, an der Nase herumgeführt zu werden. Er legt das Manuskript vorsichtig ins Bücherregal. Er hat Lust, es Nanna laut vorzulesen, und er beschließt, dass er das bald tun wird.

Aber dazu wird es nicht kommen. Er vergisst die Geschichte erneut. Das Manuskript bleibt monatelang im Bücherregal liegen. An einem sonnigen Frühlingstag, an einem Tag, an dem er überschäumend vor Glück und Erwartungen aufwacht, wird er wieder an die Geschichte seiner Mutter denken.

Jetzt holt er indessen die Blätter hervor, die die Mutter ihm mitgegeben hat. Er schenkt sich einen zweiten Cognac ein und überfliegt vier neue Kapitel über die schöne

Elizabeth mit den kastanienbraunen Haaren und den meergrünen Augen. Inzwischen ist ein unverheirateteter und ungewöhnlich gut aussehender Pastor auf der Bühne des Geschehens erschienen. »Es ist jedenfalls nicht schwer zu erraten, wie das enden wird«, murmelt Pål. Er lächelt erleichtert, genießt den Cognac und die Harmonie der Geschichte. Und zeitgleich, in Paulettes Boudoir, eingehüllt in ihren Schreibrock, beugt sich seine Mutter über die Tastatur und schreibt die Geschichte von Elizabeth und dem Pastor unbeschwert weiter, in der sicheren Überzeugung, dass sie sich im letzten Band bekommen werden.

Aber kaum ist er mit dem Cognac und dem fünften und bisher letzten Kapitel fertig, da wünscht er sich schon wieder, seine Mutter schriebe etwas anderes als diese übliche Kost, etwas weniger Vorhersehbares. »Überrasch mich, Mama! Versuch es mal mit einem anderen Genre.« Er muss sie einfach immer wieder ermutigen. Das hat er schon immer gut gekonnt.

»Mamas Ritter«, schießt ihm plötzlich in den Kopf, und er sieht sich selbst unten im Treppenhaus liegen, ihr verweintes Gesicht über sich: »Mein Junge, lebst du noch?«

»Du bist doch Mamas Ritter«, hatte der Großvater immer zu Pål gesagt. Pål kann sich nicht daran erinnern, er kann sich überhaupt nicht an den Großvater erinnern.

Pål kann sich nicht wirklich an seine Großeltern erinnern, aber er besitzt ein vages Bild von einer winzig kleinen zwitschernden Frau, immer mit einer frisch gebügelten Schürze über dem Crimplenekleid, und von einem Mann mit einem üppigen schmutzig weißen Schnurrbart, dessen Spitzen wie dicke Eiszapfen an seinen Mundwinkeln herunterhingen. In Påls Bewusstsein ist die Großmutter wie ein Vogel, der Großvater erscheint als mürrisch-munteres Walross. Aber das sind keine echten Erinnerungen, es sind Erinnerungen, die er sich nach und nach zusammengebastelt hat, aus den Erzählungen seiner Mutter und aus alten Fotos.

Dass Pål der Ritter seiner Mutter sei, hört er schon sein Leben lang. Die Mutter liebt diese Formulierung, liebkost diese Worte, solange Pål sich erinnern kann. Sie ist stolz auf Pål, stolz darauf, dass die beiden so gut zurechtkommen, und sie will mit ihrem Jungen prahlen, er verdient das, während sie zugleich mit der grenzenlosen Liebe und dem blinden Egoismus einer Mutter Forderungen an ihn stellt, ihm eine Verantwortung auferlegt, eine Rolle, die er ausfüllen muss. Mamas Ritter. Mamas kleiner tapferer Ritter. So hat es angefangen.

Er rutschte auf dem Treppengeländer, ritt auf seinem stolzen Ross, in wildem Tempo, vom dritten Stock bis ganz nach unten. Er macht das jeden Tag, jeden Tag, wenn sie das Haus verlassen, zum Laden, in den Park, auf den Friedhof gehen. »Du willst doch Mamas Ritter sein?« Das ist eine rhetorische Frage. Sie hat keine Ahnung davon, aber er ist stumm vor Furcht, gefangen vom Stolz seiner Mutter, von den Geschichten über den Beinamen, den der Großvater ihm gegeben hat. Das Geländer ist schmal und läuft zwischen seinen dünnen Oberschenkeln spitz zu, es drückt sich auf beunruhigende Weise in seinen Schritt. Das Geländer ist aus blankem braunen Holz, glatt, es windet sich in einer einzigen spiralenförmigen Welle vom obersten bis zum untersten Stock. Auf jedem Treppenabsatz sitzt ein Metallknauf auf dem Geländer, als Befestigung für den einen etwas kräftigeren Pfosten, der den Übergang von Treppe zu Absatz kennzeichnet, bevor das Geländer seine braune, blanke Abwärtsbewegung wieder aufnimmt. Er muss sich aufrichten, muss die Oberschenkelmuskeln anspannen, muss seinen Körper heben, um diesen Knäufen auszuweichen.

Er hasst es, auf dem Geländer zu reiten, aber er ist Mamas Ritter, und Mütter glauben, dass Ritter solche Fahrten in wahnsinnigem, schwindelerregendem Tempo lieben. Er reitet jeden Tag. Bis er eines Tages zwischen dem zweiten und dem ersten Stock stürzt, er bleibt mit dem Oberschenkel an einem Knauf hängen, reißt sich eine lange Wunde in den Oberschenkel, hängt mit seinem ganzen Körpergewicht an seinem Fleisch, ehe das Gewebe reißt und er anderthalb Stockwerke hinunterstürzt. Und er ist fast froh darüber.

Die Wunde wird genäht. Die Wunde an seinem Oberschenkel wird zusammengezurrt.

Noch auf der Unfallstation verbietet ihm die Mutter für alle Zeit, noch einmal sein stolzes Ross zu besteigen. »Pål, du darfst nie wieder das Geländer herunterrutschen.« Er atmet vor Erleichterung auf, aber er beherrscht seine Rolle so gut, dass er sie anfleht, es doch zu erlauben, sobald die Wunde wieder verheilt ist. »Bitte, Mama!«

Er wird niemals die Sekunden abgrundtiefer Angst vergessen, bis die Mutter endlich antwortet, bis sie ihm seine Bitte abschlägt. »Nein, das kommt nicht in Frage, Pål!«, und er ist für immer gebunden an sie durch ihren Stolz, den er ganz leise unter ihren empörten Worten widerhallen hörte. Mamas Ritter.

Als Vortragende in ihren Vorlesungen war Edith Rinkel nie sonderlich beliebt gewesen. Als Betreuerin war sie womöglich noch unpopulärer. Die Studierenden, die sie mochten, waren entweder so dumm, dass sie nicht merkten, wenn jemand sich über sie lustig machte, oder so ehrgeizig und so begabt, dass Edith Rinkels Kommentare sie weiterbrachten und dass das die weniger angenehmen Seiten des Kontaktes aufwog. Alle anderen, und das bedeutet, die allermeisten, verabscheuten sie und hatten sie nur als Betreuerin, weil sie ihr zugeteilt worden waren, damit sie ihre Betreuungsquote erfüllen könnte.

An diesem Vormittag hatte sie Besuch von einem Vertreter der großen Mehrheit gehabt, einem jungen, faulen, mittelmäßig begabten Knaben, der eine Seminararbeit über die Jugendsprache schrieb: *Slanguage – futuristisch-linguistische und pragmalinguistische Streifzüge*. Ihm fehlte jegliche Fähigkeit zu selbstständigem Denken, und er besaß keinerlei fachliche Phantasie, und zu allem Überfluss hatte er auch noch einen Hang zu Fremdwörtern. Seine Arbeit sah aus wie eine unbeholfene, überladene Wiedergabe dessen, was andere über das Phänomen Jugendsprache gesagt hatten.

Sie begegneten einander mit unverhohlenem gegenseitigem Ekel, nur eine hauchdünne Schicht aus Manieren umhüllte die Ablehnung. Edith Rinkel seufzte und bat ihn, Platz zu nehmen. Der Besuchersessel knackte, als der Besucher sich hineinfallen ließ.

Rinkel (zeigt auf einen Abschnitt): »Können Sie mir das laut vorlesen?«

Student (überheblich): »Das hier?«

Rinkel: »Ja.«

Student (liest langsam, lutscht genießerisch an den feinen Wörtern, ehc cr sie aus seinem Mund entlässt): »Es erscheint als presumptiv evident, dass Primärsprachenlernende nach Beendigung der Phase, in der sie ihre Bezugspersonen kopieren, eine Sekundarphase etablieren, in der sie die prominentesten verbalen Ideale unter ihren primärsprachlernerischen Peers finden, also den Gleichaltrigen.«

Rinkel: »Also gut. Ich möchte Sie zunächst dafür loben, dass Sie ausnahmsweise einmal mit einigermaßen heiler Haut einen langen und komplexen Satz abgeliefert haben.«

Student (freudestrahlend): »Danke.«

Rinkel: »Aber jetzt zum Inhalt dieses Satzes. Versuchen Sie auszudrücken, dass Jugendliche sich mehr für die Sprechweise anderer Jugendlicher interessieren als für die ihrer Eltern?«

Student (unsicher): »Äh. Ja?«

Rinkel: »Ja?«

Student (unsicherer): »Glaub schon.«

Rinkel: »Warum schreiben Sie das dann nicht?«

Student (vernichtet): »Das klingt so ... banal.«

Rinkel: »Es ist ja auch banal. Schreiben Sie jedenfalls so, dass Sie selbst wissen, was Sie zu sagen versuchen. Wir sehen uns nächste Woche zur selben Zeit. Und bitte nicht mit der Tür knallen, Erik, seien Sie so gut.«

Student (mit einem Hauch mehr Sicherheit in der Stimme, das hier hat er im Griff): »Eirik.«

Rinkel (ausgesucht höflich, fast untertänig): »Eirik. Entschuldigen Sie, Eirik.«

Die Tür wird tatsächlich leise geschlossen, sehr leise

sogar. Unbegabte und mittelmäßig begabte Studenten gehören zu den unvermeidlichen Ärgernissen des Dozentinnenlebens, und sie hätte daran gewöhnt sein müssen. Sie begreift nicht, warum sie so müde ist.

Es ist ganz still, vor ihren Fenstern fallen leise Schneeflocken. Es ist der kürzeste Monat des Jahres. Sie lässt sich resigniert zurücksinken, sie fühlt sich alt, verbraucht, erschöpft. Um die Rückenlehne ihres Schreibtischsessels, die gepolstert und mit grünem Wollstoff überzogen ist, zieht sich eine dünne Plastikkante, wie eine Art Rahmen. Wenn sie sich zurücksinken lässt, wenn sie das ganze Gewicht ihres Oberkörpers dagegen lehnt, so wie jetzt, spürt sie, wie die dünne Kante sich gegen ihre Schulterblätter drückt. Sie muss schon unzählige Male so gesessen haben, der horizontale Druck unterhalb der Schulterblätter, die Resignation im Körper. Sie hat ein Déjà-vu. Zuerst ist sie verwirrt, dann weiß sie, woher: Die scharfe Kante, die sich wie ein Lineal in ihren Rücken bohrt, fühlt sich genauso an wie die Stühle im Lesesaal, Holzstühle mit harten, unangenehmen Rückenlehnen. Und plötzlich findet sie es unvorstellbar traurig, dass sie ihre Jugend auf harten Lesesaalstühlen verbracht hat, vielleicht fünfzig, sechzig Stunden in der Woche, viele, viele Jahre lang, während das Leben anderswo stattfand, nicht in den Lesesälen.

Sie steht auf, will nach Hause in ihre Wohnung. Sie hat schon zu Abend gegessen, sie kann das letzte Kapitel ihres Traumprojekts mit nach Hause nehmen, sich dort aufs Sofa setzen und das fünfte Schuhregal ansehen.

Jetzt steht das neue Regal nämlich da, mit Platz für zwanzig neue Paar Schuhe. Gestern hat sie ein wenig umgeräumt, hat fünf Paar, die sie im Schlafzimmer stehen hatte, dazugestellt und hat auch die beiden Paare einbezogen, die sie zusammen mit Aleksander in Perth gekauft hat. Ihr

Farbsystem stimmt jedoch nicht mehr, und sie sieht nicht gern, dass die roten, orangenfarbenen, goldenen und gelben Schuhe jetzt über anderthalb Regale verteilt sind. Es sieht unordentlich aus, und es hat ihr nicht die ersehnte Linderung verschafft.

Sie geht zügig nach Hause. Vielleicht wird alles besser, wenn sie noch einmal umräumt? Aber zuerst will sie sich ausruhen. Entspannen. Es sich gemütlich machen. Abschalten. Das sind keine häufig verwendeten Ausdrücke in Edith Rinkels Vokabular, aber sie hat dieses Bedürfnis heute.

Als sie sich schließlich aufs Sofa setzt, stehen Kaffee und Pralinen auf dem Tisch, auf dem Sofa liegt sorgfältig ausgewählter Lesestoff. Direkt vor ihr steht ihre Tasse mit dampfendem nachtschwarzem Kaffee, rechts davon eine offene Schachtel mit Anthon-Berg-Pralinen, sie sind geformt wie kleine Flaschen und mit verschiedenen Schnapssorten gefüllt. Neben ihr auf dem Sofa liegen der Ausdruck des letzten Kapitels ihres aktuellen Projekts, die neueste Nummer der Mitgliederzeitschrift von Norwegens Imkerverband und ein Ausdruck eines Artikels aus *PLoS (Public Library of Science) Biology*, den sie aus dem Netz heruntergeladen hat.

Sie beschließt, es sich jetzt richtig gemütlich zu machen. Sie trinkt einen Schluck Kaffee, beißt einer Schokoladenflasche, die Whisky enthalten soll, den Hals ab, legt den Ausdruck ihres Projekts beiseite und beginnt stattdessen mit einem Artikel aus *PLoS*, er trägt den Titel »Honeybee Odometry« und ist von einer Gruppe deutscher Bienenforscher. Der Artikel beschreibt einen Versuch: Sie haben Bienen durch kurze und enge Tunnel fliegen lassen. In diesen Tunneln hatten die Forscher an den Wänden unterschiedliche visuelle Strukturen angebracht. Als die Bienen zu ihrem Stock zurückkamen, tanzten sie, als wären sie viel weiter geflogen als in Wirklichkeit. Offenbar spielten ihnen die Sinneseindrücke einen Streich. Diese Ergebnisse bestärken auch die Hypothese, dass die Bienen Entfernungen anhand der Anzahl der visuellen Eindrücke berechnen. Edith Rinkel nickt. Das ist bekannt, dasselbe passiert, wenn man Bienen über Wasser fliegen lässt. Ihre Tänze im Stock geben kürzere Entfernungen an als bei Bienen, die eine identische Strecke über Land geflogen sind. Sie trinkt Kaffee und kratzt das Silberpapier von einer Schokoladenflasche, die Grand Marnier enthalten soll. Sie steckt die ganze Flasche in den Mund und lutscht daran, lässt sie in der warmen Mundhöhle schmelzen und blättert in der Imkerzeitschrift. Danach will sie ihren Ausdruck durchlesen.

Vor etwas mehr als drei Monaten hatten sie im warmen gelben Sand am australischen Strand gelegen, die Sonne hatte geschienen, bis es in den Augen brannte, vor einem Monat noch war sie kichernd mit Aleksander durch die Wohnung gerannt, sie hatte ihm einen Klaps verpasst, zur Strafe, weil er über sie gelacht hatte, als sie »Wohl bekomm's« gesagt hatte (»Edith, kein Mensch unter neunzig sagt so was«) und »Mittagessen« statt »Lunch«. Vor acht Tagen hat er ihr eine flehende SMS geschickt. Sie hat nicht geantwortet. Seither hat sie nichts mehr von ihm gehört.

Edith Rinkel ist pragmatisch bis zum Zynismus. Sie ist nicht herzlos, sie ist vernünftig, realistisch und weitblickend. Während Rita – trotz Doppelnamen – noch immer an die Große Liebe und den Mann fürs Leben glaubte, hat Edith nie solche Neigungen gehabt oder sich zu romantischen Irrungen verlocken lassen. Und als sie neben Bjørnar kniete, der einige Sekunden zuvor zu ihrem Ehemann geworden war, als sie seinem Blick begegnete, als der Geistliche ihr Haar berührte, wusste sie, dass ihre Gefühle für Bjørnar nicht von ewiger Dauer sein würden. Sie verachtete sich, weil sie sich in diesem Moment solche Gedanken erlaubte, als sie und ihr frischvermählter Gatte vor dem Altar knieten und verliebte Blicke tauschten (denn Edith war ungeheuer verliebt in Bjørnar, an warmen Gefühlen mangelte es durchaus nicht, aber sie kannte sich zu gut). Sie verachtete sich, weil sie so dachte, und sie hasste ihre Einsicht. Und sie wollte wirklich niemanden verletzen. Als sie ihm sagte, sie wolle sich scheiden lassen, sie sei einfach nicht für die Ehe geeignet, das Leben, das sie leben wolle, sei unvereinbar mit einem Leben an seiner Seite, nahm er das sehr schwer. Und das machte ihr dermaßen zu schaffen, dass es sie mehr als ein Semester lang bei der Arbeit störte.

Professorin Edith Rinkel wählt ihre Liebhaber deshalb nach strengen Kriterien aus. Das unbestreitbar wichtigste Kriterium ist, dass sie anziehend sein sollen, sie sollen ihre Lust wecken oder genauer gesagt ihr Begehren stillen. Aber die Liebhaber dürfen sich nicht in einer Lebensphase befinden, in der sie sich in sie verlieben. Sie interessiert sich nicht für andere Gefühle als die sexuellen. Des Weiteren betrachtet sie es als zusätzlichen Pluspunkt, wenn die Liebhaber interessante Gesprächspartner sind, aber sprechen kann sie auch mit den Kollegen oder mit Rita. Wichtiger ist, dass sie nicht zu intelligent sind, denn dann kann es unter Umständen anstrengend sein, sie wieder loszuwerden. Sie sucht schlichte Gemüter.

Dieser Professor der Soziologie war in jeder Hinsicht perfekt, und sie hatten deshalb auch fast zwei Jahre lang ein Verhältnis. Er war älter als sie, aber noch immer attraktiv. Er war verheiratet, litt aber keine Gewissensqualen. Er war intelligent genug für interessante Gespräche (die seinem Wunsch gemäß vor allem von selbst entwickelten Bourdieu-inspirierten Soziorastern handeln sollten, nach denen er Promis anhand der Variablen »kulturelles und ökonomisches Kapital« kategorisieren konnte), aber beschränkt genug, um von ihr um den kleinen Finger gewickelt zu werden, solange das Verhältnis bestand, und naiv genug, um ihr zu glauben und sie nicht zu belästigen, als sie – mit Bedauern in der Stimme – mitteilte, es müsse Schluss sein, und als sie dafür irgendeinen obskuren Grund nannte, an den sie sich nicht mehr erinnern kann.

Die Imkerzeitschrift liegt noch auf ihrem Schoß. Ihre Arme sind von der Australienreise noch leicht gebräunt. Sich nach Verflossenen zu sehnen, verstößt gegen ihre Prinzipien, widerspricht ihrer Lebensmaxime. »Meine Bienenkönigin« hatte Aleksander sie während des Aufenthalts in Australien genannt. Sie müsste froh darüber sein, dass es so gelaufen ist. Und er auch. Natürlich hätte es nach ihrer Heimkehr nicht weitergehen können. Die vielen Blicke. Das Getuschel, verdeckte oder doppeldeutige Fragen von Seiten der Kollegen, unverhohlene Fragen seiner Kommilitonen.

»Meine Bienenkönigin«, hat er gesagt und sie geküsst, auf die Stirn, auf den Mund, auf den Bauch, überallhin. Für sie war sein Kosename Beweis dafür, wie unwissend, wie jung er war. Sie brachte es nicht übers Herz, ihm das zu erzählen: Eine Bienenkönigin paart sich zwar mit zehn bis zwölf Drohnen, wenn sie einige Tage alt ist, sie wird von ihnen umschwärmt und umworben. Aber das währt nur kurze Zeit, und danach paart sie sich nie wieder.

Es ist drei Wochen her, dass sie Schluss gemacht hat. »Nimm es nicht persönlich«, hat sie gesagt. Sie habe keine Lust mehr auf ihn, hat sie gesagt. Das war die einzige Lösung.

Sie öffnet die Zeitschrift und überfliegt den letzten Artikel, aber sie weiß selbst nicht, was sie liest. Sie hofft, dass Rita bald Zeit haben wird, um sich mit ihr zu treffen.

Es ist fast halb elf, es ist schon seit Stunden dunkel. Der Tag war anstrengend, Pål hat drei sinnlose Besprechungen hinter sich, und zwischendurch musste er sich zur Arbeit an den starken Verben zwingen. Er hat mit zwei Freunden, die am Institut für Britische und Amerikanische Studien arbeiten, im Kafé Abel zu Abend gegessen. Früher, in seiner pränannaschen Phase hat er sie mindestens zweimal pro Woche getroffen, auf einen Kaffee im Kafé Niels oder in der fetzigen Kaffeebar im Erdgeschoss der Hauptmensa oder zum Essen in der Mensa – und jetzt eben im Kafé Abel.

Sie hatten sich lange nicht mehr gesehen und saßen noch lange zusammen, nachdem sie ihre Pitabrote mit Geflügelfüllung verzehrt hatten.

Am Nachbartisch saßen fünf Frauen, die beim Essen die ganze Zeit lauthals aufeinander herumhackten. Die Frauen bildeten den wissenschaftlichen Stab des Instituts für Fürsorgelinguistik, ein Institut, das berüchtigt war für seine chronischen internen Konflikte. Das Institut für Fürsorgelinguistik ist ein kleines Institut, das drei Forschungsthemen abdeckt und darin unterrichtet: Norwegisch als zweite Sprache, Zeichensprache und Deutung. Das Institut lockt fast ausschließlich Studentinnen an, und die fünf wissenschaftlichen Angestellten sind ebenfalls Frauen. Mit Ausnahme der dunkelhaarigen Stipendiatin haben sie alle die Wechseljahre hinter sich. Die Damen geraten immer wieder aneinander. Seit Jahren streiten sie sich über zentrale Begriffe (Taube, Gehörlose, Gastarbeiter, Zuwanderer, Ausländer). Aber besonders hart ging es her, als eine von ihnen ein Forschungsprojekt starten wollte auf der Grundlage der Hypothese, dass eine zu große Anzahl von Kindern mit Migrationshintergrund an einer Schule weder gut für die sprachliche Entwicklung dieser Kinder noch für die der norwegischsprachigen Mehrheit seien. Das Projekt wurde selbstverständlich gestoppt.

»Das ist eine negativ ausgerichtete Forschung, die wir hier am Institut nicht wollen«, erklärte die Institutsleitung.

»Aber es ist doch nur eine Hypothese, sollten wir nicht feststellen, ob sie bestätigt wird?«, protestierte die Frau, die dieser Frage nachgehen wollte.

»Kommt nicht in Frage«, wiederholte die Institutsleitung. »Das ist politisch zu brisant. Die Leute könnten doch glauben, dass wir etwas gegen Ausländer haben … ich meine, gegen Menschen mit Migrationshintergrund.«

»Aber das habe ich doch nicht!«

»Jetzt sei nicht so aufsässig! Was wäre, wenn herauskäme, dass du recht hast? Wir können hier nur Forschung betreiben, die die Hypothese stärkt, dass die Sprachminoritäten eine Bereicherung für die norwegische Gesellschaft darstellen.«

»Aber …«

»Nein«, unterbrach die Institutsleitung, die auch dem Forschungskomitee des Instituts vorstand. »Wir können nicht einfach so drauflosforschen, es muss doch einen roten Faden geben, damit wir als Einheit dastehen. So ist es überall. Manche Ergebnisse wollen wir einfach nicht. Erforsch etwas anderes!«

Was die Damen an diesem Abend im Kafé Abel diskutierten, konnten Pål und seine Freunde nicht hören, es endete jedoch damit, dass eine weinend aus dem Café stürzte, eine andere hinter ihr herrannte und die restlichen drei sitzen blieben.

Nach dem Essen war Pål ins Büro zurückgerannt und hatte sich über die Tastatur gebeugt. Es war noch viel zu tun, ehe das Projekt dem Publikum vorgestellt werden konnte, viel mehr, als Pål und Nanna sich vorgestellt hatten, nachdem Pål einige Wochen zuvor die Platzierung der Verbphrase gefunden hatte.

Pål hatte die Aufgabe übernommen, die letzten Funde einzugeben und alles so zusammenzustellen, dass ihre Arbeit (inzwischen an die hundertfünfzig Seiten linguistischer Prosa) als solide, unangreifbare Ganzheit erscheinen würde. Das gefällt Pål, diese Art von Arbeit hat ihm schon immer besonders gefallen, wenn die groben Arbeiten erledigt sind, wenn er nur noch herumfeilen und polieren muss. Aber er muss sich einfach damit abfinden, dass ihm noch viele späte Abende im Büro bevorstehen.

Er gähnt und spürt, dass er leichte Kopfschmerzen hat. Er will nach Hause, er will sich einen kleinen Cognac eingießen, er will die zweite Halbzeit von Real gegen Barcelona auf Canal+Sport sehen und dann ins Bett gehen.

Plötzlich fällt ihm ein, dass Dienstag ist und dass er am nächsten Morgen unterrichten muss. Verflixt! Sofort nehmen die Kopfschmerzen zu, und fieberhaft sucht er den Semesterplan hervor und sieht, dass er am nächsten Morgen glücklicherweise über ein Thema sprechen muss, das er schon mehrere Male behandelt hat. Er sucht im Computer nach seiner Datei, stützt den Kopf in die Hände und betrachtet übellaunig den kleinen Spürhund, den die Windowsproduzenten eingebaut haben, der herumschnüffelt und begeistert mit dem Schwanz wedelt, als die Datei nach einer halben Minute gefunden ist. Und Pål muss unweigerlich über eines der großen Geheimnisse des Lebens nachdenken, warum es so lange dauert, die sehr begrenzte Menge von Dateien zu durchforsten, die er auf seinem Rechner hat, während es weniger als eine Sekunde dauert, um in den Millionen von Winkeln und Nischen des Internets nach Informationen zu suchen.

Auf dem Bildschirm überfliegt er seine Vorlesungsnotizen und beschließt, dass er sich nicht weiter vorbereiten muss, die Notizen sind ausreichend. Er schickt sie zum Gemeinschaftsdrucker ins Sekretariat, zieht seinen Mantel an, schließt die Bürotür ab, wirft einen Blick auf Rinkels Tür, sieht, dass sie offenbar schon Feierabend gemacht hat, und steigt die Treppen zum vierten Stock hinunter, um den Ausdruck abzuholen.

Es ist spät, sehr spät, und offenbar ist außer ihm niemand mehr im Institut. Es ist dunkel und still, und er fühlt sich nicht wohl in seiner Haut, wie ein Dieb, der durch die Nacht schleicht, während andere zu Hause sind, ihre Kinder ins Bett bringen, ihre pfirsichrunden Wangen streicheln. Nein, genau genommen kommt er sich vor wie ein weltfremder eingestaubter Kerl, der seine Nase in Bücher vergräbt, statt sie auf Frauenhaut zu legen oder kühle Hochgebirgsluft einzuatmen. Aber gleich darauf fühlt er sich wie ein Held, ein akademischer Polfahrer, der sich weitermüht, und während andere träge vor den Fernsehapparaten hängen, erreicht er sein Ziel, einen der hohen Gipfel der Wissenschaft.

In dieser Stimmung schließt er die Tür zum Sekretariat auf, sieht in seinem Postfach nach, aber das ist leer, bis auf eine alte Ausgabe der Zeitschrift *Uniforum*. Er lässt sie liegen und geht in den Raum, in dem der Drucker steht. Auf dem Tisch daneben liegen nicht abgeholte Ausdrucke, Dateien, die die Institutsangestellten im Laufe des Tages zum

Drucken geschickt, aber nicht mehr abgeholt haben. Es ist nicht schwer, die Sünder zu identifizieren, denn jeder Bogen ist mit den Initialen der betreffenden Person versehen. Gunnar Vik, der Syntaktiker mit der auffälligen Vorliebe für Disneyschlipse, ist besonders schlimm. Pål hat gehört, dass vor langer Zeit jemand ausgerechnet hat, dass die im Laufe eines Jahres im Sekretariat vergessenen Ausdrucke mit den Buchstaben GuVi einem Viertel aller Bäume von Nordmarka entsprechen. Trotz dieser offensichtlichen Übertreibung hat Gunnar Vik sich wohl zusammengerissen, denn Pål sieht keinen Ausdruck von ihm auf dem Tisch liegen.

Er streckt die rechte Hand aus, um die sieben oder acht Bögen für die morgige Vorlesung an sich zu nehmen, aber sein Arm hält mitten in der Bewegung inne, denn dort auf dem Tisch, zwischen den anderen nicht abgeholten Ausdrucken, liegen zwei Bögen mit Wörtern und Sätzen, die ihm derzeit vertrauter sind als alle anderen. Was in aller Welt haben die hier zu suchen? Nanna schickt doch niemals Texte, die mit dem gemeinsamen Projekt zu tun haben, zum Institutsdrucker, sondern druckt sie mit ihrem eigenen kleinen Tintenstrahldrucker aus. Er hebt die Bögen hoch und sieht darauf die Initialen von Professor Edith Rinkel. EdRi.

Er durchsucht den Stapel auf dem Tisch, um zu sehen, ob dort noch weitere Unterlagen des Projekts liegen, aber das ist nicht der Fall, deshalb schnappt er sich seine und Rinkels Auszüge, läuft die Treppen hoch und setzt sich in sein eigenes Büro. Dort bleibt er mit hämmerndem Herzen im Besuchersessel sitzen. Die Bögen rutschen zu Boden und mischen sich – seine eigenen unschuldigen Vorlesungsnotizen, gekennzeichnet mit PaBe, und die Projektbögen, die aus noch unbekannten Gründen mit EdRi vermerkt und auf dem Laserdrucker im Sekretariat ausgedruckt worden sind.

Er hat seine Gedanken noch immer nicht in Worte gekleidet, aber weiß genau, was er befürchtet. Ist seine Phantasie mit ihm durchgegangen? Kann es dafür einen plausiblen Grund geben? Kann der Drucker zum Beispiel einen Fehler gemacht haben, kann er die Initialen NaKl mit EdRi vertauscht haben? Er weiß nicht viel über Domains und darüber, wie ein Drucker so denkt, aber er muss zugeben, dass das nicht gerade wahrscheinlich klingt. Und Nanna druckt ihre Projektpapiere doch immer nur mit dem Drucker aus, der in ihrem eigenen Büro installiert worden ist, um den sie betteln und flehen musste, allerdings nicht sehr lange, denn Paulsen hat eine rührende Schwäche für sie.

Kann Nanna Rinkel gebeten haben, die Unterlagen zu lesen? Er klammert sich eine Weile an diese Erklärung, aber so ungern er das auch tut, muss er sie aufgeben. Nanna und er haben abgemacht, dass alles, was mit Projekt REV21 zu tun hat, bis zur Präsentation geheim bleiben soll. Nanna ist es sehr wichtig, dass niemand etwas erfährt. Sie hat zugegeben, dass das kindisch von ihr ist, aber sie wünscht sich den Überraschungseffekt, sie will, dass aller Augen groß werden und aller Münder sich vor Überraschung und Bewunderung öffnen. Sie will Pomp und Pracht, wenn die Welt von ihrer Forschung erfährt und davon, dass sie und Pål ein Paar sind. Das hat sie so oft gesagt. Und sie hat Angst davor, dass andere Forscher von REV21 erfahren, auf den Gängen lungern viel zu viele unzufriedene Menschen herum. Nein, Nanna hätte niemandem etwas gezeigt, ohne vorher mit Pål darüber zu sprechen, und Rinkel hätte sie sich bestimmt nicht anvertraut.

Er beugt sich vor, hebt die beiden Bögen vom Boden auf und liest sorgfältig, was dort steht. Er stellt fest, dass es nicht identisch ist mit den beiden entsprechenden Seiten in der Datei, an der er an diesem Abend gearbeitet hat.

Diese beiden Bögen sind die ersten Seiten eines Kapitels über Kindersprache, und obwohl er den Inhalt erkennt – die meisten Sätze stimmen in beiden Versionen miteinander überein –, ist es doch ein etwas anderer Text, mit Schlussfolgerungen und Perspektiven, an die er noch gar nicht gedacht hat.

Er zögert, dann greift er zum Telefon und wählt Nannas Mobilnummer. Niemand meldet sich. Er entscheidet, dass das hier ein Notfall ist, und ruft ihre Privatnummer an, die er auswendig kann, die er aber noch nie gewählt hat. Nanna nimmt sofort ab. »Krise«, sagt Pål und erzählt von seiner Entdeckung. Er spricht ruhig und gibt sich alle Mühe, nicht zu verraten, was seiner Meinung nach passiert sein kann. Es wird ganz still, dann sagt Nanna: »Das war sie.«

»Glaubst du das?«

»Ja. Ich sehe keine andere Erklärung.«

»Aber wie denn?«

»Ich weiß nicht. Sie muss sich in mein Büro geschlichen haben. Oder vielleicht auch in deins.«

»Aber …«

»Ich weiß nicht, Pål. Aber wie soll es denn sonst passiert sein? Und du weißt doch, dass Edith Rinkel das nicht zum ersten Mal macht. Erst vorige Woche habe ich wieder jemanden darüber reden hören.«

»Ja.«

»Über die Magisterarbeit, von der sie Teile gestohlen hatte.«

»Ja, ich hab schon verstanden«, sagt Pål. »Ich hab verstanden, was du meinst.«

»Herrgott, die erlaubt sich aber auch alles. Das ist doch kriminell!«

»Ja, Aber noch wissen wir ja nicht …«

»Das ist so … entsetzlich. Ich werde so wütend, ich bin

einfach außer mir«, sagt Nanna, und ihre Stimme zittert vor Wut.

»Das kann ich verstehen. Mir geht es doch auch so. Aber was machen wir jetzt?«

Nanna meint, dass es keine andere Wahl gibt, als in Edith Rinkels Büro einzubrechen und die restlichen Unterlagen zu suchen. »Wir können sie ja nicht anklagen, solange wir keine Beweise haben«, sagt Nanna. »Es kann doch auch noch eine andere Erklärung geben«, fügt sie hinzu.

Pål bringt seine Theorie darüber vor, dass im Drucker etwas schiefgelaufen ist und die Initialen vertauscht worden sind. Nanna antwortet nicht sofort, weist dann aber leise darauf hin, dass sie noch nie Projektunterlagen zum Gemeinschaftsdrucker geschickt hat. »Aber«, fügt sie hoffnungsvoll hinzu, »es kann ja doch ein … Missverständnis sein?« »Ja«, flüstert Pål. »Ja«, sagt er nach einer Pause noch einmal, und er merkt, dass er noch nie etwas so intensiv gehofft hat wie die Tatsache, dass sie sich irren.

Sie sind sich einig, dass es keinen Aufschub dulde, Pål müsse sofort in Rinkels Büro einbrechen. Augenblicklich! Wenn er weitere Unterlagen findet, dann hat sich wenigstens bestätigt, was sie eigentlich lieber nicht wissen wollen. »Wenn ich nichts finde, ja, dann müssen wir noch einmal brainstormen«, sagt Pål, und in seiner Aufregung merkt er nicht einmal, dass er hier den anglonorwegischen Modeausdruck »brainstormen« benutzt hat, den er unter normalen Umständen nicht im Traum in den Mund genommen hätte.

In ihr Büro einzubrechen ist wirklich eine vernünftige Lösung. Es widerstrebt ihm zwar, aber er hat trotzdem keine Einwände, kein überzeugendes Argument dagegen, das er Nanna vorlegen könnte. In dieser absurden Situation findet er ihren Vorschlag vernünftig und durchdacht. Er selbst kann jetzt nicht logisch denken. »Schaffst du das, Pål?« »Ja«, versichert er. »Ja, das schaffe ich.« Natürlich wird er die Aufgabe meistern, die ihm hier zugeteilt worden ist. Das muss er. Nanna zuliebe. Dem Projekt zuliebe. Sich selbst zuliebe.

Pål schleicht sich aus seinem Büro, fühlt sich wie ein Krimineller, diesmal mit einer gewissen Berechtigung. Er bleibt auf dem in gelblichem Licht schimmernden Gang stehen und horcht. An den Wänden glühen Kunstwerke in gelben und goldenen Nuancen. Nicht ein Laut ist zu hören. Pål ist davon überzeugt, dass er allein im Haus ist, jedenfalls in dieser Etage. Er geht zu Rinkels Tür, klopft an, beugt sich zum Türblatt vor und lauscht. Nichts. Die Tür ist ziemlich dünn, aber er hat keine Vorstellung davon, wie er sie aufbrechen soll. Türenaufbrechen steht nicht auf dem Lehrplan zum philologischen Staatsexamen, ganz zu schweigen von den Promotionsvorschriften, und nichts in seinem bisherigen Leben hat ihn dazu gebracht, sich solche Fertigkeiten anzueignen. Er greift vorsichtig nach der Türklinke, drückt sie herunter und versucht, die Tür auf zivilisierte Weise zu öffnen, aber natürlich ist sie verschlossen. Also versetzt er ihr einen Tritt, aber er bringt es nicht über sich, hart zu treten, und es ist trotzdem so laut, dass es noch lange unangenehm in seinen Ohren widerhallt, und das lässt sein Herz wieder wie wahnsinnig loshämmern. Das hier geht nicht. Er schafft es nicht.

Ohne genau zu wissen, was er tut, zieht er sein eigenes Schlüsselbund hervor und steckt den Büroschlüssel ins Schloss. Der Schlüssel gleitet widerstandslos hinein und dreht sich, und plötzlich fällt ihm ein, dass die Schlüssel für alle Büros in einer Abteilung passen. Er fühlt sich albern und erleichtert zugleich.

Pål hat Rinkels Büro nur einige wenige Male betreten. Jetzt empfängt ihn ihr Geruch, deutlich, nicht zu verkennen. Er ist aufregend und auf seltsame Weise beängstigend.

Ihr Büro ist doppelt so groß wie seins und viel ordentlicher. Sie hat viel mehr Bücher als er, die eine Längswand ist von der Decke bis zum Boden mit Büchern bedeckt. Auf dem Boden liegt ein prachtvoller dunkelroter Perserteppich, den Pål für ungeheuer edel und entsprechend teuer hält und deshalb viel zu fein für einen Büroboden. Er betritt den Teppich und spürt, wie der nachgibt, seine Füße sinken einige Millimeter tief hinein. Er empfindet Verachtung für sie, für den Teppich, für ihre Kälte und ihre Arroganz, für alles, was sie schon getan hat und was sie jetzt ganz offensichtlich Nanna antut.

Die Wände sind leer, abgesehen von drei Bögen, die an der Pinnwand über ihrem Schreibtisch hängen: die Liste von internen Telefonnummern, ein Plan der bevorstehenden Besprechungen im Institut und etwas, das aussieht wie ein Gedicht. Auf dem Schreibtisch liegen zwei Kugelschreiber – beide in dieselbe Richtung, die Spitzen dicht nebeneinander, alles parallel –, ein Ausdruck eines Artikels über mögliche Änderungsmuster in Informationsstrukturen der semitischen Sprachen, sie hat offenbar ungefähr die Hälfte gelesen, denn der Artikel weist Unterstreichungen und Randbemerkungen auf.

Er sieht nichts, was mit REV21 zu tun hätte. Er muss ihre Schreibtischschubladen öffnen, ihren Schrank. Zu seiner Überraschung bringt ihm das eine gewisse Befriedigung. Er scheint plötzlich Beweise finden zu wollen, ihr wehtun zu wollen, während er bisher noch verbissen gehofft hat, das sie es nicht war, dass es eine andere glaubhafte Erklärung für die beiden Bögen mit EdRi gebe.

In der ersten Schublade findet er nur eine Packung Knäckebrot. Aus irgendeinem Grund lässt dieser Anblick Mitleid in ihm aufkommen, die Packung sieht so einsam aus, in der Tiefe der Schublade. In der nächsten liegt ein Stapel des *Norwegian Journal of Entomology*, er hebt ihn hoch, blättert ihn staunend durch, mit dem vagen Gefühl, dass es eine Tarnung sein könnte, denn was will eine Linguistin mit mehreren Jahrgängen einer Insektenzeitschrift? Ganz unten liegt ein Diplom mit einem prachtvollen Lacksiegel, er hebt es vorsichtig hoch und macht die Entdeckung, dass Edith Rinkel Ehrenmitglied des Norwegischen Insektenforschervereins ist, und er weiß nun, dass er unversehens eine von Rinkels Freizeitinteressen entdeckt hat. Ein Hobby. Dass eine Frau wie sie ein Hobby haben kann! Die Eiskönigin, Professorin Edith Rinkel, die mit einem Schmetterlingsnetz durch die Gegend springt! Er hat das Gefühl, etwas gesehen zu haben, das er nicht hätte sehen dürfen, etwas, das andere nicht sehen sollen, als habe er sie in einer würdelosen Situation entdeckt, auf der Toilette, den Rock als Wulst um den Unterleib und die Unterhose wie eine Acht um ihre Füße gewickelt, als handele es sich bei seinem Fund in der Schublade um abartige Pornos und nicht um Insektenforschung. Er legt alles wieder zurück, versetzt der Schublade einen Stoß, und sie gleitet lautlos zu.

Dann öffnet er mit einer Mischung aus Unbehagen und Neugier die nächste Schublade und sieht sofort, dass er hier das Gesuchte gefunden hat. Vor seinen Augen dreht sich alles, auf seiner Stirn bricht Schweiß aus, und zum dritten Mal innerhalb kurzer Zeit läuft sein Herz Amok, es klopft so hart, dass er für einen Moment glaubt, dass es sich aus seinem Körper herauspochen will, sich einen Weg durch seine Rippen freisprengen, dass er tot umfallen wird, und dafür ist er auf absurde Weise dankbar. Denn er will nicht mehr sehen, er will das hier nicht erleben. Rinkel kann das einfach nicht getan haben, es ist nicht möglich.

Aber er stirbt nicht, natürlich stirbt er nicht, und als er wieder klar sehen kann, liegt der ganze Ausdruck da und leuchtet ihm aus der Schublade entgegen. Er hebt die Papiere hoch, sie bleiben sofort an seinen schweißnassen Fingern kleben. Er muss sich setzen, sich in ihren Schreibtischsessel fallen lassen. (In dem Moment, in dem er sich setzt, fällt ihm – für einen Moment, als Erinnerung, die irgendwo in seinem Gedächtnis gespeichert war – der junge Mann ein, den er früher in diesem Herbst in diesem Schreibtischsessel gesehen hat und den er jetzt als einen seiner eigenen Studierenden aus dem Mittwochskurs erkannt hat, aus FUTLING 1100. Er wird ihn am nächsten Morgen früh in der Vorlesung sehen, in wenigen Stunden. Aleksander heißt er, und Gerüchte wollen wissen, dass er etwas mit Rinkel hat.)

Plötzlich ist Pål ganz ruhig, ganz unangreifbar. Sein Herz schlägt jetzt so, wie es soll, unbemerkt und rhythmisch in seiner Brust, er atmet regelmäßig und lautlos, der Schweiß trocknet auf seiner Stirn. Jetzt weiß er, und Wissen ist besser als Glauben. Von diesem Augenblick an kann ihm keiner Vorwürfe machen, er ist unverwundbar, wenn jemand käme, und wäre es Rinkel selbst, so könnte er einfach nur mit dem gefundenen Manuskript winken.

Leidenschaftslos und forschend blättert er durch den Ausdruck. Er sieht sofort, dass Rinkel selbst damit gearbeitet hat. Es gibt Formulierungen, die er nicht erkennt, und Ideen, die weder ihm noch Nanna gekommen sind. Aber dennoch, es liegt auf der Hand, was geschehen ist. Rinkel hat Nannas Projekt gestohlen, hat weiter daran gearbeitet und hat offenbar vor, es als ihre eigenen Ergebnisse zu veröffentlichen.

Er legt die Papiere auf einen Stapel, klopft sie wie ein Kartenspiel am Schreibtisch zusammen. Plötzlich verspürt er keinen Triumph mehr, sondern nur Mutlosigkeit und Traurigkeit. Verflixt, warum musste das passieren?

Bevor er geht, beugt er sich über den Schreibtisch und liest das Gedicht, das von Harald Sverdrup stammt, wie er jetzt sieht. »Der Albtraum des Grammatikers« heißt es, und die erste Strophe geht so:

Substantive sperren ihn in ein Haus,
das keinen Ausgang hat. Angsterfüllt
flüstert er den Namen seiner Frau.
Die Verben umringen ihn in eckigen Korridoren,
sie taumeln umher, sie lachen ihn aus.

Er liest es halblaut, aber die Wörter bedeuten ihm nichts. Er weiß, dass er dieses Gedicht schon einmal gehört hat, aber ihm fällt nicht ein, wann und wo. Er liest es noch einmal. Angst, denkt er, das handelt offenbar von Angst. Er öffnet die Tür zum Korridor, löscht das Licht in Rinkels Büro und lässt die Tür zufallen.

Auf dem Weg zu Rinkels Wohnung ist es nicht der Gedanke an ihr Verbrechen, der ihn beschäftigt, sondern die Bahnfahrt, die er mit Rinkel zum Flughafen gemacht hat. Wie sie gelächelt hat, ihre wunderbaren vigelandschen Oberschenkel dicht an seinen, die wenigen Sätze, die sie über das alte Ehepaar gewechselt haben.

Er war in der Dunkelheit vor dem Institut stehen geblieben. Es war fast Mitternacht, und Raureif quoll in wütenden weißen Wolken aus seinem Mund. »Ich gehe jetzt zu Rinkel«, sagte er zu Nanna. »Jetzt? Ist das nicht zu spät? Sollten wir nicht lieber warten? Zuerst mit Paulsen sprechen?« »Nein«, hatte Pål gesagt. »Ich gehe jetzt«, und er klappte sein Telefon zu, steckte es in die Manteltasche und ging mit energischen Schritten hinunter zum Geitmyrsvei.

Er geht durch den Forschungspark, der Schnee knirscht unter seinen Schuhen wie Kartoffelmehl, diesen Schuhen, die eher elegant sind als warm und die sich besser für norwegisches winterliches Salonleben als für Wintersport eignen. Die Bäume werfen blaue Schatten, und als er aufschaut, sieht er, dass Vollmond ist. Seine Sohlen rutschen auf den Metallrillen in der Brücke über die Straßenbahnschienen aus, und er muss sich am Geländer festhalten. So steht er da und sieht die Sognsvannbahn, vielleicht die letzte an diesem Tag, die unter seinen Füßen vorbeischnauft und die Brücke vibrieren lässt, dann geht er die Treppe auf der anderen Seite hinunter.

Nach und nach verwandeln Verbitterung und Zorn sich wieder in Resignation, in Unglauben, er registriert diese Unbeständigkeit, er kann nicht einmal an einem Gefühl festhalten. Er schwankt, er taumelt von einer Ansicht zur anderen. Ungefähr zu diesem Zeitpunkt muss er an die Bahnfahrt denken, vielleicht war es der Anblick der Straßenbahn, vielleicht wäre es auch so passiert. Er denkt an ihre auffallend hellen Augen, an die spitz in ihre Stirn zulaufenden Haare.

Links von ihm liegt der Park, der das Studentenheim umgibt, und als er die kleine Anhöhe erreicht hat, gleitet die Universitätsbibliothek auf ihn zu wie ein riesiges Schiff in der Nacht, das Haus verstellt ihm die Sicht. Eine Schale aus seidenschwarzem blankem Stein, gefüllt von Tausenden von kleinen, funkelnden Lichtpunkten. Er ist nicht umsonst der Sohn seiner Mutter, die tägliche Märchendosis aus ihrem Mund hat ihre Spuren hinterlassen, denn kaum sieht er die UB, schon denkt er an abgedroschene Metaphern (findet er). Für ihn sind jene funkelnden Lichtpunkte die vielen Bücher und Artikel, die ihm entgegenleuchten, und er erkennt, dass Wissen immer die es umgebende Dunkelheit erleuchtet. Wie unendlich traurig ist es, dass es ausgerechnet Rinkel ist. Rinkel, die selbst ein funkelnder Stern ist. Er ist unterwegs, um einen Stern zu beschmutzen, um ihn in den Dreck zu ziehen. Rinkel hat sich aller Wahrscheinlichkeit nach (das muss er widerwillig zugeben) eines Forschungsdiebstahls schuldig gemacht, eines gemeinen Verbrechens. Warum? Warum hat sie das getan? Er kann es ja nicht wissen, aber er hat das Gefühl, für einen Menschen wie Rinkel ist das Ziel wichtiger als die Mittel. Er hätte es in ihren Augen sehen müssen. Er hat es in ihren Augen gesehen, er wollte es nur nicht sehen. Er merkt, dass seine Augenwinkel feucht sind, aber als er den Handschuh auszieht, um das Feuchte abzuwischen, ist es an seinen Augenwimpern angefroren.

Ihre Augen, ihr Blick damals im Zug zum Flughafen. Ihre hellen Augen, die ihm ins Gesicht schauten. Das, was sie über das alte Ehepaar gesagt hatte. Kann sie das wirklich getan haben? Er überquert den Prestegårdsvei, und als er den Kirkevei erreicht, ist er davon überzeugt, dass Rinkel unschuldig sein muss, aber als er an der Straße seiner Kindheit vorbeikommt, weiß er im tiefsten Herzen, dass sie es getan hat, dass sie es getan haben muss.

Er folgt dem Ullevålsvei bis Sankthanshaugen, geht quer durch den Park und in den Geitmyrsvei. Er findet das richtige Haus, sieht ihren Namen auf dem Klingelknopf und drückt darauf, noch ehe er es bereuen kann. Und dann steht er da, von außen so kalt wie von innen, mit gefühllosen Fingern und tauben Zehen.

Endlich ertönt ihre Stimme in der Gegensprechanlage, er könnte auf dem Absatz kehrtmachen und seiner Wege gehen, er könnte sich die Sache noch anders überlegen, doch dann hört er zu seinem unbeschreiblichen Erstaunen eine Stimme (seine eigene!) höflich und korrekt seinen Namen nennen. Sie bittet ihn herein, er hört in ihrer Stimme nicht einmal einen Hauch von Überraschung, obwohl es inzwischen nach Mitternacht ist.

Sie erwartet ihn in der Türöffnung. Sie mustert ihn mit ernster Miene und tritt beiseite, damit er vorbeigehen und ihren Flur betreten kann. Ihm wird schwindlig, als er das vertraute Parfüm riecht. Der Flur erinnert an ihr Büro, er ist ebenso ordentlich, ebenso makellos. Zwischen den Temperaturen drinnen und draußen besteht sicher ein Unterschied von vierzig Grad, seine Haut taut auf, und mit tauben Händen zieht er die Handschuhe aus und öffnet seinen Schal. Noch ist kein Wort gefallen.

Einige Meter von ihnen entfernt, in Rinkels verschlossenem Schlafzimmer, stehen Rinkels Bücherregale. Auch hier zu Hause hat sie etliche Meter linguistischer Literatur. Sie hat mehrere Hundert Bücher über Insekten, auf ihrem Nachttisch liegt *Les énigmes de l'abeille*. Edith Rinkel hat auch ein Regal mit den Büchern von Paulette Ros. Sie kauft sich oft eins, wenn sie auf Reisen geht. Einige Kollegen haben schon impertinente Blicke auf diese Lektüre geworfen, aber Rinkel schämt sich nicht. Sie respektiert die Autorin Paulette Ros, sie bewundert ihr Wissen, und sie hat schon häufiger über ihre Identität nachgedacht. Die Bücher stehen da in ihren knallbunten Umschlägen, mit goldenen verschlungenen Buchstaben und hätten eine Verbindung zwischen Rinkel und Pål bilden können, aber er sieht die Bücher nicht, und sie ahnt natürlich nicht, dass er der Sohn der Autorin ist. Aber eines Tages, lange nach Beendigung dieser Angelegenheit, werden sie ein Gespräch führen, bei dem endlich auch die Bücher von Paulette Ros zur Sprache kommen werden. Und sie werden über ihre Väter sprechen, über das Verschwinden des einen, die schlechte Laune des anderen, der eine, der vielleicht Schweizer war, der andere, der Referatsleiter war. Es wird ein von Rachsucht und Zorn getriebenes Gespräch sein, aber an seinem Ende werden Rinkel und Pål einen Modus gefunden haben und dann doch einigermaßen ruhig miteinander sprechen können.

Påls Körpersprache zeigt deutlich, dass das hier kein Freundschaftsbesuch ist. Rinkel schließt die Wohnungstür, ziemlich leise. »Möchtest du etwas trinken?«, fragt sie trotzdem. Pål schüttelt den Kopf, er zieht den Mantel nicht aus, bleibt nur im Flur stehen, auf derselben Stelle, und sondert Kälte ab. Seine Kleidung ist noch immer klirrend kalt, darunter aber ist ihm glühend heiß. Dann öffnet er den

Mund und erklärt ihr, warum er sie um diese Uhrzeit zu Hause aufgesucht hat. Er spricht lange.

Sie steht die ganze Zeit bewegungslos da. »Das stimmt nicht«, sagt sie, sowie er verstummt. Das hatte er natürlich erwartet, auf die eisige Ruhe in ihrer Stimme war er jedoch nicht vorbereitet. »Ich spreche hier im Namen von Nanna«, präzisiert er. »Du bist also ihr Ritter«, spottet Rinkel. »Ihr kastrierter Ritter, der für die Jungfer den Laufburschen macht?« Pål schlägt die Augen nieder, und sein Blick fällt auf Rinkels Füße. Sie trägt Schuhe aus leuchtend orangefarbenem Wildleder, sie sind besetzt mit schwarzen Glasperlen. Diese fast selbstleuchtenden Schuhe zeigen direkt auf ihn, er hat noch niemals so arrogante Schuhe gesehen. Er registriert nicht, dass der eine Fuß die ganze Zeit fast unmerklich aufstampft, auf und nieder, auf und nieder, als trete sie auf eine Nähmaschine und könne einfach nicht aufhören.

»Wenn sie wenigstens betroffen gewesen wäre oder beschämt«, sagte Pål nachher zu Nanna, als er nach Hause lief.

Rinkel war wütend geworden. »REV21 ist mein Projekt«, hatte sie immer wieder gesagt. Beim letzten Mal hatte sie es fast geschrien, und ihr Gesicht war verzerrt und von roten Flecken übersät gewesen. Dann hatte sie sich wieder zusammengerissen, als habe sie erkannt, dass sie verloren hatte und dass nichts mehr zu machen war, außer zu leugnen und auf diese Weise die Wahrheit vor sich herzuschieben, das Unvermeidliche noch für eine kurze Zeit aufzuhalten.

Was immer Beweggrund und Motivation gewesen sein mochten, Edith Rinkel hatte von der ersten bis zur letzten Sekunde alles geleugnet und sogar behauptet, irgendjemand müsse sie bestohlen haben. »Herrgott«, sagte Nannas wütende Stimme am Telefon. »Die arme Edith«, lenkte sie dann ein, ruhiger. »Die arme Edith«, wiederholte sie, »die muss doch verzweifelt sein.« »Ja«, sagte Pål, und sie beendeten das Gespräch, für den Moment hatten sie einander nichts mehr zu sagen.

Verzweifelt, das war sie. Und er würde niemals Rinkels Gesicht vergessen, hart und unglücklich, fast nicht wiederzuerkennen, die schönen Züge waren verzerrt, aufgelöst, ihre Augen nicht so hell wie sonst, und der gelbe Ring um die Iris war deutlicher als jemals zuvor. Ihr Gesicht war ganz nackt, so wehrlos und nackt, wie man einen anderen Menschen nur in der tiefsten Erniedrigung oder der höchsten Ekstase sieht.

Påls Vorlesung am Mittwochmorgen wird nicht als eine der wirklich guten in die Geschichte eingehen, er war unkonzentriert und nervös, stammelte herum und ließ die Studenten am Ende eine schriftliche Aufgabe lösen.

Als die Stunden endlich zu Ende waren, zwei Stunden, in denen er im Grunde nicht anwesend gewesen war, auch wenn seine Körpersprache etwas anderes gesagt hatte: dauernde Befragungen der Armbanduhr, unbeholfene Erklärungsversuche, falsche Antworten, allgemeine Hilflosigkeit, ging er sofort zu Nannas Büro.

»Was machen wir jetzt?«, fragt er, noch ehe er die Tür richtig geschlossen hat.

»Wie geht es dir, Pål?«

»Schlecht. Was machen wir mit ihr?«

»Ich weiß es nicht«, sagt Nanna. »Hast du es irgendjemandem erzählt?«

»Nein.«

»Tu das auch nicht.«

»Du bist viel zu gut, Nanna.«

»Aber nicht doch, das bin ich nicht. Ich denke nicht an Edith. Aber wir müssen REV21 so gut beschützen, wie das überhaupt nur möglich ist.«

»Aber wir müssen doch Paulsen Bescheid sagen?«

»Ja, wir müssen die Institutsleitung informieren. Du oder ich?«

»Das ist wirklich nichts, worauf wir beide Lust haben«, antwortet Pål mit einem kleinen, freudlosen Lachen.

»Das ist meine Verantwortlichkeit«, sagt Nanna. »Dir soll das erspart bleiben.«

»Danke«, sagt Pål aufrichtig, am liebsten hätte er überhaupt nichts mehr mit dieser widerlichen Angelegenheit zu tun, zugleich hat er aber das Gefühl, Nanna im Stich zu lassen; sie sieht müde aus, ist blass und hat dunkle Schatten unter den Augen. »Bist du sicher …«, fängt er an. Sie nickt, steht auf und kommt auf ihn zu. Sie ist so klein, kann er noch denken, dann steht sie so dicht vor ihm, dass er nicht mehr denkt. Er legt die Arme um sie, zuerst wie ein beschützender großer Bruder, einer, der sie vor der Schlechtigkeit der Welt beschützen will. Aber als sie ihr Gesicht zu ihm hebt und als er sich bückt und sie küsst, auf die Stirn, dann auf die Nase und endlich auf den Mund, küsst er sie so, wie ein verliebter Mann eine verliebte Frau küsst. Aber der große Bruder ist die ganze Zeit da und sein Beschützerdrang so stark wie sein Begehren, die Zärtlichkeit so groß wie die Lust. Vor allem aber empfindet er ein Zusammengehörigkeitsgefühl, Pål und Nanna halten gegen die anderen zusammen, auch wenn er nicht so recht weiß, wer »die anderen« sind. Rinkel, gut und schön, aber die ist doch nur eine?

»Wir schaffen das, Nanna«, flüstert er, und sie nickt, wobei er spürt, wie ihre Nasenspitze seine Oberlippe streift.

»Wir stehen den durch, wie mein Großvater immer sagte«, flüstert er dann und küsst sie in den Mundwinkel, der sich sofort ein wenig hebt.

»Du bist süß, Pål.«

»Ich bin nicht süß, ich bin … grob, ich bin frech, ich bin geil«, sagt Pål und lässt seine Hände hemmungslos über ihren ganzen Körper wandern, bis Nanna ihn keuchend daran erinnert, dass sie sich an einem Arbeitsplatz aufhalten.

Einige Stunden später, im Büro von Institutsleiter Paulsen, besteht Edith Rinkel weiterhin auf ihrer Unschuld und behauptet noch immer hartnäckig, jemand müsse ihre Unterlagen gestohlen haben. Auf Paulsen und die ebenfalls dazugebetene Büroleiterin wirkt Edith Rinkels striktes Verweigern irgendeiner Verantwortlichkeit nur befremdend. Ihre Unerschütterlichkeit wirkt peinlich. Ihr erhobenes Kinn und ihre trockenen, brennenden Augen machen alles nur noch schwieriger.

Edith Rinkel hätte sich alles sehr viel leichter machen können, wenn sie ihre Tat gestanden hätte. »Aber nein. Das ist *mein* Projekt«, erklärt Edith Rinkel. Sie habe nichts gestohlen. REV21 sei ihr Projekt.

»Aber liebe Edith«, sagt Fred Paulsen in einem Versuch, an ihre Vernunft zu appellieren. »Wie könnte das denn passiert sein?«

Aber natürlich hat Edith Rinkel keine Erklärung.

»Ich weiß nicht«, sagt sie, für einen Moment liegt ein Hauch von Hilflosigkeit in ihrer Stimme, dann trägt die Arroganz den Sieg davon. »Ich habe wirklich keine Ahnung. Ist es nicht deine Aufgabe, das festzustellen?«

»Wäre es nicht besser«, beginnt Paulsen, »für dich, für das Institut, für alle Beteiligten, wenn du einfach zugeben würdest …«

»Nein«, sagt Edith Rinkel, und sie hebt ihr Kinn noch höher und lächelt ihn an, ein besserwisserisches, überlegenes

Lächeln, und Paulsen findet, sie sieht genauso aus wie an dem Tag vor vielen, vielen Jahren, an dem Tag, an dem die Zensuren verkündet wurden und sie eine 1,6 bekam, während er (total unverdient, natürlich, aber man kann einfach ab und zu Pech mit den Themen haben) sich mit einer 2,9 zufriedengeben musste.

»Edith«, sagt er sanft, denn er ist keiner, der Aktuelles durch Details und Belanglosigkeiten aus der Vergangenheit beeinflussen ließe. »Ich will dir doch nur helfen.«

»Ach was«, sagt Edith.

Paulsen setzt eine seiner Lieblingsmienen auf, die barmherzige, die versöhnlich-pastorenhafte, dann sieht er sie an und nickt aufmunternd.

»Na gut«, sagt Edith. »Ich habe nachgedacht. Und ich meine, dass jemand in meinem Büro gewesen sein und meine Papiere durchwühlt haben muss.«

»Ja«, ermutigt sie Paulsen.

»Und zwar, als ich in den USA war«, fügt Edith hinzu. Mehr braucht sie nicht zu sagen. Allen Anwesenden ist klar, dass Nanna gleichzeitig mit Edith an der University of Chicago war.

Paulsen legt eine seiner wohlüberlegten Pausen ein, ehe er antwortet. Dann sagt er langsam: »Ich glaube nicht … dass das so klug von dir ist, Edith. Was du jetzt andeutest … das ist so absurd, dass es dir viel eher schaden wird als nutzen.«

Er macht noch eine Pause, redet dann noch langsamer, als wähle er seine Worte mit Sorgfalt: »Es sind schon allerlei Gerüchte über dich im Umlauf, Edith. Es wird geredet, über deine … Beziehungen zu jungen Studenten. Es wird behauptet, dass das nicht dein erster … Diebstahl wäre.«

Edith erhebt sich, sieht niemanden an, stolziert ziemlich ruhig aus Paulsens Büro, geht zwei Stock tiefer und in ihr eigenes. Dort bleibt sie bis zum späten Abend. Es ist schon nach zehn, als sie nach Hause geht. Sie spricht mit niemandem.

In den Wochen zuvor waren die Gänge erfüllt von Getuschel über Edith Rinkel und ihre skandalöse Beziehung zu dem blutjungen Aleksander Pleyn. Jetzt breiten sich neue Gerüchte aus und hauchen dem, was bereits über sie geflüstert wird, neues Leben ein. Bald wissen alle – wissenschaftliche Angestellte, Gastdozenten, Büropersonal, Studenten – am Institut für Futuristische Linguistik, dass Professorin Edith Rinkel nicht nur ein ausschweifendes und lasterhaftes Leben führt und außerdem unfreundlich und arrogant ist, sondern noch dazu unehrlich, ja, sie ist ganz einfach eine schnöde Diebin. »Edith Rinkel hat versucht, Nanna Klev ein Projekt zu stehlen«, wird geflüstert. »Weil Edith Rinkel einfach immer die Beste sein muss«, sagt jemand. »Ja, das kommt von ihrer Geilheit auf Ruhm und Anerkennung«, sagen andere. »Ich habe sie noch nie leiden können«, gibt der eine zu. »Wer kann das schon«, lacht ein anderer.

Welches Projekt gestohlen worden sein soll, ist noch immer ein gut gehütetes Geheimnis. Was die Leute interessiert, ist ja auch nicht das Forschungsprojekt, der Inhalt der gestohlenen Unterlagen. Aber es soll angeblich etwas Großes, etwas geradezu Sensationelles sein.

In der ersten Woche nach dieser Szene verhält Edith Rinkel sich wie immer. Jedenfalls scheinbar, was sich hinter ihren hellen Augen abspielt, weiß niemand. Vermutlich sinnt sie auf eine raffinierte Rache. Aber die Leute rechnen ja auch damit, dass sie hoffentlich bereut. Denn es sei ihre eigene Schuld, heißt es. Dass es ihr eigenes Verhalten ist, dass Aspekte ihrer Persönlichkeit sie in diese missliche Lage gebracht haben, daran zweifelt niemand. Wie dem auch sei.

Edith Rinkel kommt zwischen neun und zehn zur Arbeit, isst zu Mittag in ihrem Büro, zu Abend in der Mensa, verlässt Blindern gegen acht, neun Uhr abends.

Sie ist so gepflegt wie immer, und in dieser Woche erscheint sie jeden Tag mit einem anderen Paar Schuhe. Das wird nicht übersehen. Ein Paar grasgrüne mit Rosetten am Mittwoch (dem Tag ihrer Besprechung mit Paulsen und der Büroleiterin), blutrote Seidenpumps am Donnerstag, auffällige orangefarbene, spitze mit schwarzen Pailletten und Stöckelabsätzen am Freitag. Am Montag die schönen jadegrünen (die bisher nur auf Festen benutzt worden sind), Dienstag schwarze Wildlederschuhe mit Knöchelriemen und mäßig hohem Diaboloabsatz, am Mittwoch giftgrüne mit munteren rosa und roten Rhomben, »zu übertrieben«, finden manche.

»Sie könnte doch etwas weniger Auffälliges nehmen«, sagt ein Kollege. »Es ist jedenfalls offensichtlich, dass sie ein schlechtes Gewissen hat«, sagt ein anderer und nickt wissend.

Und obwohl es Ende Februar ist und das Thermometer jeden Tag fast fünfzehn Grad unter null anzeigt, beschließt Edith Rinkel aus irgendeinem Grund, zwischen ihrer Wohnung im Geitmyrsvei und dem Forschungspark in hochhackigen Pumps hin- und herzuspazieren, grasgrün am Mittwoch, rot am Donnerstag, orange am Freitag, jadegrün am Montag und schwarz am Dienstag.

Mittwochvormittag wird Edith Rinkel zu einer weiteren Besprechung ins Büro von Institutsleiter Paulsen bestellt. Sie geht danach sofort nach Hause, diesmal trägt sie die giftgrünen Rhombenschuhe.

In der Humanistischen Fakultät soll ein Fest gefeiert werden, nicht für alle Angestellten, aber für alle, die sich mit Sprachen beschäftigen. Auf der vom Dekan unterschriebenen Einladung steht: »Willkommen zu einer babylonischen Wiedervereinigung«, in großen Silberbuchstaben, und das Ziel ist »die Aktivierung einer besseren Zusammenarbeit über die Institutsgrenzen hinweg«.

Mehrere Erinnerungsmails sind verschickt worden, Plakate wurden aufgehängt, die Angestellten sind neugierig und erwartungsvoll, denn ihnen ist eine großartige Veranstaltung angekündigt worden. Auf der gedruckten Einladung aus steifem Bütten, die bei allen ins Postfach gelegt worden ist, steht, dass »um Antwort« und um »festliche Kleidung« gebeten wird, zwei Formulierungen, die etwas Prachtvolles und etwas ganz anderes als die üblichen prosaischen Institutstreffen verheißen (bei denen man natürlich immer einen Unkostenbeitrag leisten muss).

Das Fußvolk an den Universitäten – Stipendiaten, Forscher, Dozenten und Professoren, alle, die keine großartigen Ämter innehaben – gehört zu der Gruppe von norwegischen Arbeitnehmern, die am wenigsten verwöhnt werden. Wohlgemerkt, wenn es um angenehme zusätzliche Vergünstigungen geht wie Gratisfeste sowie Essen und Getränke auf Kosten des Arbeitgebers. Jeder und jede von diesen akademischen gemeinen Soldaten wird im Laufe eines Berufslebens vielleicht ein Dutzend Gratisbrötchen und ungefähr ebenso viele fettige Bienenstiche verzehren. Und das ist für die meisten die gesamte Bewirtung, die ihnen ohne Gegenleistung zuteilwird.

Aber heute Abend gibt es ein Fest – ein Gratisfest! – in der Mensa im neunten Stock des Verwaltungsgebäudes, einer Mensa, die normalerweise nur von den Angestellten der zentralen Verwaltungsstelle der Universität benutzt wird. Der Andrang wird groß sein, ungewöhnlich viele haben sich angemeldet. Kurz vor sieben Uhr treffen die Ersten ein, feierlich gestimmt, gespannt, aber auch ein wenig skeptisch. Sie fragen sich, was der Grund für dieses Fest sein könnte. Ja, einige sind mehr als nur ein wenig skeptisch, viele sind auf der Hut, sind fast schon misstrauisch. Aber ihre Neugier, gepaart mit der Aussicht auf Gratisessen und Getränke, ist doch stärker als Skepsis und Besorgnis, und deshalb kommen sie, die Sprachforscher der Humanistischen Fakultät der Universität Oslo. Sie kommen in Massen, sie schieben sich durch die doppelte Glastür, in Stiefeln und hochhackigen Schuhen. Sie halten Ausschau nach Freunden und Feinden. Manche plaudern, manche schweigen.

Es ist eine bunt gewürfelte Versammlung, die den neunten Stock ansteuert, auch rein äußerlich. Einige haben sich überhaupt nicht fein gemacht, sie kommen in Alltagskleidung, andere erscheinen in Tracht, in dunklem Anzug oder im Kleid. Eine Professorin für Französische Literatur trägt sogar ein *langes* Kleid und hat ihre Haare im Nacken zu einem eleganten Chignon hochgesteckt.

Das Alter variiert natürlich auch, von einigen blutjungen Stipendiaten, die nicht älter sind als Aleksander Pleyn, bis zum Professor emeritus Steinar Bylund, seit über zwanzig Jahren in Pension, aber noch immer ständiger Gast auf allen öffentlich zugänglichen Veranstaltungen.

Die meisten kommen allein, andere in Gruppen. Nanna Klev und Gunnar Vik treffen zusammen mit einigen jüngeren Futlings ein, Paulsen kommt von einem Umtrunk unter Institutsleitern, Hans Holstein kommt, sein Halstuch ziemlich verrutscht, stolpernd und leicht nuschelnd von seinem eigenen privaten Vorglühen im Büro.

Was diese Menschen alle miteinander verbindet, ist die Liebe zur Sprache (die sich bei einigen, nach vielen Jahren in einer verstaubten Bürozelle, zu einer dumpfen Gleichgültigkeit entwickelt hat oder bei denen mit leidenschaftlicherer Veranlagung zu einer Hassliebe).

Vor den Türen zur Mensa stehen zwei Kellner in Livree, von denen jeder ein Tablett mit sprudelnden Getränken trägt. Der Saal hinter ihnen ist normalerweise ein ziemlich nüchterner Raum, mit Klinkerfliesen auf dem Boden und harten Sofas, doch heute ist er überschwänglich dekoriert, mit Silbergirlanden und glitzernden Sternen an der Decke und flachen Glasschalen voller Margeriten- und Gerberablüten (mehr als ein lustiger Spaßvogel wird sie im Laufe des Abends als »Stilblüten« bezeichnen).

Gleich hinter den Kellnern steht ein Tisch mit Tapas, und dahinter befindet sich der Kuchentisch. Die Kuchen erwecken – und das nicht zu Unrecht – Aufsehen.

Auf dem Tisch stehen zwei Kuchen. Der eine ist riesig, überzogen mit brauner Mokkaglasur und verziert mit kleinen Schriftzeichen aus weißer Schokolade. Der Kuchen ist in seiner Grundform rechteckig, an den Ecken jedoch abgerundet. Wenn man genau hinsieht, entdeckt man, dass es sich um drei voneinander getrennte Segmente von Schriftzeichen handelt und dass die Zeichen von unterschiedlicher Art sind. Die Zeichen auf dem am oberen Teil des Kuchens sind Hieroglyphen. Unter den Hieroglyphen folgen demotische Zeichen, und darunter steht ein griechischer

Text. Wohl nur einer der wissenschaftlichen Angestellten der Humanistischen Fakultät der Universität Oslo wäre imstande, festzustellen, dass es sich bei den drei unterschiedlichen Schriftzeichen um ein und denselben Text handelt. Er ist jedoch bei diesem Fest nicht anwesend, denn er verlässt nie sein Büro, es sei denn, um kurz zur Toilette zu laufen oder zum Schlafen sein Pensionszimmer aufzusuchen.

Aber alle Anwesenden wissen sofort, was dieser Kuchen darstellen soll. Der Kuchen ist natürlich eine Kopie des Steins von Rosetta, eines fast schwarzen Granitblocks, der im Jahre 1799 in der ägyptischen Hafenstadt Rosetta von einem von Napoleons getreuen Offizieren, Pierre-François Bouchard, entdeckt wurde. Der Stein von Rosetta, der weltberühmt wurde, weil die eingravierten Zeichen das Rätsel der Hieroglyphen lösten und das Verständnis der ägyptischen Antike ermöglichten. Das Original befindet sich bis auf Weiteres im Britischen Museum, wird aber von der ägyptischen Regierung zurückverlangt. Eine Reproduktion des Steins, von einem Konditormeister geschaffen, befindet sich in Form von drei Schichten Nussteig, mit Schokoladenmousse dazwischen und Mokkaglasur ganz oben, in Oslo, und die Philologen schnappen vor Bewunderung nach Luft.

Neben dem Rosettakuchen steht ein etwa ein halber Meter hoher Kuchen aus Mandelkränzen, aber der Rosettakuchen ist so riesig, dass der Mandelkuchen richtig mickerig dagegen aussieht. An den schrägen Seiten des Mandelkuchens kriechen kleine Marzipanmenschen hoch, die mit Zucker glasierte Schilder in verschiedenen Sprachen tragen. Oben auf dem Kuchen steht ein größeres Schild, geformt wie die Ortsschilder, schwarze Buchstaben auf gelbem Grund: Der Turm zu Babel. Der Mandelkuchen ist ebenfalls ein kleines kulinarisches Wunderwerk, aber der Rosettakuchen erweckt doch die größere Aufmerksamkeit. Dieser Kuchen trägt ganz schön dick auf, wie ein fakultätseigener Scherzkeks das ausdrückt. Allgemein gesehen verfügen Philologen über keinen sonderlich hoch entwickelten Sinn für Humor, er begrenzt sich zumeist auf krampfhafte Witze linguistischer Herkunft. Es ist unglaublich, wie viel Spaß eine Gruppe männlicher Philologen an vertrauten grammatischen Begriffen wie »Deklination« und »Apokope« haben kann. »Na, am Freitag heftig dekliniert, zwinker, zwinker«, und alles liegt vor Lachen unterm Tisch. Der Fachausdruck Apokope, beschreibt den Verlust von Buchstaben oder Silben am Wortende (»seht euch mal die Wan' an, wie die Wan' tan' kann«) und wird in einem solchen Kreis zu einem wahnsinnig witzigen Synonym für einen Interruptus.

Nachdem die Gäste den Prosecco ausgetrunken haben, als die Gäste die Kuchen bewundert haben und in kleinen summenden Gruppen zu viert und fünft zusammenstehen, schreitet der Dekan zum aufgestellten Mikrofon und heißt alle willkommen.

Der Anlass des Festes sei, dass alle Angestellten einmal gesagt bekämen, dass man sie zu schätzen wisse (ein leises Hohngelächter ist zu hören, wird aber sofort unterdrückt), dass ihre Arbeit geschätzt werde (»Können wir nicht lieber mehr Gehalt kriegen?«, ist aus einer dunklen Ecke zu hören), und außerdem hoffe der Dekan, dass ein solches Fest die Zusammenarbeit über die Institutsgrenzen hinweg fördere. »Bitte, greifen Sie zu«, endet der Dekan. »Willkommen zu einer babylonischen Wiedervereinigung!«

Pål tritt im neunten Stock aus dem Fahrstuhl, hängt seine Jacke an die Garderobe und schiebt die Doppeltür in dem Moment auf, als der Dekan seine Rede beendet und als der Applaus, der nie mehr war als ein höfliches Klatschen, verebbt. Er hält nach Nanna Ausschau, und als er sie nicht sieht, sucht er andere Kollegen, mit denen er sich gern unterhalten würde.

Fred Paulsen steht zusammen mit ein paar Gleichgesinnten, in diesem Fall Institutsleitern, die sich ja einer höheren Klasse zugehörig fühlen als das Fußvolk. Unter Alkoholeinfluss verspürt Paulsen immer den Drang, den weiblichen Angestellten Obszönitäten in die Ohren zu flüstern, und das macht er gerade. Er beugt sich zur Leiterin des Instituts für kleine und vom Aussterben bedrohte Sprachen vor und flüstert ihr einige Schweinereien zu, während er gleichzeitig Pål zuwinkt. Pål kann Nanna nicht finden, und außerdem ist Pål ja ein höflicher Mann, deshalb geht er zu Paulsen hinüber.

»Pål! Pål, wie … schön … dich zu sehen, Pål!« Paulsen ist in berauschtem Zustand um einiges schlimmer als der nüchterne Paulsen. Die Pausen werden häufiger und länger, und Paulsens Drang, die Leute mit Vornamen anzureden, kommt auch viel deutlicher zum Vorschein. Paulsen ist, war und wird immer ein Mann der Klischees sein. Er ist der Typ, der zu Edith Rinkel an ihrem fünfzigsten Geburtstag scherzhaft tröstend gesagt hat, »die Alternative wäre schlimmer«, und wenn er Gäste in seinem etwas unordentlichen Büro empfängt, schreckt er nicht davor zurück, ihnen abgenutzte Witze zu servieren: Er habe gehört, der Schreibtisch spiegele das Innere seines Besitzers wider, und da sei es doch wirklich gut, dass sein Schreibtisch nicht ganz leer sei! Fred Paulsen erzählt gern die Witze anderer und gibt sie als seine eigenen aus. Als Pål zu ihm kommt, ist er mit dem über die Ähnlichkeit zwischen Elvis und Grass befasst, *Nothing but a hound dog* und *Hundejahre*. Die anderen Institutsleiter lachen wohlerzogen, Pål schmunzelt und sieht sich verstohlen in der Menge um. Wo kann Nanna nur sein?

In einer Ecke, wo die Girlanden besonders dicht hängen, haben sich die Dialektforscher versammelt. Viele sind in Tracht erschienen. Ehe der Abend zu Ende geht, werden zwei Männer hässliche Rotweinflecken auf cremeweißem besticktem Fries und gesteiften schneeweißen Leinenhemden haben – und nur, wer schon einmal versucht hat, solche Flecken aus einer Tracht zu entfernen, weiß, welche Qualen das bedeutet. Ein Riksmålsmann, ein Professor für Englische Sprachgeschichte, hat sich zu ihnen verirrt. Jetzt steht er hier, im dunklen Anzug, stumm und regungslos, geknebelt von Verwirrung und gelähmt vor Höflichkeit, während zwei junge, mittelmäßig schöne Frauen in Hallingtracht behaupten, Nynorsk sei mit Englisch enger verwandt als »sein« Bokmål. Abwechselnd bombardieren sie den Professor mit dreigliedrigen Salven: *En uke – ei veke – a week. Et kors – ein kross – a cross. Jeg sitter – eg sit – I sit.* Påls Blick gleitet weiter.

Ein Stück weiter entfernt steht eine kleine Gruppe Sprachhistoriker – keine Historikerin darunter – aus dem Institut für Nordische Sprache und Literatur, die Grenzen zwischen ihnen und den Dialektforschern sind fließend, und sie stehen an diesem Abend auch nicht weit voneinander entfernt. Påls vorhandene Affinität zur Diachronie gibt ihm Mut und Kraft, Paulsen zuzunicken und sich auf die kleine Gruppe zuzubewegen. Pål kann hören, dass sie Altnordisch sprechen, in zwei Stunden werden sie noch einen Schritt weiter zurückgehen und sich auf Urnordisch verlegen (die Sprache, die sie täglich im Institut benutzen, um sich über anwesende Büroleiter lustig zu machen oder die Körperteile üppiger Studentinnen zu kommentieren). So ist es immer auf Festen, bei denen Sprachhistoriker anwesend sind (die einzige Ausnahme bilden die Finnologen, die Finnischkundigen sprechen nie, wenn es sich vermeiden lässt, und in lustiger Gesellschaft werden sie noch schweigsamer als ohnehin schon): Die Nordisten sprechen Altnordisch, die Romanisten Latein, die Anglisten Altenglisch, die Slawisten Altkirchenslawisch. Für Urdu gibt es nur eine Angestellte, und sie hat niemanden, um Sanskrit zu sprechen, aber vermutlich hat der Alkohol auch auf sie diese linguistisch-regressive Wirkung. Pål hat einmal die Hypothese aufgebracht, wenn man nur weitermachte und den Sprachhistorikern endlos Alkohol gäbe, würden sie so weit zurückgehen, dass man die unbekannte indogermanische Ursprache rekonstruieren könnte.

Er bleibt eine Weile bei den Nordisten stehen, er hört vor allem zu, wirft aber auch hier ein Wort und dort einen Satz ein. Dann ändert das Gespräch seinen Charakter. Jetzt geht es nicht mehr um Satzlängen in altnordischen Handschriften aus der Umgebung von Bergen in den Jahren 1250–1300. Sie sprechen noch immer Altnordisch, aber jetzt geht es um Forschungsdiebstahl, um Moral, um Betrug und Pfusch, um Lug und Täuschung.

Und nicht nur bei den Sprachhistorikern, überall im Saal schweben Worte und Satzfetzen umher, rieseln auf die festlich gekleideten Menschen herab, ehe sie wieder hochgewirbelt werden und am Ende eine Geschichte bilden. Eine traurige (aber gerade deshalb so unwiderstehliche und aufreizende) Geschichte über eine Frau, die sich von ihrer eigenen Vortrefflichkeit mitreißen ließ und von ihrem fachlichen Erfolg so berauscht war, dass sie nicht mehr wusste, was sie tat. Fast alle ihre Kolleginnen und Kollegen sind in dieser Mensa versammelt, und alle sprechen irgendwann im Laufe des Abends über Edith Rinkel, und alle hören etwas über sie.

Der Genuss steht in vielen Gesichtern geschrieben, die pure, unverfälschte Sensationslust. Einige haben Mitgefühl mit ihr, aber in ihren Stimmen schwingt auch ein Hauch von Verachtung, denn Verachtung ist die Schwester des Mitgefühls.

Es wird an diesem Abend übrigens nicht nur über Edith Rinkel gesprochen. Edith Rinkels Geschichte ist alles andere als ein Einzelfall, und man weiß nicht, ob das ein Trost ist oder alles nur noch schlimmer macht. Egal, wie man es auch sieht, so etwas ist schon früher vorgekommen. Immer wieder werden ähnliche Geschichten erzählt. Aus Südkorea, den USA und Norwegen. Es wird noch Jahre dauern, ehe der norwegische Medizindozent vergessen ist, der seine Forschungsergebnisse frisierte, der für einen Artikel 454 Patienten und ebenso viele Kontrollpersonen erfand und für zwei weitere Artikel die Daten erstellte. Und wie war das eigentlich mit seiner Doktorarbeit? Die meisten Festgäste haben von der Namensforscherin an der Universität Bergen gehört, der vorgeworfen wurde, beim Tod ihres Zimmernachbarn – und Altmeister seines Faches – sein umfangreiches Material zum Thema Gewässernamen beiseitegeschafft zu haben. Drei Jahre darauf veröffentlichte sie ein Werk, von dem alle der Auffassung waren, es basiere auf dem verschwundenen Material.

»Und was ist mit Edith Rinkel – hat sie so etwas schon früher versucht? Also, abgesehen von dieser Episode aus den USA?« Vor lauter Aufregung sind die Sprachhistoriker zum modernen Norwegisch zurückgekehrt. Sie schütteln den Kopf. »Wie konnte sie? Sollte eigentlich die Presse über Rinkels Diebstahl informiert werden?« Es wird zögernd gemurmelt. »Pål, du bist doch in ihrem Institut«, sagt plötzlich jemand. »Nein, ihr Fall ist doch für die Allgemeinheit nicht interessant«, sagt Pål mit einer Heftigkeit, die zwei besonnene Diachronisten einen Schritt zurückweichen lässt und einen dazu veranlasst, seine Augenbrauen hochzuziehen, bis sie wie zwei Zirkumflexe seine Stirn verzieren.

Pål staunt selbst über seinen starken Widerstand gegen diesen Vorschlag, er habe nicht den Wunsch, Rinkels Unzulänglichkeit bekannt zu machen, sie sollte nicht in den Zeitungen bloßgestellt werden, niemand sollte ihre gesamte wissenschaftliche Produktion in Frage stellen. Ihn überkommt eine große Erleichterung, als ihm einfällt, dass sie ja doch nur Philologen seien. Natürlich müsse die Öffentlichkeit informiert werden, wenn ein Mediziner die Ergebnisse der Krebsforschung manipuliere, aber ob ein oder zwei Philologen bei der Anzahl von Präpositionen in einer Dialektprobe mogelten oder das Projekt einer Kollegin stahlen, sei von begrenztem Interesse und richte auch keinen bedeutenden gesellschaftlichen Schaden an. Die Sprachhistoriker nicken, zwei machen wieder einen Schritt nach vorn, die Augenbrauen des Dritten werden gerade und sinken an ihren ursprünglichen Platz, alle drei erkennen sofort die Wahrheit in Påls Einwand, sind aber dennoch ein wenig geknickt angesichts ihre eigenen Bedeutungslosigkeit für die Nation.

»Aber ich habe gehört, das gestohlene Projekt sei ziemlich wichtig gewesen«, wendet einer nach einer kurzen Pause kleinlaut ein. »Ja, so ein … Computerkram«, sagt ein anderer unsicher. Sie schauen Pål fragend an, als müsste er alles über das Projekt wissen, was er ja auch tut, wenn auch aus ganz anderen Gründen. »Ich weiß nichts«, sagt Pål energisch, »ich habe damit nichts zu tun.«

Er entdeckt Svanhild Sivertsen, nickt ihr kurz zu, sagt zu den Sprachhistorikern einige distinguierte Worte auf Altnordisch und geht auf sie zu. Sie war Dissertationsstipendiatin für Spanisch und hat vor Kurzem ihre Arbeit über die Vokalqualität bei homosexuellen Männern mit Spanisch als zweiter Sprache eingereicht: *Estudo del sistema vocálico en hombres homosexuales con castellano como segunda lengua.* Sie ist im Moment streng genommen nicht angestellt, sie hält sich im Limbus zwischen Dissertation und Disputation auf (einer Periode von mehreren Monaten, in denen die Universität keinen Grund darin sieht, diese Leute weiter zu bezahlen, sie können also nur Däumchen drehen, während sie Probevorlesungen zusammenstellen und höhere Mächte um einen baldigen Disputationstermin anflehen).

Vor vier Jahren hatten Pål und Svanhild ein Verhältnis. Er glaubte, sie für immer zu lieben. Ihre üppigen Locken, ihre Lachgrübchen, die geraden, breiten Schultern, ihre erotische Kreativität (sie hatte ihn an Veronica in *Begehren in Brasilien* erinnert). Sie hatten eine schöne Zeit. Als sie, trotz aller Verhütungsmaßnahmen, schwanger wurde und auf einer Abtreibung bestand, hatte Pål nicht sonderlich protestiert. Als er in sich hineinhorchte, entdeckte er, dass seine Gefühle für sie bereits verblasst waren und dass ihre Haare eigentlich zu kraus waren, um wirklich schön zu sein.

Aber immer, wenn er sie sieht, und auch so zwischendurch, denkt er daran, dass er jetzt Vater eines kleinen Kindes sein könnte. Eines kleinen Mädchens, hat sich Pål immer vorgestellt. Sie wäre jetzt etwas über zwei Jahre alt, vielleicht hätte sie kurze lockige Zöpfe und so eine kleine Stupsnase, die er liebevoll umdrehen könnte. In letzter Zeit hat er öfter als bisher daran gedacht, an dieses Kind, das niemals geboren worden ist. Er träumt jetzt von Kindern mit Nannas Gesichtszügen und Nannas blonden Haaren. Oder vielleicht werden die roten Haare der Familie Bentzen Nannas zarte Gene verdrängen? Es würde jedenfalls ein Prachtexemplar von Kind werden. Mama als Großmutter!

Als Pål Svanhild erreicht und sich über sie beugen will, um sie zu umarmen, entdeckt er Nanna. Sie steht bei der offenen Verandatür und unterhält sich mit dem Dekan. Sofort vergisst Pål Svanhild, und statt sie zu umarmen, klopft er ihr zerstreut auf die Schulter und läuft weiter.

Nanna trägt ein hellgelbes Kleid im Stil der Fünfzigerjahre mit glattem, engem Mieder und wogendem Rock, außerdem hat sie einen hauchdünnen gepunkteten Schal in derselben Farbe wie das Kleid um den Hals gelegt. Sie kommt auf Pål zu, nickt Holstein zu, lächelt Paulsen an, aber sie will zu Pål. Sie gehört ihm. Sie beide gehören zusammen.

Sie haben beschlossen, sehr vorsichtig zu sein, sich auf diesem Fest bedeckt zu halten, noch nicht zu verraten, dass sie mehr sind als nur Kollege und Kollegin. Kristian mit K ist noch immer nicht ausgezogen (»Aber wenigstens schläft er jetzt auf dem Wohnzimmersofa«, sagt Nanna). Nanna will kein Gerede, sie hat Angst davor, vor allem nach den Ereignissen der vergangenen Tage. Aber jetzt setzen sie sich an einen Tisch und trinken Wein zusammen.

»Eine Viertelstunde können wir uns doch wohl gönnen«, sagt Nanna. »Wir sind ja schließlich am selben Institut angestellt.«

»Soll ich dir ein Stück Kuchen holen?«, fragt Pål. Nanna schüttelt den Kopf und fasst unter dem Tisch nach Påls Hand. Ihre Hand ist klein und schmal und kalt, und wie immer erweckt ihre Zierlichkeit in ihm den Beschützerdrang. Sie schaut sich im Raum um, sie sieht so neugierig aus wie ein kleines Kind, und Pål kennt ihren Gesichtsausdruck von ihrer allerersten Begegnung, als sie das virtuelle Aquarium im Institut entdeckt hatte.

»Das hier ist so schön dekoriert«, sagt sie. »Wer ist das?«, fragt sie und schaut hinüber zu einer großen Frau mit eisengrauem Dutt und einer randlosen Brille, die sich soeben zwei Ringe vom babylonischen Mandelkranz nimmt.

»Gudrun Schlangenzunge. Ehemalige Redakteurin beim Norwegischen Wörterbuch.«

»Heißt sie wirklich so?«

Pål schüttelt den Kopf.

»Das nicht, aber es ist eine lange Geschichte. Ich kann sie ein andermal erzählen.«

»Mhm«, sagt Nanna. »Du kannst sie mir erzählen, wenn wir vor einem knisternden Kaminfeuer sitzen, nach einer langen Skitour. Uns tun Arme und Beine weh, wir trinken Rotwein und sind nur noch in der Lage, in die Flammen zu starren und uns leise miteinander zu unterhalten.«

»Ja«, sagt Pål, und er hat das Gefühl, in ihre Seele zu blicken, und er weiß, dass er Nanna liebt und dass er, egal was Morten sagt, noch keiner Frau jemals so starke Gefühle entgegengebracht hat. »Ja, Nanna. Dann werde ich dir die Geschichte von Gudrun Schlangenzunge erzählen.«

Dann wird er plötzlich wütend: »Aber jetzt setz endlich den verdammten Kristian vor die Tür!«

»Ja«, sagt Nanna und sieht ihn an. Sie lässt seine Hand los, und ihre Finger gleiten über die Innenseite ihres Oberschenkels, sie streicht über seinen Schritt und lächelt, als sie seine sofortige Reaktion bemerkt. »Es ist nicht so leicht«, sagt sie leise und zieht ihre Hand zurück.

»Das verstehe ich«, sagt Pål. »Das verstehe ich.«

Nanna schaut sich um, sie hat einen neugierigen, forschenden Blick, als befinde sie sich in einem Tiergehege, und wenn sie ein besonders kurioses Tier entdeckt, zuckt sie ein wenig zusammen.

»Und wer ist das da? Die Abgebrochene da hinten mit dem braunen Kleid?«, fragt sie und nickt zu einer ziemlich kleinen Frau mit kurzen Gliedern hinüber, ihr Kopf scheint ohne Hals auf ihren Schultern zu sitzen, und die Füße hängen praktisch direkt an den Waden, es gibt keine Knöchel. Pål, der auf diesem Fest fast alle kennt, kann berichten, dass es sich um Dolly Amundsen handelt, und mit dem Namen kann Nanna natürlich etwas anfangen.

Dolly Amundsen wurde nämlich berühmt – wenn auch nur in skandinavischen Linguistenkreisen –, als sie 1971 das Buch *Kasus ohne Chaos* veröffentlichte. Ende der Sechzigerjahre hatten Wanderer ein kleines Dorf in den Bergen entdeckt, tief im Inneren eines westnorwegischen Fjords gelegen, dessen Einwohner seit der Mitte des 14. Jahrhunderts ohne Verbindung zur Umwelt gelebt hatten. Als der Schwarze Tod die Dörfer am Fjord heimsuchte, waren einige vor der Pest in die Berge geflohen und hatten dort neue Höfe gebaut. Die Sprache dieser Dörflinge war archaisch, sie stand auf einer Stufe zwischen Altnorwegisch und Mittelnorwegisch, mit angehauchtem d und voll erhaltenem Kasussystem. Völkerkundler, Volkskundler, Genforscher und Dolly Amundsen reisten sofort in dieses Dorf, wo eine provisorische Forschungsstation eingerichtet wurde. Von Amundsens Buch wurden mehrere Hundert Exemplare verkauft, und es gilt noch heute als der absolute Bestseller der norwegischen Sprachwissenschaft. Die Autorin beschrieb die sprachlichen Zustände im Dorf mit großer Begeisterung, und zwischen und in den Zeilen stand ihre aufrichtige Trauer darüber, dass das Kasussystem im modernen Norwegisch so gut wie verloren gegangen sei. Amundsen sah zwar ein, dass das unwiderruflich war, aber sie hielt es trotzdem für einen entsetzlichen Verfall und gab die Schuld den Massenmedien, der Telefonitis, den internationalen Kontakten, kurz gesagt: dem, was sie in ihrem Buch als *Chaos* bezeichnete. Dolly Amundsen protestierte deshalb, als 1972 eine Straße in dieses Dorf gebaut wurde, und sie organisierte eine Unterschriftenliste, als das Dorf einige Jahre darauf eine Telefon- und eine Stromleitung bekommen sollte.

Paulsen und Jenssen, Professor am Institut für Klassische und Alte Sprachen, flanieren durch den Raum, wie zwei dicke Delphine kommen sie an dem Tisch vorbeigeschwommen, an dem Pål und Nanna sitzen. Paulsen bleibt stehen. Er will nur … Nanna begrüßen. »Wie … geht es Ihnen, Nanna?«, fragt er, und seine Stimme trieft vor Mitgefühl. Nanna schlägt die Augen nieder und murmelt irgendetwas. »Ach, Pål, sieh an, ihr kennt euch«, sagt Paulsen und nickt Pål zu. »Ja, ein bisschen«, antwortet Nanna. Jenssen wackelt ungeduldig mit seinem dicken Bauch, und die beiden Herren setzen ihren Weg fort, sie wollen sich noch mehr Kuchen holen, die Reste des Rosettakuchens abkratzen und sich die allerletzten Ringe des babylonischen Mandelkuchens sichern.

Der Abend muss verhext sein, das Zimmer muss verwunschen sein, denn einzelne Wörter, immer und immer wieder dieselben Wörter, rieseln von oben herab und lassen alle Festgäste über dasselbe reden. Pål will das nicht, aber plötzlich tuscheln er und Nanna ebenfalls über Edith Rinkel, und nach einer Weile auch über andere, die in ihrer Forschung nicht ehrlich gewesen sind.

»Wie viele in diesem Zimmer?«, fragt Nanna und dämpft ihre Stimme, sodass Pål sie fast nicht verstehen kann. Pål schaut sich um.

»Ich fürchte, viel mehr, als wir meinen«, antwortet er. »Ich glaube nicht, dass viele in großem Stil betrogen haben, aber ich glaube, dass einige ihr Material hier und da ein wenig manipuliert haben. Vielleicht die Zahlen aufgehübscht. Oder jedenfalls Daten, die nicht ins gewünschte Bild passen, andere übersehen, eher Gewicht auf das Ergebnis gelegt, das zum Muster passt, das Material so modifiziert, dass es besser aussieht.«

»Mhm. Ja, vielleicht«, flüstert Nanna.

Und zum zweiten Mal an diesem Abend spricht Pål über den Arzt, der einige Jahre zuvor durch seinen erfolgreichen Betrugsversuch für kurze Zeit berühmt wurde.

»Was diesen Arzt angeht«, fügt er hinzu. »Erinnerst du dich an den?«

»Ja, natürlich«, antwortet Nanna. »Kennst du ihn etwa?«

»Nein, nein, aber als ich über ihn gelesen habe … ich muss zugeben, dass ich … ich habe mich wiedererkannt.«

»Ja?«, fragt Nanna interessiert, sie sieht nicht ganz so entsetzt aus, wie Pål befürchtet hatte.

»Ich weiß, dass das schrecklich ist. Ich wäre dazu nie in der Lage gewesen, aber …«

Nanna sieht ihn an.

»Was ich meine«, sagt Pål, »ist, wenn ich über Verbrecher lese, die kleine Kinder vergewaltigen oder Leute niederschlagen, die ihnen nichts getan haben, dann erweckt das in mir kein Gefühl des Erkennens, sondern nur Abscheu. Aber dieser Arzt, und auch Rinkel, auf eine seltsame Weise kann ich sie verstehen, ich begreife, warum sie sich so verhalten haben.«

Nannas ohnehin schon große Augen weiten sich noch mehr, und sie starrt etwas hinter Pål an. Pål fährt instinktiv herum. In der Türöffnung steht Professorin Edith Rinkel.

Edith Rinkel trägt ein Kleid, das schwarz wie die Nacht ist, es sitzt wie angegossen, und ihre goldenen Schuhe funkeln dermaßen, dass Pål die Augen wehtun. Er dreht sich sofort wieder zu Nanna um, kann Rinkel nicht ansehen, weiß nicht, ob in ihren Augen Schuldbewusstsein oder Hohn liegt, bringt es nicht über sich, es zu überprüfen. »Wie kann sie es wagen?«, sagt Nanna laut, mit Bewunderung in der Stimme. Edith Rinkel geht geradewegs zum Dekan, und sie verschwinden auf der Veranda, wie auf eine Verabredung hin. »Was die wohl vorhaben?«, fragt Nanna. Pål zuckt mit aufgesetzter Gelassenheit mit den Schultern, aber er und Nanna schauen in regelmäßigen Abständen zu der halb offenen Tür hinüber.

Jetzt ist das Fest in die Phase eingetreten, in der fast alle vom Alkohol beeinflusst sind. Manche werden lustig, andere schlafen ein. Noch andere wollen tanzen oder musizieren. Per Vaag Iversen, einer der Dialektforscher und immer mit einem gut gefüllten Flachmann ausgerüstet, hat seine Fiedel mitgebracht. Das macht er immer so. Er nennt sich nicht ohne Grund Per Spielmann, aber diesmal kann er seine Fiedel nicht finden. »Ja, das ist aber wirklich traurig«, sagt man höflich und seufzt heimlich vor Erleichterung. Erst nach dem Fest finden zwei Stipendiaten Per Spielmanns verschollenes Instrument – unter einem leeren Karton draußen in der Garderobe. Nur der Mösologe, der nur Limonade trinkt und seine Augen überall hat, weiß, wie die Fiedel dorthin geraten ist. Aber er verrät es niemandem, denn es fragt ihn niemand.

Manche strotzen jetzt nur so vor Nächstenliebe. Einige werden sehr liebevoll zueinander, andere suchen sich auf jedem Fest ein neues Opfer. Geheimnisse werden verraten (»Dein Antrag auf Projektgelder wird bewilligt«). Kontakte werden geknüpft, Allianzen geschmiedet (»Ja, du hast sicher gehört, dass ich wieder für den Institutsrat kandidiere? Ich brauche Unterstützung von Leuten wie dir, weißt du! Hättest du nicht übrigens Lust auf ein größeres Büro?«). Noch andere werden sentimental. Einer bricht immer in Tränen aus, auch diesmal.

Sehr viele verspüren den starken Drang, ihr linguistisches Revier durch ausgiebigen Gebrauch von fachlokalen Fremdwörtern und Begriffen zu markieren. Viele werden auch unverschämt. Jahrelang aufgestautes Unbehagen bricht über die Ufer, Gemeinheiten können den Betroffenen ins Gesicht geschleudert werden, werden aber meistens hinter ihrem Rücken vorgebracht. Der Genuss dabei ist fast gleich groß und das Risiko, Ärger zu bekommen, um einiges geringer.

»Ich begreife nicht, warum er vor mir befördert worden ist«, sagt einer.

»Der hätte diesen Posten niemals kriegen dürfen«, faucht eine andere.

»Wer ist diese selbstzufriedene Frau da hinten?«

»Ach, das ist die neue Professorin für Norwegisch als Zweitsprache«, wird flüsternd mitgeteilt.

»Herrgott! Noch eine von diesen Frauen, die sich unbedingt mit wissenschaftsfreiem Kram befassen müssen! Hätte die Fakultät das Geld nicht für etwas Sinnvolleres verwenden können?«

»Ich habe gehört, dass Anne Else Rylden befördert worden ist?«

»Pah, die, die ist doch bloß wegen der Frauenquote Professorin geworden«, schnaubt eine Gruppe beim Kuchentisch.

»Hast du gehört, dass die Oxford University Press sein Buch veröffentlichen wird?«

»Wessen Buch?«

»Von Nils Axelsen.«

»Was? Der ist doch nicht mal ordentlicher Professor, sondern bloß ein Tromsø-Prof«, sagen sie und schielen zu dem Mann, dessen Professorenkompetenz nicht von der Universität Oslo beglaubigt worden ist, sondern nur von einem Komitee der Universität Tromsø.

»Herzlichen Glückwunsch«, sagen sie gleich darauf mit freundlichem Lächeln zu ihm. »Wir haben gehört, dass Sie ein neues Buch veröffentlichen werden?«

Aber das übliche Getratsche an diesem Abend findet nicht im selben Umfang statt wie sonst, es gibt nur verstreute Kommentare, vereinzelte Ausbrüche. Die vertrauten Wettkämpfe, der normale Zank scheinen nicht dieselbe Anziehungskraft auszuüben wie sonst. Dieser Abend steht im Zeichen Edith Rinkels. Alles dreht sich um sie. Das war schon den ganzen Abend so, aber seit sie persönlich erschienen ist, hat es eine neue Dynamik bekommen. Sie ist jetzt von der Veranda zurückgekehrt und sitzt am Tisch eines alternden Professors, eines ehemaligen Kollegen vom Institut für Klassische und Alte Sprachen. »Ist der jetzt auch schon senil?«, wird boshaft gefragt.

Noch ist nichts bestätigt worden, aber alle wissen irgendetwas. Und manche wissen immer mehr als andere. Alle reden über sie. Wenige sprechen mit ihr, viele kehren ihr den Rücken zu. Etliche ignorieren sie, wieder andere starren sie unverhohlen an. Vielleicht sind es vor allem diejenigen, die in ihren eigenen Büros, in aller Heimlichkeit, Dinge getan haben, die sie nicht hätten tun dürfen, die sie jetzt erleichtert und schadenfroh ansehen, wie leichtfertige Mädchen zu Großmutters Zeiten ihre Geschlechtsgenossinnen ansahen, die ins Unglück geraten waren, die mit einem unehelichen Kind dasaßen. »Uns hätte das auch passieren können, aber zum Glück ist es uns nicht passiert!«

Mehrere würden sicher gern ein tröstendes Wort sagen, sind dazu aber zu feige, wollen nicht mit der Aussätzigen in Verbindung gebracht werden, das gilt vor allem für die, die immer schon Rinkels herablassende Blicke gespürt haben.

Ja, das Fest tritt ihr auf unterschiedliche Weise entgegen. Und Edith Rinkel ist die ganze Zeit da, mit hoch erhobenem Haupt und ihren unnatürlich funkelnden Schuhen und ihren hellen, trügerischen Raubtieraugen. Sie spricht mit dem Dekan, sie spricht mit dem alternden Professor. Sie spricht sonst mit niemandem. Sie hat Haltung, sie ist kalt, und Pål hat sie nie schöner gesehen.

»Ja, es muss etwas geschehen«, gähnt Hans Holstein plötzlich, seine Stimme ist schläfrig und gleichgültig, aber um ihn herum wird beifällig gemurmelt. Im Kielwasser früherer Katastrophen wurde eine Kommission eingerichtet, die Betrug und Fälschung in der Forschung bekämpfen soll.

Angeblich ist Rinkel vor diese Kommission geladen worden. »Und da hat sie sicher einiges zu hören bekommen«, sagt ein Lehrbeauftragter für Deutsch mit Himmelfahrtsnase und großen dunklen Nasenlöchern, als starre er aus zwei zusätzlichen Augenpaaren in die Welt. Eine magere Frau, die Italienisch unterrichtet, weiß Bescheid. Sie habe nämlich gehört, dass Edith Rinkels Schwäche für junge Männer dazu geführt habe, dass alle Lehrkräfte an der Uni demnächst vor ihrer Einstellung ein Keuschheitsgelübde ablegen müssen. Nicht alle sind von diesen Zukunftsaussichten begeistert, aber manche murmeln beifällig.

An dem Tisch, wo sie mit ihrem ehemaligen Kollegen zusammensitzt – den die meisten jetzt für senil halten und dem sie nur noch eine stark geschwächte Urteilskraft zuschreiben –, lacht Edith Rinkel plötzlich laut auf, legt den Kopf in den Nacken, zeigt eine runde weiße Kehle und lacht herzlich, während ihre Füße in den funkelnden Schuhen auf dem Boden eifrig gestikulieren, der rechte trippelt einige Zentimeter nach rechts und dann wieder zurück, der linke kratzt den rechten Knöchel. Ihr Verhalten ist natürlich vollkommen unpassend. Die Italienischlehrerin verzieht den Mund und kehrt diesem schändlichen Anblick den Rücken zu. Es wird weiter geredet.

Und dann ist es vorbei. Die Deckenlampen werden eingeschaltet, die Gäste schielen wie lichtscheue, schlaftrunkene Tiere aus zusammengekniffenen Augen ins Licht. Die Kuchenplatten sind geleert, auf dem Boden liegen zertretene Kunststoffgläser. Jemand hat angefangen, an den Girlanden zu ziehen, zwei haben sich welche um den Hals gewickelt. Paulsen, der doch ein mutiger Mann ist, ein Mann mit Humor und ein Mann, der sich von seiner bedeutenden Stellung nicht übermäßig beeinflussen lässt, ist einer der beiden.

Nun greift der Dekan wieder zum Mikrofon und bedankt sich für einen schönen Abend, er hoffe, dass viele neue Kontakte geknüpft worden seien und dass aus dieser kostspieligen Zusammenkunft neue fruchtbare Forschungsarbeit entspringen werde. (Und etwas Positives kommt bei diesem Fest heraus, etwas richtig Konstruktives, das angeführt werden kann, wenn die Ausgaben für das Fest im Fakultätshaushalt gerechtfertigt werden müssen: Zwei Angestellte stellen fest, dass sie seit Jahren an zwei einander überschneidenden Projekten arbeiten. Sie verabreden ein Treffen, bei dem sie Ideen austauschen und die Papiere des anderen lesen werden. »Sieh an, sieh an«, lobt der Dekan, als er später davon hört. »Genau zu dieser Art von Zusammenarbeit, über die Institutsgrenzen hinweg, sollte das doch führen.« Sie nicken und bringen es nicht übers Herz zu verraten, dass sie Kollegen sind und sich ihre Büros auf demselben Gang befinden, sie sind nicht einmal miteinander verfeindet, sie haben nur nie miteinander geredet.)

Nanna reckt sich, um ihre Jacke vom Haken zu nehmen. Pål würde das zu gern für sie übernehmen, hält sich aber im Hintergrund, eigentlich haben sie an diesem Abend schon zu viel miteinander geredet. Als sie die Jacke vom Haken nimmt, rutscht der dünne Schal, den sie um die Schultern trägt, herunter und fällt zu Boden. Påls ritterliche Instinkte sind stärker als ihre Abmachung, deshalb läuft er hin, um den Schal hochzuheben, doch ehe er sie erreicht hat, hat Edith Rinkel ihren spitzen vergoldeten Absatz auf den Schal gestellt. »Ach, Verzeihung«, sagt sie, »das hatte ich nicht gesehen.« Sie dreht den Fuß um, worauf der Schal sich um den Absatz wickelt und einreißt, ehe sie ihn abschütteln kann. Dann geht sie, ohne Nannas Schal aufzuheben.

Eines Morgens, Aleksander Pleyn zieht sich gerade in seinem Zimmer im Studentenheim Sogn an, klingelt sein Telefon, der Anrufer stellt sich als Mitarbeiter der Studentenzeitschrift *Universitas* vor. »Ach, hallo«, sagt Aleksander, er klemmt sich das Telefon zwischen Ohr und Schulter und versucht, eine fast saubere Tennissocke überzustreifen.

Der Anrufer fängt an, über Edith Rinkel zu sprechen. Er ist aufdringlich und ehrgeizig und träumt offenbar von einer Karriere als investigativer Journalist. Aleksander ist überrascht. Er ist müde, aber auch unruhig und gehetzt. Er hört sich den Wortschwall des Anrufers an. Aleksander weiß genau, was derzeit über Edith Rinkel geredet wird, er hat viel darüber nachgedacht, und er glaubt nicht alles. Edith kann nichts gestohlen haben! Das glaubt er einfach nicht.

Dazu kommt die Tatsache, dass Edith ihm noch immer fehlt, sie fehlt ihm dermaßen, dass er bei sich Liebeskummer diagnostiziert. Leider kann er mit niemandem über diesen Kummer sprechen, denn keiner von seinen Freunden hat etwas von seiner Beziehung zu Edith gewusst. Und seine Kommilitonen bombardieren ihn nur mit lächerlichen Fragen. »Stimmt es, dass du was mit dieser Professorin hast?« »Wie ist sie denn, Mann?« »Wieso klaut sie Forschungsergebnisse, Mensch?« Er hat standhaft jegliche Beziehung zu Professorin Edith Rinkel geleugnet. »Ich kenne sie kaum«, hat er gesagt, und er fühlt sich wie ein Judas, aber er tröstet sich damit, dass er Ediths Wunsch respektiert und sie ja schließlich nicht Jesus ist. Aber Liebeskummer, den hat er. Auch wenn es ein Wort ist, das er ziemlich blödsinnig findet, ja sogar kitschig, hält er es doch für eine passende Beschreibung seines Zustands.

»Ja?«, fragt der Anrufer abwartend. Aleksander fasst plötzlich den heroischen Entschluss, Edith zu helfen, auch wenn das bedeutet, dass er an die Öffentlichkeit gehen und bestätigen muss, dass die Gerüchte über sie und ihn zutreffen. »Ja«, antwortet er auf die Frage des Journalisten, »ja, wir hatten ein Verhältnis.«

Dann erzählt Aleksander von all dem, was er von Edith Rinkel gelernt hat. »Im vorigen Semester hatte ich in allen Fächern nur Dreier, aber für meine letzte Hausarbeit habe ich eine Eins bekommen«, sagt er. »Mithilfe von Edith Rinkel?« »Ja«, antwortet Aleksander, und mit einer Wärme in der Stimme, die jedenfalls für ihn selbst deutlich ist, erzählt er, wie klug Edith sei und wie viel er bei ihren Gesprächen gelernt habe.

Wäre Aleksander bei diesem Anruf weniger müde gewesen und hätte er weniger dazu geneigt, von seinen Mitmenschen nur Gutes zu denken, dann wäre er am nächsten Tag über den Inhalt des Artikels nicht so erstaunt gewesen.

Er sitzt an einem Tisch in der Mensa, vor ihm liegt die Zeitschrift, aufgeschlagen auf der Doppelseite, auf der es um Edith Rinkel geht. Er wird nicht namentlich genannt, aber als eine Gruppe von Studenten an seinem Tisch vorbeigeht, schlägt er die Zeitung sicherheitshalber zu, faltet sie doppelt zusammen und stellt die Colaflasche darauf. Auf die eine Wand in der Mensa sind gigantische Bücher gemalt, sie müssen an die anderthalb Meter hoch sein. Aleksander starrt diese seltsame Dekoration an, wie er es im Laufe seiner mehr als zwei Jahre an der Uni schon zahllose

Male gemacht hat. Er sieht die Gemälde an, als betrachte er einen Beweis für die verfremdete und stereotype Vorstellung, die eine andere gesellschaftliche Gruppe sich vom akademischen Leben macht. Er sieht die Riesenbücher an und muss sich eingestehen, dass sein Versuch, Edith Rinkel zu helfen, nicht von Erfolg gekrönt war, sondern dazu beiträgt, dass sie jetzt endgültig in Verruf geraten wird. Die arme Edith.

Er leert seine Cola, steht auf, zögert, lässt die Zeitung aber auf dem Tisch liegen. Für einen kurzen Moment spielt er sogar mit dem Gedanken, zu allen Gestellen zu gehen und alle Nummern der Zeitung einzusammeln und zu vernichten, sodass nur möglichst wenige den Artikel über Edith lesen können. Er kommt jedoch zu dem Schluss, dass es das Beste wäre, überhaupt nichts mehr zu unternehmen. Es würde ja doch nichts helfen, von den Seiten der Unizeitschrift wird sich die Sache im ganzen Land verbreiten.

Ja, Aleksander hat recht: Schon jetzt, während er am Ausgang der Mensa steht, sitzen Journalisten der überregionalen Zeitungen am Werk und schreiben Artikel über Forschungsdiebstahl an der Uni Oslo, über sexuelle Belästigung von Studierenden, über den Tauschhandel von Sex gegen gute Noten.

Und er kann nichts machen. Aber weil Aleksander ein guter Mensch ist, weil er Edith liebt (und weil er noch immer hofft, dass sie ihn zurückholen wird), schickt er ihr eine SMS, eine um Entschuldigung bittende, demütige und liebevolle SMS. Eine Antwort bekommt er jedoch nie.

Er ist rastlos, er ist unruhig. Er schämt sich dessen, was er angerichtet hat, mit seinen naiv gut gemeinten Mitteilungen. Er wünscht Edith Rinkel nur das Beste. Er will sie wiederhaben. Aber das wird nicht eintreten.

Er schleicht davon, er überquert den Platz, holt tief Luft

in seine durch und durch gesunde hellrote Lunge und lässt aus seinem hübschen jungen Mund einen Seufzer strömen. Und so trottet, mit gesenktem Kopf und einem Seufzen auf den Lippen, Aleksander Pleyn stud. phil. aus der Geschichte von Edith Rinkel, aus der Geschichte des rothaarigen Linguisten, aus der Geschichte des Instituts für Futuristische Linguistik. Aber etwas Wertvolles hat Aleksander aus dieser Geschichte für sein eigenes Leben ziehen können. Abgesehen davon, dass er für immer die Erinnerung an Ediths vollen, warmen Körper behüten wird, hat Aleksander Pleyn durch seine kurze Bekanntschaft mit ihr die wahre Freude an der Wissenschaft entdeckt. Und das ist keine unwichtige Entdeckung für einen jungen Mann, dem es bisher an Orientierung gefehlt hat.

Endlich geht Edith Rinkel auf den Vorschlag der Institutsleitung ein und lässt sich krankschreiben. Noch ehe der Monat zu Ende ist, hat sie ihren Posten an der Universität Oslo gekündigt, und an dem Tag, an dem sie ihren Kündigungsbrief unterzeichnet, tritt sie mit sofortiger Wirkung von ihrem Posten als Abteilungsleiterin und Professorin am Institut für Futuristische Linguistik zurück.

Die Gerüchte auf den Gängen des Instituts brodeln mehr denn je. Angeblich ist ihr eine Stelle als Abteilungsleiterin für Rurale Linguistik an der Hochschule von Telemark angeboten worden. Nicht immer, aber doch oft genug stimmen Gerüchte mit der Wahrheit überein, und das ist auch diesmal der Fall.

Die Wohnung im Geitmyrsvei wird an ein junges Paar vermietet, Ediths Schuhregale füllen sich mit DVDs und CDs. Ediths Schuhe, alle Bücher und die meisten ihrer Möbel werden in einem langen grauen, schmutzigen Möbelwagen der Firma Majorstua Transportbyrå nach Telemark geschafft. Edith Rinkel selbst fährt mit dem Zug und richtet sich, so gut sie kann, in einem nicht weit vom Zentrum des Ortes Bø gelegenen braun gebeizten Reihenhaus ein. Das Reihenhaus ist um etliche Quadratmeter größer als ihre Wohnung in Oslo, und es fehlt sichtlich an Inventar und Möbeln, die Sache wird nicht besser davon, dass viele Kartons ungeöffnet an den Wänden stehen. Aber Edith Rinkel bekommt ja nur selten Besuch. An der Hochschule in Telemark ist sie nicht beliebter, als sie es in Blindern war.

An den Tischen in den Aufenthaltsräumen und Kantinen der Humanistischen Fakultät der Universität Oslo distanziert man sich von Edith Rinkel, energisch und kompromisslos. Alle übertreffen einander in lautstarken Beteuerungen vor Kollegen und Tischgenossen, dass sie die ganze Zeit gewusst hätten, dass Edith Rinkel niemals den Titel Professorin oder die Stelle als Abteilungsleiterin verdient habe.

Pål unternimmt einige zaghafte Versuche, sie zu verteidigen, aber das fällt ihm ziemlich schwer. Er kann nicht verraten, dass er es war, der ihr auf die Schliche gekommen ist, und er findet auch keine mildernden Umstände für sie. Also sagt Pål so wenig wie möglich.

Nanna sagt gar nichts dazu. Das verstehen alle, und aufgrund des hässlichen akademischen Diebstahlversuchs, dem sie ausgesetzt war, ist sie Objekt von tiefem Mitgefühl und großer Sympathie.

Gunnar Vik verweigert ebenfalls die Teilnahme. Er beugt seinen ohnehin schon krummen Rücken über den Esstisch, hat nur taube Ohren für das viele Rinkel-Gerede und versucht, andere Gesprächsthemen aufs Tapet zu bringen. Zum einen liegt es Gunnar Vik nicht, schlecht über seine Mitmenschen zu denken, und noch weniger, unfein über sie zu sprechen. Wie Edith Rinkel gehört er zu denen, die nur selten neidisch sind, er ist zufrieden mit seiner Familie und seinem Fach, und Rinkels Betrugsversuch bringt ihn keineswegs dazu, ihre fachliche Virtuosität weniger zu bewundern und zu respektieren. Zum anderen bringt er Edith Rinkel eine seltsame Zuneigung entgegen, eine Zuneigung und Güte, die einem Ereignis zu verdanken ist, das vor drei Jahren in Kopenhagen stattfand.

Obwohl Gunnar Vik ein Mann mit größtem Respekt vor fachlichen Leistungen ist, findet er Gründe, sich an die schwachen Punkte der Wissenschaft zu erinnern. Als Bildschirmschoner hat er sich ein Gedicht von Olav H. Hauge ausgesucht. Wann immer Gunnar Vik seine Finger länger als zwei Minuten von der Tastatur entfernt, erscheint folgender Text. Er weiß selbst nicht, warum, aber das Gedicht erinnert ihn immer an Edith Rinkel und an die Episode in Kopenhagen:

Jahraus jahrein hast du
dich über die Bücher gebeugt
gesammelt hast du
mehr Wissen, als du brauchst
für neun Leben.
Im Grunde braucht man so wenig
und das Wenige hat das Herz immer gewusst.
In Ägypten hatte der Gott der Gelehrtheit
einen Affenkopf.

Fast drei Jahre zuvor war Gunnar Vik aufgefordert worden, den traditionellen Freitagsvortrag an der Universität von Kopenhagen zu halten. Zufällig hatte er festgestellt, dass Edith Rinkel dort zur Ehrendoktorin ernannt worden war und dass die dazugehörige Feier am Abend desselben Tages stattfinden würde.

Er beschloss, dieser Zeremonie beizuwohnen; wie die meisten Norweger neigt Gunnar Vik dazu, im Ausland patriotisch zu werden, auch in Fällen, wo das Ausland nur ein Nachbarland ist, und er empfand also einen gewissen Stolz darauf, Norweger zu sein und an derselben Universität zu arbeiten wie eine der unbestrittenen Hauptpersonen dieses Tages. Gunnar Vik hatte, wie bereits mehrfach erwähnt,

Edith Rinkels fachliche Leistungen immer bewundert. Außerdem muss zugegeben werden, dass sich Gunnar Vik, wie viele seiner Kollegen, von ihr angezogen fühlte. Er hatte ihre Hüften bewundert, wenn er hinter ihr den Gang entlanggelaufen war, ihre wogenden Brüste, wenn sie Argumente vorbrachte. Er hatte sie aus schicklichem Abstand bewundert (er war doch verheiratet), aber seine Bewunderung war groß gewesen.

Er staunte darüber, dass er nichts von Edith Rinkels Ehrendoktorwürde gehört hatte, beschloss aber, das Edith Rinkels Bescheidenheit zuzuschreiben. (Die Wahrheit war, dass die Institutsleitung die Ernennung per Mail bekannt gegeben hatte, aber Gunnar Vik hatte diese Mail gelöscht, ehe er sie zu Ende gelesen hatte.)

Jetzt saß er in einem Saal in einem niedrigen Backsteingebäude der Universität Kopenhagen und betrachtete das fremdartige und pompöse Schauspiel. Drei Personen sollten ernannt werden, zwei Männer und Edith Rinkel, ein profilierter dänischer Autor, ein italienischer Genforscher und eine Linguistikprofessorin aus Norwegen. Die beiden Wissenschaftler hatten, laut den Statuten, die für die Anwesenden verlesen wurden, einen hervorragenden wissenschaftlichen Einsatz bewiesen, während der Autor im Bereich von Kunst und Kultur ganz besonders bedeutende Arbeit geleistet hatte.

Beide Vertreter der Kopenhagener Universität und die drei, die nun zu Doctores honoris causa ernannt werden sollten, trugen lange schwarze Talare mit farbenfrohen Kragen. Der Rektor sprach zuerst – auf Dänisch, wenn auch gewürzt mit großen Worten und noch größeren Gebärden. Danach sprachen die Dekane der beiden zuständigen Fakultäten, und sie sprachen auf Latein, und beide endeten, wie es sich gehört, damit, dass sie den drei Doctores nun viel

Glück wünschten: *Quod bonum felix faustum fortunatumque eveniat.*

Am Ende hielten die drei Doctores ihre Dankesreden. Die des Genforschers war monoton und einschläfernd, der Autor war so nervös, dass man ihn nur mit Mühe verstehen konnte. Edith Rinkels Rede war großartig, und sie stand hoch erhobenen Hauptes auf der Rednerbühne, scheinbar ungerührt. Gunnar Vik hatte allen Grund, auf seine Landsmännin stolz zu sein, sie hatte Norwegen und der Universität Oslo wirklich keine Schande gemacht, oh nein.

Zum Abschluss bekamen die drei Ehrendoktoren ihre Diplome, riesige Bögen aus steifem, cremeweißem Papier mit roten Lacksiegeln. Als der Rektor Edith Rinkel ihr Diplom überreichte, geschah das, was Gunnar Vik niemals vergessen kann – die souveräne Professorin, die schöne Doctrix honoris causa, die zur Feier des Tages in ehrwürdigen akademischen Samt gewandet war, sie *knickste.* Sie nahm ihr Diplom entgegen und knickste wie ein verlegenes Schulmädchen.

Nanna hat geschäftige Tage. Der Bericht, also die Version von REV21, die zunächst veröffentlicht werden soll, ist zwar fertig geschrieben. Das hat Pål erledigt. Er hat sich Rinkels Arbeit genauer angesehen und hat, ohne einen Hauch von schlechtem Gewissen (das wäre ja noch schöner gewesen!), Rinkels Ergänzungen in den Bericht eingefügt. Rinkel hatte nämlich mehrere spannende Perspektiven entwickelt, an die Pål und Nanna nicht gedacht hatten. Aber Nanna hat noch immer viel zu tun, denn sie ist ja für die Präsentation verantwortlich. Pål sieht sie nicht oft, und sie fehlt ihm, aber immer, wenn sie eng umschlungen auf dem melonenroten Sofa liegen (Nanna will keinen Sex in Påls Doppelbett, das würde so *geplant* wirken, sagt sie), weiß er, dass es das wert ist. Er küsst ihre Augenlider, beißt ihr in die Nase. Sie öffnet die Augen und schaut in sein Gesicht, und er blickt ihr in die großen runden Augen und sieht darin die Zukunft, hell und leuchtend.

Der Tag der Präsentation des Projekts rückt näher. Pål arbeitet in seinem Büro und schiebt die REV21-Unterlagen unter die großen Excel-Bögen, wenn jemand anklopft. Aber eigentlich ist er mit seinem Teil der Arbeit fertig, jetzt arbeitet Nanna wie eine Besessene. Sie will natürlich unbedingt, dass alles gut läuft. »Stell dir vor, Edith Rinkel taucht auf und macht eine Szene«, sagt Pål, er kann sich diese Bemerkung nicht verkneifen. »Ja, das wär doch mal was«, lacht Nanna, aber Pål kann sehen, dass diese Vorstellung ihr

Angst macht. Nanna hat schreckliche Angst davor, dass etwas schiefgehen könnte, Pål bereitet es geradezu Schmerzen, das mit anzusehen. »Aber was soll denn schiefgehen?«, fragt Pål. Diese Frage kann Nanna nicht so ganz beantworten, aber sie könnte vergessen, was sie sagen will (»Ach, Pål, kannst du die Präsentation nicht für mich übernehmen?«), sie könnte auf dem Weg zum Rednerpodium ausrutschen und sich ein Bein brechen, Nanna Klev fürchtet sich. Nanna Klev graust sich, und Pål Bentzen tröstet sie, und diese Rolle gefällt ihm. Aber ab und zu hat auch er Angst. Er weiß, wie viel dieser Tag für Nanna bedeutet. Und natürlich auch für ihn selbst.

Nanna hat zusammen mit der Institutsleitung ein ehrgeiziges Programm aufgestellt, unter anderem soll es ein Seminar, eine Pressekonferenz und danach ein festliches Essen geben. Das fachbezogene Programm soll im Alten Festsaal in der Stadt stattfinden, das Essen im noblen Hotel Continental. Hier soll an nichts gespart werden, Nanna hat es geschafft, Paulsen und die Büroleiterin von der Bedeutung des Projekts zu überzeugen.

Freigebigkeit ist ansonsten keine hervorstechende Eigenschaft von Paulsen und der übrigen Leitung, aber die Aussichten, dass das Institut für Futuristische Linguistik ins akademische Rampenlicht gerückt wird, war eine zu große Versuchung.

Pål hat jetzt wieder mehr Zeit für Morten, und sie nehmen ihre Donnerstagabende wieder auf, mit Squash und Bier. Pål möchte Morten Nanna so gerne vorstellen. Er hat diesen Wunsch ihr gegenüber schon mehrmals erwähnt, aber sie reagiert zurückhaltend. »Wollen wir damit nicht warten, ehe wir noch andere hinzuziehen?«, fragt sie, sie möchte bis nach der Präsentation warten, bis Kristian ausgezogen ist. »Aber wann wird dieser Mann verflixt noch mal endlich ausziehen?«, hat Pål eines Abends gefragt. Er war leicht angetrunken und hörte sich ungeduldiger an als geplant. Nannas Augen wurden noch größer, aber sie sagte nichts.

Am darauffolgenden Donnerstag kommt Nanna in die Kneipe, die Pål und Morten immer frequentieren, damit Morten sie endlich kennenlernen kann. Morten nickt beifällig, hebt vielsagend die Augenbrauen, und als er mit Pål allein ist, sagt er genau das Richtige über sie. Pål ist froh und erleichtert. Morten ist Påls Freundinnen gegenüber oft sehr kritisch gewesen. Aber kaum einer kann Nannas Ausstrahlung widerstehen. Alle mögen Nanna, und Pål liebt sie mehr denn je. Er hört gerührt zu, wie Nanna sich nach Mortens Sohn erkundigt, und Morten erzählt über Sondre, Details über Essgewohnheiten und Schlafmuster, die er Pål nie anvertraut hat. Morten sieht Nanna an und versucht zu erklären, wie grenzenlos die Liebe zu den eigenen Kindern ist. Pål hört zu, denkt für einen kurzen Moment an seinen verschollenen Vater, steht auf und holt mehr Bier.

Auf einem der Nachbartische liegt ein Stapel ausländischer Zeitschriften. In einer steht ein Artikel über einen erfolgreichen belgischen Architekten, einen rothaarigen belgischen Architekten namens Felix Wandelaar. Der Artikel ist mit mehreren Fotos versehen. Morten, Nanna und Pål wäre Felix Wandelaars auffällige Ähnlichkeit mit Pål Bentzen sofort aufgefallen, aber sie werden diese Zeitschrift niemals aufschlagen.

Er ist ausgezogen«, sagt Nanna eines Tages. Sie sind einander zufällig vor der Mensa im vierten Stock begegnet, Pål kommt gerade heraus, Nanna geht gerade hinein. Sie bleiben stehen und sehen einander an. Pål hat noch nichts gesagt. Es ist ein bewölkter Tag Mitte März, aber als er morgens zur Arbeit gegangen ist, lag ein warmer Hauch in der Luft.

Die Pflanzen schlafen noch tief unten im Boden, die Natur ist weiß und gefroren, Examen und Zensuren liegen in ferner Zukunft. Aber an den Bäumen schwellen jetzt die Knospen an, zähflüssiger Saft fließt schon durch ihre Adern, und tief unten im gefrorenen Boden bewegen die Gräser ihre steifen Glieder. Denn der Frühling ist im Anmarsch, alle wissen, dass er kommen wird – früher oder später. In den Studenten staut sich nun die erste Examensangst an, vorläufig gibt sie sich aber nur durch kurze und seltene Stiche in der Bauchregion zu erkennen, vorläufig liegt sie gut verpackt hinter dicken Wollpullovern, Schals und windundurchlässigen Jacken, aber sie ist da, denn alle wissen, dass die Examenszeit kommt, früher oder später kommt sie. Und sie rückt näher. Wenn die Kleiderschichten nach und nach verschwinden, wird die Angst wachsen, und Anfang Mai, wenn sich durchsichtige Blättlein an den Bäumen entfalten, wenn die Grashalme sich wie weiche Stacheln aufrichten, wird die Angst groß geworden, bei einigen zur Panik geworden sein, bei anderen zu falscher

Gleichgültigkeit, bei einigen wenigen aber zu einer stahlharten Zielstrebigkeit.

»Kristian mit K ist ausgezogen«, wiederholt Pål endlich, mit seltsam betäubten Stimmbändern. Er ist eher bewegt als froh, vor allem aber erleichtert, weil die Wartezeit ein Ende hat, weil dieser Kristian aus ihrem Leben verschwunden ist. Aber in ihm ist es still, und die Freude lässt auf sich warten.

»Ja«, bestätigt Nanna. »Ja, das ist er.«

»Wollen wir bei mir zu Hause zu Mittag essen?«, schlägt Pål vor.

»Du hast doch schon gegessen.«

»Das macht nichts. Ich kann noch mehr essen.«

»Was hast du denn anzubieten?«

»Ein vertrocknetes Brot, Leberwurst mit hart gewordenen Kanten, einen schimmeligen Gouda«, antwortet er und spürt endlich, wie die Freude ihn überwältigt.

»Das klingt wunderbar. Gehen wir?«

Auf der Rolltreppe nach unten kommt Pål sich vor wie eine Flasche Limonade, die kräftig geschüttelt worden ist, er summt, ballt die Fäuste und öffnet sie wieder, ohne einen erkennbaren Sinn, und er muss sich einfach bücken und Nanna küssen, die auf der Stufe unter ihm steht, mitten auf ihren Kopf platziert er einen schallenden Schmatz.

»Hör auf«, sagt sie, »uns könnte doch jemand sehen.«

»Das macht jetzt ja wohl nichts mehr«, widerspricht Pål und sieht glücklich die elektronische Zitatwand an, an der sie vorbeifahren, gleich neben ihm steht ein Zitat aus einem Artikel von Gunnar Vik, drei Sätze in tiefem Rot über komparative Syntax, und etwa zehn Zentimeter über Nannas Kopf, in scharfem Rosa, schwebt der Titel einer Masterarbeit, die eine so aufsehenerregend schlechte Note bekommen hatte, dass Pål sich daran erinnert: *Wie werden Kinder im Jahre 2108 Substantive konjugieren? Eine futuristisch-morphologische Studie.*

Nanna dreht sich um. Pål beugt sich zu ihr hinunter und beißt ihr ins Ohr. »Au«, sagt sie und schlägt kokett nach ihm. Dann schaut sie zu ihm auf, und vor dem Hintergrund eines meergrünen Zitats von ihr selbst sagt sie mit ernster Stimme, dass sie über diese Angelegenheit noch sprechen müssten. Es dauert einige Sekunden, bis Pål begreift, was sie unter »dieser Angelegenheit« versteht, aber dann keimt in ihm die Vermutung auf, dass sie ihre Beziehung vielleicht auch weiterhin geheim halten will. Sofort ist sein Schwung verebbt, er kommt sich vor wie ein schaler Colarest am Boden eines Glases.

Auf dem Weg in das grün gestrichene Zweiparteienhaus im Niels-Henrik-Abels-Vei sind sie beide stumm, und Pål wird unterwegs richtig sauer. Jetzt lechzt er seit Monaten danach, aller Welt seine Liebste zeigen zu dürfen. Er hatte sich mit dem Warten abgefunden, er hatte die Rolle des Schoßhundes gespielt, den sie hervorholt und ein wenig streichelt, wenn es ihr gerade passt – im Verborgenen! In stummer Verbitterung knallt er mit dem Briefkastendeckel, schließt die Tür auf und lässt sie eintreten.

»Ich kann gut verstehen, dass du sauer bist«, sagt Nanna, hängt ihre Jacke auf (neu, ein helles Türkis, das hervorragend zu ihren Haaren passt) und geht ins Wohnzimmer, wo sie sich mitten auf das Sofa setzt. »Ich weiß, dass ich kindisch bin«, fängt sie an. »Das, worum ich dich bitten möchte, ist wirklich kindisch.« Pål lehnt am Türrahmen, er sieht sie an. »Es gibt keinen Kristian mehr«, sagt sie, »aber trotzdem: Lass uns bis zur Präsentation warten!« Sie sieht ihn flehend an, klimpert übertrieben mit den Wimpern und sieht aus wie eine Käthe-Kruse-Puppe, mit ihren hellen Haaren und den großen Augen. Pål gibt keine Antwort, er lässt sie reden. Das ist jetzt ihre Angelegenheit! Er kann zuhören, das wird sein Beitrag sein. Teufelsfrau!

»Ich war immer schon so«, erklärt Nanna. »Ich bin eine Sparerin. Ich habe das Leckerste immer erst am Ende gegessen, ich habe zuerst Kartoffeln und Erbsen gegessen und mir das Kotelett aufbewahrt, um es richtig genießen zu können. Die Samstagssüßigkeiten habe ich tagelang aufbewahrt. Meine Mutter hat mich *Nanna, das Sparschwein* genannt.«

Als Kind und als Erwachsener hat Pål immer das Beste zuerst verschlungen und nie verstanden, wozu es gut sein soll, sich vielleicht an etwas satt zu essen, worauf man gar keine Lust hat, aber er sagt nichts, er steht nur mit verschränkten Armen in der Türöffnung.

»Ich habe nie zu früh die Türchen im Adventskalender aufgemacht«, sagt Nanna jetzt. »Nie. Ich habe gewartet und gespart.« Påls Mundwinkel zucken ein wenig, er hat als Kind aus irgendeinem Grund immer Adventskalender von schlechter Qualität bekommen, vor allem die Türchen waren unmöglich, immer hatten sie eine seltsame Tendenz dazu, von selbst aufzugehen, schon Anfang Dezember.

»Ich habe einen kindischen Traum, Pål.« Pål sagt noch immer nichts, aber eine aufmerksame Zuschauerin (und Nanna ist bestimmt eine solche) wird bemerkt haben, dass er die Arme jetzt geöffnet hat und mit den Händen in der Hosentasche dasteht. »Bei der Präsentation will ich, dass wir von unserer Arbeit erzählen, die wir gemeinsam in REV21 gesteckt haben, und wenn alle uns ansehen, dann, Pål, dann werden wir einander an den Händen halten und ihnen zu verstehen geben, dass wir ein Paar sind. Und wenn sie es nicht verstehen, dann werden wir es laut rufen. Bitte!« Sie legt den Kopf schräg, und ihre Augenlider bewegen sich in hohem Tempo auf und nieder. »Komm her!«

Pål geht zu ihr. »Sag ja, Pål.« »Na gut, Nanna, wenn es für dich so wichtig ist«, antwortet Pål. »Natürlich können wir warten, Nanna. Es dauert ja nicht mehr lange.«

»Deklinier *fjorðr* für mich«, bittet Nanna. Sie lässt sich auf dem melonenroten Sofa zurücksinken und ist attraktiver denn je, und plötzlich fällt ihm ein, dass ihre Brustwarzen dieselbe Farbe haben wie Erdbeerbonbons und dass sie an der Leiste ein winzig kleines Muttermal hat. Mit seiner tiefen schönen Stimme beugt Pål langsam das Substantiv »Fjord« auf Altnordisch, in vier Fällen sowie Singular und Plural – *fjorðr, fjorð, fjarðar, firði, firðir, fjorðu, fjarða, fjorðum* –, und auf dem Teppichboden landen sehr schnell hintereinander allerlei Kleidungsstücke. Als er bei *fjarðar* angekommen ist, dem Genitiv Singular, trägt sie nur noch Unterwäsche, und als er in ihre Haare den Dativ Plural *fjorðum* flüstert, sind sie beide ganz nackt. Er beißt ihr ins Ohr, diesmal ein wenig härter als auf der Rolltreppe. »Mein kleines dummes Sparschwein«, sagt er (und murmelt einige Wörter, die zu albern und zu schweinisch sind, um hier wiedergegeben werden zu können, über den Schlitz, den alle Sparschweine irgendwo in ihrem hellrosafarbenen Sparschweinkörper haben).

Sie sitzen im Alten Festsaal im ursprünglichen Universitätsgebäude unten in der Stadt, es ist Ende April, ein triefender, flüssiger Aprilmontag. Die Welt versinkt in staubgrauen, schmutzig weißen und braunen Nuancen. Oben auf dem Campus liegt noch ziemlich viel Schnee, dort unten im Zentrum gibt es nur noch einige verdreckte, aufgeweichte Schneehaufen in den schattigsten Ecken. Der Sand, mit dem im Winter gestreut worden ist, liegt in matschigen Haufen auf den Bürgersteigen und in den Straßen. Die Frühlingssonne spendet Leben, aber sie ist auch unbarmherzig. Hundehaufen, aufgeweichtes Papier und Eisstöckchen aus dem Vorjahr, die den langen Winter hindurch unter dem Schnee verborgen waren, werden jetzt schonungslos enthüllt. Alles kommt ans Licht, und die Wärme hat so plötzlich eingesetzt, dass die Straßenkehrer noch nicht einmal ihre Kehrfahrzeuge instand gesetzt haben. In den Blumenbeeten vor dem Nationaltheater und im Schlosspark sind die ersten Krokusse aufgetaucht, eigensinnige kleine Explosionen aus wütendem Lila und intensivem Gelb.

Die tief stehende Frühlingssonne fließt zwischen den Säulen des Domus Academica hindurch, wie sie es um diese Jahreszeit immer gemacht hat, seit das Gebäude im Jahre 1854 vollendet wurde, sie scheint durch die hohen Fenster hinein in den Alten Festsaal, auf schöne Wandgemälde, sie lässt gelbe Wände und roten Samt erglühen.

An diesem warmen Tag im April ist es genau elf Monate her, dass Edith Rinkel eine Hummel fing und sie vorsichtig vor ihrem Bürofenster in Freiheit setzte. Das weiß Pål natürlich nicht, aber er weiß (obwohl er normalerweise kein Mann ist, der so leicht Episoden und Daten miteinander in Verbindung bringt), dass es auf den Tag genau sieben Monate her ist, dass Nanna und er einander in der großen Glastür des Instituts für Futuristische Linguistik begegnet sind. Genau sieben Monate sind vergangen seit dem magischen Augenblick, als sie einander zum ersten Mal ansahen, während die automatische Tür offen stand und zitterte. Pål ärgert sich, dass es sieben Monate her ist und keine neun. In dieser Hinsicht steht er offenbar unter dem Einfluss seiner Mutter, der unbestrittenen Kioskkönigin mit Sinn für deutliche Symbolik.

Eine neun Monate alte Beziehung hätte eine lebhafte, reizvolle Symbolik, findet Pål. Aber er gibt sofort zu, dass das eine billige Pointe wäre, aber andererseits haben er und Nanna ja ein gemeinsames Kind, zusammen haben sie REV21 geschaffen. Vorläufig haben sie nur dieses eine Kind, aber es ist ja immerhin ein Kind, das sich gut macht, das Objekt ungewöhnlich großer Aufmerksamkeit ist und dessen Geburt heute gefeiert wird. Er ist unendlich stolz auf Mutter und Kind, und er ist zufrieden mit seiner eigenen Leistung. Und irgendwo in der Nähe ist Nanna, sie hält sich im selben Gebäude auf wie er, und bald wird er sie sehen, bald wird sie allen diesen Menschen von ihrem gemeinsamen Kind erzählen.

Pål sitzt in der ersten Reihe, er ist an diesem Morgen um sechs Uhr aufgewacht, mit Erwartung und kribbeliger Unruhe im Bauch, einem Gefühl, das er von früher kennt, wenn er als Junge an Geburtstagen und am Nationalfeiertag zu früh wach wurde. Auch hier im Saal herrscht eine gespannte, unruhige Stimmung, eine kollektive Spannung, als sei das Publikum ein einziger großer Organismus, der hörbar atmet und ungeduldig wartet, ein großes Tier, das seine zahllosen Füße bewegt, das aufgekratzt mit den Hacken über den Boden scharrt, das immer wieder hustet und sich räuspert, aus einem Mund hier, einem Mund dort. Dann wird das Tier ganz still.

Der Dekan kommt durch eine Seitentür und schreitet, würdevoll und im Talar, auf die hohe weiße Rednertribüne zu. Als er dort angekommen ist, legt er die Hände darauf, mustert feierlich das Publikum, das jetzt bewegungslos dasitzt und den Atem anhält, dann heißt er alle willkommen. *»Welcome«*, sagt er, *»welcome to this day of joy, and I dare say of glory, for Norwegian research within the field of humanities.«*

Als der Dekan fertig ist, kommt Paulsen, er ist als Leiter des Instituts angekündigt worden, das diese fabelhafte Forscherin hervorgebracht hat, PhD Nanna Klev, die Urheberin des Projekts.

Institutsleiter Fred Paulsen trägt einen neuen dunklen Anzug, und einige Sekunden lang sieht er total verloren aus, aber dann räuspert er sich, sagt einige Willkommenssätze in hervorragendem Englisch, mit vielen nervösen Pausen, und trägt zum Schluss ein ziemlich belangloses Gedicht von Greverud vor (übrigens wunderbar übersetzt von einer blonden Stipendiatin des Instituts für Britische und Amerikanische Studien).

Dann ist Nanna an der Reihe. Plötzlich ist sie da, sie muss lautlos hereingeschwebt sein. Sie trägt ein elfenbeinweißes, sehr gut sitzendes Kostüm. (»Das ist doch viel zu teuer, Pål«, hat sie am Vortag zu ihm gesagt, aber mit zufriedener Stimme, denn: »Ich muss doch ordentlich aussehen. Ach, Pål, ich habe solche Angst!«)

Sie wirkt schmal und weiß vor den roten Samtvorhängen, die vor das Wandbild hinter der Rednertribüne gezogen worden sind. In Påls Bauch vermischen sich die Gefühle: Mitgefühl, Spannung, Zusammengehörigkeit und Liebe. Sie sieht so klein, verletzlich und zart aus unter dem riesigen Leuchter, der den Alten Festsaal ziert, und zwischen zwei so riesigen Blumenarrangements, dass Pål Paulsen unterstellt, das Blumenbudget für den Rest der Rechnungsperiode überzogen zu haben, sodass die Stipendiaten des Instituts, die später in diesem Jahr disputieren werden, das vermutlich ohne irgendeinen Blumenschmuck schaffen müssen. Die Blumen schicken einen betäubend süßen, fast Übelkeit erregenden Geruch in Påls Nasenlöcher. Der Leuchter hängt über ihr wie eine gewaltige Traubendolde, mit strotzenden, zum Bersten bereiten Früchten. Er ist ihretwegen schrecklich nervös. Jetzt darf einfach nichts schiefgehen.

Påls Unruhe verfliegt, als sie anfängt zu reden. Ihre Stimme ist klar und sicher, sie schaut furchtlos in alle Augen des Publikumstiers, das sich seinerseits sofort in sie verliebt, sie an die Brust drückt, alle Münder aufreißt und vor Bewunderung und Zuneigung seufzt. Diese Wirkung hat Nanna eben auf Menschen.

Nanna erzählt von REV21, wie ihr vor einigen Jahren die Idee gekommen sei, wie sie an späten Abenden und in einsamen Nachtstunden an ihrem Stoff gearbeitet habe, bis das Projekt vor einigen Monaten endlich vollendet war. Pål nimmt beifälliges Summen aus der Runde wahr, er dreht sich um und sieht die anderen nicken und lächeln – die Institutskollegen, die Angestellten anderer Sprachinstitute, den Neurolinguisten von der Universität Stockholm (er und Pål sind einander am Vortag kurz vorgestellt worden), die Fakultätsleitung, der Rektor, die Presseleute, die Vertreter der Computerfirmen.

Pål sucht und findet den Bildungsminister, und dort, zwischen Rektor und Minister, sieht er Jack Mills' kalifornienbraune Stirn. In der Hand hält Mills eine englische Zusammenfassung von Nannas Vortrag, denn ausgerechnet dieser Programmteil wird auf Norwegisch abgehalten. Es ist eine gründliche Zusammenfassung, das weiß Pål, er hat sie schließlich geschrieben.

Danach beginnt Nanna mit der Vorstellung des Projekts, sie gibt die Hauptkonklusion wieder, verweist auf die Empirie, die ihre Theorie stützt, sie demonstriert, auf wie viele Weisen die Formel sich nutzen lässt und wie leicht in Folge ein revolutionäres Übersetzungsprogramm entwickelt werden kann. Pål ist bis zum Platzen stolz auf die Frau mit dem blonden Haarkranz und auf das Projekt, bei dem es sich zweifellos um das wichtigste linguistische Projekt handelt, das norwegische Forscher jemals entwickelt haben und für das ihm ein rechtmäßiger Teil der Ehre zukommt. REV21, ihr Kind.

Er kennt die Rede schon sehr gut, er hat ihr beim Schreiben geholfen, hat ihr geholfen, die Formulierungen auszufeilen und den Vortrag zu üben, die Wörter gleiten an ihm vorbei wie alte Bekannte, er begrüßt sie kurz, nickt, weil er sie erkennt, ohne ihnen eigentlich zuzuhören. Und jetzt denkt er wieder an Kinder, an Nannas und sein Kind, ihr noch ungeborenes, ja ungezeugtes Kind. Ein kleines Mädchen mit steifen Zöpfchen.

Nanna hat jetzt den Punkt erreicht, bei dem es um die Erhaltung von sprachkulturellen Eigenheiten im Übersetzungsprogramm geht. Um ihn herum wird genickt, und einige – vermutlich Presseleute – machen sich Notizen. Pål muss, warum, weiß er selbst nicht, an Rinkel denken, und er spürt einen Stich im Bauch. Wenn sie jetzt hier auftauchte, wild und mit geschwollenem Gesicht, voller absurder Anklagen! Aber sofort weiß er, dass das nicht passieren wird, Rinkel wird heute nicht hierherkommen.

Ein Bild von ihr steigt in seinem schlechten Gewissen hoch: bleich, grau, frühzeitig gealtert, allein in einem Haus, verbannt nach Bø in Telemark. Aber warum sollte er ein schlechtes Gewissen haben? Das kann er einfach nicht verstehen. Er hat doch nur getan, was er tun musste. Und Rinkel ist das alles nur recht geschehen. Auch wenn er sein Gehirn durchsucht, findet er keinen Grund, warum er jetzt ein schlechtes Gewissen haben sollte. Eigentlich ist die Sache für Rinkel doch noch sehr gut ausgegangen, versichert er sich selbst. Sie sitzt sicher frohgemut, mit glänzenden Haaren und schöner denn je, hinter einem Schreibtisch im Herzen von Telemark und erteilt Befehle, sackt ihr hohes Gehalt ein, amüsiert sich mit ihren jungen Liebhabern und lacht über ihn, »Pål Bentzen, Nannas Ritter!« Diese Überlegungen beruhigen ihn, für kurze Zeit konzentriert er sich darauf, was Nanna sagt, aber als er erneut die vertrauten Formulierungen von der Rednerbühne hört und genau weiß, an welcher Stelle im Manuskript sie jetzt angekommen ist (unten auf der dritten Seite), laufen seine Gedanken wieder in eine andere Richtung, oder genauer gesagt, sie geraten ins Rotieren, schneller und schneller, um einen Punkt herum – um ihn selbst.

Pål macht die Knie gerade und streckt vorsichtig die Beine aus. Er bemerkt es nicht, aber es ist ein prachtvoller Boden, ein mit Intarsien versehener, blank gebohnerter Korkboden. Er hat allen Grund, stolz zu sein, er hat allen Grund, optimistisch in die Zukunft zu blicken. Sein Einsatz war zwar nur ein Bruchteil dessen, was sie geleistet hat, aber immerhin hat er das letzte entscheidende Puzzlestück gefunden. Ohne ihn hätte sie das alles nicht geschafft.

Nanna redet jetzt schon ziemlich lange, aber Pål weiß,

dass noch einige Abschnitte ausstehen, und sein Beitrag soll erst am Ende erwähnt werden, bei allen Danksagungen. So hat er es gewollt. Nanna hatte noch einmal vorgeschlagen, dass sie das Projekt gemeinsam präsentieren könnten, aber er hat abgelehnt. Er gönnt ihr diesen Triumph. Aber bald werden alle wissen, dass er, Pål Bentzen, den Fund gemacht hat, durch den sich alle Probleme lösen ließen. Er hat die Platzierung der Verbphrase entdeckt, an einem eiskalten Tag im Januar.

Und am Abend wird es ein Festmahl geben, Nanna wird links neben sich den Dekan sitzen haben, Jack Mills rechts von sich, Pål wird ihr gegenübersitzen, und sie werden vor aller Augen ein Paar sein.

Pål dreht sich lautlos auf seinem Stuhl um und schaut quer durch den Saal zu Jack Mills. Und seltsamerweise fragt Pål sich in diesem Moment, mit wem Rinkel in Bø zu Abend essen wird. In letzter Zeit ist nicht mehr so viel über Rinkel geredet worden. Die Leute sprechen jetzt über andere, in den letzten Wochen hat der Klatsch auf dem Gang sich nur um Nanna gedreht, um Nannas großartiges Projekt. Über Butterbroten und Papptellern mit Brötchen war von der Präsentation die Rede, kühne Phantasien gab es darüber, wer kommen würde, Gerüchte wollten wissen, dass selbst Chomsky die Einladung angenommen habe und dass Jack Mills *(the handsome Jack Mills)* vermutlich ebenfalls kommen werde.

Nanna unterbricht sich, schaut hinunter in den Saal, lächelt ein wenig. Ja, lächle du nur, Nanna, denkt Pål. Wenn sich hier jemand ein Lächeln leisten kann, dann ja wohl sie! Und er lächelt zurück, auch wenn Nannas Lächeln nicht für ihn bestimmt ist, sondern eher für das Publikum ganz allgemein, und das Publikum erwidert das Lächeln, ein Gesamtlächeln, eine kollektive Bewegung, bei der die Mundwinkel sich heben, die Zähne sich in freundlichem und lobendem Wohlwollen entblößen. Pål lächelt noch lange, nachdem die Mundwinkel der anderen sich wieder gesenkt haben. Um den Hals trägt Nanna die Perlenkette, die er ihr zu Weihnachten geschenkt hat, die Perlen leuchten zart auf ihrer Haut, und das kleine Buch aus Weißgold funkelt. Das bewegt ihn, und er spürt im Hals einen Kloß aus Liebe, aus Zärtlichkeit.

Nanna schaut wieder auf ihr Blatt und macht mit ihrem Vortrag weiter. Plötzlich stutzt Pål, erkennt nicht wieder, an welcher Stelle des Vortrags sie sich befindet. Nanna spricht plötzlich Englisch, und sie redet über Bienen, über die Sprache der Bienen, über ihren Tanz, durch den sie Entfernung und Position des Nektars angeben, sie sagt, der habe ihrem Projekt dann wirklich auf die Sprünge geholfen. Bienen? Bei REV21 war doch nie die Rede von Bienen!

»Als ich entdeckt habe, dass der Grundschritt des Bienentanzes identisch ist mit dem Muster in der Sprache von Aphasikern, in der Kindersprache und in den ersten Versuchen Fremdsprachiger mit einer Zweitsprache, war das ein wichtiger Durchbruch«, erzählt Nanna. *»And it was a fabulous day for me. A fabulous day!«*

Obwohl er jetzt das Gefühl hat, nicht mehr so recht zu wissen, was er hier eigentlich hört, registriert Pål, dass Nannas Intonation sich verändert, dass sie sich dem Ende nähert, und richtig, jetzt kommt die lange Reihe der Danksagungen. Noch hat sie nichts über die Runeninschrift gesagt.

Gestern Abend, zwischen melonenroten Sofakissen, hat Nanna gesagt, dass sie eigentlich nur Pål danken möchte – und vielleicht dem schwedischen Neurolinguisten.

»Außer euch hat doch niemand etwas beigetragen«, sagte sie, und ihre runden mädchenhaften Brüste wippten auf und ab, während sie gestikulierte, ihre Brustwarzen schauten lächelnd zu ihm hoch.

»Du musst dich aber bedanken«, erklärte Pål und lächelte höflich zurück.

»Das weiß ich«, sagte Nanna, und ihr Kopf und ihre Brüste nickten energisch. »Ich muss allen diesen Menschen danken, die es eigentlich gar nicht verdient haben.«

»Ja, vor allem denen, die es nicht verdient haben, musst du danken«, sagte Pål.

»Aber ich werde Paulsen auf keinen Fall umarmen, ich kann seine feuchte Haut an meinem Gesicht nicht ertragen. Bitte, erspar mir das«, bat Nanna.

»Bewilligt«, sagte Pål, und sie richtete sich auf dem Sofa auf, breitete die Arme aus, und gekleidet in ihre eigene weiche Nacktheit trug sie den letzten Teil der Rede vor: Sie dankte dem Schweden, sie dankte Pål, berichtete, dass aufgrund seiner Entdeckung der Durchbruch habe erzielt werden können. Dann wurde ihre Stimme ironisch dankbar, parodistisch bescheiden, und sie dankte Institutsleiter Paulsen, dem Dekan, dem Rektor und einer Menge anderer Leute, die natürlich nichts geleistet haben, was einen Dank verdient hätte, aber denen man vielleicht doch gedankt haben sollte, wenn man sich später um Mittel für andere Projekte, um eine feste Anstellung, um Beförderung oder um ein größeres Büro bewirbt.

»War das gut?«, fragte sie atemlos, als sie fertig war.

»Ja«, antwortete er. »Das war großartig.«

»Dann mache ich es morgen so.«

»Ja, genauso wie jetzt kannst du es morgen machen«, sagte Pål. »Du solltest aber ein wenig mehr Kleider anziehen und ein wenig besser verbergen, dass du eigentlich findest, dass sie keinen Dank verdient haben.«

Er hatte gelacht. Sie hatte gelacht, dann hatte sie sich auf den Rücken fallen lassen und die Beine ausgestreckt und erklärt, sie sei überhaupt nicht begabt darin, etwas zu verstecken, und gierig und glücklich hatte er sich in sie hineingestürzt.

Das war gestern. Der Tanz der Bienen. Warum redet sie darüber? Jetzt sagt sie etwas über den Runenstein, sie erzählt, dass sie schon in ihrem ersten Semester von Runenforschung fasziniert gewesen sei. Und sie vertraut dem Publikum an, dass sie die Fragmente, die vom Strandestein bereits entziffert seien, als Ausgangspunkt genommen habe. »Und da ergab alles ein klares Bild, es war der letzte Rest, der mir noch gefehlt hat«, sagt sie.

Der Leuchter strahlt auf sie herab, so durchdringend wie die Frühlingssonne draußen, und sie – die Bestrahlte – auf der goldweißen Rednertribüne, gewandet in Elfenbeinweiß, vor den blutroten Samtvorhängen, senkt den leuchtend gelben Kopf und verbeugt sich vor dem Publikum, und das Publikum, das vom ersten Moment an Nannas hingebungsvolle Gemeinde war, applaudiert. Alle applaudieren wie besessen.

Pål klatscht auch, er schlägt die Handflächen aneinander, dass es brennt. Es ist unmöglich, das nicht zu tun. Ihm wurde nicht gedankt, seine Leistung wurde mit keinem einzigen Wort erwähnt. Nanna hat den Namen Pål Bentzen nicht genannt. Er dreht sich um, warum protestiert hier niemand? Warum springen nicht alle auf, um seinen Namen zu rufen? Dann wird ihm klar, dass nur seine Mutter und Edith Rinkel wissen, dass er mit Nanna bei REV21 zusammengearbeitet hat. Seine eigene Mutter und eine verbannte Professorin. Bie… Bei…, summt es in Påls Kopf, während die Umsitzenden applaudieren, während seine eigenen Hände noch immer gegeneinanderknallen. Beisätze. Sie hatte behauptet, von Beisätzen zu reden, an jenem klirrend kalten Nachmittag, als er für sie das Rätsel gelöst hatte. Natürlich hatte das keinen Sinn ergeben. Nein, natürlich hatte sie dieses Wort gar nicht sagen wollen. Die Insektenbücher. Die Zeitschriften des Imkerverbands. Die Ehrenmitgliedschaft in der Norwegischen Entomologischen Gesellschaft. *Lingua lapsa verum dicit*.

Er erinnert sich daran, wie überzeugend Rinkel sich angehört hatte, als sie ihm erklärte, REV21 sei ihr Projekt, er erinnert sich an die Bitterkeit, oder vielleicht war es vor allem Selbstverachtung, als sie ihm erzählte, dass sie diesem Projekt – »infantilerweise«, hatte sie hinzugefügt – den Namen REV21 gegeben habe und dass REV für *rêve* stehe. *Rêverie*. »Es war mein Traumprojekt«, hatte Rinkel gesagt. Aber ihre Schuhe waren leuchtend orange und ihre Stimme so scharf wie ihre Schuhspitzen. »Bist du Nannas kastrierter Ritter?«, hatte sie ihn verspottet. Pål hatte sie verlassen, hatte die Tür ihrer Wohnung im Geitmyrsvei geschlossen und dann Nanna angerufen.

Er hatte sie angerufen, sie, die jetzt oben auf der Rednertribüne steht, den Kopf in kleidsamer Bescheidenheit gesenkt, und die den Applaus entgegennimmt. Jetzt ergibt sich ein klares Bild. Das er vorher nicht sehen wollte. Er hätte es schon vor langer Zeit begreifen können, so wie damals, als er die Geschichte des traurigen kleinen Hauses gehört hatte. Trotz ihres Hangs zum Happy End, zu Märchen und romantischen Erzählungen, wusste seine Mutter, dass nicht alle Geschichten aus der Wirklichkeit so enden, wie man glaubt und erwartet. Ab und zu wird man an der Nase herumgeführt, man bleibt unter einer Tanne liegen, man entdeckt, dass die geliebte Person nicht liebenswert ist.

Aber warum hatte Rinkel nicht energischer protestiert? Warum hatte sie nicht herausgeschrien, dass sie betrogen worden sei? Er kennt die Antwort. Es hätte nichts geholfen, und wenn Edith Rinkel es vom Dach des Verwaltungsgebäudes geschrien hätte. Niemand hätte ihr geglaubt. Denn Nanna hatte sich davon überzeugt, dass niemand von Rinkels Projekt wusste. Sie hatte es durch Zufall eines späten Abends gegen Ende ihres Aufenthalts in den USA entdeckt.

Nein, Edith Rinkel hätte sich heiser schreien können, es hätte nichts geholfen. Paulsen, die Büroleiterin und der stellvertretende Institutsleiter hätten sie gesehen und nachsichtig und mitfühlend den Kopf geschüttelt. Ihr alter Freund der Dekan hatte ihr die Stelle an der Hochschule in Telemark besorgt. Mehr hatte er nicht für sie tun können. »Hättest du wenigstens die Finger vom Lammfleisch gelassen«, hatte er gesagt und ihr verschwörerisch zugezwinkert, wie ein munterer Hurenbock, aber sein Augenlid war mitten in der Bewegung erstarrt, als er Ediths Gesicht gesehen hatte. Das aber weiß Pål alles nicht.

Und weder er noch Paulsen, der Dekan oder sonst irgendjemand wissen, dass Edith Rinkel eines späten Abends aus dem Sekretariat den Universalschlüssel holte und sich in Nannas Büro schlich (weil ihre Büros in verschiedenen Etagen und unterschiedlichen Abteilungen waren, passte Ediths eigener Schlüssel nicht für Nannas Bürotür). Sie hatte Nannas Büro durchsucht, halbherzig, im Grunde bereits resigniert. Denn Nanna war sorgfältig gewesen, natürlich hatte sie keine Spuren hinterlassen. Edith Rinkel hatte mit dem Gedanken gespielt, sich an den IT-Berater des Instituts zu wenden, damit er ihr helfen könnte, Nannas Rechner nach Beweisen zu durchsuchen. Aber dann erinnerte sie sich, wie sein Blick in den letzten Monaten an Nanna geklebt hatte, und sie war außerdem sicher, dass Nanna alle Hinweise darauf getilgt hatte, dass die Dateien ursprünglich von einer anderen verfasst worden waren. Wie wir schon wissen, kommt es vor, dass auch Edith Rinkel sich irrt, und das hier ist so ein Fall. Nanna Klev ist zwar klug, und sie hat natürlich die Dokumente nicht kopiert – sie hat sie wirklich abgeschrieben –, aber alle Menschen hinterlassen heutzutage mehr elektronische Spuren, als noch die Zuverlässigsten und Umsichtigsten unter uns überprüfen können.

In Påls Kopf wüten Sturm, Chaos, Ausnahmezustand. Seine erste Empfindung, als ihm das ganze Ausmaß bewusst wird, war Überraschung, als hätte ihm jemand mit einem Vorschlaghammer ins Gesicht geschlagen. Der Schlag kam völlig unerwartet, er war noch nie so hart getroffen worden. Danach wird die Demütigung angeschlichen kommen, wie eine zähe Flüssigkeit, die in jeden Körperteil einsickert, durch alle Poren. Nach und nach werden sich dann Zorn und Rachsucht einstellen – und nicht zu knapp –, aber bis auf Weiteres ist bei Pål davon noch nichts zu spüren.

Die Gefühle, die mit dem EREIGNIS zu tun haben, überwältigen ihn jetzt mit aller Kraft. Demütigung, weil er betrogen worden ist und es besser hätte wissen müssen. Enttäuschung, weil er im Stich gelassen worden ist. Schuldgefühle, weil er eine andere im Stich gelassen hat. Er schämt sich dermaßen, dass er nur noch verschwinden will, sich auflösen, mit der Umgebung verschwimmen. Ihm wird schwindlig, seine Arme prickeln, und als er auf seine Hände sieht, die aus den Manschetten des Hemdes und dem Jackett hervorblicken, sieht er, dass sie dieselbe Farbe haben wie der Stuhl, auf dem er sitzt. Seine Hände, und vermutlich auch seine restliche Haut, sehen aus wie Holz, altes lackiertes Holz, bei dem Jahresringe und Astlöcher ein dunkleres Muster auf die hellbraunen Handflächen zeichnen und die Finger sich wie knorrige Stöcke in die Luft strecken.

Nanna schaut wieder auf, das runde, sahnefarbene Gesicht, das er so oft geküsst hat, die süße Nase, in die er vorsichtig gebissen hat. Wie oft hat er die Hände an ihre Schläfen gelegt und gezogen, bis ihre Augen noch schräger saßen, um dann die straffen Chinesinnenaugenlider zu küssen?

Der Applaus ebbt langsam ab, widerwillig lassen die Zuhörer die Hände auf den Schoß sinken. Paulsen betritt wieder die Rednerbühne, selbstsicherer jetzt, fast wie zu Hause, er bittet Nanna, noch zu bleiben. Er möchte einige Worte sagen. Er räuspert sich. »Liebe Nanna«, sagt er, dann legt er eine seiner mittellangen Pausen ein. Danach hält er eine Rede, die vor allem in ihrer Form (abgesehen natürlich davon, dass er diese Rede auf Englisch hält), aber auch teilweise im Inhalt stark an die erinnert, die er für Edith Rinkel gehalten hat, ein halbes Jahr zuvor, und über die Nanna so höhnisch gelacht hat. Als er fertig ist, schaut Nanna den Institutsleiter mit ihren aufrichtigen Augen an. »Danke«, flötet sie, »das hat mein Herz erwärmt«, und dann umarmt sie ihn erst einmal und dann noch einmal, auf verlegene, mädchenhafte Weise.

Es folgt eine Pause, im Vorraum des Alten Festsaals werden Champagner und Kanapees serviert. Pål geht hinaus. Nanna ist von bewundernden Kollegen umringt, sie nicken, wenn sie nickt, und schütteln den Kopf, wenn sie das tut. Jack Mills mustert sie interessiert, er legt eichhörnchenhaft den Kopf schräg und lächelt mit breiter, feuchter Unterlippe. Neben Nanna, so dicht, dass es kein Zufall sein kann, mit einer Hand auf ihrem makellosen elfenbeinweißen Jackenärmel, steht der schwedische Neurolinguist, er hat einen braunen gepflegten Bart, und Pål fällt ein, dass er ihn schon einmal gesehen hat, lange vor dem gestrigen Tag.

Pål starrt Nanna an, er kann es einfach nicht lassen. Sie erwidert seinen Blick, und für einige lange Sekunden schauen sie einander in die Augen. Dann geht er weiter zur Garderobe, holt seinen Mantel, schiebt die schwere altmodische Tür auf und ist draußen.

Auf der Treppe haben sich die Raucher versammelt, über ihnen ist die Frühlingsluft gesättigt von Tabakswolken und Spekulationen. Angeblich sei Nanna eine feste Stelle angeboten worden. Sie werde Edith Rinkels altes Büro übernehmen, heißt es. Ob er davon gehört habe? Pål schüttelt den Kopf, schiebt die Arme in den Mantel, das ist schwer, fast unmöglich, als wären seine Arme wirklich dicke Zweige und seine Hände aus Holz. Er schüttelt noch einmal den Kopf, mit müden Bewegungen, nickt kurz und geht die Treppe hinunter.

Zwei rauchende Phonologen kommen ihm entgegen, lächeln stolz über die Aufwertung ihres Instituts und ihrer Abteilung, fragen, ob er vorher von REV21 gewusst habe. »Hast du etwas gewusst?«, fragt der eine. »Du kennst sie doch ein wenig, oder?« »Nein, ich kenne sie überhaupt nicht«, sagt Pål.

Und der rothaarige hochgewachsene Linguist läuft weiter über den Universitetsplass, fort vom Alten Festsaal, fort von der Universität Oslo.

Zwei Dinge weiß er. Er will eine Tasse Tee, er will auf dem staubigen graublauen Samtsofa seiner Mutter sitzen und heißen Jasmintee trinken, seinen Mund mit süßem Kokoskugelschaum füllen. Und er weiß, dass er der Abteilungsleiterin für Rurale Linguistik an der Hochschule von Telemark eine Entschuldigung und eine Erklärung schuldet.

Das weiß er. Aber mehr weiß er nicht.

Über das Buch und die Autorin

Helene Uri hatte die besten Voraussetzungen, um den ersten Campus-Roman Norwegens zu schreiben. Sie ist promovierte Linguistin und wandte einer vielversprechenden Karriere an der Universität Oslo den Rücken, ehe sie sich ganz dem Schreiben widmete und *Nur die Stärksten überleben* verfasste. Bislang liegen von ihr zehn Bücher vor: Romane, Kinderbücher und Fachliteratur zum Thema Sprache und Linguistik. Die Veröffentlichung von *Nur die Stärksten überleben*, ihrem vierten Roman, hat Helene Uri zu einer erfolgreichen und gefragten Schriftstellerin gemacht. Es geht darin um Intrigen, Machtkämpfe und rücksichtslosen Ehrgeiz an einem Forschungsinstitut – die Intrigen der akademischen Welt lassen sich allerdings an jedem anderen Arbeitsplatz wiederfinden. Statt sich wie die meisten anderen Campus-Romane auf die Welt der Studenten zu konzentrieren, stellt dieser Roman die Geschicke dreier Forscher und Forscherinnen in den Mittelpunkt.

Obwohl Pål die Hauptperson ist, treiben die Frauen in seinem Leben die Handlung voran. Auch in den drei vorherigen Romanen Uris spielen die Frauen die Hauptrolle. Die Autorin porträtiert attraktive, erfolgreiche Frauen – auch mit Schwächen. Außer den drei Hauptpersonen gibt es eine Reihe von treffend geschilderten Nebenfiguren aus der akademischen Welt.

Die wichtigste Stimme jedoch ist die des Erzählers. Helene Uri hat die auktoriale Erzählweise gewählt, die den

Leser durch die Geschichte führt, hier die Ecke einer Tischdecke anhebt, dort durch einen Türspalt schaut und durch Kleinigkeiten die Perspektive des Lesers verändert.

Der Roman folgt dem klassischen dreiteiligen Dramenaufbau. Der erste Teil handelt hauptsächlich von Pål und Edith Rinkel, mit deren Background die Geschichte ihren Anfang nimmt. Die eigentliche Handlung beginnt im zweiten Teil: Pål und Nanna arbeiten an dem großen Projekt. Der dritte Teil steuert auf den dramatischen Höhepunkt zu: Lügen, Intrigen, Verrat und Wahrheit werden enthüllt.

In ihrer mühelosen Prosa ist Helene Uris Hintergrund als Sprachwissenschaftlerin spürbar. Sie stellt komplexe linguistische Fragen leicht verständlich dar, und zwar so, dass sich der Text für Laien wie für Experten mit Gewinn lesen lässt. *Nur die Stärksten überleben* kritisiert Teile der Universitätswelt und die Art, wie dort Traditionen aufrechterhalten werden, es ist aber auch ein Roman über Eitelkeit, Verletzlichkeit und Leidenschaft.

»Ich habe dieses Buch begonnen, um mich an einigen Leuten zu rächen«, sagt Helene Uri heute. »Ich dachte an gewisse Leute, die nicht nett zu mir gewesen waren. Aber dann entwickelte die Story ein immer stärkeres Eigenleben.«

Uri erhielt unzählige E-Mails und Briefe von Lesern, die von ihren eigenen Erfahrungen mit Intrigen, Eifersucht und Neid am Arbeitsplatz berichteten. »Ich dachte immer, ich übertreibe in meinem Roman gewaltig, aber die Geschichten, die ich von den Lesern meines Buchs gehört habe, übertreffen meine Story noch bei Weitem.«

PIPER NORDISKA

Kari Hotakainen

Die Leichtsinnigen

Roman. Aus dem Finnischen von Stefan Moster. 272 Seiten. Gebunden

Zu seiner eigenen Überraschung hatte sich Antero Mokka verliebt. Normalerweise bestand sein ganzer Lebensinhalt aus seiner Arbeit als Polizist in Helsinki. Genauer gesagt aus den Verhören seiner Kunden, wie Mokka sie nannte. Als Nächste stand Leila Korhonen auf dem Programm, eine entschlossene und doch zerbrechlich wirkende Verdächtige. Mokka beschloss, gleich zu Beginn hervorzuheben, dass es bei ihm keine Privatangelegenheiten im eigentlichen Sinn gab. Schamhaftigkeit, Intimität, Privatleben waren Luxusgüter, die man an der Garderobe abgab, bevor man den Vernehmungsraum betrat. Doch Leilas Geschichte berührte ihn, und Mokka passierte etwas, mit dem er nicht mehr gerechnet hatte – er verliebte sich. »Die Leichtsinnigen« ist ein skurriler, von großer Komik durchzogener Roman über Sex, Einsamkeit, Pornografie und das unersetzliche Glück der Liebe.

08/1010/01/R